드
향
사랑, 그 설렘에 취하고 향기에 물들다.

향

사랑, 그 설렘에 취하고 향기에 물들다.

even if you leave me

even if you leave me

해수을 장편 소설 DAHYANG ROMANCE STORY

contents

Prologue	⋯7
1장. 늘, 차가운	⋯15
2장. 늘, 빛났던	⋯68
3장. 늘, 멀기만 한	⋯106
4장. 늘, 그 곁에	⋯142
5장. 늘, 속죄하는	⋯174
6장. 늘, 너였다	⋯198
7장. 늘, 겁먹은	⋯236
8장. 늘, 고통이었다	⋯260
9장. 늘, 망설였던	⋯286
10장. 늘, 세상 끝	⋯312
11장. 늘, 너를	⋯333
12장. 늘, 사랑합니다	⋯350
Epilogue	⋯384
'늘'을 마치며	⋯399

Prologue

　최근 준연의 상태가 심상치 않다는 것 정도는 찬유도 알고 있었다. 영미의 빈자리가 그녀를 괴롭히고 있었다. 소라는 그런 준연의 옆을 잘 지켜 주라며 찬유를 독려해 주었다. 찬유 또한 영미의 죽음은 슬프지만, 지금 이 순간이 준연의 마음을 얻을 수 있는 기회라는 것을 잘 알고 있었다.

　어쩌면 그래서 방심한 것인지도 모른다.

　외로울 테니까.

　괴로울 테니까.

　그러니까, 그녀가 그를 떠난다 해도 적어도 지금은 아닐 거라고…… 생각해 버렸다.

　그게 얼마나 큰 오만이고 자만인지 알지 못했다.

　"뭐라고?"

　목구멍에 탁 걸렸던 말을 찬유가 겨우 내뱉었다. 잘못 들은 건가 싶었다. 아니면 머리가 어떻게 되었거나.

"……."

그녀의 입은 그 한 마디를 뱉어 낸 뒤 굳게 닫혔다. 얄궂을 만큼 반듯한 입술은, 색이 옅다. 내리뜬 속눈썹은 흔들림이 없다. 순간 그녀가 인형이 되어 버린 건 아닐까, 하고 찬유는 엉뚱한 생각을 했다.

"서준연."

그가 그녀를 불렀다. 그녀가 시선을 들어 그를 응시했다. 텅 빈 눈동자였다. 아무것도 담기지 않은, 불투명한 눈동자였다.

찬유는 지금만큼 그녀가 낯설고 멀게 느껴졌던 적이 없었다. 거의 항상 무표정한 얼굴을 하고 있는 것 같은 그녀였지만, 세심히 보면 보였다. 미세하지만, 애써 숨긴 표정들이 그녀의 얼굴 위로 드러나 있었다.

그런데 오늘은 아니었다. 오늘은 그렇지가 않았다.

보이지 않는다, 닿을 수가 없다.

불쑥 소름이 끼쳤다. 안다고 생각했는데 사실은 하나도 모르고 있었다는 걸 깨달았을 때 느껴지는 두려움, 그것이 찬유의 안에서 치올랐다.

"네가 무슨 말을 하는지 모르겠다."

사실은 늘 이랬던 게 아닐까? 서준연의 웃는 표정도, 우는 표정도 사실은 존재하지 않았던 것이 아닐까? 그가 알고 있다고 생각했던 서준연은 아주 오래전 죽어 버린 게 아닐까. 그가 아무리 발버둥 쳐도 되돌릴 수 없는 일이 되어 버린 게 아닐까.

설령 그렇다 해도…… 어쩔 수 없잖아.

그는 그녀를 잡는 것밖에 할 수 없는데.

"이혼하자고 했어요."

그녀가 재차 또박또박 말했다.

그 목소리가 무척 비현실적이다. 입술은 여전히 건조하고, 파리해 보였다. 이미 남이 된 듯, 표정조차 전혀 없다. 사귀던 연인에게 헤어지자고 하는 것도 아니고 법으로 묶인 부부의 연에 종지부를 찍자고 말하는 그녀는 정말로 너무 일상적으로 보였다.

"이혼?"

웃음기 섞인 찬유의 목소리가 흩어졌다. 눈매가 살짝 어그러졌다.

"네."

다가갔다 싶으면 멀어지고, 멀어졌다 싶으면 이상하게 그 자리에 있던 준연이 너무도 무표정한 모습으로 이별을 고하고 있었다. 예고도 없이 그에게 끝을 요구하고 있었다.

"왜?"

성대의 진동이 '왜?' 라는 소리를 만들어 내는 순간 자신이 어리석은 질문을 했다는 것을 찬유는 깨달았다. 그가 그녀의 주변을 맴돈 만큼 그녀도 그의 주변을 맴돌았기에, 무엇이 그녀를 막고 있는지는 몰라도 이 기이한 관계가 계속되리라고 생각해 버렸던 것이다.

"더 이상 이 결혼을 유지할 이유가 없으니까요."

찬유가 소리 없이 헛웃음을 흘렸다. 그의 눈빛이 사나워졌다. 지금 이 순간, 분노의 감정이 더 큰 것인지, 속상한 마음이 더 큰 것인지는 그도 알 수 없었다.

"당신도 알잖아요."

무감정.

무표정.

무(無)······.

아무것도 보이지 않아서, 진심인지 거짓인지조차 판단할 수 없는 그녀는 정말 인형 같다. 살아 있는 것들 특유의 발랄함이 느껴지지 않는다.

찬유는 입술을 문 채 그녀를 노려보았다. 그 뜨거운 눈빛을, 준연은 그저 무덤덤하게 마주했다.

"나는, 있어."

한 음절, 한 음절 찬유가 힘을 실었다. 준연이 슬쩍 고개를 가로저으며 픽 웃었다. 그것은 비웃음이었다. 더 유지될 수 없는 관계를 붙잡으려고 하는 이찬유를 조롱하고 있었다.

"서준연."

"경제적 지원이 필요하다면 계속해 줄게요."

기가 막힌 듯 찬유의 입술이 비틀렸다. 경제적 지원? 고작 그런 이유로 그가 그녀의 곁에 있는 게 아니란 걸 뻔히 알면서, 그럼에도 준연이 그를 난도질하고 있었다. 어그러지는 그의 마음을 알면서, 무심히 그를 쳐다보고 있었다.

"난 결혼이 필요했고, 당신은 돈이 필요해서 한 결혼이었잖아요. 처음부터 그렇게 말했잖아요. 이젠 억지로 당신과 행복한 척할 필요, 내겐 없어요. 그 모습 보아 줄 사람이 이미 없으니까요. 그러니까 이혼해요. 깔끔하게 헤어져요. 당신은 당신 길 가고, 나는 내 길 가고. 그게 서로에게 좋은······."

"그 입 다물어."

찬유가 준연의 말을 잘라 냈다. 그의 목소리가 전에 없이 차갑고, 날카로웠다. 움찔 입을 다문 준연이 찬유 모르게 자신의 손을 만지작거렸다.

"돈 때문이라고?"

"네."

"내가 돈 때문에, 고작 돈 때문에……."

평소처럼 조리 있는 말조차 할 수가 없었다. 마음이 무너져서, 찬유는 그저 허탈하게 웃었다.

"그렇게 생각한다고?"

"네."

준연의 답엔 망설임이 없다. 그녀가 냉소적인 표정으로 조곤조곤 덧붙였다.

"아니에요? 당신은 전부터 그랬잖아요. 피아노도 아버지 후원받아서 쳤고, 못 치게 된 후에도 성인이 되기 전까지 계속해서 아버지 후원을 받았잖아요. 유학도 안 다녀온, 순수한 국내 학위만으로는 연구소에서 수석연구원까지 올라갈 수 없으니까, 그래서 서태훈이라는 배경이 필요하다고 했잖아요. 내가 필요한 게 아니라, 내 아버지가 필요한 거잖아요. 그러니 지원은 계속해 주겠다는 거예요. 그 정도는 내 선에서 해결할 수 있으니까 걱정할 필요 없어요. 그러니까 구질구질하게 같은 말 반복하게 하지 말아요. 나는 이제 당신처럼 돈 때문에 비굴하게 이 사람 저 사람에게 빌붙는 남자랑 연극 따위 하고 싶지 않아요. 그런 거 역겹고, 토 나오고 지긋지긋해요. 애초에 엄마만 아니었다면 당신이랑 이런 말도 안 되는 관계, 만들지 않았을 거예요. 당신과 나를 이어 주던 엄마가 이젠 없으니까, 우리 관계도 끝내자는 거예요. 내 말, 알아듣지 못할 만큼 멍청해요? 그 정도로 멍청해선 뒤에 서태훈이 있어도 수석연구원은커녕 선임연구원도 못 될 텐데요."

독설을 쏟아 내면서도 준연의 눈빛은 흔들림이 없다. 가만가만,

제 마음을 난도질하는 준연의 말을 찬유는 그저 들었다.

"너는 참……."

그녀의 말이 진심이 아니라는 것을 안다. 어쩌면 그저 진심이 아닐 거라고 믿고 싶은 것일지도 모르겠다. 어느 쪽이든 상관없다. 찬유는 준연의 말에 그 어떤 반박도 할 수가 없었다.

그녀의 말은 사실이었다. 어느 정도 사실을 바탕에 두고 있었다.

찬유는 분명 서태훈을 경멸한다. 그가 저에게서 빼앗아 간 것이 무엇인지 알기에, 찬유는 그를 미워해 왔다.

그러나 그가 내민 거짓된 도움의 손길을 뿌리칠 힘이 찬유에겐 없었다. 가진 것이 없어서, 하고 싶은 것을 하려면 서태훈이라는 자의 위선이라도 이용해야 했다. 그게 비굴한 일이라는 것을 알면서도 살기 위해 자존심을 버렸다. 비굴하게 서태훈에게 빌붙어 있었다.

그걸 구질구질하다고 말하는 준연을 비난할 수 없었다. 준연이 정말로 자신을 돈 때문에 이 사람 저 사람에게 빌붙는 빈대 같은 놈이라고 판단하고 있다고 해도, 그런 게 아니라고 변명할 자격이 없었다.

"날 아프게 하는 데 재주가 있어."

심장이 부서지는 느낌이란 이런 것일까.

"네 마음대로 해. 여기 사인해 주면 되나? 그리고 또 어디? 여기? 여기 하면 되나?"

찬유는 준연이 내민 서류를 홱 빼앗아 보이는 곳마다 단호히 서명했다. 이내 너나 가지란 듯이 서류를 준연에게 내던진 찬유의 두 눈은, 눈물 없이 울고 있었다.

"만족해?"

"네."

"그래."

찬유가 가만히 그녀를 응시했다. 준연은 차분한 손길로 서류를 챙겨 가방에 넣었다. 그녀의 왼손 약지에 끼어 있던 반지는 이미 보이지 않았다. 그녀는 그를 만나러 오는 동안, 어쩌면 그가 그녀의 곁에 있는 동안에도 계속 이 날을 생각하고 있었을지도 모른다. 그녀에게 눈이 먼 나머지 바보처럼 한 번의 기회를 얻었다고 좋아하고 있었던 것이다.

까닭 없이 버려지고 또 버려져서 마음은 이미 만신창이였다. 서준연을 잡고 있는 게 너무 힘들어서 그도 그녀처럼 놓아 버리고 싶었다.

하지만 찬유는 안다.

그는 그녀를 놓을 수 없다.

서준연을 포기할 수가 없다.

지긋지긋해서 역겹다는 말을 들어도 그는 그녀의 곁이 좋다.

"더 할 말은?"

"없어요."

"그래."

찬유가 먼저 일어났다. 머릿속이 텅 비었다. 또 제자리라는 생각만 들었다. 무너질 것 같은 마음의 끝을 겨우 부여잡았다. 제멋대로 다가와 놓고 제멋대로 멀어져 버리는 것은 서준연의 특기다. 그러니까 포기하지 말자. 붙잡고 또 붙잡아 보자. 애써, 다친 마음을 다독였다.

'기다려, 서준연. 다시…… 올 거야. 널 잡으러 올 거야. 네가 날 밀어내는 거짓 이유 백 가지를 댄다면, 난 그 백 가지 이유를 다 없애고 돌아올 거야. 네가 날 미워하는 거짓 이유 백 가지를 댄다면, 그때 역시 그 모든 이유를 없애고 돌아올 거야. 네가 날 밀어내는 그 어떤 합리적인 이유도 대지 못하게 할 거야. 그래서 잡을 거야. 도망 못 가게 할 거야.'

그를 밀어내며 준연이 한 변명은 '돈'이었다. 그렇다면 그 이유를 없애면 된다. 그럼 적어도 같은 이유로는 그를 밀어내지 못할 테니까. 이 보 전진을 위한 일 보 후퇴, 그것이 찬유의 선택이었다.

딸랑, 카페 문이 열리며 종소리가 울렸다. 뒤도 돌아보지 않고 찬유는 가 버렸다. 그가 떠난 카페에 혼자 덩그라니 남겨진 준연은 미동도 없이 한참을 그렇게 앉아 있었다.

1장.
늘, 차가운

 버리는 건 늘 쉽다. 포기하는 것도 늘 쉽다. 어려운 것은 항상 어떻게든 버텨 내는 것이다.
 "왔니? 우리 딸."
 불을 켜지 않은 거실은 어둑했다. 커튼은 애초에 그리 존재했던 것처럼 단호하게 창문을 막고 있었다. 두꺼운 커튼을 겨우 뚫은 햇살 몇 조각이 가냘프게 바닥에 떨어져 내렸다. 반쯤 빈 술병을 들고 히죽 웃는 엄마, 영미를 바라보는 준연의 눈빛도 어두워졌다.
 "뭐하니, 우리 딸? 엄마한테 와서 뽀뽀해 주지 않고?"
 영미가 두 팔을 활짝 폈다. 하지만 준연은 현관 입구에 오도카니 서 있을 뿐이었다. 순간 영미의 표정이 험악해졌다.
 "얘가 점점 지 아빠 닮아 가나? 엄마가 오라면 얼른 와야지 도대체 뭘 꾸물거려?"
 비틀거리며 걸어온 영미가 손을 들었다. 준연이 반사적으로 손으로 막으며 두 눈을 질끈 감았지만 소용없었다. 짝, 소리와 함께 뺨이 얼얼해졌다.

"엄마……."

술 냄새가 심했다. 반병만 마신 게 아닌 모양이었다. 고작 반병 가지고 알코올 냄새가 이렇게 지독하게 날 리가 없다. 게슴츠레 실눈을 뜬 준연은 그제야 바닥을 나뒹구는 빈 병을 하나 더 발견했다.

"꼴도 보기 싫으니 올라가서 연습이나 해!"

준연이 부어오른 뺨을 감싸고서 고개를 주억거렸다. 영미에게 붙잡힐세라 후다닥 계단을 올라가는 준연의 얼굴엔 표정이 없었다.

준연의 방은 소박하고 정갈하다. 그녀 또래의 아이들이 좋아할 만한 것이 하나도 없다. 꽃무늬도 없고, 핑크색도 없다. 인형도 없고, 연예인 포스터도 없다. 아무것도 그려지지 않은 흰 벽지, 원목의 질감이 고스란히 살아 있는 책상, 벽지와 마찬가지로 민무늬 흰색 시트로 덮여 있는 침대……. 먼지조차 내려앉는 게 미안해서 피해 갈 것만 같은 분위기였다.

가방을 책상 위에 내려 둔 준연은 옷부터 갈아입었다.

영미가 중독자처럼 술을 마셔 대는 것도, 그녀에게 손찌검을 하는 것도 별로 놀랄 일이 아니었다. 기억에도 없는 어린 순간부터 영미는 그녀에게 손을 댔고, 준연은 반항조차 하지 못한 채 맞았다. 반항하기엔 너무 어렸던 때부터 일어난 일이라, 반항하는 법을 배울 수조차 없었던 것이다.

"가족신문 만들어야 하는데……."

옷을 다 갈아입은 후 가방에서 소지품을 꺼내며 준연이 중얼거렸다. 매해, 새 학기가 되면 그녀를 괴롭게 하는 것이 바로 가족신문이었다. 반 친구들은 하나같이 가족의 화목한 일상이 담긴 가족신문을 만들어 오는데, 안타깝게도 준연은 그 화목한 가족이라는 것을 경험해 보지 못했다. 그렇다고 집에 잘 들어오지도 않는 부친께 함께 만들자고 할 수도 없었고, 술에 찌들어 있는 모친께 함께 만들어 달라고 부탁할 수도 없었다.

결국 늘 그랬듯 준연은 혼자서 가짜 가족을 꾸며 내야만 했다. 교과서에 예시로 실린 가족신문을 보면서 준연은 나름대로 예시와 비슷하게, 그러나 조금 다르게 그녀만의 가족신문을 만들어 냈다. 부모님과 그녀, 셋이 찍은 사진이 없어 손으로 세 사람을 그려 넣었다. 그 밑에 부모님이 도와 준 그림이라고 각주를 다는 것도 잊지 않았다.

"하……"

준연이 바라는 가족은 늘 봄인데, 그녀의 진짜 가족은 항상 겨울이었다.

춥고 황량한, 끝없이 차디찬.

그 순간을 위로해 주는 것은, 희미하게 들려오는 가냘픈 피아노 곡조 하나…….

'그'는 건반 위에서 자유로워진다.

준연은 저도 모르게 어느새 소리가 들려오는 창가에 있었다. 바퀴 달린 의자를 쭉 끌고 와 창틀에 머리를 기댄 준연이 희미하게 웃었다.

벌써 몇 주째 그의 연주를 듣지 못했었다. 이게 웬 횡재인가 싶었다. 간만에 들려오는 피아노 소리에 얼어 있던 심장이 조금씩 쿵쾅거렸다.

 도저히 제 방 창문에서 엿듣는 것만으로는 만족할 수 없었는지 준연이 결국 의자에서 일어났다. 엄마에게 들키지 않도록 뒷문을 통해 살금살금 밖으로 나온 준연이 소리의 진원지를 찾아 곧장 움직였다. 그리고 마침내 그가 보이는 창가에 섰다.

 커튼이 활짝 열려 있었다. 이건 정말 흔치 않은 일이었다. 그가 사람이 있는 집에서 연습을 하는 일도 별로 없을뿐더러, 이렇게 창문을 열어 놓고 있는 날은 더더욱 드물었다.

 '아⋯⋯.'

 저가 맨발이라는 것도 잊은 채, 준연은 멍하니 그를 바라보았다. 그는 빛나고 있었다. 햇살이 그의 옆에서만 반짝거리는 것 같다.

 끊어질 듯 이어지던 곡조는 더 이어질 것 같은 부분에서 끝이 났다. 그 음색은 참으로 기이해서 사람을 홀리게 하니 문득 고개를 돌린 그와 눈이 마주친 순간에야, 준연은 연주가 끝났다는 것을 깨달았다.

 "⋯⋯."

 그는 입을 꾹 다물었다.

 불만이 떠오른 그의 눈동자에 준연이 움찔거리며 반 발짝 뒤로 물러섰다. 그제야 발을 스치는 잔디의 느낌이 전해졌다.

 "저, 저어⋯⋯."

 인사를 해야겠다는 생각이 들었다. 먼저 사람에게 다가가는 것이 서툰 준연이 겨우 입술을 달싹였다.

 "안⋯⋯."

 준연이 채 인사를 건네기도 전에 성큼성큼 창가 쪽으로 다가온 그가 커튼을 휙 쳐 버렸다. 커튼 뒤로 사라져 버린 그의 표정에 어린 것은 확연한 적대감이었다. 그 정도는 준연도 느낄 수 있었다. 울컥 눈시울이 붉어진 준연이 입술을 꽉 물었다. 그가 준연네 별채에 살게 된 지 어느덧 일 년이 다 되었지만, 그녀는 여전히 그와의 인사가 어렵다.

"다음에 하면 되지······."

그래, 다음에 하면 되지.

안녕 같은 거, 언제든 할 수 있는 거니까.

더 이상 피아노 소리는 들리지 않았다. 한참을 머뭇거리며 그 자리에 서 있던 준연이 아쉬운 발길을 돌렸다.

3월. 새 학기. 봄.

그 낯선 단어들이 쏟아지는 햇빛 속에 스며 있었다. 그녀와는 어울리지 않는 포근함이 세상에 내리고 있었다.

그래도 그는 봄처럼 반짝이는 사람이라서, 이 세상과 잘 어울리는 사람이라서, 참 다행이었다.

소라는 신경질적으로 커튼을 닫아 버리는 아들의 행동에 놀라 두 눈을 동그랗게 떴다.

"찬유야? 밖에 누구 있니?"

"아뇨, 그냥 햇볕이 싫어서요."

"그래?"

소라가 걱정스러운 표정을 지었다. 딱딱한 아들의 목소리가 마음에 걸렸다.

"엄마, 저 집 식사 준비하러 갈 시간 아니에요?"

그러나 찬유는 더 이야기하기 싫다는 듯 딱 잘라 물었다. 사춘기에 들어선 아들의 무뚝뚝함이야 하루 이틀 일이 아니지만 여전히 때때로 서운해진다. 시무룩한 표정으로 소라가 벽시계를 쳐다보았다.

"벌써 시간이 그렇게 되었나? 그렇구나. 엄마, 다녀올게. 우리 아들, 조금만 기다려. 엄마 갔다 오면 같이 밥 먹자."

"알았으니 다녀오기나 하세요."

"그래, 그래. 엄마 얼른 갔다 올게. 근데 준연이랑은 좀 친해졌니? 좋은 게 좋은 거라고, 동생 생긴 셈 치렴. 사이좋게 지내고 있는 거 맞지?"

엉덩이를 툭툭 털고 일어난 소라가 지나가는 투로 물었다. 찬유는 대답하지 않았다. 그리고 조금 전, 창밖에 서 있던 어린 여자애의 잔상을 머릿속에서 지워 버렸다.

찬유네 집안이 급격하게 기운 것은 작년 즈음이었다. 아버지는 함께 사업을 하던 동업자와 틀어진 후, 마음을 잡지 못했다. 설상가상으로 보증을 섰던 일이 잘못되면서 빚더미에 올라앉게 되었다. 아버지는 그 참혹한 상황을 견디지 못했다. 유서 한 장을 남겨 두고, 그는 가족을 등졌다.

버리는 건 참 쉽다.

함께 견뎌 낼 노력은 하지 않고, 혼자 놓아 버리는 건 정말로 쉽다.

'역겨워······.'

아버지 없이 1년.

찬유의 어머니, 소라는 남편의 유서를 보지 못했다. 삶을 놓아 버린 아버지를 가장 먼저 발견한 것은 찬유였고, 그 옆에 놓인 유서를 먼저 발견한 것 역시 찬유였다. 유서의 내용을 확인한 찬유는 떨리는 손으로 그것을 조각조각 잘라 태워 버렸다.

'뻔뻔도 하지…….'

서태훈. 이 으리으리한 저택의 주인. 그리고 아버지의 옛 동업자. 언제나 배신으로 일관했던 그 남자는 옛 동업자의 죽음 앞에서 세상의 눈을 의식한 듯 그 식솔을 거둬 주었다.

남편의 유서를 봤다면 절대 그의 도움을 받아들이지 않았을 소라는 남편의 옛 친구가 건넨 호의 앞에서 자존심을 버렸다. 당장 길거리에 나앉게 된 상황에서 숙식을 제공하고, 일자리까지 제공해 주겠다는 서태훈의 제안은 너무도 달콤했던 것이다.

그들이 싫었다. 어떤 상냥한 얼굴로 무슨 말을 하든, 그들은 역겨운 종자들이었다. 그 남자도, 그 남자의 아내도, 그 남자의 딸도 전부 더럽게 느껴졌다. 그 무엇보다 싫은 것은 비굴한 미소를 지으며 그들의 호의를 구걸해야 하는 자신이었다.

'그건 뭐야…….'

무뜩 짜증스럽게 찬유의 표정이 일그러졌다. 창가에 서서 넋 나간 듯 자신의 연주를 듣고 있던 서준연의 얼굴이 잊히질 않는다. 자신과 시선이 마주친 순간 깜짝 놀라던 그 말간 눈동자가, 기분 나쁘게도 머릿속에 똑바로 박혀 있다.

아이는 겁을 집어먹은 듯 잔뜩 움츠러들어 있었다. 자신감이라고는 눈곱만큼도 찾을 수 없고, 자존감이라고는 병아리 눈물만큼도 없어 보였다.

저 집엔 대체 어떤 괴물들이 살고 있기에, 그런 얼굴을 하고 있는 것일까.

'알게 뭐람.'

찬유가 저택 본채를 향해 던졌던 시선을 이내 거두었다.

집으로 돌아온 준연이 피아노 앞에 섰다. 많게는 하루에도 열 시간씩 연습을 했던 피아노였다. 영미는 그녀에게 늘 모든 분야에서 1등이 될 것을 강요했지만, 피아노는 특히나 더 심했다.

준연의 삶은 그녀가 아는 한 항상 영미의 대타였다. 영미는 자신이 하고 싶었던 것을 그녀에게 시켰고, 자신이 이루지 못한 것을 준연에게 이루라고 강요했다. 언젠가 한 번은 손가락을 삐어 도저히 피아노 연습을 하지 못할 것 같은 날이 있었다.

그날이 문득 기억났다.

"엄마, 저 오늘은 손이 아파서……."

"뭐? 손이 어때서?"

"아무래도 삔 것……."

"삐긴 어딜 삐어? 아무렇지도 않잖아? 지금 연습하기 싫다고 엄마한테 거짓말하는 거니? 응? 그런 거야?"

"아니에요, 엄마. 거짓말 같은 거, 안 해요. 그냥 저는……."

"그럼 왜 게으름을 피워? 연습을 왜 안 해? 아프다고 안 해? 그럼 다음은? 피곤해서 안 해? 남들 다 참고 하는 거야! 힘들어도 참고 한단 말이야! 남들만큼도 안 하면서 어떻게 피아니스트가 돼?"

"엄마, 그게 아니라……."

"어디서 꼬박꼬박 말대꾸야, 말대꾸는! 엄마 안 보이니? 이루지 못해 후회나 하며 사는 엄마 모습이 안 보이냔 말이야! 엄마 모습이 보이면 어떻게 쉬겠다는 말을 하니? 남들보다 몇 배는 노력해도 될까 말까 한데, 어떻게 고작 손가락 핑계를 대면서 쉬겠다고 하냔 말이야!"

그날, 영미는 있는 대로 준연을 닦달하며 윽박질렀고, 결국 준연은 손가락이 퉁퉁 붓도록 연습실에서 나올 수가 없었다. 겨우 연습 시간을 채우고 나와 보니 영미는 소파에 반쯤 드러누워 '너는 꼭 피아니스트가 되어야 한다.'고 혼자 술주정을 하고 있었다.

그렇게 준연은 영미의 대타로 살아 가고 있었다. 그것이 딸을 통한 대리만족이라는 것을 알면서도 영미는 멈추지 않았다. 남편과의 관계를 완전히 상실한 영미가 살아가는 이유가 준연 하나뿐이었기에, 그녀는 더더욱 그만둘 수 없었던 것이리라.

준연은 그런 엄마가 가여웠다. 그래서 단 한 번도 엄마에게 대들지 않았다. 잠자는 시간을 줄여서라도 공부를 했고, 피아노를 쳤다. 늘 괴로운 표정을 지으며 술에 취해 있는 엄마가 웃는 순간은 자신이 1등짜리 성적표를 가지고 온 날뿐이라는 것을 알아서, 준연은 늘 최선을 다했다.

하지만 한계라는 것이 있다. 아무리 노력해도 뛰어넘을 수 없을 것 같은 벽이 있다.

"못할 거야……."

찬유의 피아노 연주를 들을 때면, 준연은 본능적으로 느꼈다. 그만은 이길 수 없을 거라는 것을.

그의 연주와 그녀의 것은 본질적으로 달랐다. 그 차이는 아마도 피아노를 향한 애정의 크기로부터 비롯되었을 것이다. 그의 연주는 메마른 준연의 마음마저 울리는데, 준연 자신의 연주는 제 마음조차 울리지 못했다. 악보를 완벽하게 소화해 낸다고 해도 아주 중요한 무언가가 빠져 있었다. 그것은 그 누구보다 준연 자신이 더 잘 알고 있었다.

조금 전 찬유가 연주했던 곡을 떠올리며 건반을 눌러 보던 준연이 곧 힘없이 건반 위에 머리를 기댔다. 음정이 뒤엉키며 기괴한 소리가 났다. 뚜우우, 흐려지는 소리를 들으며 준연이 중얼거렸다.

"틀려……."

그녀의 연주는 확실히 무언가 '틀려' 있다. 그 무엇이 무엇인지 알 수 있게 이찬유가 도와주면 좋을 텐데.

"이찬유……."

그는 그녀를 싫어한다.

준연이 아무리 둔해도 그 정도는 안다. 그녀를 보아 놓고도 매정히 커튼을 닫아 버리던 그의 모습이 머릿속에서 끝없이 반복되었다.

"찬유……."

지친 준연의 눈꺼풀이 내려왔다. 빛 잃은 눈동자가 그 뒤로 숨었다. 체념 섞인 무거운 한숨만 입술 사이로 가늘게 흩어졌.

엄마를 실망시키는 것은 싫다. 어떤 쪽으로든 엄마의 기대에 부응하지 못하는 건 끔찍한 일이다. 그래서 늘 1등을 유지해야 한다는 강박감이 저를 좀먹고 있어도 준연은 몸이 부서져라 노력할 수밖에 없었다.

하지만 피아니스트는, 아무래도 될 수 없을 것 같다.

한계라는 것이 있다.

넘을 수 없는 벽이라는 것이, 있다.

♪ ♫ b

천지그룹의 서태훈 회장이 설립한 천지중·고등학교는 누구나 알아주는 명문사립학교다. 천지중학교의 재학생들은 대부분 천지고등학교에 그대로 진학하기 때문에 자식의 명문대 진학을 꿈꾸는 학

부모들에게 천지중학교는 꿈의 학교였다.

예체능계 진학 등의 이유로 중학교 졸업생이 다른 고등학교로 진학해 정원이 나지 않는 한, 타교 출신 학생이 천지고등학교에 입학하는 것은 사실상 거의 불가능했다. 반대로 생각하자면 천지고는 일반 인문계고로, 예술을 전공하는 재학생은 다른 예고를 알아봐야 한다는 뜻이기도 했다.

"이찬유!"

점심시간을 이용해서 음악실에서 연습을 하고 있던 찬유의 세상에 방해꾼이 나타났다. 집중력이 흐트러진 찬유가 짜증스럽게 고개를 돌렸다. 친구, 민수였다. 그가 찬유를 보며 그럴 줄 알았다는 표정으로 고개를 살래살래 흔들고 있었다.

"내가 너 이러고 있을 줄 알았다. 나 없으면 어쩌려고 그러냐? 밥은 챙겨 먹겠냐?"

"왜 왔어? 용건이나 말해."

찬유가 뚝뚝하게 말했다. 그의 쌀쌀맞은 태도에 상처 받을 만도 한데, 민수는 개의치 않는다는 표정으로 찬유의 목에 팔을 둘러 왔다.

"점심시간에 담임이랑 상담 있는 거 정도는 기억해 둬라, 응?"

"……아."

한 박자 늦게 찬유가 탄성을 흘렸다.

"아? 아아? 역시 잊어버렸고만?"

"……어."

"그럴 줄 알았다, 하여간. 얼른 가 봐."

민수가 찬유의 등을 떠밀었다. 미적미적 일어난 찬유가 상담실로 발길을 움직였다. 귀찮아도 상담은 받아야 했다.

상담실에 도착한 찬유가 똑똑 문을 노크했다. 안에서 담임의 목소리가 들려왔다.

"들어오세요."

찬유가 문을 열자 굳은 표정의 담임이 그를 기다리고 있었다.

좋아하는 것만 하며 살 수 있으면 얼마나 좋을까. 오로지 꿈만 생각하며 살 수 있으면 또 얼마나 좋을까.

"그래서 진학할 고등학교는 정했고?"

"아뇨, 아직."

찬유가 고개를 숙였다.

"아직?"

"네."

피아노를 계속할 것이라면 예고에 진학하는 게 맞았다. 반대로 공부를 계속할 것이라면 다른 친구들과 함께 천지고에 진학하는 게 맞았다. 마음대로 해도 된다면 당연히 예고에 갈 것이다. 그러나 그렇게 간단한 일이 아니었다.

"뭐가 문제인 거냐?"

답답한 목소리로 물으며 담임이 테이블을 톡톡 두드렸다.

"네?"

"이 선생님은 네가 당연히 예고에 갈 줄 알았다. 성적도 물론 훌륭하지만, 둘 다 할 수 없는 것은 자명한 사실이고……. 지금까지야 교과내용이 그리 어렵지 않으니 하루 종일 피아노만 치고도 수업 내용을 따라갈 수 있겠지만, 고등학교부터는 그렇지가 않아. 하루 종일 수업을 듣고 학원에 시달려도 진도를 따라가지 못하는 애들이 태반이야. 그 진도를 따라가면서 피아노를 계속하는 건 아무리 너라도 어렵지 않겠냐. 후원해 주는 기업이 있으니 재정문제는 아닐 테고, 너 정도 재능이면 음악가로서도 충분히 해볼 만할 텐데 도대체 뭐가 문제인 거냐?"

"……."

찬유가 입술을 물며 고개를 숙였다.

선생님 말씀이 맞다. 확실히 둘 다 하는 것은 어렵고 무모한 일이다. 하나에만 집중해도 성공할까 말까 한 세상. 공부를 포기하든, 피아노를 포기하든 둘 중 하나는 포기해야만 한다. 두 가지 사이에서 어중간한 줄타기를 하다가는 줄 위에서 떨어지고 말 것이다. 가는 토끼 잡으려다 잡은 토끼까지 놓치는 수가 있다.

"찬유야."

"선생님, 저는 자신이 없어요."

"……."

"사람들이 천재라고 해도, 전 잘 모르겠어요. 저보다 뛰어난 사람이 이 세상에 없을 거라는 생각, 안 들어요. 그 조그마한 재능의 차이, 그게 무서워요. 재능의 모자람을 극복하기 위해서는 몇 십 배, 몇 백 배의 노력을 쏟아야 할 텐데, 제게 그럴 여력이 있을지 모르겠어요. 최고가 아니면 안 되는 거잖아요. 피아노 하나에 내 모든 걸 바쳤는데 아무것도 이루지 못하면 어떡해요? 그래서 후회하게 되면 그땐 어떡해요? 그 시간, 되돌릴 수가 없잖아요. 거기에 투자한 모든 것들, 그냥 낭비하는 거잖아요. 제겐…… 낭비할 수 있는 게 없어요."

찬유가 애써 웃었다.

그에게는 낭비할 수 있는 게 없다. 실패가 용납되지 않는 상황이다. 소라에겐 그밖에 없다. 그의 성공만을 바라고 힘든 이 생활을 버텨 나가고 있다.

피아노를 계속 배운다면, 그가 세계적인 피아니스트가 될 때까지 얼마의 시간이 걸릴지 모른다. 얼마의 돈이 들지 역시 알 수 없다. 모든 것이 불투명하기 짝이 없는 가운데, 그저 천문학적인 액수의 돈이 들어갈 거라는 것만이 자명한 사실이었다.

그리고 그 천문학적인 돈은 전부 서태훈의 더러운 주머니에서 나오는 것이다. 소라가 버는 수입은 최소한의 생활비를 제외하고 전부 빚을 갚는 데 사용되고 있다. 그런 상황에서, 서태훈은 옛 동료의 가족에게 찾아온 비극을 외면하지 못하는 자비로운 사업가의 이미지를 구축하기 위해서 쓰레기 줍듯 그들을 주워 주었다.

그것이 끔찍이 싫다. 그 돈을 받아 생활해야 하는 지금이 소름 돋도록 싫다. 언제가 될지 모르는 성공의 날을 기다리며, 이리 구차하게 사는 나날을 얼마나 더 견딜 수 있을지 찬유는 자신 없다.

"그런데 아직은 포기할 용기도 없어요."

계속 꿈만 보고 살아도 되는 것인지, 1등이 아니면 알아주지 않는 이 세상에서 정말로 자신보다 뛰어난 천재는 없는 것인지 찬유는 그 무엇도 확신할 수가 없다. 그러나 많이 좋아하는 일이라서, 평생 하고 싶던 일이라서, 아직은 포기할 용기 또한 없다.

"이번 학기까지만 더 고민하도록 할게요, 선생님."

잠시 미간을 찡그린 담임이 이내 고개를 끄덕였다.

"여름방학 전까지는 확실히 진로 결정을 해야 한다."

"네, 선생님."

"가 봐, 그럼."

자신의 이름이 적힌 기록지에 담임이 '진학고교 미정'이라고 적어 넣는 것을 본 후 찬유는 자리에서 일어났다. 가슴에 납덩이가 얹혀 있는 것처럼 답답해졌다.

12시 51분.

상담을 하고 났더니 점심시간이 10분도 채 남지 않았다. 다음 수업 준비를 위해 찬유는 곧장 교실로 향했다. 그런데 무슨 일인지 복도가 시끌시끌했다.

'뭐지?'

천지중은 각 학년별로 다른 층을 쓴다. 소란의 진원지는 1학년 교실이 모여 있는 층이었다. 복도를 가득 메운 아이들이 꺅꺅 소리를 질러 대고 있었다.

"이찬유! 상담 끝났어?"

뒤에서 누군가 갑자기 팔을 둘러 왔다. 놀란 찬유가 반사적으로 그 팔을 떼어 내며 뒤를 노려보았다. 능글맞은 표정으로 민수가 웃고 있었다.

"뒤에서 덮치지 말랬지?"

"덮치긴, 누가 누굴? 그냥 어깨동무 좀 한 거지."

그가 어깨를 으쓱이며 너스레를 떨었다. 하여간 민수에겐 이길 수가 없다. 체념한 듯 찬유가 화제를 돌렸다.

"다들 복도에서 뭐하는 거야? 곧 5교시 시작하는데, 교실로 돌아갈 기미가 안 보이네."

"빅 서프라이즈!"

기다렸다는 듯이 민수가 두 손을 번쩍 들며 두 눈을 빛냈다.

"뭔 서프라이즈?"

"3반에 김수혁이라고 있잖아. 걔가 오늘 1학년 누구한테 사귀자고 고백할 거라던데, 그게 바로 지금이란 이 말씀! 애들 몰려 있는 것 좀 봐라. 흥미진진하다, 진짜. 김수혁이 누구냐, 자칭 천지중 왕자님 아니시냐. 고백도 참 요란하게도 하지. 하여간 차일 가능성은 아예 염두에도 안 두잖아? 그래서 난 좀 궁금해. 얼음공주 서준……."

재잘거리던 민수의 목소리가 어느 순간 뚝 멈췄다. 내내 소란스럽던 복도가 갑자기 조용해진 까닭이다. 누군가 찬물이라도 끼얹은 것 같았다.

"뭐?"

당혹감이 느껴지는 목소리였다. 어찌 들으면 화난 것도 같았다. 잔뜩 날이 선 그 목소리와 대조적인, 너무나 덤덤한 여자애 목소리가 이어서 들려왔다.

"저는 관심 없어요."

서준연이다.

찬유의 동공에 일순 동요가 일었다.

찰나 조용해졌던 아이들이 다시 웅성거리기 시작했다.

"저는, 아무도 안 만나요."

신기하게도 준연의 작은 목소리가 찬유의 귀에 너무도 또렷이 들려왔다. 아이들의 웅성거림에 묻힐 만도 한데 전혀 그러지 않았다.

복도를 가득 메운 인파를 헤집고 작은 누군가가 빠져나왔다. 창백한 얼굴의 서준연이었다. 그녀가 가르고 나온 길 뒤로 얼빠진 표정으로 서 있는 김수혁이 보였다. 자칭 학교의 왕자님께서 전교생이 보는 앞에서 의기양양하게 고백했다가 대번에 퇴짜를 맞고 있는 것이었다. 그가 믿을 수 없다는 듯 소리쳤다.

"야! 서준연! 너, 진짜야? 너! 진짜 후회 안 해? 나 김수혁이라고!"

준연은 멈추지 않았다. 뒤돌아보는 짓 역시 하지 않았다. 그 똑 부러진 거절에 망신을 당할 대로 당한 김수혁만 혼자 복도에 남아 얼굴을 시뻘겋게 붉혔다. 딩동댕동 울리는 수업시작 종소리만 아니었다면, 김수혁은 그대로 웃음거리가 되었을지도 모른다.

"뭐야? 장난 아니다."
"수업 늦겠다. 얼른 가자."

고놈 참 고소하다며 낄낄거리는 민수를 끌고서 찬유가 교실로 돌아갔다.

"저는, 아무도 안 만나요."

수업이 시작되었지만, 찬유의 머릿속엔 준연의 그 무덤덤한 목소리만 잔상처럼 남았다.

창가에 서서 황홀한 표정으로 제 피아노 소리를 듣고 있던 서준연의 모습과, 일생일대의 요란스러운 고백을 받아 놓고도 냉랭하기 짝이 없는 서준연의 모습이 잘 이어지지가 않았다.

너는 어떤 아이이기에 사람의 고백을 그토록 매정히 떨쳐 낼 수 있는 것일까.

너는, 어떤 시간들을 보내고 있기에 그토록 어른 같은 눈을 하고 있는 것일까.

그러면서 또 왜 그렇게 간절한 눈으로 창밖에 서 있었던 것일까.

무언가 하고 싶은 말이 있는 듯 달싹이던 준연의 입술이 생각났다. 그런 그녀를 못 본 척하며 냉정히 커튼을 쳐 버렸던 자신의 행동도 생각났다.

아마, 그때부터였을 것이다.

새삼스레 서준연이 이찬유의 눈에 밟히기 시작한 것은.

신입생에게 3월은 상당히 중요한 시기이다. 막 새 친구를 사귀기 시작하는 때. 그때 첫 단추를 잘못 끼우면 중학교 3년 내내 고생하기 십상이다. 이상한 일로 눈에 띄면 괜히 시기하는 무리가 생겨나기 마련이고, 어울리는 친구가 생기기도 전에 누군가에게 시기를 받으면 그때부터 교우관계는 참으로 고달파지는 것이다.

막 친구를 사귀기 시작할 그 시기에, 준연은 소동의 주인공이 되었다. 전교생이 보는 앞에서 보란 듯이 김수혁을 걷어찼으니, 그녀에 대한 온갖 소문이 교내에 삽시간에 퍼진 것은 당연한 결과였다. 가뜩이나 사교성 없는 서준연은 오만하고 건방지더라는 소문에 힘입어 점점 더 외톨이가 되어 갔다.

게다가 그녀 덕분에 망신을 당했다고 생각한 수혁은 알게 모르게 일진이라 불리는 친구들을 조종해서 준연을 괴롭히기 시작했다. 고백은 자기가 좋아서 한 것이면서 참으로 옹졸한 행동이었다.

그 모든 것을 지켜보면서 찬유는 아무것도 하지 않았다. 사실 그 무엇을 할 필요가 없기도 했다. 그와 서준연은 무관계한 관계이지 않은가. 준연이 괴롭힘을 당하든, 따돌림을 당하든 찬유와는 하등 상관이 없었다. 일 년이나 서로 모른 체하며 지냈는데, 새삼스럽게 한 담벼락 안에 사는 이웃사촌의 정이 불끈 솟아날 리 없었다.

그저 그는 서준연을 관찰할 뿐이었다.

그녀는 늘 무덤덤했고, 무표정했다. 까닭 없는 괴롭힘에도 그녀는 무반응했다.

'궁상맞게 뭐야, 진짜.'

그런데 참 이상한 일이다. 정작 그녀는 무덤덤한데, 지켜보는 찬유는 그녀의 행태를 볼 때면 괜히 짜증이 났다.

"이찬유! 여기!"

다른 곳을 보고 있는 찬유가 자기를 못 찾아서 그런 줄 알고 민수가 손을 번쩍 들며 찬유를 불렀다. 짜증스럽게 구겨진 표정을 펴며 찬유가 민수를 향해 고개를 돌렸다. 그와 시선이 마주치자 민수가 활짝 웃으며 흔들던 손을 내렸다. 식판을 들고서 천천히 걸어간 찬유가 민수의 옆에 앉았다.

"무슨 생각을 하느라 못 찾고 그래?"

"반찬 맛있겠다는 생각."

"너 싫어하는 반찬뿐인데?"

"그럼 반찬 맛없겠다는 생각."

대충 대답하며 찬유가 젓가락을 들었다.

왜인지 불쾌했다. 그래서인지 젓가락질도 신경질적이 되어 갔다.

"이찬유?"

"……"

"야!"

"어, 왜?"

갑자기 민수가 큰 소리를 내며 어깨를 툭 치는 바람에 찬유가 화들짝 고개를 들었다.

"너 안 좋은 일 있어?"

"아니."

"근데 왜 김치를 그렇게 쿡쿡 쑤셔?"

"……그냥."

건성으로 얼버무리며 찬유는 무심코 준연을 생각했다. 그가 아는 여자애들은 삼삼오오 무리 짓는 것을 좋아하는데, 준연은 늘 혼자였다. 집에서도 혼자인 주제에 학교에서도 혼자였다. 그녀가 역병을 옮기고 다니는 것도 아닌데, 그녀의 옆자리는 늘 비어 있었다. 밥을 먹을 때도 혼자였고, 가끔 창가에 앉아 다른 반 아이들이 체육 수업 등을 위해 이동하는 것을 보고 있으면 그때 역시 준연은 혼자였다.

그 따돌림이 무엇 때문인지는 알고 있다. 김수혁이 주동자였고, 준연의 성격이 한몫했으리라.

그러나 지금은 3월이다. 학기 초란 말이다.

서준연은 잘못한 게 없는데, 왜 그녀를 싫어하는 거지?

그 역시 그녀가 자신에게 아무 짓도 하지 않았음에도 싫어하고 있긴 하지만, 그가 그녀를 싫어하는 것과 학교 아이들이 그녀를 싫어하는 것은 왠지 다른 문제처럼 느껴졌다. 자신은 그녀를 미워할 자격이 있지만, 다른 아이들에게는 그게 없는 것 같았다.

"짜증나."

찬유가 불쑥 말했다.

"뭐가?"

밥을 먹다 말고 민수가 물었다.

"전부 다."

가장 짜증나는 것은, 늘 도도한 표정의 서준연이다. 따돌림 당하고 있는 게 명백한데, 그럼에도 그녀는 상처 받은 표정이 전혀 아니었다. 그녀를 보고 있으면 마치 학교 전체가 그녀를 따돌리는 게 아니라 그녀가 학교 전체를 따돌리고 있는 것 같았다. 정말로 외롭지 않은 것인지, 단지 자존심 때문에 도도한 척 구는 것인지 찬유는 알 수 없다.

그냥 그 무덤덤해 보이는 표정이 싫었다. 나이답지 않게, 너무 어른 같은 얼굴이어서.

그래서 새삼스럽게 자꾸 눈이 갔다.

자꾸…….

♪ ♫ ♭

매 학기 진로조사서에 있는 '꿈'이란 항목을 보며 다들 한 번쯤은 자기 꿈에 대해 생각해 보았을 것이다. 그런데 준연은 단 한 번도 자신의 꿈에 대해 생각해 본 적이 없다. 그녀는 늘 엄마를 실망시키지 않기 위해 필사적으로 살아야 했기에, 엄마가 바라는 것 이외의 것은 고려해 보지 못했다.

피아니스트가 되고 싶었지만 될 수 없었던 영미는 그 꿈을 준연에게 투영했다. 남편과 멀어진 후, 그 집착은 더 심해졌다. 피아노뿐만 아니라 그 이외의 모든 부분에서도 최고가 될 것을 준연에게 강요해 왔다.

딸아이의 특출함이 자신의 존재 이유라는 듯이, 자기의 유전자를 물려받은 준연이 뛰어날수록 자신의 존재가치 또한 비로소 증명받을 수 있다는 듯이, 영미는 그렇게 준연에게 매달려 왔다.

작은 실수 한 번 용납하지 않는 엄마 앞에서 준연은 갈수록 움츠러들었고, 오직 엄마를 기쁘게 하고 싶다는 마음 하나만으로 그 모든 압박감을 견뎌야 했다.

그래서 주변을 둘러볼 틈이 없었다. 누가 저를 미워해도 신경 쓸 여력이 없었다. 하루하루 영미의 기대에 부응하기도 버거운데, 무슨 정신이 있어 남들과의 관계까지 챙긴단 말인가.

정신없이 버티는 동안 시간은 흘렀고, 어느새 천지중 첫 중간고사 결과가 준연의 눈앞에 붙어 있었다.

전 학년, 전교생의 성적을 한날한시에 공개하는 것을 두고 어떤 이들은 비인간적이라고 비난하기도 했지만, 대개의 경우 경쟁심을 자극할 수 있다는 이유로 별 불만 없이 받아들이는 분위기였다. 추후에 명문고, 명문대 진학을 꿈꾸는 천지중 특유의 학풍도 그런 분위기에 한몫 했을 것이다.

"아……."

이러면 안 되는데.

당연히 자신의 이름이 있을 거라고 준연이 생각한 곳에 그녀의 이름이 없었다. 1등의 자리에 제 이름이 없다는 것은 준연에게는 곧 엄마의 얼굴에 스치는 찰나 같은 웃음조차 볼 수 없다는 뜻이기도 했다.

절망적인 마음으로 준연은 10등 안에 제 이름이 없다는 것을 거듭 확인했다. 입술을 꾹 깨문 그녀가 계속해서 시선을 아래로 움직였다.

삼십 몇 등에 적힌 제 이름을 보고 준연이 두 눈을 질끈 감아 버렸다. 평균 점수 옆에 좌르륵 써진 과목 점수 중 유독 한 과목이 낮았다. 밀려 쓴 것이 분명했다. 몇 번이고 확인을 했는데 도대체 어쩌다가 밀려 쓴 것일까.

다리가 후들거렸다. 상상 속, 화난 엄마의 목소리는 고막을 찢을 것처럼 컸다. 넘어지지 않으려고 애를 쓰며 준연이 힘겹게 뒤돌아섰다. 자기 점수를 확인하며 들뜨거나 실망한 아이들 사이를 비집고 나오는 그녀의 눈에 마침 점수를 확인하러 온 익숙한 얼굴이 보였다.

'이찬유…….'

찰나 그와 시선이 마주쳤다고 생각했다. 그와 다시 마주치면 그땐 꼭 인사를 해야겠다고 몇 번이나 다짐을 했었는데, 성적에 대한 충격 때문일까. 막상 상황이 닥치니 입이 떨어지지 않았다.

그녀가 덜덜 떨며 그렇게 멀뚱히 서 있는 사이, 찬유는 언제나 그랬듯 스치듯 그녀를 지나갔다. 눈이 마주쳤다고 느낀 것은 마치 준연의 착각이라고 말하고 있는 것만 같았다.

'아니야. 착각이 아니야.'

불쑥 준연이 주먹을 꽉 쥐었다.

분명 눈이 마주쳤는데, 이찬유가 모른 척한 것이다. 얽히고 싶지 않다는 듯이, 인사 같은 것도 나누고 싶지 않다는 듯이…… 그렇게 그녀를 무시한 것이다. 마치 더러운 것을 보듯, 경멸 어린 시선을 냉담한 눈동자 뒤에 숨긴 것이다.

그가 그녀를 마뜩지 않아 하고 있다는 느낌이 강렬하게 들었다. 다른 백 명의 사람이 그녀를 싫어하는 것보다, 이찬유 한 사람이 그녀를 싫어하는 감정이 더 크게 다가왔다.

왜일까.

왜 그는 그녀를 싫어할까.

준연은 모르겠다. 지붕이 다르긴 하지만 같은 담벼락 안에 함께 산 지 벌써 일 년하고도 한 달이 흘렀다. 그러나 준연은 이찬유에 대해 아는 게 별로 없다. 그는 모르는 팬클럽이 학교 내에 존재하고 있을 정도로 단정하게 생겼다는 것, 지금도 키가 크지만 앞으로도 더 클 것이라는 것, 피아노를 굉장히 잘 친다는 것 정도가 준연이 알고 있는 전부였다. 하지만 그 역시도 그녀를 잘 모를 것이다.

그런데 왜 싫어할까?

다른 애들도 그녀를 잘 모르면서, 그녀를 싫어한다. 그것은 상처가 되지 않는다. 그런데 이상하게도 찬유가 다른 애들과 마찬가지로 자신을 싫어하고 있다는 생각이 들자 준연은 괜히 서러워졌다.

"와, 이 미친놈! 이거 진짜야? 누가 조작한 거 아냐?"

누군가 호들갑 떠는 소리를 들으며, 준연이 도망치듯 성적게시장을 빠져나왔다.

그녀는 그가 좋은데, 그의 피아노가 좋은데…….

그래서 인사도 나누고 싶고, 같이 합주도 해 보고 싶고 그런데…….

그러나 그는 그녀와 같지 않다. 엉망인 성적만큼 마음도 엉망이 되어 버렸다.

민수가 성적게시판 맨 위에 있는 이름을 보고 고개를 절레절레 내저었다. 1, 2학년까지는 단순히 상위권에 머물러 있던 찬유의 이름이 맨 위에 적혀 있었다. 머리가 좋은 놈이라는 것은 알고 있었지만, 이건 좀 불공평하다 싶었다. 삼신할미는 이찬유만 정성스레 키운 것이 틀림없다.

"와, 이 미친놈! 이거 진짜야? 누가 조작한 거 아냐?"

퉁퉁거리며 입술을 비죽 내민 민수가 고개를 돌려 찬유를 보았다. 그의 표정이 심상치 않았다. 1등 한 놈이 왜 저리 상처 받은 표정을 하고 있담? 뒤에서 1등을 해도 지금의 이찬유 같은 눈빛은 하지 않을 것이다.

"이찬유, 왜 그래? 뭐 잘못됐어?"

민수가 팔꿈치로 그를 툭 건들며 물었다. 그래도 반응이 없자 민수가 큰 소리로 그를 불렀다.

"야!"

"어, 어? 왜?"

그제야 찬유가 대답했다.
"너 왜 그래?"
민수가 걱정스러운 얼굴을 했다.
"뭐가?"
"너, 표정."
"내 표정이 왜?"
"꼭 초상난 것 같은 얼굴이었잖아."
"내가?"
"어."
"잘못 봤겠지."

찬유가 어깨를 으쓱이며 웃었다. 그러나 그의 눈은 여전히 웃고 있지 않았다.

민수는 입을 꾹 다물고 고개를 돌려 다시 성적게시판을 보며 찬유의 점수를 확인했다. 성적은 더할 나위 없이 훌륭하다. 성적이 훌륭해서 우울하다면 이유는 하나다.

"찬유야."
"왜?"
"……."

민수는 일단 소란스러운 곳을 벗어나고 싶었다. 찬유를 억지로 끌고 성적을 확인하러 나온 인파를 겨우 헤쳐 나왔다. 상황이 조금 나아지자 민수가 단호하게 찬유를 노려보았다.

"너 요즘 뭐해?"
"뭐?"
"요즘 뭐하냐고."
"공부하지."

이 무슨 뜬금포냐는 듯 찬유가 미간을 찡그렸다.

"흐음."

역시 그거다, 공부!

공부를 했더니, 성적이 너무 잘 나온 게 문제인 것이다. 차라리 공부 머리가 없다면 미친 척하고 피아노에 인생을 걸어 볼 텐데, 그 가능성 낮은 도박을 하기엔 다른 쪽의 성공 가능성이 너무 큰 거다. 노력했더니 보란 듯이 1등을 찍어 버린 성적에 이찬유는 역설적이게도 우울해진 듯했다. 핑계댈 게 없으니까. 다른 걸 할 줄 모르니 평생 피아노만 쳐야 한다고 스스로 속일 수 없게 되었으니까. 녀석은 그게 속상한 거다.

"피아노는?"

"피아노가 왜?"

"안 쳐?"

"아니?"

"쳐?"

"······어."

기어들어 가는 목소리로 찬유가 대답했다. 민수가 답답하다는 듯이 찬유를 쳐다보았다.

"전만큼?"

"······."

"전만큼 쳐?"

운명의 갈림길에 놓인 것은 자신이 아니라 찬유라는 것을 민수도 안다. 그러나 제 일이 아님에도 이상하게 조급해져 버렸는지 민수의 목소리가 갈라졌다.

"무슨 뜻이야?"

순순히 대답하던 찬유가 미간을 찌푸렸다.

"예전만큼 연습하면서도 저런 성적이 나올 수 있어? 어떻게 생겨 먹은 사람이어야 그게 돼? 연습하는 시간을 줄이고 공부하는 시간을 늘린 거 아냐? 피아노, 그만둘 생각하고 있는 거 아냐? '공부, 하니까 되는구나. 차라리 머리라도 나쁘면 피아노만 치겠다고 우기기라도 해 볼 텐데, 그것도 안 되겠네.' 이런 생각 들어서 우울한 거 아냐?"

"그런 거 아냐."

"그런 게 아닌데 표정이 왜 그래?"

달이 이지러지듯 그의 눈이 이지러졌다. 울컥, 그의 검은 동공 속에서 무언가가 치올랐다.

민수의 말이 정곡을 찌르고 있었다. 찬유의 친구는 꿈과 현실 사이에서 갈팡질팡하는 그를 정확히 꿰뚫어보고 있었다.

확실히 피아노보단 공부 쪽이 성공하기 더 쉬울 것이다. 세상은 뛰어난 피아니스트보다 뛰어난 샐러리맨이 더 많이 필요할 것이고, 세계 1등이 되는 것보다는 세계 1%의 두뇌 쪽에 포함되는 게 차라리 쉬울 것이다. 투자비용만 생각해도 공부 쪽이 피아노 쪽보다는 훨씬 덜 들었다.

하면 확실히 될, 보다 편한 길을 놔두고 불확실하고 어렵기 짝이 없는 길을 선택할 용기가 지금의 찬유에겐 없었다. 그렇게 저 하나만 생각하고 욕심부리기에는 그의 상황이 여의치 않았다. 고집 피울 상황도 아니었고, 실패가 용납되는 상황도 아니었다.

보란 듯이 1등에 찍힌 제 이름을 보면서, 찬유는 희망이 아닌 절망을 느꼈다. 모든 상황이 그에게 피아노를 그만두라고 종용하는 것만 같았다. 정작 소라는 그에게 아무런 눈치도 주지 않았지만, 너무 일찍 철들어 버린 찬유의 마음은 그러했다.

"미쳤어."

흔들리는 찬유의 눈빛을 보며 민수가 차갑게 중얼거렸다.

"한심해. 비겁해."

"유민수."

"정작 아주머니는 너 이러는 거 모르시지?"

"……."

"내 친구가 겁쟁이라니, 싫다."

자신의 말이 찬유를 상처 입힐 것을 민수 또한 알고 있었다. 그가 무엇 때문에 힘들어하고, 고민하는지 역시 알고 있었다. 바이없이 떨리는 그 눈빛 뒤에 숨겨진 고민과 상처를 느낄 수 있었다. 재능 많은 그의 친구는 현실과 꿈 사이에서 끝없이 갈팡질팡하며 스스로 좀먹고 있는 것이었다. 더 쉬운 길이 눈에 보이니까, 실패하면 안 된다는 강박감에 사로잡혀서 너무도 간절히 원하는 꿈을 포기하려는 것이다.

그게 슬펐다.

원하면서 포기할 준비를 해 가는 찬유의 모습이 안타까웠고, 혼자 다 떠안고 가려고 하는 모습이 미련해 보였다. 소중한 것을 그렇게 하나, 둘 포기하고 나면 나중에 찬유에게 남는 것은 무엇일까.

"민수야."

휙 등 돌려 가 버리는 민수를 부르는 찬유의 목소리는 작았다. 이 상황에서 가장 크게 상처 받은 것은 그인데, 이상하게 민수가 더 상처 받은 것만 같았다. 민수가 어떤 마음으로 미쳤다고, 한심하다고, 비겁하다고 중얼거리고 갔는지 알아서 찬유는 차마 그의 힐난에 한 마디 변명조차 할 수 없었다. 바닥에 툭 떨어진 검은 눈빛이 하릴없이 흔들렸다.

'너라면 어떻게 할래?'

지금의 모든 상황이 찬유에겐 부담이었다. 피아노를 계속할 경우 감당해야 하는 것들이 너무 많았다. 대학교를 나오고 유학을 다녀오는 동안 들어갈 천문학적인 액수의 후원금도 부담이 되었고, 언제가 될지 모르는 그의 성공만 바라며 하루하루 버텨 갈 어머니의 모습도 부담이 되었다.

아버지를 허망하게 보낸 후, 찬유는 현실 앞에서 비겁해지고 초라해졌다. 그 나약함을 간파한 민수의 앞에서 그는 더 작아지고 보잘것없어져서, 무엇으로부터 도망치는지도 모른 채 계단으로 향했다.

콩쿠르 준비를 핑계로도 빠지지 않았던 수업을 처음으로 빠져 보았다.

학교 옥상엔 정원이 있다. 찬유는 답답할 때면 그곳에 올라가곤 했다. 하늘을 가리는 건물이 없어서 좋았고, 마음이 탁 트이는 기분이 들어서 더욱 좋았다.

그러나 오늘은 옥상에 올라와 파란 하늘을 바라보는데도 기분이 나아지지 않았다. 끝없는 어둠이 저를 좀먹고 있는 기분이 들었다.

'그만둔다……. 그만두지 않는다…….'

아버지가 돌아가시고, 가세가 급격히 기운 직후부터였을 것이다. 찬유는 그때부터 자신이 피아노를 계속할 수 없을 거라고 막연히 생각해 왔다. 피아노를 제대로 배우는 데 많은 돈이 들어간다는 것 정도는 알고 있었으니까. 그때부터 시작된 포기의 마음은 차곡차곡 찬유의 가슴속에 쌓여 온 것이다.

'그만둔다······.'

걸음마를 배우기도 전에 건반을 먼저 만졌다. 기억이 시작된 순간 이래로 피아노와 떨어져 있던 순간은 단 한 번도 없었다. 한 옥타브 이상 차이 나는 음계를 동시에 누를 수 있게 된 순간의 기쁨을, 찬유는 여전히 기억하고 있다.

그에게 있어 키가 자란다는 것은 손가락이 길어진다는 뜻이었고, 손가락이 길어진다는 것은 더 많은 곡을 연주할 수 있게 된다는 뜻이었다. 그래서 찬유는 늘 키가 큰 사람보다 손가락이 가늘고 긴 사람을 부러워했다.

'그만두지 않는다······.'

그렇게 인생의 전부를 차지해 온 것을 포기하는 것은 어렵고 두려운 일이다. 그런데 그 길을 계속해서 걸어갈 용기조차 없다. 둘 다 그에게는 힘든 일이다.

그래, 비겁자다.

스스로를 향해 경멸의 말을 내뱉으며 찬유가 바닥에 주저앉아 버렸다. 옥상구조물에 기대 앉아 고개를 들었다. 하늘은 파랬고, 선선한 봄바람이 그의 뺨을 어루만지고 지나갔다. 그대로 옆으로 팩 쓰러져 눈을 감고 싶다는 충동이 일었다.

"그거 봤지? 진짜 쌤통이다, 크큭."

불현듯 여자애 몇이 재잘거리는 소리가 들려왔다.

'땡땡이?'

찬유와 마찬가지로 수업에 들어가지 않은 애들이 분명했다.

"맞아! 혼자 도도하더니."

들으려고 한 것은 아니었다. 다만 그녀들은 찬유를 보지 못했고, 찬유가 인기척을 내기도 전에 저들끼리 신이 나서 험담을 시작해 버린 것이다. 낄낄거리는 목소리는 누군가를 향한 명백한 적의를 담고 있었고, 굳이 귀 기울여 듣지 않아도 그 누군가가 서준연이라는 것은 어렵지 않게 알 수 있었다.

깔깔거리는 비웃음 뒤에 몇 번 준연의 이름이 이어졌고, 그것 참 고소하다느니, 꼴좋다느니 하는 비아냥거림이 쏟아졌다.

찬유의 이맛살이 반사적으로 선을 그었다.

그도 준연을 별로 좋아하진 않는다. 그러나 계집애들의 뒷담화엔 왜인지 모를 반감이 일었다.

그녀들은 대체 무슨 자격으로 서준연을 무시하고, 헐뜯는 것일까?

아니다. 자격 같은 건 애초에 필요하지 않았다. 그들은 단지 준연이 싫은 것이다. 준연의 성격이나 행동 따위가 전부 마음에 들지 않는 것이다.

저 혼자 잘났다는 듯 급우들과 원활히 어울리지 못하는 성격. 그녀들의 우상, 천하의 김수혁을 대번에 차 버린 왕재수. 은근한 따돌림에도 고개를 치켜드는 도도함. 그것들은 십 대 계집애들의 배알을 꼴리게 하기에 충분했다.

늘 잘난 체하듯 공부만 하고 있던 준연의 성적이 소문만큼 잘 나오지 않은 것에 여자애들은 고소해하고 있었다. 그 형체 없는 적대감에 찬유는 입술을 물었다. 잘못한 것 하나 없이 미움 받는 서준연이 괜히 가여워졌다가, 막상 자신도 저 여자애들과 다를 바 없이 정당한 이유 없이 그녀를 싫어하고 있다는 것을 깨닫고는 스스로 수치스러워졌다.

"야, 근데 너 그 영화 봤어?"

"무슨 영화?"

"그 이제훈 나오는 거 있잖아. 노래 부르는 거."

"당연히 봤지!"

한참을 신나게 서준연에 대한 험담을 늘어놓던 여자애들은 이내 그녀에 대한 관심이 식었는지 다른 이야기로 화제를 돌렸다. 최근 나온 영화 이야기, 좋아하는 연예인 이야기, 남자친구 이야기 등등을 재잘재잘 떠들어 대던 그녀들은 방과 후 계획까지 짜기 시작했다. 노래방에 가자, 오락실에 가자, 화장을 하고 어른인 척 술집에 가자 등등 다양한 의견이 오갔다.

그러나 그녀들이 하나의 계획을 섬세하게 계획하기 전 학생주임이 들이닥쳤다.

"이 자식들아! 니들이 여기 있으면 내가 못 찾을 줄 알았냐? 엉?"

"으악, 선생님! 그, 그게 아니고요! 아얏, 아, 아파요! 아프단 말이에요!"

"아파? 아파아? 아픈 걸 아는 놈들이 땡땡이를 쳐? 당장 이리 안 와!"

여자애들의 비명 소리가 멀어졌다. 그녀들을 닦달하는 학생주임의 발소리도 멀어졌다. 그 모든 소음이 사라지고 한참 뒤에야 찬유가 굳은 얼굴로 옥상구조물 뒤에서 걸어 나왔다.

때마침 수업이 끝나는 종소리가 울렸다. 어떻게 할까, 잠시 망설이던 찬유가 성적이 게시되어 있는 곳으로 향했다.

이찬유에게 서준연은 눈에 거슬리는 여자애일 뿐이었다. 그가 세들어 살고 있는 집의 외동딸이었고, 서태훈의 피를 반이나 가진 기분 나쁜 계집애였다. 얽히지 않으면 가장 좋을 것이고, 눈에 보이지 않으면 더더욱 좋을 것이다.

그런데 한집에 살면서 마주치지 않을 방법은 없었고, 같은 학교에 다니게 된 이후로는 아무리 신경 쓰지 않으려고 해도 시도 때도 없이 서준연의 존재가 찬유의 눈앞을 기웃거렸다.

서준연이 싫다.

안 보고 싶은데, 자꾸 보여서 싫다.

알고 싶지 않은데, 자꾸만 그녀에 대한 것들이 들려와서 싫다.

그녀를 알지도 못하면서 그녀를 싫어하는 다른 여자애들과 마찬가지로, 자신 역시 정당한 이유 없이 그녀를 싫어하고 있다는 걸 알기에 더욱 싫다.

어쩌면 질투일까, 시샘일까.

'국어만 엉망이네.'

전교생 성적이 게시된 게시판 앞에 서서 찬유는 준연의 성적을 찾아보았다. 시험을 얼마나 망쳤기에 옥상의 그 여자애들이 그리 쑥덕거리며 좋아했던 것인지 아무래도 신경이 쓰였다.

준연은 전 과목 성적이 월등한 데 반해 국어 성적만 형편없이 낮았다. 밀려 썼다고 가정하면, 그녀의 본래 성적은 게시된 것보다 훨씬 좋을 것이다. 그 좋은 성적을 내기 위해서 얼마나 많은 시간과 노력을 투자했을지 그때의 찬유는 알지 못했다.

그는 다만 피아노를 떠올렸다. 흘리듯이 소라가 하는 말을 듣기로, 서준연 또한 피아노를 배우고 있다고 들었다. 늘 방음이 철저히 된 연습실에서 연습을 하기 때문인지 그녀가 피아노 치는 소리를 들은 적은 없었다. 덕분에 그녀의 실력이 어느 정도 수준인지는 알 수 없지만, 준연의 어머니인 홍영미가 젊어서 피아니스트의 꿈을 꾸었다는 것을 고려해 보면 준연의 실력 역시 어설프진 않을 것이다. 어떠한 말 못 할 사정 때문인지, 단지 재능의 부족 탓인지 피아니스트의 꿈을 이루지 못한 홍영미가 그 꿈을 서준연을 통해 실현시키려 한다고 들었으니까.

하나만 잘하는 것은 어렵다. 둘 다 잘하는 것은 더욱 어렵다. 어쨌든 서준연은 공부와 피아노 중 원하는 것을 마음대로 선택할 수 있을 것이다. 그녀의 집안은 실로 부유해서, 그녀가 바라는 대로 아낌없는 지원을 해 줄 테니까.

공부와 피아노 중 서준연이 더 원하는 것은 무엇일까.

그런 건 아무래도 상관없다.

'……'

잿빛의, 텅 비고, 텅 빈 눈.

그 두 눈이 불현듯 떠올랐다. 연습실이 비지 않아 어쩌다 한 번씩 집에서 연습을 할 때면 서준연은 어김없이 그의 창가 밖에 서 있었다. 살짝 놀란 듯 상기된 양 뺨, 당황한 듯 크게 열려 흔들리는 눈동자, 할 말 있는 듯 조심스럽게 달싹이던 그 입술. 어찌 보면 넋이 나간 것도 같고, 어찌 보면 한없이 집중한 것도 같은 얼굴로 준연은 찬유의 연주를 듣고 있었다.

그 진지한 모습을 보고 있으면 찬유는 불쑥 그녀만을 위한 연주를 하고 싶은 충동에 휩싸이곤 했다. 그 순간만큼은 이 세상에 그녀와 단둘이 남아 있는 것 같은 착각이 들었다.

그 기기괴괴한 감정이 싫었다. 서준연을 의식하고 생각하는 그 순간이 끔찍하게 싫었다.

그래서 지금 이 순간도 싫다. 준연의 성적을 하나하나 뜯어보고 있는 제 모습이 싫다.

어차피 하고 싶은 것은 다 할 수 있을 부잣집 아가씨. 그러나 이상할 정도로 공부에도 필사적인 그 아이.

제 창가에 서 있는 모습을 떠올려 보면 그녀는 피아노를 좋아하는 게 분명하다. 돈도 많아서 원하는 것을 할 수 있을 텐데 왜 그렇게 필사적인 것일까. 왜, 둘 다 최고가 되려고 바둥거리는 것일까.

"알 게 뭐야……."

"알 게 뭐긴 뭐가 알 게 뭐야?"

혼자 중얼거리며 찬유가 뒤돌아서려고 하는 순간, 그의 머리 위로 무언가가 '탁!' 하고 떨어졌다.

"악!"

"이찬유! 성적 잘 나온 기념으로 땡땡이냐? 성적이 잘 나왔으면 공부를 더 열심히 할 생각을 해야지! 당장 따라와!"

"서, 선생님! 아파요! 악!"

제 발로 따라갈 기회도 주지 않고 학생주임이 찬유의 귀를 잡아당겼다. 반항 한 번 제대로 못 해 본 찬유가 상담실로 끌려갔다.

학생주임에게 단단히 혼쭐이 났다. 땡땡이를 친 것은 명백한 잘못이라서, 찬유는 입이 열 개라도 할 말 없는 죄인처럼 조용히 꾸지람을 들었다. 결국 반성문 작성이라는 엄벌이 떨어졌다.

종례가 끝난 후, 찬유는 연습실로 가는 대신 상담실로 향했다. 그는 학생주임 선생이 써내라고 한 반성문의 장수만큼 A4용지를 옆에 쌓아 두고 걸상에 앉아 성실하게 반성문을 쓰기 시작했다.

피아노를 배우면서 좋아진 것 중 하나는 어지간히 필기를 해도 지치지 않는다는 것이었다. 몇 장이나 똑같은 내용을 쓰는데도 그의 필체는 흔들림이 없었다.

그를 감독하던 학생주임은 네모반듯하게 줄을 맞추어 정성스럽게 반성문을 쓰는 그 모습에 감복하였는지, 그가 100장을 다 채우기도 전에 이만 됐다며 보내 주었다.

"가 봐, 인석아."

"감사합니다, 선생님."

"다음부턴 수업 빠지지 말고. 고민이 많은 나이라고 해도 그건 안 돼. 알겠나?"

"네, 선생님."

공손히 인사를 하고 나온 찬유는 곧장 연습실로 향했다. 주말이나 평일 이른 시각에는 집에서도 연습을 할 수 있었지만, 그 이외의 연습은 늘 연습실을 이용해야 했다. 얹혀사는 주제에 소음까지 만들어 내서야 되겠는가.

밤늦게 갑자기 피아노가 정 치고 싶을 때는 임시방편으로 건반 크기와 같은 그림을 그려 놓고 그것을 두드리곤 했다. 하지만 건반이 눌리는 느낌, 귀와 가슴으로 들리는 소리 등이 진짜와 같을 리 없었다. 다만 머릿속에 그려지는 선율이 진짜이기를 간절히 바라곤 했다.

버스가 끊기기 전에 귀가해야 했기 때문에 찬유는 아쉬운 대로 4시간 정도의 연습을 마무리하고 집으로 향했다.

'전자피아노라도 사 달라고 부탁드려 볼까.'

피아노를 계속할까, 말까를 고민하는 와중에 전자피아노가 웬 말이냐며 찬유가 힘없이 웃었다. 결국 또 피아노 쪽으로 흘러 버리는 제 생각을 타박하며 대문을 열고 안으로 들어선 찬유가 찰나 멈칫거렸다.

본채 쪽에서 엄청난 소리가 들려왔다.

"무슨 소리지?"

그것은 무언가 깨지는 소리였다. 아니면, 부서지는 소리였다. 그리고 비명, 아니, 분노 섞인 큰 소리가 쩌렁쩌렁 울렸다.

찬유가 놀란 눈으로 본채를 바라보았다. 불은 꺼져 있었다. 그런데 소리는 계속해서 들려왔다. 경찰에 신고할 일이라도 생긴 건가 싶어 찬유의 안색이 창백해질 때 즈음, 별안간 본채 출입문이 열리더니 작은 무언가가 밖으로 내던져지듯 튕겨 나왔다.

"당장 나가!"

"엄마! 죄송해요! 잘못했어요!"

"뭐? 죄송해? 잘못해? 그걸 지금 말이라고 하는 거야? 오늘은 들어올 생각 마라! 꼴도 보기 싫으니까!"

찬유는 어안이 벙벙했다.

이 밤중에 도대체 무슨 일이 일어나고 있는 것인가 싶었다.

"어, 엄마!"

본채 출입문은 보란 듯이 쾅 소리를 내며 닫혀 버렸다. 몇 번 문을 두드리던 아이가 털썩 바닥에 주저앉았다. 정원등이 그녀를 어슴푸레 비춰 주었다. 산발한 머리칼이 처연하게 흩어져 있었다.

"서준······연?"

설마 했는데, 서준연이 맞았다.

막연히 곱게 자란 부잣집 따님이라고만 생각했는데, 이게 무슨 일일까. 흘리듯 하던 소라의 말들이 찬유의 머릿속에서 되살아났다.

"준연이가 참 착하더라. 그렇게 착한데······ 안쓰럽기도 하지."

"사모님께서 조금만 덜 극성이면 좋을 텐데. 가엾은 것. 그러니 너라도 좀 잘해 줘. 보면 좀 상냥하게 웃어 주고, 같이 놀기도 하고."

"에휴, 그 어린 게 얼마나 힘들까."

홍영미가 극성이라는 소리는 몇 번 들었다. 소라는 늘 준연이가 참 안됐다며 혼자 중얼거리곤 했다. 그때마다 찬유는 준연에게 가는 연민을 막았다. 학교에서 죄 없이 따돌림당하는 그녀를 볼 때도, 마찬가지로 그녀에게 흐르는 동정을 막기 위해 애썼다.

서준연은 서태훈의 딸이고, 서태훈은……. 서태훈은 상대할 가치도 없는 악종이었다. 악종의 딸 역시 악종일 뿐이라고, 찬유는 시야 안으로 슬금슬금 들어오는 준연을 겨우 밀어내고 있었다.

그런데 그게 이젠 조금 힘들 것 같다. 서준연은 그에게 잘못한 것이 없다. 그녀는 그에게 죄를 짓지 않았다. 까닭 없이 그녀를 원망하고, 싫어하는 것은 옳지 않다. 그것을 거의 일 년 만에 찬유는 비로소 인정했다.

부잣집 따님, 원하는 건 다 할 수 있는 서준연. 그 전제가 틀렸다. 그녀가 피아노에도, 공부에도 필사적일 수밖에 없는 이유가 어렴풋이 이해가 되었다.

할 말을 잃고 동그마니 서 있는 그의 기척을 느꼈을까. 준연이 느릿하게 고개를 돌렸다. 울었던 것이 분명한 듯 조명에 비친 눈은 빨갛게 보였다.

화가 치미는 것을 찬유는 가까스로 억눌렀다. 그리고 지금 시간을 생각했다.

지금이 몇 시인데 저 꼴을 하고 있는 것일까? 혹 학교가 끝나 집에 온 이후 내내 저 일을 당하고 있던 것은 아닐까? 겨우 한 번의 실수. 그 누구보다 속상한 건 본인일 텐데, 홍영미는 도대체 어떻게 되어 먹은 어머니이기에 이 어린 딸에게 그토록 모진 폭력을 행사했단 말인가?

기가 막혀 덜덜 떠는 찬유를 보며 준연이 천천히 일어났다. 교복을 갈아입지도 못한 그녀의 얼굴엔 생기가 없었다. 잿빛 눈을 한 채, 준연이 한 발, 한 발 움직였다. 그녀는 금방이라도 풀썩 쓰러질 듯 위태로워 보였다.

마침내 그녀가 찬유의 앞에 섰다.

느리게 그녀의 입술이 열렸다.

"안녕."

비교적 또렷한 목소리였다. 그러나 물기가 가득했다.

"안녕……."

그녀가 다시 한 번 인사를 건넸다. 당황한 듯, 혹은 화가 난 듯 찬유가 미간을 찌푸렸다. 그녀의 창백한 뺨을 타고 툭툭 떨어지는 눈물이, 찬유의 가슴속에 쌓였다. 한 방울, 한 방울 떨어져 쌓인 눈물은 그의 속에서 넘치는 눈물 강이 되어…… 이내 목구멍을 틀어막았다.

"안녕."

찬유가 작게 대답하며 손을 내밀었다. 무언가에 홀린 듯 준연의 작은 손을 잡은 찬유가 곧 별채를 향해 몸을 돌렸다.

"당연한 거예요."

소라가 깰까 봐 살금살금 움직이는 찬유에게 준연이 대뜸 말했다.

"어?"

"내가 여기 있는 거."

"……?"

"그러니까, 음…… 여기도 우리 집이잖아요."

작게 중얼거리며, 준연이 불안한 듯 눈동자를 굴렸다.

"엄밀히 따지면 여기도 우리 집이니까……. 그러니까 쫓아내면 안 돼요."

쫓아내면 안 된다는 준연의 말은 거의 개미 소리만큼이나 작았다. 애초에 쫓아낼 생각도 없던 찬유가 낮게 한숨을 내쉬었다. 영미에게 쫓겨난 그녀는 찬유가 행여 마음을 바꾸고 자신을 쫓아낼까 봐 전전긍긍하고 있었다.

"알았으니까 조용히나 해."

무뚝뚝하게 말하며 찬유가 데운 우유를 내밀었다. 그것을 받아 홀짝거리며 마시는 준연을 확인한 찬유가 곧 소라의 방 쪽을 흘깃 쳐다보았다. 그녀가 알면 아마도 난리가 날 것이다. 밤새 준연을 걱정하느라 잠도 제대로 못 잘 것이 분명했다. 찬유는 아들이 귀가하는 것도 보지 못하고 피곤에 지쳐 곯아떨어진 엄마를 깨우고 싶지 않았다.

"갈아입을 옷은…… 가지고 있을 리가 없지. 좀 클 텐데, 내 거라도 빌려 줄까?"

"아뇨. 교복이 편해요."

우유를 마저 마시며 준연이 대답했다. 눈물은 이미 온데간데없었고, 목소리 또한 제법 평온해졌다. 조금 전까지만 해도 생모에게 폭행을 당했던 아이라고 믿을 수 없을 만큼 준연은 침착했다. 돌연 찬유의 온몸이 전율했다.

'한두 번이…… 아닌 거야?'

처음이 아닌 것이다. 그래서 익숙한 것이다.

"그래?"

찬유는 할 말을 잃었다. 아무리 어른스러운 체해도 그 역시 아직은 어린애였다. 이럴 때 어떻게 대처해야 하는지, 또는 무슨 말로 위로를 해야 하는지 그는 전혀 알 수 없었다.

게다가 서준연을 싫어하는 게 정당하지 않은 행동이라는 걸 깨달았다고 해도, 그녀를 싫어하며 지내온 시간이 벌써 일 년이었다. 없는 죄를 그녀에게 뒤집어씌우며 미워하지 말자고 다짐했다고 해도 찬유는 여전히 서준연이 불편했고, 그래서 무엇을 더 해 줘야 하는지 알 수 없는 지금 얼른 방으로 들어가고 싶기만 했다.

"들어가세요. 난 그냥…… 여기서 이렇게 자면 되니까."

어차피 불편하기만 한 자리. 구원의 명이라도 들은 듯 찬유가 망설임 없이 등을 돌렸다. 그런데 자기 방으로 걸어가던 그가 불현듯 멈춰 섰다. 그리고 다시 준연을 똑바로 응시하였다. 그것은 분명 충동적인 행동이었다.

"서준연."

그를 올려다보는 준연의 얼굴은 참 말갛다. 그리고 그녀는 참 작기도 하다.

"네."

때릴 곳이 있기는 한 것일까…….

"자주 있는 일이야?"

"뭐가요?"

"너희 어머니가 그러는 거."

찬유가 손가락으로 준연을 가리켰다. 흠칫, 그녀의 동공이 커졌다는 생각이 들었다.

"……아니요."

대답에는 약간의 틈이 있었다. 보이지 않는 망설임……. 거짓말이다.

"아버지는 모르셔?"

왜 거짓말을 하느냐고, 찬유는 그녀를 추궁하지 않았다. 잘 모르는, 그것도 자기 집에 세 들어 사는 남자애에게 집안의 치부를 말하고 싶지 않은 것은 당연한 마음일 테니까.

"네."

준연이 이번엔 망설임 없이 답했다.

그러나 그것 또한 거짓말이었다. 모두 다. 조금 전과 달리 지나치게 흔들림이 없는 그녀의 눈동자는, 마치 바로 직전에 간파당한 거짓을 외면하듯 단호했다. 그 모습은 조금 전의 대답도, 바로 지금의 대답도 결코 거짓이 아니라고 그를 비롯해서 자기 자신마저 속이려는 것처럼 보였다. 그냥 그런 느낌이 들었다.

이상한 일이다. 왜 서준연의 거짓말을 이렇게 쉽게 알아챌 수 있는 것일까? 어떻게 투명한 물속을 들여다보듯 훤히 보이는 것일까?

그건 모르겠지만, 이 일에 자신이 개입할 여지가 없다는 것을 찬유는 알 수 있었다. 준연의 거짓말은 찬유를 가로막는 단단하고 높은 벽과도 같았다.

"그래. 잘 자."

찬유가 등을 돌렸다.

"안녕."

들릴락 말락 한 작은 목소리로 준연이 인사를 건넸다. 그녀의 입매에 번지는 희미한 만족감을 찬유는 보지 못했다.

그녀의 인사를 남겨 둔 채, 찬유가 방으로 들어갔다.

찬유가 들어가고 준연은 거실에 혼자 남았다.

옆으로 스르륵 쓰러진 그녀가 작게 웃었다.

"인사…… 했어."

처음으로 찬유에게 인사를 했다. 늘 인사를 건네기도 전에 가 버리던 찬유가 오늘은 그녀에게 '잘 자'라는 말도 해 주었다. 그것이 기뻤다. 하늘이 엄마의 미소 대신 찬유와의 인사를 그녀에게 준 모양이었다. 아직 신이, 그녀를 완전히 버린 게 아닌가 보다.

"내일도…… 했으면 좋겠다……."

담요도, 깔개도 없었는데, 세상 어느 곳보다 포근했다. 비몽사몽 잠에 빠져드는 그녀의 차가운 뺨에 무언가 따뜻한 것이 닿았다. 정체 모를 온기가 그녀의 마른 뺨을 어루만져 주고 있었다.

찬유는 이불을 끌어안고서 잠시 침대 위에 앉아 있었다. 맨바닥에 어리고 다친 여자애를 재우는 것은 옳지 않았다. 그게 설령 서준연이라고 해도 그런 대접을 할 수는 없었다.

하지만 준연을 향해 키워 왔던 적대감은 아직 완전히 꺼진 게 아니라서, 그녀에게 호의를 베푸는 것이 영 자연스럽지 않았다. 한참을 고민하던 찬유가 이내 단호하게 자리에서 일어났다. 거실로 나가는 그의 어깨가 살짝 떨렸다.

거실은 여전히 불이 켜진 채였다. 바닥에 쓰러진 준연에게서 새근새근 숨소리가 들려왔다.

'벌써 잠든 거야?'

많이 피곤했던 모양이었다. 차라리 잘됐다. 그녀가 깨어 있었다면 분위기만 괜히 더 어색해졌을 것이다.

거실 보일러를 올리고 그녀에게 이불을 덮어 준 찬유가 힘없이 웃었다. 그의 동공에 준연의 모습이 담겼다.

서준연은 하얗다. 흰색의 불투명한 피부가 우유 같다. 솜털 보송보송한 뺨은 한없이 부드러워 보인다. 더럽히고 싶지 않은 순백……. 뭐가 그렇게 미워서, 뭐가 그렇게 싫어서 준연을 때리는 것일까?

그녀는 잘하고 있는데.

피아노도, 공부도 열심히 하고 있는데.

왜 그 노력은 보아 주지 않고, 화를 내는 것일까.

왜…… 그녀를 똑바로 보지 않고, 미워하는 것일까.

"나도 똑같아."

이제 겨우 열네 살. 그보다 두 살은 어린 여자애. 아직은 보호와 애정이 절실할 텐데, 준연은 그것을 갖지 못했다. 까닭 없이 저를 미워하는 무리에 둘러싸여, 지은 잘못 없이 온갖 경멸을 받으며, 부모님 품에서조차 위안 얻지 못하는…… 가여운 서준연.

찬유가 저도 모르게 준연을 향해 손을 뻗었다. 손끝에 보송보송한 뺨이 닿았다. 찬유의 반듯한 눈썹이 꿈틀거렸다. 늘 매정히 창밖에 세워 두었던 서준연이 그의 마음속으로 한 발짝 성큼 들어왔다.

"내가 참 한심해."

찬유의 손끝이 준연의 눈가를 어루만졌다. 속을 알 수 없는 잿빛 눈동자가 지친 눈꺼풀 뒤에 숨어 있을 것이다. 로봇은 아닐까 싶을 정도로 딱딱한 존댓말을 구사하는 서준연은, 깊은 잠에 빠진 지금에야 평범한 여자애로 보였다. 너무 특출 나서 무리로부터 소외당하는 외로운 소녀가 찬유의 앞에 잠들어 있다.

"미안……."

그녀는 듣지 못하겠지만, 찬유는 그녀에게 용서를 구했다. 앞으론 절대 그녀가 하지 않은 일로 그녀를 미워하지 않겠다고 다짐했다. 말간 얼굴로 '안녕'이라 인사하던 서준연은 보나마나 그를 용서해 줄 것이다. 그런 생각이 들자 괜히 안도의 웃음이 나왔다.

그때, 불쑥 문 열리는 소리가 들렸다. 움찔 놀란 찬유가 준연의 얼굴에서 황급히 손을 떼며 고개를 돌렸다. 잠에 취한 표정의 소라가 방에서 나오고 있었다.

"찬유니……?"

졸린 목소리였다. 누워서 잠든 준연을 다 가리지 못한 찬유가 당황해서 소라를 쳐다보았다.

"왜 방에 안 들어가고……. 뒤에 누구니?"

소라가 준연을 발견했다. 잠이 확 달아난 듯 소라가 미간을 찡그렸다.

"엄마, 그게요……."

"준연이 아니니?"

"……맞아요."

소라의 안색이 급격하게 어두워졌다. 찬유의 눈빛도 무거웠다. 뻔히 서준연이 옆에 있는데 그녀가 아니라고 우길 수는 없었다. 엄마의 잠을 방해하고 싶지 않았는데 준연을 본 순간 그녀의 잠은 다 날아가 버렸을 것이 분명했다.

"준연이가 왜 여기 있니?"

"그게……."

"응?"

"오늘은 집에 들어가고 싶지 않다고 해서……."

말끝을 흐리며 찬유가 어설픈 거짓말을 했다. 평소 소라를 속여 본 적이 없는 찬유가 이 순간 능숙한 임기응변을 발휘할 수 있을 리가 없었다.

"흐응?"

"쫓겨난 것 같아요."

추궁하는 듯한 소라의 눈빛에 찬유가 결국 한숨과 함께 사실대로 실토했다.

"쫓겨나?"

"네."

"왜?"

"중간고사 성적이 나왔거든요. 보니까 국어 성적이 안 좋던데, 그것 때문에 많이 혼난 것 같아요."

"시험을 못 봤다는 이유로 애를 쫓아내? 사모님께서?"

황당하다는 듯 소라가 입을 쩍 벌렸다. 고개를 절레절레 흔드는 그녀의 눈동자엔 혼란이 가득했다.

회장 내외의 사이가 나쁘다는 것은 소라도 익히 알고 있었다. 남편의 친우였던 그 집 바깥양반은 집에도 거의 들어오지 않으니, 그 아내의 속은 진즉 썩어 문드러졌을 터. 주말에만 이따금 들어올 때면 서태훈의 몸에서 풍기는 여자 향수 냄새는 과연 가관이라서, 옆에 있는 소라의 심장이 다 쪼그라들 정도였다.

자신을 사랑해 주지 않는 남편 옆에서 홍영미가 느껴야 했을 서러움, 외로움……. 갑자기 떠나 버린 남편의 주검 앞에서 소라가 느꼈던 감정과 그 근본은 다를지라도 마음을 좀먹는 그 비통함은 아주 조금쯤은 닮아 있을 것이다. 늘 술에 취해 있는 영미와 그런 영미를 보며 불안에 떨던 준연의 모습이 무거운 납덩이가 되어 소라의 가슴을 짓눌렀다.

"어휴, 옷도 안 갈아입고……."

"교복이 편하대요."

"교복이 편해도 그렇지."

소라가 씁쓸하게 웃었다.

영미가 왜 그렇게 준연에게 집착하는지 소라도 안다. 남편에게 채울 수 없는 것들을 딸애에게서 보상받으려고 하는 것이다.

완벽해져라, 완벽해져라, 너는 내 딸이니 언제 어떤 상황에서든 완벽해져라. 네가 모두 위에 군림하여야 내 삶 역시 행복해지지 않겠느냐……

"방으로 옮겨야겠어."

새삼 준연이 안쓰러웠다. 사소한 것 하나라도 마음에 차지 않으면 누가 있든 없든 개의치 않고 준연을 꾸짖던 영미. 그런 엄마의 노여움을 사지 않기 위해 언제나 필사적으로 어른처럼 굴고 있는 어린 준연…….

"방금 잠들었어요. 건들면 깰 거예요."

"잠깐 깨도 어쩔 수 없지. 이 딱딱한 바닥에 재울 수도 없지 않겠니?"

"그렇긴 하지만……."

머뭇거리는 찬유를 내버려 두고 영미가 준연을 안아 들었다. 각오했던 것보다 훨씬 가벼운 무게에 그녀의 미간이 절로 찌푸려졌다.

"엄마?"

"괜찮아. 안 깨잖니?"

싱긋 웃은 소라가 준연을 자신의 방으로 데려갔다. 침대 위에 눕힐 때까지, 그리고 그 이후로도 준연은 깨지 않았다. 새근새근 잠든 준연의 둥근 이마를 어루만져 준 소라가 나직한 한숨을 내쉬었다.

"찬유야."

"네, 엄마."

찬유는 문틀에 기대어 선 채 그들을 바라보았다.

"준연이에게 좀 다정하게 대해 주렴."

"……그러고 있어요."

"착한 아이잖니."

찬유가 살짝 고개를 주억거렸다.

"알고 있어요. 안녕히 주무세요. 저도 이만 들어가서 잘게요."

뒤로 물러선 찬유가 곧 방문을 닫았다. 착한 아이니까 다정히 대해 주라는 소라의 말에 그의 얼굴이 화끈거렸다. 그녀를 미워하고 싫어했던 지난 일 년의 시간들이 일제히 떠올라 그를 부끄럽게 했다. 다시 한 번, 이젠 서준연이 하지 않은 일로 서준연을 미워하는 일은 없게 하자고…… 생각했다.

다음 날, 7시.

집은 이미 비어 있었다. 서준연도 없었고, 엄마도 보이지 않았다. 잘 차려진 밥상을 잠시 물끄러미 쳐다본 찬유가 곧 늘 그랬듯 혼자 아침을 챙겨 먹고 학교로 향했다.

'괜찮으려나……'

학교를 가는 동안, 학교에서 수업을 듣는 동안…… 그렇게 하루 내내 찬유는 무심코 서준연을 생각했다. 어제 맞은 곳이 괜찮은 것인지 걱정스러웠고, 그래서 무사히 학교에 나왔는지 염려스러웠다.

'걱정해서 뭐하게?'

그게 무뜩 짜증나서 표정을 홱 찌푸렸다.

점심시간이 되어 배식을 받는 동안에도 찬유는 줄곧 서준연을 생각했다.

"야, 너 왜 그래?"

전 학년이 함께 이용하는 급식소에서 무언가를 찾는 듯 계속 두리번거리는 찬유에게 민수가 물었다.

"어? 뭐가?"

"계속 두리번거리고 있잖아. 누구 찾아?"

"아니! 미쳤어? 내가 서준연을 왜 찾아?"

먼저 배식을 끝낸 찬유가 성큼성큼 달아나 버렸다.

"학생, 국 안 받아?"

"아, 받아요. 여기요."

급히 국을 받은 민수가 찬유를 뒤따라갔다.

"내가 언제 서준연 찾고 있냐고 물었나. 괜히 혼자 찔려서는……."

툴툴거리며 찬유를 찾아 그 옆에 앉은 민수가 그를 휙 쏘아보았다.

'뭐야……'

찬유의 붉어진 얼굴이 심상치 않았다.

민수가 픽 웃었다.

이상한 일이다. 자꾸 마주치다 보니 미운 정이라도 든 것일까. 집, 학교……. 그 어디에 가든 서준연이 있다. 그녀의 그림자는 어느 순간 불쑥 튀어나와 찬유의 심기를 어지럽힌 후 멀리 달아나 버렸다.

'기분 나빠. 불쾌해. 짜증나.'

연습실로 향하는 찬유의 발걸음이 무거웠다. 하루 종일 신경 쓰며 주변을 둘러봤는데도 서준연을 발견하지 못한 탓일 것이다. 괜찮아 보이는 얼굴을 보면 마음이 좀 놓일 텐데, 그녀는 코빼기도 보이지 않았다. 학교를 오긴 한 것인지, 혹시 학교를 오지 못할 만큼 크게 아픈 건 아닌지…….

"연습하러 가?"

민수가 어깨동무를 하며 물었다.

"응, 가야지."

심드렁하게 대꾸한 찬유가 그를 떼어 냈다. 무뚝뚝한 놈이라고 중얼거리는 민수의 혼잣말이 들려왔다. 사내놈 주제에 징글맞게 들러붙는 걸 좋아하는 녀석이었다.

"징그러우니까 그만 좀 달라붙어."

"나처럼 귀엽게 징그러운 친구가 어디 있다고."

능청을 떨며 민수가 갑자기 자기 주머니를 뒤적거리더니 휴대폰을 꺼내 들었다. 뭔가 오는 소리가 들렸는데 휴대폰을 확인해 보니, 그에게 온 건 아닌 모양이었다. 문자도, 부재중 전화도 없었다.

"야, 너 문자 온 것 같다. 나한테 온 건 줄 알았는데 아니네, 쳇."

"그래?"

아무것도 느끼지 못했던 찬유가 가방에서 휴대폰을 꺼냈다. 소라 이외의 사람과는 거의 연락을 주고받지 않는지라 평소에는 잘 꺼내 두지 않는다.

역시나 문자는 소라에게서 온 것이었다.

"여자냐?"

"어."

"오올! 누구? 서준……."

"우리 엄마야."

호기심 어린 두 눈을 반짝이던 민수가 곧장 실망스러운 표정을 지었다.

"뭐야? 엄마가 여자냐?"

"그럼 엄마가 남자냐?"

"야! 내 말은!"

"됐어. 나 집에 간다. 오늘 주인집 비었으니까, 집에서 연습하래."

손을 흔들며 잽싸게 멀어지는 찬유의 뒷모습을 보며 민수가 소리쳤다.

"이찬유! 열심히 해! 포기하지 마!"

아닌 척했지만 중간고사 이후 찬유는 줄곧 울적해 있다. 민수는 그가 힘을 냈으면 좋겠다. 그리고 포기하지 않았으면 좋겠다. 꿈도, 다른 무엇도.

늘 생각이 많은 놈이라서…… 그 생각들에 짓눌려 정말 소중한 것을 놓쳐 버릴까 봐 걱정이 된다.

찬유가 집에 도착했을 때, 본채에서 의외의 소리가 흘러나오고 있었다. 준연이 피아노를 친다는 이야기를 듣기만 했지 그녀가 연습하는 소리를 한 번도 들어 본 적이 없어서, 찬유는 지금까지 그녀가 피아노를 친다는 사실을 피부로 느껴 본 적이 없었다.

본채의 3층 어디쯤에서 흘러나오는 선율에 찬유가 우뚝 멈춰 섰다.

늘 닫혀 있던 창문이 하나 열려 있었다. 그곳이 준연의 연습실인 모양이었다.

"뭐야."

괜히 기분이 상했다. 그는 하루 종일 그녀를 걱정하느라 신경이 곤두서 있었는데, 멀쩡히 귀가해서 피아노를 치고 있는 서준연 때문에. 물론 그녀가 걱정을 해 달라고 한 것도 아니고, 그가 걱정을 하고 싶어서 한 것은 아니었지만······.

그러나 곧 그런 유치한 기분은 사라졌다. 대신 묘하게 싸한 느낌이 들었다.

서준연의 피아노는, 그녀를 닮았다. 차갑고, 건조하다. 단정한 선율은 분명 원곡을 완벽하게 소화하고 있는데, 괴이할 정도로 서늘한 느낌이 들었다. 오래전, 천재 작곡가가 이별하는 연인에게 선물한 그 곡은 분명 찬유의 기억으로는 처연하지만 아름다운 곡이었는데······. 그런데 준연의 연주는 그저 처연하기만 했다.

'서준연, 울고 있는 거야?'

어젯밤, 영미에게 맞고 쫓겨난 후에도 '안녕'이란 인사를 건네던 준연이 떠올랐다. 그녀의 두 눈 가득하던 눈물도 떠올랐다. 그때 다 흐르지 못한 눈물이, 지금 마저 흘러나오고 있는 모양이었다. 홍수처럼 흘러넘치는 모양이었다.

찬유는 달렸다. 급히 자신이 살고 있는 별채로 뛰어 들어갔다. 그리고 창문이란 창문은 죄다 열어젖혔다. 조금이라도 밖으로 새어 나가는 소리를 줄이고자 항상 꽉 닫아 두던 창문들이었다. 그 창문들을 다 연 후, 그는 피아노 앞에 앉았다. 그리고 귓가에 가냘프게 들려오는 준연의 연주가 끝나기를 기다렸다.

그녀의 연주가 멈추었다. 서글픈 적막만 남았다.

그 아련한 공백을 깨며 찬유의 연주가 시작되었다. 강아지가 뛰어다니는 것 같아 귀엽다며, 들으면 힘이 난다고 소라가 좋아하는 곡이었다.

서준연도 힘을 내어 주었으면 좋겠다. 곡이 참 귀엽다며 웃어 주었으면 좋겠다. 그 순간 찬유는 그런 생각을 했던 것 같다.

짧은 연주가 끝나고 찬유가 고개를 들었다.

그리고 조금 상기된 얼굴의 서준연이 창밖에 서 있었다.

"안녕."

커튼을 닫는 대신, 찬유가 입을 열었다. 그녀에게 인사를 건넸다.

놀란 듯 준연의 두 눈이 활짝 열렸다. 늘 건조하던 그녀의 얼굴에 희미한 온기가 번졌다. 이내 눈매를 둥글게 말며 웃는 그녀의 모습이, 찬유의 가슴에 선명히 아로새겨졌다.

"안녕."

그녀가 작게 답했다.

찬유가 그녀를 향해 다정히 웃었다. 그리고 생각했다.

네가 더 이상 울지 않았으면 좋겠다, 라고.

2장.
늘, 빛났던

 영미에게 한밤중에 쫓겨난 이후부터 준연은 부쩍 찬유가 사는 별채에 자주 찾아왔다. 찬유가 자신을 쫓아내지 않을 거라는 확신이 생긴 모양이다. 웃음기 하나 없는 표정으로 창문을 똑똑 두드리면 찬유는 별수 없다는 듯 그녀에게 문을 열어 주었다.

 그렇게 벌써 한 달이 지났다. 망쳐 버린 중간고사 성적을 기말고사에서 보상받을 생각인지 준연은 한 번 자리를 잡고 앉으면 몇 시간이고 그대로 책만 보았다.

 거실 탁자 맞은편에 앉은 찬유가 준연을 힐끔거렸다.

 준연은 말수가 적다. 작은 입술은 여간해선 열리는 일이 없다. 먹구름이 담긴 듯 어두운 눈빛만이 상대를 응시할 뿐이다. 그 침묵 가득한 눈빛은 상대를 때론 떨리게, 때론 설레게, 또 때론 숨 막히게 만들었다.

 "이번 여름에요."

그런 준연이 문득 입을 열었다. 월요일에 시험을 볼 수학 문제를 만지작거리고 있던 찬유가 고개를 들었다. 감정이 없어서, 그래서 흔들림 또한 없을 것 같은 준연의 무심한 눈동자가 그를 담고 있었다.

"여름에, 뭐?"

"콩쿠르, 나가요?"

"그야 당연히……."

무심코 대답하던 찬유가 입을 다물었다. 만약, 그가 인문계고로 진로를 정한다면 이번 여름이 마지막 콩쿠르가 될 것이다. 2학기부터는 본격적으로 입시 준비에 뛰어들어야 할 테니까.

"저도 나가요."

그렇게 말하며 준연이 희미하게 웃었다. 크나큰 고백이라도 한듯 그녀의 귀가 빨갛게 물들어 있었다.

"그래?"

그 묘한 설렘이 찬유에게도 전해졌다. 괜히 헛기침을 하고 고개를 돌린 찬유가 열이 오른 뺨을 매만졌다.

이거…… 좀 위험한 거 아닌가?

"같이 서면 좋겠다."

준연이 나직이 중얼거렸다. 입가엔 여전히 엷은 미소가 걸려 있다. 그것은 순수한 감정. 차갑기만 한 서준연이 인간 대 인간으로서 표현할 수 있는 최대한의 호의. 그것을 이젠 찬유도 안다.

제 할 말을 마친 준연의 시선이 다시 아래로 떨어졌다. 긴 머리칼을 귀에 꽂아 넘기는 그녀의 모습을 찬유가 물끄러미 바라보았다. 동그랗고 하얀 귀가 갈색 머리칼 사이로 톡 도드라져 보였다. 그게 또 무척 귀여워서 찬유의 눈매가 부드럽게 휘었다.

"……그래."

그래, 그랬으면 좋겠다.

그녀의 말대로 함께 무대에 서는 날이 오면 좋겠다.

하지만 그런 날이…… 과연 와 줄까?

"준연아."

찬유의 목소리가 공허하게 흩어졌다.

문제에 집중하려던 준연이 고개를 들었다. 바둑알처럼 동그란 그녀의 눈동자에 그의 모습이 비쳤다.

"왜요?"

"넌 뭐가 되고 싶어?"

의아한 듯 준연이 고개를 기울였다.

"으음?"

"꿈 말이야, 꿈. 되고 싶은 게 있을 거 아냐?"

어쩐지 낯이 뜨거워 찬유의 귀가 빨개졌다.

꿈……. 꿈이 대체 뭘까.

어른들은 꿈을 꾸라고 그들을 다그치면서, 꿈을 꿀 수 없는 나락 속으로 밀어 넣는다. 그림을 그리고 싶은 아이, 노래를 하고 싶은 아이, 악기를 연주하고 싶은 아이, 컴퓨터 프로그램을 만들고 싶은 아이……. 그 다양한 꿈을 가진 아이들을 '성공'이라는 획일적인 틀 안에 집어넣는다. 먹고살기 위해서 어느 분야에서든 최고가 되라고 강요한다. 그들은 화가도, 음악가도, 프로그래머도 1등이 아니면 먹고살 수 없는 세상을 만들어 버렸다. 그래서 재능을 지니고도 그 재능을 믿지 못해, 꿈을 포기할 수밖에 없는 진창 속에 아이들을 처박아 버렸다.

그래서 찬유는 두렵다. 내일이. 다가오는 시간들이.

"피아니스트."

준연이 담백하게 답했다. 찰나의 망설임도 없었다.

찬유도 한때는 그것을 꿈꾸었다. 지금도 꾸고는 있다. 하지만 자신이 없다. 그런데 서준연은 어떻게 저렇게 한 치의 머뭇거림도 없을까?

"왜?"

무심코 물음이 튀어나왔다. 동그랗게 뜬 눈으로 준연이 그를 쳐다보았다.

"그야……."

"그야?"

"……엄마가 바라니까?"

그녀의 말꼬리가 올라갔다. 어쩐지 자신 없어진 듯 그녀의 동공이 흔들렸다. 왜인지 모를 실망감이 찬유의 안에서 꿈틀거렸다.

"그게 뭐야? 네 인생은 없어?"

그녀에게 무슨 대답을 바랐던 것인지 찬유도 모르겠다. 하지만 적어도 하고 싶어서 한다는 답이 나오길 바랐다. 엄마를 위해서, 아빠를 위해서, 가족을 위해서……. 이런 시시껄렁한 답을 바란 게 아니었다. 잠시나마 망설임 없이 피아니스트가 되고 싶다고 말하는 그녀를 부러워했다는 게 짜증스러웠다.

서준연은 늘 그렇다. 그녀의 삶은 그녀의 엄마에게 맞추어져 있다. 시험을 잘 보려고 노력하는 것도 엄마를 기쁘게 하기 위해서였고, 콩쿠르를 나가 수상을 하려는 것도 엄마를 기쁘게 하기 위해서였다. 그렇게 열심히 하는데도 한 번 실수하면 영미는 준연을 잡아먹을 듯이 괴롭혔다. 그런데도 준연은 투정 한 번 없다.

"꼭두각시도 아니고."

찬유가 툭 쏘았다. 울컥한 듯 준연의 눈빛이 날카로워졌다.

"있어요."

"오호, 그래?"

왠지 놀리듯 찬유가 입꼬리를 말았다. 그를 똑바로 바라보는 준연의 얼굴이 빨개졌다. 이내 귀까지 빨갛게 익은 준연이 힘들게 몇 마디 중얼거렸다.

"같이, 같이……."

확실히 예전의 그녀는 오직 엄마를 위해서 피아니스트가 되고 싶었다. 피아니스트라는 꿈을 접은 영미는 그 꿈을 준연을 통해 실현시키고자 했고, 준연은 그런 영미를 실망시키고 싶지 않았다.

하지만 이젠 그것뿐만이 아니었다. 비록 시작이 타인에 의해 만들어진 것이었다 한들, 지금은 달라졌다.

"설 거예요, 무대 위에."

준연의 목소리가 또렷해졌다.

이찬유, 그가 그녀의 꿈이다. 그를 보고 있으면 그의 옆에 서고 싶어진다. 그의 옆에서 함께 연주하는 자신의 모습을 그려 보게 된다. 같은 길을 걸어가며 때론 격려하고, 때론 위로하며, 그렇게 함께 성장해 나가고 싶다. 그것은 누가 강요해서 꾸는 꿈이 아니라, 준연이 스스로 간절히 바라는 바였다.

"……."

찬유의 입술이 꾹 다물렸다. 말 없는 그의 표정이 건네주는 중압감에 빨갛게 익었던 준연의 안색이 파리해졌다.

"왜요?"

혹 말실수라도 한 것일까.

"나랑 같이 서겠다고?"

그가 물었다.

그 말투가 꼭 그녀의 부족함을 꼬집는 것 같았다. 네 주제에 나와 동급이 되겠다고? 그렇게 소리 없이 묻는 것만 같았다. 조소인가, 조롱인가. 팬스레 분해진 준연이 입술을 물며 그를 똑바로 바라보았다.

"알아요. 지금은 내가 부족하죠. 그래서 이찬유 옆에 서기에 모자랄지도 모르죠. 그래도 비웃진 말아요. 노력하고 또 노력해서 꼭······."

"비웃어? 내가?"

찬유가 그녀의 말을 잘라 냈다. 황당하다는 웃음이 그의 눈가에 번졌다.

"그런 거 아냐."

"그럼요?"

"네 생각엔 내가 피아노를 계속 칠 것 같아?"

"······?"

그의 물음이 준연은 너무도 뜬금없게 느껴졌다. 그녀는 피아니스트가 아닌 이찬유는 생각해 본 적이 없다. 그래서 왜 찬유가 이런 말을 하는지도 모르겠다.

이내 준연의 표정이 단호해졌다.

"네. 이찬유는 계속 피아노를 칠 거예요."

그녀가 고개를 끄덕이며 말했다. 그것은 일종의 바람이었고, 일종의 신념이었다.

"계속, 거기에 있어 줘요."

또한 간절한 염원이었다.

그녀는 그가 계속 피아노를 쳤으면 좋겠다. 그가 높은 곳에서 반짝이고 있는 한, 그녀는 길을 잃지 않고 그를 찾아갈 자신이 있었다.

가라앉은 눈으로 시선을 돌려 버리는 그를, 준연이 흔들림 없는 눈으로 끝까지 응시했다.

영미는 초조하게 입술을 물었다. 준연이 자꾸만 찬유의 곁을 맴도는 것도 짜증스러웠고, 그런 찬유를 남편이 후원하고 있는 것도 짜증스러웠다. 분야가 다르면 모를까, 같은 피아노였다. 딸의 라이벌을 키워서 어쩌자는 건지. 그런 냄새나는 가난한 사내놈과 어울려서 준연은 또 어쩌자는 건지. 하나같이 마음에 들지 않았다. 이것도, 저것도 전부 그녀의 신경을 긁고 있었다.

"연습은 잘되어 가니?"

준연의 연습실은 온 벽과 창문에 방음시설이 되어 있다. 지상 3층임에도 불구하고 형광등을 켜지 않으면 마치 지하처럼 깜깜했다. 한창 참가곡 연습에 집중하고 있던 준연이 갑작스럽게 들려오는 엄마의 목소리에 얼른 고개를 들었다.

"엄마, 언제 오셨어요?"

"연습은 잘되고 있냐고 물었잖니."

자신의 물음에 바로 대답하지 않은 것이 짜증스러운 듯 영미의 표정이 험악해졌다. 움찔 어깨를 떤 준연이 애써 겁먹은 표정을 숨겼다. 그리고 겨우 웃어 보였다.

"네, 엄마. 오늘은 컨디션이 좋아요."

"그래? 그렇다니 기쁘구나."

"엄마가 기쁘다니 저도 기뻐요."

"이번 콩쿠르, 기대해도 되겠니?"

사근사근 대답하던 준연이 반사적으로 입을 다물었다. 영미의 기대한다는 말은 1등, 즉 대상을 수상해 오란 의미였다.

찬유가 있다.

그도 참여를 할 것이고, 같은 무대에 설 것이다.

찬유보다 잘할 자신은 없다.

"왜 대답이 없니? 최고가 아니면 소용없다고 도대체 엄마가 몇 번을 말해야!"

"……!"

우물우물 대답을 못 하는 준연 앞에서 영미가 결국 짜증을 터트렸다. 당장 뺨을 때릴 듯이 하늘로 올라가는 엄마의 손 앞에서 준연이 두 눈을 질끈 감았다.

"국내에서도 일등을 못 하면 세계를 상대로 도대체 어떻게 하겠다는 거야? 그렇게 어설픈 정신머리로 대체 뭐가 되겠다는 건지! 도대체 엄마가 얼마나 더 나쁜 엄마가 되어야겠어? 엄마가 화를 내는 게 좋니? 엄마를 화나게 하는 게 좋아? 아하! 그래서 저번 시험도 일부러 망친 거니? 엄마 화나게 하려고? 도대체 누굴 닮은 거야? 배 아파 낳아서 고이고이 길러 줬더니, 도대체 왜 이렇게 속을 썩여? 이번에 우승 못 하면 평생 엄마 앞에 나타날 꿈도 꾸지 마!"

"엄마, 그런 게 아니라……."

두려운 표정으로 준연이 무의식적으로 영미를 잡기 위해 손을 뻗었다.

"어휴, 어딜 잡는 거야? 꼴도 보기 싫으니 연습이나 해!"

히스테릭하게 그녀의 손을 떼어 낸 영미가 찬바람만 남기고 핵 떠나 버렸다.

"엄마……."

준연이 연습실에 덩그러니 버려졌다. 하얗게 질린 입술이 파르르 떨렸다. 미간을 잔뜩 찌푸린 것이 울지 않으려고 애쓰고 있는 게 분명했다.

눈앞이 캄캄했다.

무섭고, 두려웠다.

그녀에겐 엄마뿐이다. 아버지란 작자는 그녀에게 애정이라곤 밤톨만큼도 없다. 자주 봐야 이 주일에 한 번, 그마저도 못 보면 한 달에 한 번. 그것도 저녁식사 시간에나 잠깐 얼굴을 보여 주는 아버지가 그녀에게 애정이 있을 리가 없다.

미우나 고우나 준연에겐 엄마밖에 없는데, 그런 엄마가 이번 콩쿠르에서 우승을 하지 못하면 영영 모녀의 연을 끊어 버릴 것처럼 말하고 있었다. 화가 나서 한 말이라는 것 정도는 알고 있지만, 늘 준연은 엄마마저 아버지처럼 그녀를 버리고 떠나 버릴까 봐 두려워하고 있었다. 영미의 말은 그런 준연의 두려움을 증폭시켰다.

"엄마……."

정말로 모녀의 연을 끊어 버리지는 않겠지만, 영미라면 일이 년 정도 준연을 방치하고도 남았다. 실제로 예전에도 준연과 일 년 내내 얼굴 한 번 마주하지 않은 적도 있었다.

그때의 그 서러움. 정말로 버려졌을지도 모른다는 두려움…….

그 무서운 감정들이 준연의 안에 고스란히 살아 있었다. 세상천지에 혼자 남았다는 공포가 마음 깊은 곳에서부터 밀려 올라왔다.

어떻게 해야 할까?

당장 열심히 한다고 해서 찬유와의 격차를 줄일 수 있을 리가 없는데.

"괜찮아, 괜찮아……."

누군가 해 주는 괜찮다는 위로 한 마디도 없이, 준연은 그 시간을 홀로 견뎠다. 두려움에 속절없이 떨리는 마음을 애써 다독였다. 자꾸만 차갑게 식어 가는 손을 꽉 쥐고서 진정하기 위해 노력했다.

이내 침착함을 되찾은 얼굴로 준연이 피아노 앞에 앉았다.

지금 이 순간, 그녀가 할 수 있는 것은 최선을 다해 연습하는 것뿐이었다. 결과는 그 다음의 일이다.

♪ ♫ ♭

콩쿠르는 하루하루 가까워졌다. 대회 날짜가 다가올수록 영미의 신경도 극도로 날카로워져 갔다. 이번에 대상을 수상하지 못하면 그냥 넘어가지 않을 것이라고 으름장을 놓아둔 덕분인지 요즘 준연은 온 힘을 다해서 연습에 매진하고 있었다.

하지만 마음에 차지 않았다.

"서준연! 지금 그걸 피아노라고 치는 거야?"

박자가 미묘하게 어긋났다. 그것을 놓치지 않은 영미가 날카롭게 소리쳤다. 동시에 분을 참지 못한 손찌검이 날아갔다. 금세 발갛게 부어오른 뺨을 감싸고서 준연이 겁먹은 눈동자로 영미를 올려다보았다.

"도대체 몇 번을 치는 건데, 박자를 못 맞추니? 응?"

"……죄송해요."

"죄송하다는 말이면 다니?"

"엄마……."

죄송하다는 말도 듣고 싶지 않았다. 잔뜩 겁먹어 움츠러든 어깨도 짜증스러웠다.

이번 대회 심사위원은 무려 영미가 아는 사람들이었다. 그녀의 은사인 김명환 교수와 한때는 그녀의 라이벌 축에도 들지 못했던 장진희.

김 교수는 근 몇 년간의 해외 순회공연을 마치고 이번 콩쿠르 심사를 위해 귀국할 예정이었고, 영미의 것이었던 그의 옆자리엔 그녀가 아닌 장진희가 앉아서 의기양양하게 영미를 내려다보고 있다. 그 생각만 하면 영미는 불쾌해서 견딜 수가 없어졌다.

"다시 해."

"엄마……."

"어서!"

영미가 채근했다. 준연이 두려운 표정으로 건반 위에 손을 올렸다.

영미가 계속 지켜보고 있다는 사실이 준연을 두려움 속에 밀어넣고 있었다. 숨을 꽉 막히게 하는 압박감이 준연의 감각을 둔하게 만들어, 평소 자신 없는 부분이 나온 순간 자신도 모르게 움츠러들어 머뭇거리고 마는 것이다. 그것은 고스란히 실수로 이어지고, 그 실수는 다시 영미의 신경을 긁는 악순환의 반복이었다.

"아……."

박자가 다시 어긋났다. 망연히 준연이 연주를 멈추었다.

"제대로 쳐! 제대로 치란 말이야! 피아노를 몇 년째 치는데, 아직도 그것밖에 못 해? 그래서 어떻게 살아남겠다는 거야? 당장 다시 해! 제대로 연주하기 전에 오늘 잠은 다 잔 줄 알아! 알겠어, 모르겠어?"

영미가 그녀를 닦달했다. 준연은 마음으로 울며 고개를 떨구었다. 자신이 아무리 노력을 해도 엄마를 만족시킬 수 없을 거라는 생각이 들었다. 사늘한 바람이 마음을 할퀴고 지나갔다.

"네, 엄마."

"어휴, 도대체 누굴 닮은 건지. 지긋지긋해서, 정말."

짜증스럽게 고개를 흔든 후 영미가 연습실을 홱 나가 버렸다.

혼자 남겨진 준연이 한숨과 함께 건반을 바라보았다. 영미가 돌아왔을 때 또 같은 실수를 반복한다면 그야말로 오늘 밤 준연은 끝장이었다. 잠은커녕 매질이나 당하지 않으면 다행이리라.

'엄마를 실망시키고 싶지 않아.'

남들보다 몇 배를 잘해야 영미는 겨우 한 번 웃어 주었다. 그 웃음 한 번을 위해서 준연은 살고 있다.

'할 수 있어.'

건반을 누르는 손끝이 자꾸만 떨려 왔다.

'할 수 있을 거야.'

중간고사의 실수를 만회할 작정으로 준비했던 기말고사에서는 노력했던 만큼의 보상을 얻었었다. 그러나 영미는 잘했다는 칭찬 한 마디 해 주지 않았고, 콩쿠르 때문에 잔뜩 신경이 곤두서 웃는 얼굴 대신 화난 표정만 실컷 보여 주었다.

"괜찮아."

처연한 선율이 흘렀다.

어두운 두 눈엔 밝은 내일이 담기지 않는다. 그저 아빠처럼 엄마마저 그녀를 버릴까 봐, 떠나 버릴까 봐…… 그것이 두렵다.

연습실을 빠져나온 영미는 몇 분을 서성이며 손톱을 까드득 깨물었다. 결국 무언가를 결심한 듯 서랍장을 뒤지더니 한 뭉치는 될 법한 명함을 꺼내 들었다.

그중에 김 교수의 명함이 있었다.

초조한 듯 손가락을 딱딱거리며 수화기를 든 영미가 곧 김 교수의 번호를 눌렀다. 해외 순회공연을 떠나기 전 쓰던 명함이라 번호가 바뀌었을지도 모르지만, 교수라는 그의 직책을 생각해 보면 수년 전 번호 그대로일 가능성도 컸다. 오래 지나지 않아 중저음의 목소리가 대답해 왔다.

―여보시오?

"네, 안녕하세요. 김명환 교수님 휴대전화 맞나요?"

―그렇소만.

상대가 눈앞에 있는 것처럼 영미가 환한 미소를 지어 보였다. 입술만 올라가는 그 웃음은 분명 가식적이고 위선적인 것이었다.

"교수님, 저 영미예요."

―누구?

"영미요. 홍영미."

잠시 그녀가 누구인지 떠올리고 있는 듯 김 교수는 말이 없었다. 이윽고 반가워하는 목소리가 들려왔다.

―아아, 영미. 영미구나. 그래, 어쩐 일이냐?

"어쩐 일이긴요. 교수님 귀국하셨다는 소식 듣고 연락드렸죠. 공연은 어떠셨어요? 물론 환상적이셨겠지만. 교수님 바쁘신 줄 알지만 괜찮으시다면 시간 되실 때, 같이 식사 한 끼 어떠세요? 교수님 못 뵌 지 너무 오래되어서요. 뵙고 싶어요."

―식사? 허허, 그거 좋지. 오랜만에 옛 제자도 보고 안 될 게 뭐 있겠느냐? 그러고 보니 네가 진희랑 동기였지?

김 교수가 사람 좋게 허허 웃었다. 그를 따라 낮게 웃을 준비를 하던 영미가 순간 표정을 굳혔다.

'옛' 제자였다. 그녀는 김 교수의 옛 제자일 뿐이었다.

그래, 그럴 테지. 지금 김 교수의 애제자이자 수제자는 홍영미가 아닌 장진희니까.

알고는 있었는데, 김 교수의 입에서 진희라는 이름이 나오자 새삼 그 사실이 각인되었다. 유학을 마치고 돌아와 김명환 교수 휘하의 오케스트라에 들어간 장진희는 이번 순회공연도 그와 함께했다고 한다. 자신이 서 있어야 할 자리에 장진희가 서 있다는 생각이 들자 영미의 손이 부들부들 떨렸다.

―왜 대답이 없어? 동기가 아니야?

"아, 아니에요. 동기 맞아요, 교수님."

―그래? 역시 그렇지. 이 김명환, 아직 죽지 않았어. 내가 아끼던 제자 둘을 잘못 기억하고 있을 리가 없지. 진희와도 오래 만나지 못하였지? 둘이 단짝이었던 것 같은데……. 그래, 이번에 같이 보면 좋겠구나.

김 교수가 괜한 오지랖을 부리고 있었다. 영미가 만나고 싶었던 사람은 김 교수였지 장진희가 아니었다. 더욱이 두 사람은 단짝도 아니었다. 언제나 가장 가까이에서 서로를 경계하고, 시샘했을 뿐이다.

사고로 인해 자신이 더 이상 피아노를 칠 수 없게 되었을 때 모두가 그녀를 동정했지만 진희만큼은 남모르게 기뻐했다는 것을 영미는 알고 있었다. 두 사람은 앙숙 중에 앙숙이었는데, 사람 좋은 김 교수만 바보처럼 그것을 모르고 있는 것이다.

"아뇨, 교수님. 그렇게까지 하실 필요는……."

―아니, 아니야. 이 늙은이랑 둘이 만나서 뭐하겠어? 재미만 없지. 셋이 같이 보는 게 옛날 이야기 하기도 더 좋을 거야. 그러니 그리 알고 있어. 내 다시 연락 주마. 약속시간은 내가 정해도 되겠

느냐?

김 교수는 꽤 단호했다. 반박의 여지를 주지 않는 말이었다.

입술을 꾹 깨문 영미가 한숨을 숨기고 대답했다.

"네, 교수님. 그렇게 하세요. 기다리고 있을게요."

장진희는 꼴도 보기 싫지만 김 교수는 한 번쯤 만나야 했다. 이 바닥이 얼마나 좁은데. 빈말로라도 김 교수에게 준연을 신경 써 주겠다는 말을 들어야만 영미는 이 끝 모르고 날카로워지는 신경을 누그러뜨릴 수 있을 것 같았다.

"하."

전화를 끊고 영미가 표독스럽게 위층으로 통하는 계단을 노려보았다.

그녀의 소중한 딸은 그녀를 대신해서 세계적인 피아니스트가 되어 줄 것이다. 그녀의 불행을 비웃었던 이들의 코를 납작하게 눌러주고, 그녀가 움츠러든 어깨를 활짝 펼 수 있게 해 줄 것이다.

준연이는 그렇게 할 수 있다.

그녀의, 그녀를 닮은 소중한 딸이지 않은가. 때때로 그녀를 참을 수 없을 만큼 실망시키기도 하지만, 그 뒤에 그 실망한 만큼의 보상을 반드시 해낸 딸이지 않은가. 지난 중간고사 성적은 엉망으로 받아 왔지만 보란 듯이 일등을 해낸 이번 기말고사 성적을 보란 말이다.

그러니까 서준연은 할 수 있다.

누구보다 잘할 수 있다.

그녀를 위해 그녀의 딸은 그 누구보다 뛰어나야 했다.

준연이 제대로 연습하고 있는지 다시 감시할 작정으로 영미가 3층으로 올라갔다. 꽉 닫혀 있던 연습실 문을 열자 방음벽으로 인해 전혀 새어 나오지 않던 피아노 선율이 다시 들려오기 시작했다.

그 곡조가 기묘할 정도로 얼어붙어 있다는 것을 영미는 깨닫지 못했다. 그저 조금 전 실수했던 부분을 무사히 뛰어넘는 것을 들으며 만족스럽게 입술을 말아 올릴 뿐이었다.

영미가 김 교수를 만나게 된 것은 콩쿠르 예선이 끝난 후였다. 준연은 다행히 큰 실수 없이 예선을 마쳤다. 그러나 영미의 마음속에는 일종의 미심쩍음 같은 게 남아 있었다.

영미는 다른 참가자들의 실력을 알아본다는 이유로 예선전을 처음부터 끝까지 다 참관하였다. 그녀도 귀가 있으니 알 수 있었다. 준연의 연주는 물론 훌륭했다. 어지간한 참가자들과는 비교할 수 없을 정도로 독보적이었다.

그러나 일등감은 그녀가 아니었다. 그녀의 귀에 그리 들렸다면, 다른 사람들 귀에도 그리 들렸을 것이다. 그것이 영미의 속을 뒤집어 놓고 있었다.

"어머, 교수님!"

약속장소에 미리 도착해 있던 영미가 김 교수가 들어오는 것을 보고 자리에서 일어났다. 작위적인 미소를 띠며 호들갑스럽게 맞아주는 그녀를 보고 김 교수가 사람 좋은 미소를 지어 보였다.

"영미구나. 됐다, 앉아. 일어나긴 뭘 일어나? 신문을 통해선 간혹 사진 봤다. 여전히 참하구나, 허허."

그가 허허 웃으며 영미의 어깨를 두드렸다. 그런 김 교수의 옆에 장진희가 거머리처럼 딱 달라붙어 있었다.

"어머, 이게 누구야? 잘 지냈어?"

"나야 뭐."

속으로는 짜증스러웠지만 겉으로는 능숙하게 미소를 만들어 내며 영미가 진희에게 손을 내밀었다. 두 사람이 악수하는 모습을 바라보며 김 교수가 흐뭇한 표정을 지었다.

"자네가 다치지 않았다면 내 참 든든했을 터인데……."

흘리듯 아쉬움을 전하는 김 교수의 말에도 영미는 시종일관 웃음을 잃지 않았다. 음악가로서의 생명은 끝났지만, 그녀는 여전히 자신감 넘치는 재벌가의 사모님이었다. 비록 그 남편이 두 집 살림을 하고 있다고 해도, 겉으로 보기에 홍영미의 인생은 꿈을 포기하게 된 것 외에는 그다지 나쁠 게 없었다. 하나 있는 딸 또한 누구보다 예쁘고, 똑똑하고, 재능 있으니 도대체 문제 될 것이 있기는 할까?

"주문은 제가 미리 해 두었는데, 괜찮으세요?"

"그럼. 안 될 것 있겠나. 자네가 미식가인 거야 이미 유명하니, 어련히 잘 시켰겠지."

자리에 앉은 김 교수가 흡족한 표정을 지었다. 두 제자와 두런두런 이야기를 나누는 이 순간이 김 교수는 무척 즐거운 듯했다. 영미는 적당히 그를 추켜세우며 맞장구도 쳐 주었다. 그러면서 은연중에 콩쿠르 참가자에 대한 화제를 꺼내는 것도 잊지 않았다. 비록 이제 연주는 할 수 없지만 음악에 대한 애정은 여전하다는 점을 충분히 인식시키면서.

영미는 김 교수에게 참가자들로부터 받은 인상에 대해 물었다. 김 교수는 기다렸다는 듯이 인상 깊었던 참가자들에 대한 이야기를 늘어놓았다.

그중 준연의 이야기도 있었다. 영미의 얼굴에 화색이 돌았다.

"그 아이도 마음에 드셨어요?"

영미가 제 딸이라는 말은 하지 않고 넌지시 물었다. 젓가락으로 회를 집던 김 교수가 무뜩 동작을 멈추었다. 그의 주름진 얼굴에 그늘이 내려앉았다.
　"그래, 그 아이도 마음에 들었지. 꽤 마음에 들었어. 하지만……."
　언제나 하지만이 문제다. 영미가 바짝 긴장한 얼굴로 이어질 말을 기다렸다. 그러나 김 교수는 말을 끊고서 주머니를 뒤적였다. 그의 휴대폰이 진동하고 있었다.
　"잠깐 전화 좀 받고 오겠네. 중요한 전화라."
　머쓱하게 웃은 김 교수가 밖으로 나갔다. 중요한 순간에 맥이 끊긴 영미가 표정을 험악하게 일그러뜨렸다. 그런 영미를 빤히 바라보고 있던 진희가 픽 비웃었다.
　"뭐야?"
　사이좋은 동기 역할은 끝났다는 듯 영미가 차갑게 쏘았다. 아무래도 상관없다는 듯 진희는 여유로운 표정이었다. 패자를 내려다보는 승자의 얼굴! 그게 영미를 신경질 나게 했다.
　"네 딸인가 보네?"
　"뭐?"
　"그 서준연이란 아이 말이야."
　재미있다는 듯 진희가 킬킬거렸다. 영미의 안색이 굳었다. 굳이 숨길 필요는 없는 사실이지만, 일부러 드러내 말할 필요도 없는 사실이었다. 그러나 심사위원의 심사평이 궁금해 이런 자리를 만들었다는 걸 장진희에게 들킬 것만 같아 얼굴이 화끈거렸다. 남은 건 자존심 하나뿐인데, 그 자존심을 장진희가 잘근잘근 짓밟고 있었다.

"포기해."
"뭐?"
"재능 없어."
기가 막혀 영미가 입을 딱 벌렸다.
"무슨 헛소리야?"
"어머, 사모님 입 험해진다."
"장진희."
"솔직히 말해 줄게. 걔도 못해, 너처럼. 그러니까 기대 버려."
이를 으드득 가는 영미를 똑바로 보면서도 진희는 웃음을 거두지 않았다. 그것은 얄미운 승자의 조롱이었다. 마치 이 세계에서 살아남은 건 부잣집 딸 홍영미가 아니라 가난하지만 재능은 넘치는 장진희라고 으스대는 것 같았다. 속이 뒤집어진 영미의 눈에서 불똥이 튀었다.

그러나 진희는 겁먹은 기색이 없었다. 오히려 점점 더 여유로워질 뿐이다.

"너도 들었으면 알 거 아냐? 질이 다른 천재가 있는데. 걔가 있는 한 네 딸은 국내 무대에서조차 이인자야. 알지? 이인자는 국제 무대, 꿈도 못 꿔."

"……."

"너처럼 곧 사라질 거야. 불쌍하게도."

진희의 눈매가 쭉 찢어졌다. 더 이상 참지 못한 영미가 물컵을 꽉 쥐었다.

"그 입……."

영미의 눈빛이 사나워지는 순간, 드르륵, 문이 열렸다.

그와 동시에 영미의 입이 다물렸다. 김 교수가 들어왔다. 예의

바른 표정으로 김 교수를 맞으며 영미가 입가를 말아 올렸다.

"아, 그래. 아까 무슨 이야기를 했지? 그 참가자들 이야기를 하고 있었나. 그래, 그랬지. 내가 몇 년을 해외에서 떠돈 동안 인재들이 참 많이 나왔어. 특히 그 아이. 이름이 이찬유였지. 듣자 하니 자네 그룹에서 후원하는 아이라며?"

이야기는 자연스럽게 찬유에 대한 것으로 넘어갔다. 김 교수는 준연에 대해 뭔가 덧붙이려고 했다는 사실을 까맣게 잊은 듯했다.

"네, 교수님."

"허허, 역시 그렇구만. 그 아이 어떻게 봤는지 궁금해서 오늘 보자고 했나?"

"그건 아니에요, 교수님. 오랜만에 교수님 뵙고 싶어서 그랬죠."

영미가 태연하게 거짓말을 했다. 김 교수는 여전히 사람 좋게 허허 웃고 있다.

"참 자네도 사람 보는 눈 하나는 뛰어나. 어디서 그런 인재를 얻었어?"

김 교수는 입에 침이 마르도록 찬유의 칭찬을 늘어놓았다. 영미는 내내 입술로만 웃었다.

이찬유.

이강수의 아들, 이찬유.

천지그룹의 전폭적인 후원을 받는 이찬유.

이찬유, 이찬유, 이찬유!

어딜 가든 이찬유에 대한 이야기가 들린다.

"영미야?"

불현듯 당황스러워하는 김 교수의 목소리가 들렸다.

"네?"

"자네 어디 아픈가?"

"아, 아니에요. 저 괜찮아요."

저도 모르게 물컵을 있는 대로 힘껏 쥐고 있었다는 것을 깨달은 영미가 황급히 손에 힘을 풀었다. 고개를 절레절레 젓는 김 교수의 노안에 걱정이 어렸다.

"저 정말 괜찮아요."

그날, 영미가 깨달은 것은 이찬유가 있으면 그녀의 소중한 딸은 영원히 이인자에 머물 수밖에 없다는 사실이었다. 이 세계에서 두 번째는 기억되지 않고 잊힐 뿐.

그렇게 둘 수는 없었다.

그 순간 욕망이 영미의 눈을 가렸다. 그 순간 그녀는 자신이 저지르려는 짓이 종래에는 준연에게도, 자신에게도 나쁜 결과를 가져올 거라는 뻔한 사실을 깨닫지 못했다.

♪ 🎵 b

방학을 코앞에 두고 준결선이 시작될 예정이었다. 두 번의 예선을 무사히 마친 준연은 학교도 가지 않은 채 마지막 연습을 마쳤다.

이찬유는 잘하고 있을까.

머릿속에는 콩쿠르와 이찬유가 번갈아 떠올랐다.

근 일주일 째 그와 말 한 마디 나누지 못했다. 모두의 앞에서 곡을 연주하는 그의 모습을 보는 것으로 그 아쉬움을 달래야 했다. 그의 모습을 떠올리며 준연이 희미하게 웃었다.

피아노를 칠 때의 이찬유는 정말로 반짝반짝 빛이 났다.

그녀와는 다른 세상의 사람.

하늘에서 내려온 천사는 아닐까.

반짝거리는 재능과 반짝거리는 눈빛과 반짝거리는 웃음을 지닌 이찬유. 항상 무뚝뚝한 표정이지만 이따금 보여 주는 그의 눈웃음은 준연을 설레게 했다.

같이 설 수 있으면 좋겠다.

언젠가 그와 합연을 할 수 있으면 좋겠다.

그러기 위해서는 더 열심히 해야 했다. 남들보다 몇 배는 많은 노력을 해야 했다. 찬유의 옆에 서기 위해서는 그녀가 더 뛰어난 피아니스트가 되어야 했다. 그래야 그의 옆에 설 자격이 생긴다.

그 때 불현듯 엄마의 성난 얼굴이 뇌리를 스치며 준연의 표정이 어두워졌다.

영미는 그런 것을 싫어한다. 누군가를 목표로 삼고 사는 건 그 사람의 들러리 같다며 질색했다. 독보적인 1등이 아니면 전부 다 무의미하다고 웃어 주지도 않을 것이다.

무섭다. 영미가 더 이상 그녀를 향해 웃어 주지 않는 날이 오는 것은.

따아앙. 여러 개의 건반을 동시에 눌러 버린 준연이 머리를 툭 떨어뜨렸다. 베개를 베듯 건반을 베고 엎드린 그녀가 두 눈을 꾹 감아 버렸다.

찬유의 웃는 모습을 보고 싶다. 엄마의 웃는 모습을 보고 싶다. 둘 다 웃게 해 주고 싶다. 그런데 그게 참 쉽지가 않다. 당장 이번 콩쿠르에서 우승을 하지 못하면 짧게는 몇 주, 길게는 몇 달 동안 엄마의 웃는 얼굴을 볼 수 없을 것이다. 항상 자신이 할 수 있는 것보다 더 많은 것을 요구하는 엄마의 기대에 부응하는 것이 점점 더 힘들어지고 있었다.

어쩌면 준연은 피아노 말고 그녀가 최고로 잘할 수 있는 다른 것을 찾아내야 할지도 모른다. 그녀가 1등을 해야 영미는 만족할 테니까. 그러나 그렇게 되면 찬유와 함께 연주를 할 수 없게 될 것이다.

어떻게 해야 하는 것일까. 둘 다 웃게 해 줄 수는 없는 것일까.

준결선을 앞둔 준연의 머릿속은 점점 더 복잡해져만 갔다. 그 순간의 그녀는 앞으로 일어날 일을 꿈에도 상상하지 못했다.

준결선 날은 무척 화창했다.

소라는 오랜만에 아들과 외출 준비를 하고 있었다. 여름은 여름인 모양인 듯 벌써 날이 꽤 더워져 있었다. 대회장에 어울릴 마땅한 옷을 찾지 못한 소라가 고민스러운 표정을 지었다.

'이건 너무 어둡고, 이건 너무 튀고······.'

쫓겨나듯 이곳으로 이사 오면서 가지고 있던 옷조차 제대로 챙기지 못했던 게 후회스럽다. 어차피 가지고 왔어도 좁은 집에 짐밖에 되지 않았겠지만, 그래도 이런 때 입는 드레스 한 벌 정도는 챙겨 놨어야 하는 건데. 생각을 하면 할수록 아쉬웠다.

"엄마, 아직이에요? 이제 곧 출발해야 해요."

옷장을 한바탕 헤집어 놓은 소라를 보며 찬유가 걱정스럽게 물었다. 그제야 화들짝 시계를 확인한 소라가 더 서두르기 시작했다. 한참 옷 고민을 하다 보니 시간이 훌쩍 흘러가 있었다.

이번 콩쿠르 심사위원들은 하나같이 그 분야에서 명망 높은 분들이라고 하니, 꼭 우승을 해서 좋은 모습을 각인시킬 필요가 있었다. 그것이 조건 없이 후원해 주는 서태훈 회장에게 해 줄 수 있는 유일한 보은이기도 했다.

옛 친구의 아들이라고 해도, 또 그 집에 아무리 돈이 썩어나게 많다고 해도, 그래도 남에게 후원이라는 명목으로 돈을 지원해 주는 것은 결코 쉬운 일이 아니었다. 물론 서 회장이 아니어도 조금씩 후원해 주겠다는 사람들은 여럿 되었지만, 서 회장처럼 전폭적으로 지원해줄 수 있는 사람은 많지 않았다.

"잠깐 나가서 기다릴래, 우리 아들? 엄마 금방 갈아입고 갈게. 오 분. 오 분이면 돼."

"알았어요. 진짜 딱 오 분이에요. 더 늦으면 그냥 두고 갈 거예요."

찬유가 제법 무섭게 으름장을 놓았다. 소라가 부드럽게 웃었다.

"알았어. 우리 아들은 걱정도 많지. 설마 엄마가 우리 아들 콩쿠르에 늦게 만들까 봐? 사모님께서 차도 보내 주셨는데, 그럴 수야 없지. 안 그래?"

알겠다며 고개를 주억거린 찬유가 곧 문을 닫고 나갔다. 소라는 가지고 있는 원피스 중 가장 고급스러워 보이면서도 무난한 디자인 하나를 집어 들고 얼른 옷을 갈아입었다. 그리고 서둘러 밖으로 나갔다.

미리 준비해 둔 꽃다발을 챙기는 소라의 얼굴에 모처럼 환한 웃음꽃이 피었다. 많은 이들 앞에서 연주하는 아들의 모습을 보는 것은 정말로 오랜만이었다. 휴가를 허락해 준 영미에게 새삼 고마움을 느끼며, 소라는 현관에서 기다리고 있던 찬유에게 팔짱을 꼈다.

"갈까, 아들?"

세상이 아무리 험해도 아들만 있다면 소라는 견뎌낼 수 있었다. 찬유 역시 그 어떤 일이라도 엄마를 위해 해낼 수 있었다.

세상에 둘만 남은, 소중한 가족이었다.

준연은 실수 없이 준결선을 끝냈다. 조명이 밝아 관중석은 보이지 않았다. 어두운 그곳에서 박수 소리가 쏟아져 나왔다. 무슨 정신으로 그들에게 인사를 했는지는 기억조차 나지 않는다. 처음 치르는 대회도 아닌데 바로 다음 순서가 찬유라는 생각 때문인지 다른 때보다 몇 배는 더 긴장이 되었다.

겨우 넘어지지 않고 참가자 대기실로 들어간 준연은 다음 연주가 시작되기를 기다렸다. 경연장과 연결되어 있는 비디오카메라가 그 내부를 모니터를 통해 보여 주고 있었다.

그녀의 미간이 찌푸려졌다.

"어?"

이찬유가 없다.

이찬유가 아닌 다른 참가자가 그가 앉아야 할 자리에 앉았다.

그녀의 다음 차례는 분명 그였다. 그의 연주를 놓칠까 봐 넘어질 것 같은 두 다리를 겨우 움직여 대기실로 돌아온 것이다.

그런데…….

"불참이라고?"

그럴 리가 없다. 이찬유가 그럴 리 없다. 그가 오지 않았을 리가 없다.

이것은 무언가 잘못되었다.

본능처럼 준연의 심장이 방망이질 치기 시작했다. 두려움이 걷잡을 수 없이 커져 갔다. 영문 모를 눈물이 갑자기 뚝뚝 떨어져 내렸다.

무슨 정신으로 집으로 돌아왔는지 준연은 기억하지 못했다. 잘했다는 칭찬과 함께 웃는 엄마의 모습도 눈에 들어오지 않았다. 머릿속은 이찬유에 대한 것으로 가득 차 있었다.

그가 준결선에 불참했다. 결선은 자동 탈락이다.

왜? 도대체 왜 오지 않았을까?

심장은 이미 답을 내리고 있는데, 머리는 계속해서 그 막연한 두려움을 부정했다. 찬유에 대한 것을 물으면 영미가 화를 낼 것이 뻔했기에 차마 묻지도 못한 채 준연은 집에 도착할 때까지 입을 꾹 다물고 있어야만 했다.

집에 도착한 후, 준연은 영미가 씻으러 간 틈을 타서 얼른 별채로 달려갔다. 별채에 가면 찬유가 있을 것이다. 그는 그곳에 있어야만 했다.

"이찬유!"

큰 소리로 그를 불렀다.

별채 불이 꺼져 있었다. 안에서 아무 소리도 들리지 않았다. 소라라도 나와 그녀를 반겨 줘야 하는 것인데, 그런 기미조차 없었다.

쾅쾅, 현관문을 부술 기세로 준연이 문을 두드렸다. 그러나 들려오는 대답은 여전히 없다.

준연이 망연히 바닥에 털썩 주저앉았다. 머릿속이 창백하다. 아무것도 생각하고 싶지 않다. 그러나 흰 머릿속엔 자꾸 검은 것이 칠해졌다. 그 검은 것 위에 붉은 것이 덧칠해졌다. 눈물이 쉴 새 없이 뚝뚝 흘렀다.

이찬유도 아줌마도 집에 없다. 분명 둘이서 대회장으로 향했을 텐데, 둘 다 사라져 버렸다. 그들은 대회장에 도착하지 않았고, 집에 돌아온 것도 아니다. 무슨 일이 일어난 것일까.

"아니야……."

아니, 아니다. 그럴 리 없다.

무슨 일이, 일어났을 리 없다.

지금 그녀의 머릿속을 꽉 채운 불길한 생각은 그저 허상일 뿐이다. 아무 일도 없을 것이다. 찬유와 아주머니는 지금 집으로 돌아오고 있을 것이다. 얌전히 방에 들어가서 한숨 자고 일어나면, 결선에 함께 나갈 수 없어 미안하다는 말과 함께 찬유가 돌아와 줄 것이다. 그래, 그래 줄 것이다.

준연이 비틀거리며 일어섰다. 무언가에 홀리듯, 혹은 지금의 모든 것을 부정하듯 준연이 죽은 눈을 하고서 집으로 돌아갔다.

소파에 쪼그리고 앉아 무릎을 끌어안은 채, 준연은 멍하니 앉아 있었다. 잠시 뒤 샤워를 마친 영미를 머리를 수건으로 탈탈 털며 다가왔다.

"뭐하니? 쉬지 않고."

준연이 파리한 얼굴을 들었다. 의아한 눈으로 영미가 그녀를 바라보았다.

"준연아?"

"엄마……."

"왜 그러니? 어디 아파?"

결선이 코앞이다. 이런 중요한 시기에는 아프면 안 되는 법이다. 차가운 표정으로 영미가 준연에게 단단히 주의를 주었다.

"지금은 아프면 안 돼. 알지?"

"아줌마 어디 갔어요?"

"뭐?"

"별채 아주머니가 보이지 않아요. 어디, 가셨어요?"

넋 나간 표정으로 준연이 물었다. 그녀를 빤히 바라보고 있던 영미가 준연의 물음에 눈썹을 찡그렸다.

"어머, 얘는. 소라 씨 안부를 왜 엄마에게 묻니? 엄마가 그걸 어떻게 알아?"

"모르세요……?"

"글쎄, 모른대두. 집에 안 계시니? 참 별일이네. 갈 데도 없는 사람이."

"……."

준연의 눈빛이 푹 꺼졌다.

"소라 씨는 왜 찾니? 배고파서 그래? 그런 거면 밥은 엄마가 해 줄게. 씻고 있어."

엄마가 밥을 해 준다는데도 그녀는 전혀 기쁘지 않았다. 전과 같았다면 온 얼굴 가득 활짝 미소 지으며 기뻐할 텐데 그럴 기분이 나지 않았다. 찬유의 행방을 물으면 엄마가 화를 낼 것 같아서 소라 아주머니에 대해 대신 물은 것인데, 준연은 그에 대한 답조차 들을 수 없었다.

실망을 감추지 못하고 고개를 푹 떨어뜨린 준연의 귀에 영미가 무어라고 말하는 소리가 들려왔다. 준연은 그 소리를 이해하지 못하고 힘없이 일어났다.

"올라가는 거니? 쉴 때 쉬더라도 씻고 쉬렴."

"네, 엄마."

기계적으로 대답한 준연이 위태롭게 계단을 올라갔다.

왜 찬유는 대회에 오지 않았을까.

왜 대회장에도 없고, 집에도 없는 것일까.

본능적으로 준연은 찬유에게 일어났을 만한 일을 무수히 떠올려

냈다. 그러나 그 가정들이 하나같이 끔찍했다. 차라리 답을 모르고 싶다고 생각하며, 준연은 무의미한 자문만 계속했다.

이찬유에게 무슨 일이 일어난 것일까? 아무 일도 없겠지. 무슨 일이 있었을 리가 없잖아? 하지만 아무 일도 없었다면 왜 경연장에 오지 않았지? 무슨 일이 있었어, 분명. 아니, 아니다. 아무 일도 없었을 거야.

결국 준연은 생각하기를 포기하고 제 방에 들어서기 무섭게 침대 위로 풀썩 쓰러져 두 눈을 감아 버렸다. 잠을 자고 일어나면 찬유가 돌아와 있을 것이다.

잠이 오지 않았다. 침대에 누운 지 몇 시간이 지났는데도 준연은 두 눈을 뜨고 있었다. 어둠이 발라진 방 안에서 그 어둠만큼이나 짙은 어둠으로 가득 찬 두 눈을 끔뻑거리며, 찬유의 발소리가 들리지 않을까 온 신경을 곤두세웠다. 혹시라도 그가 돌아오는 소리를 놓칠까 봐 창문도 활짝 열어 두었다.

하지만 돌아오라는 찬유는 아니 오고, 발 빠른 모기만 준연에게 달려들었다. 준연은 모기를 쫓아낼 의지도 없이 축 늘어졌다. 찬유가 오지 않고 있는데, 그깟 모기에게 뜯기는 게 대수일까.

쓴웃음을 짓는 순간, 생기 잃은 입술이 파사삭 갈라졌다. 아프다는 생각도 하지 못했다.

흐르는 것은 적막, 또 적막. 차오르는 것은 어둠, 또 어둠. 그리고 적막의 어둠 속을 홀로 떠도는 서준연.

"왜 안 와?"

울컥, 준연이 아무도 없는 허공을 향해 쏘아붙였다.

그러는 동안에도 새벽은 깊어 갔다. 이찬유는 돌아오지 않았다.

대문 열리는 소리도, 사람이 걸어오는 소리도 들리지 않았다. 아주 드문드문 멀리서 타이어 미끄러지는 기괴한 소리만 들려왔다.

"얼른 와."

제발 와. 응?

혼자 애원했다. 어차피 찬유는 듣지 못할 것을 아는데, 그래도 이렇게 애원하면 그가 금방이라도 돌아와 줄 것 같았다. 자꾸만 치미는 불길한 생각이 사라져 줄 것 같았다.

자꾸만 삐져나오려는 눈물을 준연이 꾸역꾸역 참아 냈다. 자신이 울면 정말로 찬유에게 나쁜 일이 생겨 버릴 것 같았다.

드르륵.

그 때, 베란다 문이 열리는 소리가 들렸다. 준연이 반사적으로 벌떡 몸을 일으켜 세웠다. 침대 용수철이 튕기는 소리가 그렇게 크게 들렸던 적은 일전에 없었다.

"잘 처리했어요?"

아래층에서 들려오는 목소리는 영미의 것이었다.

'엄마?'

그녀의 목소리는 어쩐지 조금 들떠 있었다. 혼잣말을 하는 건 아닐 텐데, 이 새벽에 누구와 통화를 하는 것일까.

"알았어요. 둘 다 크게 다치지 않았다니 다행이네요. 혹시라도 잘못돼서 죽기라도 했으면 상당히 일이 귀찮아졌을 텐데. 딱 원하는 만큼만 다쳤어요. 잘했어요."

누가 다쳤다.

딱 '원하는' 만큼 다쳤다.

준연의 미간이 좁아졌다. 이불을 꽉 움켜잡은 준연의 손이 덜덜 떨리기 시작했다.

"그나저나 소라 씨는 어때요? 그 아줌마 없으면 생활이 좀 불편한데."

아줌마 이름이, 저기에서 왜 나오는 것일까?

"아, 괜찮다고요. 내일이면 퇴원할 수 있을 것 같단 말이죠? 그럼 됐어요. 다행이네요. 안 되면 임시로라도 다른 사람 구할 생각이었어요. 아, 내일이 아니라 모레라고요? 이틀이라……. 뭐, 상관없어요. 그 정도는 그냥 참죠. 집에 드나드는 사람 자꾸 바뀌는 것도 질색이고, 그게 여자라면 더더욱 싫으니까. 수고했어요."

그들은 몇 마디 상투적인 인사를 더 주고받았다.

"조만간 다시 연락할게요. 내가 연락할 때까지 움직이지 마요."

그 말이 끝이었다. 베란다 문이 열렸다 닫히는 소리가 들렸다.

준연은 덜덜 떨리는 몸을 추스르기 위해 어깨를 움츠렸다. 내내 결론 내리기를 거부하고 있던 준연의 머리가 놀라울 정도로 영민하게 답을 내렸다.

아줌마가 다쳤다. 아줌마와 같이 있었다면 찬유 역시 다쳤을 가능성이 있다. 그리고 이 일에, 그녀의 엄마가 개입했다.

'잘했다니? 남을 다치게 했는데, 잘했다니? 그게 도대체 뭐야!'

준연이 두 눈을 질끈 감았다.

이제 어떻게 해야 하지?

어떻게 할지 생각을 정리하기도 전에, 준연은 이미 신용카드 한 장을 달랑 손에 쥐고 집을 몰래 빠져나가고 있었다. 그녀의 아버지, 서태훈이 그래도 딸이라고 챙겨 준 것이었다. 그것을 쓰게 되는 날이 오리라곤 생각하지 못했었다. 바로 어제까지만 해도.

새벽 5시.

낮이 긴 여름이지만 하늘은 아직 어두웠다. 택시가 다니는 도로변까지 달려온 준연이 정신없이 손을 흔들었다. 한참이나 지난 뒤, 겨우 택시 한 대가 그녀의 앞에 멈춰 섰다. 혹시라도 택시가 떠나갈세라 준연이 재빠르게 뒷좌석에 올라탔다.

택시기사가 의문스러운 눈빛으로 그녀를 쳐다보았다.

"꼬마야, 가출했니?"

"아뇨!"

"아니라고?"

택시기사가 준연을 보며 대충 나이를 가늠해 보았다. 기껏해야 초등학교 고학년생에서 중학생 정도로 보이는 얼굴이었다. 꼭두새벽부터 혼자 택시를 타기에는 어려도 너무 어려 보였다.

그 때 그의 불신을 불식시키듯 준연이 횡설수설하기 시작했다.

"병원……. 병원에 가야 해서……. 누가 다쳐서……. 병원에……."

택시기사가 보기에 준연은 제정신이 아닌 듯 보였다. 두 눈 가득 차오른 물기를 보며 택시기사가 이마를 눌렀다. 누가 다친 모양인데, 보호자도 없이 병원으로 가야 하는 모양이었다. 혹시 그 다친 사람이 부모쯤 되는 것일까? 그래서 이 어린아이가 새벽에 혼자 병원에 가려는 것일까?

"무슨 병원?"

"네, 병원이요, 병원……. 사람이 다치면 가는 곳……."

"그러니까 무슨 병원이냔 말이야."

택시기사가 다그치듯 물었다. 순간 숨을 멈춘 준연이 두 눈을 크게 떴다. 그녀의 두 눈에 혼란스러움이 가득했다.

"그건……."

이찬유가 무슨 병원에 있는지 알지 못한다. 그런 건 듣지 못했다. 서울에 병원이 많을까? 많으면 얼마나 많을까? 그 많은 병원 중 찬유가 있는 곳은 어디일까?

"천지병원. 천지종합병원으로 가 주세요."

두연 차가워진 목소리로 준연이 말했다.

천지병원. 그녀의 머릿속에 제일 먼저 떠오른 곳이었다. 그녀의 엄마가 이사장으로 있는 병원이었고, 그녀가 아플 때 항상 가는 병원이기도 했다.

만약 정말로 그녀의 엄마가 이찬유에게 무슨 짓을 한 거라면…… 그 진실을 숨기기엔 천지병원만큼 적절한 곳은 없었다.

"그래, 금방 데려다 주마."

어쩐지 결의에 찬 목소리로 택시기사가 답했다. 곧 뱀장어처럼 미끄러지는 택시의 의자에 기대어 준연이 두 눈을 감았다.

천지병원, 그곳에 찬유가 있었으면 좋겠다 싶다가도 그가 그곳에 없었으면 좋겠다는 이중적인 마음이 들었다.

힘을 내라는 이름 모를 택시기사의 응원을 받으며 준연이 병원에 들어섰다.

두려운 마음으로 간호사에게 확인을 하니, 찬유는 그곳에 입원 중이었다. 넋 나간 표정으로 준연이 찬유의 병실을 찾아 움직였다.

그가 있을까.

진짜 이찬유가 맞을까.

새하얀, 혹은 새까만 머릿속에 이 두 가지 생각만 교대로 떠올랐다 사라졌다. 이찬유라고 써진 명패를 병실 앞에서 한참이나 바라보다가, 준연이 문고리를 돌렸다. 삐그덕 소리조차 없이 문이 스르륵 열렸다. 수면등이 켜져 있는 덕분에 병실은 그리 어둡지 않았다.

그리고 준연이 그대로 얼어붙었다. 찬유가 있었다. 이찬유가 정말로 그곳에 있었다. 천지병원의 한 병실에서 그녀의 별이 재가 되어 가고 있었다.

중환자실은 아니었다. 일반병실이었다. 죽을 만큼 다친 건 아니라는 뜻인데, 준연의 눈에는 그가 죽은 것처럼 보였다. 그의 손에 감긴 붕대가 선연히 눈에 박혀 와 숨을 쉴 수가 없었다.

그녀의 세상은 무너져 내렸다.

늘 빛나던 그녀의 별이, 부서져 버렸다.

끅끅, 울음이 새어 나왔다. 울 자격이 없는데, 눈물이 염치없이 흘렀다.

"서준연?"

눈물 때문에 잠귀 밝은 찬유가 깨어 일어나는 것도 보지 못했다. 끙끙거리며 겨우 몸을 일으킨 그가 어둠 속에서 놀란 표정으로 그녀를 응시하고 있었다.

"꿈인가?"

다행히 다리는 다치지 않은 것인지 그가 침대에서 내려섰다. 타박타박 걸어온 그가 준연을 향해 손을 뻗었다. 그녀의 뺨에 그의 손이 닿았다. 뺨이, 젖어 있었다.

"뭐야, 꿈 아니잖아. 지금 몇 시야? 여기서 뭐해?"

"끄윽, 끅……."

"울어?"

찬유가 놀란 목소리로 물었다. 그 다정한 손에 얼굴을 묻고서 준연이 하염없이 눈물을 쏟아 냈다.

"왜 울어? 울지 마, 응?"

"손……. 끄윽. 이찬유, 손……. 나 때문에……. 끅. 나……."

찬유의 안색이 창백해졌다. 하도 우는 통에 준연의 말은 분명하지 않았다. 그러나 간간이 구분되는 단어는 분명 '손'이었다. 그의 손 때문에 서준연이 울고 있는 것이다. 자기 때문에 그가 다쳤다며, 서러워 오열하는 것이다.
 "이게 왜 너 때문이야?"
 "나는……. 나는, 끅……. 엄마, 우리 엄마가……."
 준연은 울었다. 숨이 넘어가도록 울었다. 울음소리를 꾸역꾸역 삼키면서, 그걸 온전히 다 삼키지도 못해 도로 토해 내며 울었다. 그녀가 내뱉는 말들은 찬유에게 닿지 못했다. 울음소리가 반인 말들이라 알아들을 수도 없었다. 그저 세상이 무너진 듯 우는 준연의 모습만 그에게 닿았다.
 이 순간 가장 울고 싶어야 하는 것은 그였다. 가장 절망적이어야 하는 것도 그였다. 그러나 충격이 너무 커서 그럴까. 이상하게도 눈물은 나지 않았다. 오히려 점점 더 덤덤해지고, 또 담담해졌다.
 대회장으로 향하는 중 사고가 났다. 사고를 깨달은 순간, 손에서 느껴지는 통증에 찬유는 무언가 잘못되었음을 직감했다. 어쩌면 영원히 피아노를 칠 수 없게 될지도 모른다는 막연한 두려움이 느껴진 순간 차라리 죽고 싶었다.
 앰뷸런스 소리가 귓가에 윙윙거리고, 곧이어 병원에 실려 왔다.
 의사에게 설명을 듣는 동안에는 그래도 어떻게든 희망적인 부분을 잡고 싶었다.
 하지만 그는 직감적으로 알았다. 손을 크게 다쳤다. 다 낫는다고 해도 전과 같이 피아노를 칠 수는 없을 게 분명했다. 그런 생각이 들자, 다 포기하게 되었다. 어차피 그만둘 거였으니 다쳐도 상관없다고, 미련도 없이 피아노를 버릴 수 있게 되었으니 차라리 잘된 것이라고 스스로를 속였다.

괜찮다. 괜찮다.

다 잘될 것이다. 앞도 뒤도 옆도 볼 것 없이 공부만 해야 하는 상황이 되었다. 어설프게 꿈을 좇다가 엄마를 더 힘들게 하는 상황은 이제 없을 것이다. 자기 때문에 아들이 꿈을 포기했다고 엄마가 자책할 일도 없을 것이다.

그러니까 전부, 괜찮을 것이다.

그렇게 종일, 힘들게 마음을 다독였다. 지옥 속에서, 세상 무엇보다 소중했던 꿈을 그렇게 저버렸다.

애써 모른 척했다. 현실을 담담히 받아들이는 척하면서 생각하기를 거부했다. 포기해야만 하는 현실, 저버려야만 하는 현실……. 그것들을 마주하기를 거부했다. 현실적으로 느껴지지 않아서 담담해지고, 덤덤해질 수 있었다.

그런데 준연이 운다. 받아들인 척하면서 거부한 일이, 더 이상 거역할 수 없는 진실이 되어 찬유에게 휘몰아쳤다. 가슴이 텅 비고, 머리가 텅 비고…… 빛이 사라져 버렸다.

"울지 마. 네가 왜 울어? 다친 건 난데, 네가 왜 울어?"

참 이상한 일. 정말로 이상한 일.

앞으로 피아노를 칠 수 없을지도 모른다는 것보다 눈앞에서 죽을 듯 울고 있는 준연이 더 무섭다. 그녀의 눈에서 눈물이 멈추지 않는 게 더 슬프다.

"끄윽, 끅. 끅……."

"울지 마, 준연아. 이거 별거 아니야. 그래, 예전 같지 않을 순 있어. 나도 알아. 어쩌면 다신 제대로 피아노를 치지 못할지도 모르지. 근데 그것뿐이야. 죽는 것도 아니고, 곧 나을 거래. 금방 퇴원

할 수 있대. 뭐, 잘된 거야. 이해하기 힘들겠지만, 어차피 그만두려고 했었어. 너는 내가 계속 피아노를 쳤으면 좋겠다고 했지만, 난 줄곧 그만둘까 말까 고민을 하고 있었다고. 이젠 그런 고민을 할 필요도 없어. 사고가 내 고민을 덜어 준 거야. 말이 이상하지만, 그게 그래. 난 괜찮아. 난 정말 괜찮아. 네가 울 필요가 없는 일이야."

횡설수설, 두서없는 말을 늘어놓았다.

괜찮지 않았다. 정말로 괜찮지 않았다. 그런데 준연의 눈물을 멈추게 할 수만 있다면 괜찮을 수 있을 것 같았다.

"진짜 괜찮다니까."

"끅끅……."

준연이 끅끅거렸다. 울음을 삼키고 또 삼켰다. 그것은 가슴이 찢어지는 소리였다.

찬유는 그녀에게 자신이 어떤 의미인지 알지 못한다. 그녀가 자신에게 어떤 의미인지도 알지 못한다. 준연이 왜 이 새벽에 찾아와 이토록 서럽게 우는지도 모르겠고, 자신이 왜 그녀를 위로하기 위해 괜찮지도 않은데 괜찮다는 말을 지껄이고 있는 것인지도 모르겠다.

그냥 그녀가 울지 않았으면 좋겠고, 울지 않을 수 없는 상황이라면 가슴이 찢어지게 울음을 삼키지 않았으면 좋겠다.

다만 그것을 바랐다.

"차라리 울래? 참지 말고."

찬유가 그녀를 끌어안았다. 그나마 성한 한 손으로 그녀의 등을 다독거렸다. 준연은 연신 알아듣지 못할 말들을 중얼거렸고, 찬유는 그녀가 자신에게 아주 특별한 존재가 되어 버렸음을 인정하게 된 것은 아마도 그날이었을 것이다.

그런데 그날 이후, 말간 얼굴로 '안녕'이란 인사를 건넸던 서준연이 그에게서 멀어지기 시작했다. 더 이상 별채에 놀러 오지도 않았고, 학교에서 마주쳐도 인사하는 법이 없었다. 콩쿠르 결선에도 참여하지 않았으며, 피아노도 그만두었다. 찬유에게만큼은 다정하던 서준연이 이 세상에서 사라져 버렸다. 제멋대로 서준연을 놓을 수 없는 이찬유로 만들어 놓고서…….

그로부터 긴 시간이 흘렀다.

추위가 가시지 않는 기나긴 시간이…….

만약 그때, 그가 그녀의 말을 제대로 알아들었다면 무언가 달라졌을까.

3장.
늘, 멀기만 한

"오늘 서 팀장님 표정 봤어? 그게 사람이야, 얼음이야? 사람이 어떻게 표정이 없어도 그렇게 없을까?"

"그러게 말이다. 진짜 살 떨려서 어디 회사 다니겠어? 어휴, 때려치우든가 해야지."

화장실에서 여사원 둘이 한숨을 내쉬며 속닥거렸다. 오전 내내 계속된 회의에서 본 서준연 팀장의 모습은 소름 돋을 만큼 냉랭했다. 회장의 딸이라는 어마어마한 배경은 차치하고서라도, 어떤 상황에서도 눈물 한 방울 흘리지 않을 것 같은 그녀의 성격은 팀원들로 하여금 고개를 내젓게 했다. 서준연 팀장은 화가 나도 결코 언성을 높이는 경우가 없었고, 기뻐도 전혀 웃는 법이 없었다. 화가 나거나 기뻐하거나 하는 감정을 느끼기는 하는지, 그것조차 이젠 모르겠다.

"김 대리님만 안됐지, 뭐. 말은 그냥 진행하라고 하는데, 그게 어디 그냥 진행하라는 말이야? 마음에 안 들어요, 라고 얼굴에 아주 딱 써 붙여 놨더니만. 그게 뭐야? 다시 하란 거잖아. 처음부터 다! 어휴, 다른 기획안 들고 온다고 팀장님이 만족하긴 할까? 진짜 회의 때마다 살벌해서 못살겠다. 차라리 막 뭐 던지고, 성질부리고 그런 팀장이면 낫지. 그 무표정한 얼굴로 무슨 생각을 하는지 우리가 어떻게 알아?"

상사의 속을 전혀 알 수 없다는 건 보통의 평사원들을 불안하게 만들기에 충분했다. 어떤 기분인지 무슨 티라도 나야 알랑거리며 기분이라도 맞춰 줄 거 아닌가? 그런데 서준연은 그런 게 없다. 나이는 기껏해야 자신들 또래밖에 되지 않는데, 무슨 생각인지 도통 알 수가 없다. 같은 또래의 여자들이 할 만할 걱정, 내비칠 만한 감정들, 그런 게 서준연에게선 보이지 않는다. 그러니 언제나 찬바람만 쌩쌩 날리는 어린 팀장님의 기분을 풀어줄 요령이 젊은 두 여사원에게 있을 리가 없다.

"그러게 말이……. 헉!"

손을 다 씻은 후 수돗물을 잠그던 여사원이 헉 숨을 들이켰다.

"왜 그……."

의아한 마음에 고개를 돌리던 동료도 그대로 얼어붙었다. 머리를 단정하게 묶어 올린 서준연 팀장이 표정 없는 얼굴로 화장실 칸에서 나오고 있었다.

다 들었다. 다 들었을 게 뻔하다!

험담을 하다가 걸린 여사원들이 어쩔 줄 몰라 하며 서로의 눈치를 살폈다. 그녀들은 순간적으로 제 입을 꿰매 버리고 싶은 충동을 느꼈다. 그러나 서준연은 그녀들에게 눈길 한 번 주지 않고 세면대로 걸어와 물을 틀었다. 뽀드득뽀드득 깨끗하게 손을 씻는 서준연의 뒷모습을 아연히 쳐다보던 여사원이 겨우 입을 열었다.

"저어, 티, 팀장님……."

사과라도 해야 했다. 나쁜 뜻은 아니었다고 변명이라도 해야 했다.

그러나 여사원은 아무 말도 할 수 없었다. 할 말 해 보라는 듯 거울로 시선을 마주쳐 오는 서준연의 차가운 눈빛 앞에서 차마 사과도, 변명도 건넬 수가 없었다. 입술을 몇 번 달싹거리다가 도로 닫아 버리는 여사원에게서 서준연은 곧 시선을 뗐다. 왜 불렀느냐는 물음조차 없이 그녀는 화장실을 빠져나가 버렸다.

"우린 망했어. 어떡해?"

"몰라, 내가 어떻게 알아! 아으, 팀장님은 왜 화장실에 계시고 그런대? 아니, 대체 우리 팀장님은 왜 여자인 거야! 화장실에서 맘 놓고 투정도 못 부리게!"

발을 동동 굴러 보았지만, 엎지른 물을 돌려 담을 방법은 없다. 미래의 나에게 체력을 빚져 오늘은 야근을 불사를 수밖에.

♪ 🎵 b

시간은 참 덧없다. 12년, 열네 살 어린 딸이 스물여섯 살 숙녀가 될 때까지의 시간이었다. 겨울 같은 봄이 무려 열 번 넘게 지나간 것이다.

그 긴 시간, 나는 무엇을 위해 살아온 것일까.

영미는 모르겠다. 답이 없다. 답이 없는 물음이다. 망망대해에 난파된 사람처럼, 그래서 내일은커녕 한 시간 뒤의 삶조차 보장받을 수 없게 된 사람처럼 그녀는 멍한 표정을 지었다.

오로지 딸을 위해 살았다고 오만하던 때도 있었다. 딸을 통해 그녀의 인생을 보상받을 수 있을 거라고 자신했던 때도 있었다. 그녀가 이루지 못했던 꿈……. 그 꿈을 준연을 통해 실현시키기 위해 인간으로서는 하지 말아야 할 짓도 저질렀다.

그때는 그랬다. 그것 말고 다른 것은 보지 못했다. 딸애가 진정으로 바라는 것이 무엇인지 단 한 번도 생각하지 않았다. 그것은 고려할 가치가 없는 일이라고 여겼다. 언제나 자신의 기대에 부응하기 위해 필사적으로 노력하는 딸을 알면서도, 단 한 번도 딸애를 위해 살갑게 웃어 주지 않았다. 자신이 한 번 웃어 주는 것만으로도 세상을 다 가진 듯 행복해하는 딸이라는 걸 알고 있으면서 남편에 대한 미움 때문에 하나뿐인 딸을 제대로 돌보지 못했다.

그렇게 늘 인형처럼 그녀를 위해 살아 주던 준연이 어느 순간부터 더 이상 그녀를 바라봐 주지 않게 되었다. 늘 그녀에게 순종하던 준연이 더 이상 그녀의 뜻을 따르지 않게 되었다. 항상 그녀를 위해 최선을 다해 주던 준연이…….

"뭐라고…… 하셨죠?"

어느 날 갑자기 사라져 버렸다.

그 변화를 몸서리치게 깨닫게 된 뒤에야 영미는 자신이 잃어버린 것이 무엇인지 알게 되었다. 자신을 연민하느라 돌보지 못했던 어린 영혼이 철저히 망가진 후에야 영미는 자신이 얼마나 자격 없는 어미인지 알 수 있었다.

"아아악!"

그날의 기억이 아직도 생생하다.

"준연아, 이게 무슨 소리……. 너, 너! 너 지금 무슨 짓이니? 대체 무슨 짓을 하고 있는 거야!"
"왜 그랬어요, 엄마? 왜 그런 짓을 한 거예요? 왜……. 대체 왜……."
"소, 손이! 손이 이게 뭐야? 이게 대체!"

준연은 뭔지도 모를 물체로 제 멀쩡한 손을 내리찧고 있었다. 눈물범벅이 되어, 알아들을 수 없는 괴성을 지르고 있었다.

"난 안 쳐요……. 난 다신 안 할 거야. 다신, 다신…… 아무것도 안 할 거야. 엄마, 나빠요. 나빠……. 왜 그랬어요? 왜……. 대체 왜……! 아 아악!"
"그만 해! 뭐하는 짓이야? 병원. 그래, 병원에 가자! 어서!"
"이거 놔요! 놓으란 말이에요! 엄마랑 아무 데도 안 가! 이젠 엄마랑 아무 데도 안 갈 거란 말이야! 다신 엄마라고 부르지도 않을 거야. 이젠 나도 안 해! 나도 안 할 거라고요……. 흐으윽. 엄마 마음대로 살아. 나도 내 마음대로 살 거야. 아무것도……. 이젠 내게 아무것도 바라지 마요. 왜…… 그랬는데? 왜, 이찬유한테, 끄윽, 끅. 끄윽……."

준연의 작은 손에서 피가 철철 흘러나왔었다. 영미가 병원에 가자고 아무리 윽박질러도 기죽지 않은 채 더 이상 자신에게 아무것도 바라지 말라며 악을 써 댔다. 이젠 정말로 다 끝이라며 무너져 버렸다.

그전에는 단 한 번도 그녀를 향해 화낸 적 없던 딸이었다. 늘 시키는 대로 했고, 자신이 해낸 것을 보고 기뻐하는 엄마를 보며 더 행복해하는 딸이었다. 홍영미는 서준연이 기쁘게 해주고 싶은 유일한 사람이었다.

그런 준연이 돌아섰다.

찰나의 망설임도 없이, 홍영미가 이찬유에게 한 짓을 직감적으로 깨달은 순간 모든 것을 끊어버렸다. 티끌의 미련조차 남기지 않는 듯한 태도였다.

처음 홍영미는 준연의 변화를 대수롭지 않게 여겼다. 반항의 절정이라는 사춘기란 게 온 것인가 싶었다. 처음에는 건방지다 싶었고, 나중에는 괘씸해졌고, 그 다음에는 열넷밖에 되지 않은 여자애가 독하게 굴면 얼마나 독하게 굴겠느냐며 풀어질 때까지 조금 기다려 주기로 관용을 베풀었다.

그러나 시간이 지나도 준연은 영미를 바라봐 주지 않았다. 영미가 아무리 어르고 달래도 돌아오는 것은 준연의 사늘한 외면이었다. 그녀는 더 이상 영미 앞에서 웃지 않았고, 영미를 웃게 하기 위해 아등바등하지도 않았다. 모든 것을 놓아 버린 채 준연은 그저 숨만 쉬었다.

아무리 때려도 겁먹지 않았고, 울며 애원해도 동요하는 기색이 없었다.

왜 지금 이 순간, 그때의 일들이 생각나는 것일까. 왜 이렇게 가슴이 꽉 막힌 듯 아파 오는 것일까.

"다시……. 다시 확인해 줘요, 김 닥터. 다른 사람과 헷갈렸을 거예요. 내가 죽는다니요? 다른 사람도 아니고 내가 죽다니요? 그럴 리가 없어요. 그럴 리가 없잖아요? 아직 이렇게나 젊은데……. 이렇게 건강한데! 내가…… 죽을 리가……."

영미의 목소리가 덜덜 떨렸다. 그녀의 두 눈이 혼란스러움으로 가득 차 있었다. 횡설수설하는 그녀를 바라보는 주치의 표정엔 안타까움만 가득했다. 입술을 꾹 문 그가 고개를 느리게 내저었다.

그것이 영미에게는 꼭 사형선고처럼 느껴졌다.

당신은 죽을 것이다.

내 진단은 틀리지 않았다.

그러니 이만 받아들여라.

그 순간, 정신이 번쩍 들었다. 여기를 나가야겠다. 다른 병원에 가 봐야겠다. 김 닥터의 진단이 틀렸다는 확실한 증거를 가지고 돌아와야겠다. 그래야 그녀에게 사형을 선고한 김 닥터가 자신의 오진을 철회하며 용서를 구할 것이다.

"다른 병원에도 가 봐야겠어요. 김 닥터를 못 믿는다는 게 아니에요. 그게, 그렇잖아요. 매년 건강검진을 받았는데, 상태가 이 지경이 되도록 찾지 못했을 리가 없어요. 분명 검사결과가 다른 사람 것과 바뀌었을 거예요. 그게 아니라면 정말 이해할 수 없는 일이잖아요. 안 그래요?"

동의를 바라듯 영미가 주치의를 바라보았다. 무겁게 닫혀 있던 김 닥터의 입이 느릿하게 열렸다.

"사모님, 진단 결과는……."

"됐어요! 그만 말해요. 더 듣고 싶지 않으니까!"

영미가 꽥 소리쳤다. 그녀의 얼굴에 두려움이 떠올라 있었다. 혼란스러운 듯 입가를 손으로 가린 영미가 자리에서 일어나더니 기어코 밖으로 뛰쳐나가 버렸다.

이게 무슨 소리란 말인가. 대체 무슨 하늘의 장난이란 말인가.

아직 그녀의 말만 듣던 착한 딸 서준연을 되찾지도 못했다. 그런데 김 닥터는 도대체 무슨 헛소리를 지껄이고 있는 것일까?

이건 있을 수 없는 일이다. 정말로 있어서는 안 되는 일이다.

"길어야 석 달이라니? 그게 말이 돼?"

그래, 말이 안 된다.

말이…… 안 되지 않은가? 그녀는 매해 건강검진을 받아왔는걸. 그런데 암이라니. 그것도 1기, 2기도 아닌 4기라니? 이미 다른 장기까지 전이되어 손쓸 도리가 없다니?

있을 수 없는 일이다. 로비까지 도망치듯 달려온 영미가 우뚝 멈추어서 후욱 한숨을 내쉬었다. 그리고 똑바로 출입문을 노려보았다. 지금 이렇게 병원 로비에서 허비할 시간이 없다. 한시라도 빨리 다른 병원에 가서 그녀의 몸에 아무 이상이 없다는 확인을 받아야 했다. 그래서 이 불안감을 떨쳐 내야만 했다.

검진 결과가 잘못되었다. 분명 그랬을 것이다. 정상적인 상황이라면 그녀가 내일모레 죽을 거라는 결과가 나올 수 있을 리 없다.

영미가 처음 시한부 선고를 받은 날로부터 벌써 이 주일이 지났다. 조급한 마음에 압력을 행사해 가는 병원마다 검진결과가 최대한 일찍 나오도록 손을 썼다. 덕분에 벌써 네 번째 병원이었고, 네 번째 의사였고, 네 번째 시한부 선고였다.

"그러니까……"

이거 참, 우습다.

해마다 건강검진을 하였다. 매해 수백만 원을 검진 비용으로 써 왔다. 그때마다 그녀의 몸은 깨끗하다고 했다. 앞으로 오십 년도 거뜬할 거라고들 했다. 그런데 이제 와서 모든 의사들이 전혀 다른 소리를 한다. 일제히 그녀를 배신하기로 담합이라도 한듯 그녀에게 죽음을 말한다. 대한민국에서 가장 유능하다는 의사들이, 그녀에게 방법이 없다고 선고하고 있다.

영미가 허탈하게 웃었다. 눈물은 흐르지 않았다.

그냥 준연이 보고 싶었다. 그녀의 하나뿐인 딸이 그리웠다. 그 아이의 웃는 얼굴을 본 게 도대체 언제인지, 이젠 기억에서조차 까마득하다.

"이젠 석 달도 안 남았다는 거군요."

"죄송합니다, 사모님."

의사가 고개를 푹 떨구었다.

영미가 자리에서 일어났다. 의사가 무어라고 말하는 소리가 들려왔다. 항암치료가 어떻고, 통증이 어떻고 하는 말들을 듣는 둥 마는 둥 하며 영미가 병원을 빠져나왔다. 뒤에서 의사가 불렀지만 영미의 걸음은 점점 더 빨라졌다.

'세 달……? 아니, 두 달?'

처음 선고받은 시간이 석 달이었다. 그중 이 주를 검사를 받고 다니느라 허비했다. 이젠 얼마나 남은 것일까? 두 달? 아니면 두 달 조금 더? 어쩌면 그것도 안 남지 않았을까?

모르겠다. 두렵다. 길을 걷는데, 걷는 것 같은 느낌이 들지 않았다. 머릿속이 텅 비어, 어떻게 두 다리가 정상적으로 움직이고 있나 궁금하기까지 했다.

"엄마, 있잖아요."

재차 준연의 얼굴이 떠올랐다.

참, 삶이 얄궂다. 왜 이 순간 떠오르는 게 오직 딸애의 모습일까? 어째서 제 그릇된 욕심 때문에 망가지고 무너진 딸애의 생각만

나는 것일까?

응당 사랑해 주어야 할 시간 내내 사랑은커녕 학대만 하였다. 그럼에도 그녀를 향해 웃어 주었고, 그녀를 위해 노력해 주었다. 그 작은 아이를 끝내 돌아서게 한 것은 홍영미 그녀였다. 여리고 착하기만 하던 하나뿐인 딸을 벼랑 끝으로 내밀어 버렸다. 매정히 뒤돌아섰던 그 작은 등이 눈에 박힌 듯, 눈가가 따끔거렸다.

"준연이는, 엄마가 웃는 게 좋아요."

그저 그녀의 웃는 얼굴을 바랐던 작은 딸이 그리웠다. 멈추지 않고 흘러 버린 시간은 준연의 웃는 얼굴을 영미의 기억 속에서 지워버려서, 이제는 그리운 것을 떠올릴 수조차 없게 된 영미가 텅 빈 눈으로 허망하게 웃었다.

염치라는 것을 잃어버린 여자는, 비척비척 걸어 한 회사 앞으로 향했다.

"준연아, 엄마야. 제발 잠깐만 만나 줄래?"

전화를 받지 않는 딸의 사서함에 메시지를 남기는 영미의 눈가에서 눈물이 후드득 떨어져 내렸다.

♪ ♫ ♭

거의 한 달째 하루에도 몇 번씩 영미에게서 전화가 왔다. 준연은 단 한 번도 그녀의 전화를 받지 않았다. 사서함에 저장된 메시지 역시 듣지 않고 삭제해 버렸다. 그녀에게 엄마는 잊고 싶고, 버리고 싶은…… 악몽일 뿐이었다.

어린 시절에는 오직 엄마만이 세상이고, 엄마만이 전부였지만, 이제 더 이상 홍영미는 서준연의 모든 것일 수 없었다.

오늘 아침에도 영미에게 온 전화를 무시하고 준연은 출근을 했다. 오전 회의를 위해 팀을 소집하는데, 그녀의 휴대폰이 울리기 시작했다. 잠깐 확인하니 모르는 번호였다. 업무상 모르는 번호로 오는 전화도 전부 받아야 하는 준연이 하는 수 없이 회의실 밖으로 나가 전화를 받았다. 몇 번은 영미가 다른 번호로 전화를 한 적도 있어서 혹 그녀일까 하는 생각에 준연의 표정은 그저 차가웠다.

"여보세요?"

―서준연 님 휴대폰 맞습니까?

낯선 목소리였다. 남자였고, 젊었다.

"맞는데, 누구시죠?"

―홍영미 사모님 따님 되시죠?

아.

탄식을 속으로 삼킨 준연이 차가운 표정을 지었다.

"아뇨."

준연이 약간의 침묵 끝에 덧붙였다.

"전 그런 사람 모릅니다. 전화 잘못 거셨습니다."

―서준연 님 아닙니까?

전화를 끊으려는 그녀에게 상대가 집요하게 말을 걸었다. 그녀가 가타부타 말을 하기도 전에 그가 말을 이었다.

―이런 말씀드리기 죄송스럽지만, 환자분 상태가 많이 안 좋습니다. 보호자가 필요한 상황인데, 서준연 님 아버님은 연락이 되지 않는 상태입니다. 그러니 지금 급히…….

"네?"

그의 말이 끝나기 전에 준연이 무심코 반문했다. 크게 뜨인 그녀의 동공이 혼란스럽게 흔들렸다.

지금, 이 남자가 뭐라고 한 거지?

―오늘 아침 정신을 잃은 채로 발견되셨습니다. 다행히 다른 분이 일찍 발견해서 큰일은 면했지만 환자분 상태가 급속도로 악화…….

"환자요?"

준연이 다시 반문했다. 조리 있게 설명해 준 상대의 말이 그녀의 머릿속에서는 조각조각 나서 어지럽게 떠돌아 댔다. 누가 환자고, 누가 정신을 잃고…… 도대체 누가 뭘 어쨌다는 걸까?

"도대체 누가……."

―아직 모르셨습니까?

남자가 당황한 목소리로 물었다. 그의 당혹감이 전염된 듯 준연 또한 당혹스러웠다. 그녀는 그저 입을 다물었다. 머릿속을 떠돌고 있는 생각의 조각들이 하나의 퍼즐을 완성시키는 것을 원하지 않았다.

그러나 그는 그녀의 작은 바람을 산산이 부숴 주었다.

―홍영미 사모님 말입니다. 췌장암 말기이십니다. 자세한 내용은 오신 후에 말씀드리고 싶은데, 괜찮으시겠습니까?

준연이 툭, 휴대폰을 떨어뜨렸다.

―서준연 님? 서준연 님!

남자의 목소리가 계속해서 휴대폰에서 흘러나왔다. 괴기스러운 것과 맞닥뜨린 듯 멍한 눈을 하고서 준연이 휴대폰을 쳐다보기만 했다.

엄마가 아프다. 자신의 엄마가, 아프다.

눈시울이 울컥 뜨거워졌다. 수많은 생각들이 그 순간 그녀의 뇌리에서 교차하였을 것이 분명한데, 무슨 생각들이 교차한 것인지 인지하지 못했다. 곧 무언가에 홀린 듯 그녀가 사무실을 뛰쳐나갔다.

"팀장님? 팀장님!"

누군가 그녀를 부르는 소리가 들렸지만 준연은 멈출 수 없었다.

'아아……. 엄마……. 엄마……'

영미가 그녀에게 연락을 시도한 것은 하루 이틀 일은 아니었다. 꼬박 열두 해를 포기하지 않고 그녀에게 연락을 해 오는 영미였다. 그러나 이번엔 조금 다르다는 것을 알아챘어야 했다. 그녀가 쭉 무시로 일관하면 일주일쯤 지나 나가떨어지던 영미가 이번만큼은 이상할 정도로 끈질겼다. 한 달 내내 아침, 점심, 저녁 할 것 없이 틈만 나면 그녀에게 전화를 해 댔다. 영미가 왜 그토록 집요하게 구는지, 준연은 그 원인을 생각하려고 하지 않았다.

그 무심함이 지금 이 순간 제 마음을 찢어 놓고 있다는 사실을 준연은 애써 외면했다. 미친 사람처럼 택시를 잡으면서도, 제 마음속에 여전히 남아 있는 엄마를 향한 그리움을 못 본 체했다.

천지종합병원으로 향하는 길이 이렇게 멀었던가.

덜덜 떨리는 손을 진정시키기 위해 무던히 애를 썼지만 준연은 성과를 얻지 못했다. 결국 병원으로 가는 내내 깍지를 끼고 있다가 목적지에 도착하자 어렵게 값을 치르고 택시에서 내렸다. 다리까지 후들거리는 것을 느끼며, 준연이 당황스러운 웃음을 지었다. 마른 입술에선 피 맛이 났다.

영미와의 인연은 이미 오래전 끊었다. 엄마의 죄악을 알아 버렸기에 더 이상은 그녀의 순종적인 딸이 될 수 없었다. '그날' 이후 준연은 더 이상 엄마의 기대에 부응하려는 노력을 하지 않았고, 엄마를 웃게 하는 착한 딸이 되려는 시도도 하지 않았다. 영미가 화를 내며 때리면 그냥 맞았고, 울고불고 난리를 치면 그저 무표정하게 버텼다. 완전한 타인이 되어 그녀를 방관했다.

독립할 능력이 생긴 순간 뒤도 돌아보지 않고 집을 나왔다.

그렇게 남이 되었다. 아니, 남이 되었다고 생각했다.

'엄마……'

엄마였다. 빌어먹게도 홍영미는 서준연의 엄마였다. 문득 엄마에 관한 영화를 보면 괴로움에 울컥 눈물이 났고, 너무나 쉽게 엄마에 대한 애정과 그리움을 드러내는 사람들을 보면 왜인지 질투나 견딜 수가 없었다.

밉지만, 버렸지만…… 그럼에도 그들은 완전히 남이 될 수 없는, 천륜으로 이어진 관계였다. 단 한 번도 영미가 죽는 것을 바라지 않았다. 그런 것은 상상한 적도 없었다.

혼돈이 가득한 두 눈을 꾹 감았다 뜬 준연이 숨을 골랐다. 바닥난 용기를 긁어모아 의사에게 들었던 호실의 문을 두드렸다.

'똑똑.

"들어오세요."

전화기를 통해 들었던 목소리가 문 너머에서 들려왔다.

"서준연이라고 합니다."

피곤에 지친 표정의 의사 한 명이 그녀를 기다리고 있었다. 준연은 자신이 그보다 더 지친 얼굴을 하고 있다는 것을 알지 못했다.

준연은 시종일관 무표정한 얼굴로 김 닥터의 말을 들었다.

몇 기가 어쩌고, 전이가 어쩌고 하는 말은 하나도 알아들을 수 없었다. 상태가 너무 심각해 화학요법도, 수술도 불가능하다고 하였다. 남은 시간이 석 달인지, 한 달인지도 알 수 없다고 하였다. 할 수 있는 것은 고통을 줄여 주기 위한 약물치료 정도가 전부라고 하였다.

준연이 잠시 눈을 감았다. 속눈썹이 파르르 떨렸다. 무수한 상념들이 머릿속을 어지럽혔다. 지금 자신이 존재하는 곳이 꿈인지 현실인지도 구분되지 않았다. 그저 의사의 말들이 지극히 비현실적으로 느껴졌다. 그런데 괴이하게도, 그의 말이 현실이라는 것이 이상할 정도로 쉽게 납득이 되었다.

"중요한 건 가족분들의 애정과…… 환자분께서 삶을 정리할 수 있는……."

다시 눈을 뜬 준연은 더 이상 의사의 말을 듣지 않았다. 그의 말은 띄엄띄엄 들렸고, 중간 중간 사라졌다.

그저 상념에 잠겼다.

십 년이 넘는 세월이었다, 영미와 반복하며 산 것이. 미워하며 원망하며 살아온 그 수많은 순간들이, 찰나 찰나 머릿속을 맴돌았다.

"서준연 님?"

그녀가 반쯤 넋이 나갔다는 것을 눈치챈 의사가 그녀를 불렀다. 번쩍 정신을 차린 준연이 그를 똑바로 바라보며 또박또박 말했다.

"잘 알겠습니다. 충분히 알아들었어요. 지금 처음 듣는 이야기라 많이 당황스럽지만, 일단 어머니와 이야기해 봐도 괜찮을까요?"

의사는 막 그녀에게 영미의 호스피스 병동 입원을 권유하는 참이었다. 알겠다는 듯 고개를 끄덕이는 그를 확인한 후, 준연이 무언가에 홀린 듯 자리에서 일어나 복도로 빠져나왔다.

영미가 있는 병실로 걸어가는 내내 아무 생각도 할 수 없었다. 후들거리는 다리를 진정시키는 것만으로 준연은 벅찼고, 머릿속에 들어 있는 생각들을 부여잡고 있기엔 그녀의 심신이 너무도 만신창이였다.

그저 이해했다, 납득했다.

지난 한 달 동안 구차할 정도로 그녀에게 연락을 시도했던 영미는 아마도 자신의 죽음을 이야기하고 싶었던 것이리라. 시한부 선고를 받고 하나뿐인 딸과의 화해를 바랐던 것이리라.

비틀비틀 걷는 준연의 입가에 씁쓸한 웃음이 번졌다.

'그게 다 무슨 소용이야……'

삶은 이토록 덧없는데.

가장 중요한 것은 성공, 부, 명예…… 그따위 게 아닌데.

'다 무슨 소용이냐구……'

영미의 명패가 걸린 병실 앞에 섰다. 그리고 문을 열었다.

준연은 자신이 안개바다 속에 서 있다고 생각했다. 먼 곳은 보이지 않아서, 코앞에 있는 것만 겨우 인식할 수 있는 상황에 빠진 것만 같았다.

그래서 주변은 보이지 않았다. 이 세상에 오직 영미와 그녀만 존재하듯, 주변 모든 것이 지워졌다. 흰 병상 위 죽은 듯 누워 있는 여인의 모습만 태산처럼 크게 각인되었다. 그 옛날의 아름답던 모습은 전부 잃어버린, 이제 곧 꺼져 버릴 듯 가엾은 눈을 한 안쓰러운 여자가 그곳에 있었다. 늘 준연을 제 인생의 대타로 취급하던 그 여자가, 그래서 준연의 가장 소중한 것마저 망쳐 버린 그 여자가…… 준연을 보는 것과 동시에 오열하고 있었다.

"준연아……. 내 딸, 준연아……. 왜 이제 오니? 흑흑. 왜 이제 와……"

어쩌면 이건 이찬유의 꿈을 빼앗은 홍영미에게 내리는 하늘의 벌이 아닐까.

"엄마가 미안해. 엄마가 잘못했어. 엄마가……. 흐으윽."

준연은 그 눈물을 보며 우두커니 서 있었다. 덩그마니, 그 병실 속에 놓여 있었다. 다리가 얼어붙어 도망가지도 못한 채 죽어 가는 엄마를 마주했다. 그리워도 그리워할 수 없고, 미워해도 온전히 미워할 수 없었던…… 그녀의 원죄와 마주 섰다.

"잘못한 건 알아서 그나마 다행이네요."

차갑게 조소하던 준연의 눈동자에 연민이 스쳤다.

"무슨 자격이 있어서 울어요?"

"준연아……. 흐으윽, 끅."

영미를 몰아붙이는 순간, 준연의 마음도 찢어졌다.

참 인연이란 얄궂다. 하늘이란, 정녕 얄궂다. 더러운 천륜. 빌어먹을 천륜. 막돼 먹은 천륜. 그 망할 놈의 천륜이 준연을 또다시 나락 속으로 끌고 들어가고 있었다.

미운데. 정말 싫은데. 그런데도 엄마라서, 세상에 둘도 없는 엄마라서, 준연은 뒤돌아서 떠날 수가 없었다. 영미가 삶의 끝에 서 있다는 것을 알게 된 순간, 준연은 더 이상 영미를 외면할 수가 없게 되었다.

여전히 그를 생각하면 심장이 따끔거려 견딜 수 없는데, 우연히 그와 비슷한 뒷모습이라도 봤다 치면 어김없이 새벽에 울다가 깨는데, 가엾은 그를 생각하면 영미에게 조금의 온정도 베풀어선 안 되는 것인데…….

"그만 울어요. 그 눈물 한 방울도 보기 싫으니까. 조금이라도 더 울면, 지금 당장 뒤돌아 나가서 다신 안 돌아올 거예요."

준연의 발이 병실 안으로 들어섰다. 영미가 끅끅 울음을 삼켰다. 화난 표정으로 의자에 앉은 준연이 그녀의 푸석한 뺨으로 손을 뻗었다.

만약에. 정말로 만약에…….

하늘에 절대자가 정말로 존재하고 계셔 영미를 벌한 것이라면, 그렇다면 자신은 더 이상 그녀를 벌하지 않아도 되는 것이 아닐까.

그런 생각을 하였다. 준연의 나약한 마음이 영미의 곁을 지켜 주고 싶어 하고 있었다.

♪ 🎵 b

오, 하늘이시여…….

이 가엾은 여인을 구원하소서.

"아악! 악."

제대로 믿어 본 적 없는 신의 존재를 찾으며 준연이 두 눈을 질끈 감아 버렸다. 영미의 남은 시간이 얼마인지 알 수 없다는 의사들의 통보 앞에서 준연이 할 수 있는 것은 많지 않았다. 기껏해야 한두 달……. 하늘이 그녀를 극진히 돌보면 반년……. 아무리 낙관적으로 생각해 보려고 해도 영미에게 남은 시간은 너무나 짧았다.

그녀의 통증은 나날이 심해 종일 약에 취해 있는 날 또한 점점 늘어났다. 문득 정신이 들 때면 영미는 약에 취해 남은 시간을 허비하고 싶지 않다며, 통증완화치료를 거부하곤 했다. 그 고집은 늘 갑작스럽게 밀려드는, 견딜 수 없는 끔찍한 통증으로 끝이 났다.

결국 진통제에 취해 잠들었는지 영미의 비명 소리가 잦아들었다. 차마 병실 안으로 들어가지 못하고 복도에 선 채 딱딱하게 굳어 있던 준연의 근육도 일시에 긴장이 풀렸다.

"일단 환자분 상태는 안정되었습니다. 언제 다시 악화될지 모르니 세심히 살펴봐 주십시오."

병실에서 나온 의사가 준연을 알아보고 지친 얼굴로 설명했다. 팔짱을 낀 채 팔을 문지르고 있던 준연이 고개를 끄덕였다. 곧 그녀의 시선이 의사의 가운 뒤로 향했다. 그 너머 보이는 영미의 얼굴이 죽은 자의 것처럼 창백했다.

"네, 고맙습니다."

"들어가 보시죠."

"네."

영미에게선 죽음의 냄새가 났다. 서늘하고, 끈적거리고…… 불쾌하고, 서러운.

의사를 지나쳐 병실 안으로 들어선 준연이 잠든 영미의 옆에 섰다. 평일에 한 번, 주말에 한 번, 그렇게 일주일에 두 번 영미를 찾아오는 그중 절반은 영미와 한 마디도 나누지 못한 채 집에 돌아가야 했다. 그녀와 이야기를 나눌 수 없음은 아쉽지 않으나, 어떻게든 제정신을 붙들고서 딸애의 얼굴 한 번 보고 싶어 하는 영미가 저를 보지 못함은 안타까웠다.

"천벌이에요, 천벌……."

푹 꺼진 눈두덩, 툭 불거진 광대뼈, 바짝 갈라진 입술, 주름진 이마……. 길 가는 사람 백을 붙잡고 물어보면, 그 백 명 모두가 '이 여자는 환자요!' 라고 대답할 기세였다.

"그래요, 천벌……."

식은땀에 젖은 머리칼을 넘겨주며 준연이 씁쓸하게 웃었다. 미간을 잔뜩 좁힌 그녀가 이내 고개를 절레절레 흔들었다.

그렇다. 이건 천벌이다, 한 사람의 인생을 아무런 가책 없이 송두리째 망가뜨린 자에게 내려진……. 어쩌면 준연만 모를 뿐, 한 사람이 아니라 수십, 수백의 원한이 영미를 에워싸고 있을지도 모른다. 그들의 원통하고 고통스러운 마음이 하늘에 닿아 영미에게 이토록 큰 벌이 내려진 것일 터이다.

하늘이 영미를 벌해 준 덕에 준연이 그녀의 마지막을 지켜 줄 수 있는 것이다.

'용서한 게 아니야. 용서할 자격, 내겐 없어. 그냥…… 내겐 당신 벌할 자격조차 없어서, 그래서 여기 있는 거야.'

용서는 준연의 몫이 아니다. 벌하는 것도 그녀의 몫이 아니다.

그런 생각을 하며, 준연이 영미의 손을 꼭 쥐어 주었다. 참 앙상하기도 하구나. 이런 걸 두고 뼈만 남았다고 하는 것이겠지. 찰나 그녀의 표정이 일그러졌다.

"우리 딸 행복한 모습 보고 싶었는데……. 이 엄말 미워해도 좋으니, 그냥 우리 딸이 결혼해서…… 사랑받고 사랑하고…… 그렇게 우리 딸을 닮은 아이도 낳고 사는 모습을 보고 싶었는데……."

새삼 영미의 앙상한 손을 붙잡자, 그녀의 시간이 오늘 끝날지 내일 끝날지 알 수 없다는 불안감이 피부로 와 닿았다. 염치없어 혼잣말을 중얼거리며 괴로운 미소를 짓던 영미의 모습이 뇌리에 선연하게 떠올랐다.

아, 당신은…….

참 못됐다.

"당신이 정말 싫어."

영미의 손을 놓아 버린 준연이 휙 뒤돌아서서 도망치듯 병실을 빠져나와 버렸다. 병원 밖으로 나온 준연이 고개를 꺾어 하늘을 노려보았다.

세상 모두가 홍영미를 천하의 몹쓸 이기적인 여자라고 손가락질해도 준연이 끝까지 그럴 수 없는 것은 그녀의 딸인 까닭이었고, 절대로 다신 홍영미와 얽히지 않겠다고 수백 번 다짐해도 결국 그녀를 동정할 수밖에 없는 것 또한 그녀의 딸인 까닭이었다.

어머니와 딸이라는 빌어먹을 천륜의 고리가 준연을 영미와 엮어 주고 있어서인지 평생 괴로웠을 영미의 인생을 조금이나마 평온하게 만들어 줄 방법을 준연은 자신도 모르게 고려하고 있었다.

♪ 🎵 b

"야!"
"뭐야?"

누군가 뒤에서 장난스럽게 매달리는 바람에 찬유가 인상을 쓰며 고개를 돌렸다. 이제 막 실험을 끝내고 나온 듯 하얀 실험복을 아직도 입고 있는 민수가 촐랑거리며 매달려 있었다.

"나 오늘 대박!"
"뭐가?"
"데이터가 어쩜 이렇게 예상치랑 딱딱 맞게 나오냐? 나 아무래도 천잰 듯."

민수가 낄낄거렸다. 실험 한 번 잘됐다고 근거 없는 자신감으로 가득 차 있는 그를 보며 한심하다는 듯 찬유가 끌끌 혀를 찼다.

"그래, 너 천재해라."

심드렁하게 대꾸한 찬유가 어깨에 둘러진 민수의 손을 떼어 냈다. 귀찮다는 뜻이 명백한 그의 행동에 민수가 입술을 비죽였다.

"치, 이젠 더 이상 날 사랑하지 않아?"

"처음부터 널 사랑한 적 없네요."

"그래, 그래. 어련하시겠어. 너에겐 그……. 아무튼 있지."

능글거리며 장난을 치려던 민수가 머뭇머뭇 말을 삼켰다. 서준연의 이야기가 나올 낌새가 보일라 치면 찬유의 몸에선 찬바람이 쌩쌩 분다. 누군가가 장난으로라도 준연을 들먹이는 것을 끔찍하게 싫어하는 찬유였다.

그래도 이건 알려 줘야 할 것 같은데……. 어쩌지?

"오늘도 랩에서 밤새?"

일단 딴소리로 민수가 찬유의 관심을 돌렸다.

"어."

"어휴. 징하다, 징해! 그렇게 공부하면 너 공부벌레 된다? 아! 아니다. 어제도 랩에서 밤새, 그제도 랩에서 밤새, 엊그제도 밤새……. 그러니까 벌레가 아니고 실험실 망령이 되려나?"

반듯한 이마에 반듯한 선을 그으며 찬유가 민수를 쳐다보았다. 그 눈빛에 왠지 속내를 꿰뚫릴 것만 같아서 민수가 움찔거렸다.

"하고 싶은 말이 뭐야?"

"뭐가?"

"무슨 말을 하고 싶길래 서론이 그렇게 기냐고."

예리한 말투로 찬유가 물었다. 민수가 어색할 정도로 활짝 웃었다.

"걔 선보고 다닌대."

그리고 폭탄을 툭 내던졌다.

말했다! 말해 버렸다!

휴, 내가 말했어.

그 순간 아마도 민수의 수명은 십 년쯤 줄어들었을 것이다.

찬유의 표정이 더 험악해졌다.

"……이젠 개소리가 들리네."

그가 잘못 알아들은 듯 딴청을 부리며 고개를 갸웃거렸다. 제대로 들어놓고서, 그 말뜻을 이해하기 싫은 모양이었다.

"나도 알아, 네가 서준연 이야기 꺼내는 거 안 좋아하는 거. 그래서 웬만하면 나도 걔 언급하기 싫어. 너는 모르지, 네 눈빛. 서준연 이야기 나올 때마다 보이는 그 눈빛. 그게 얼마나 살벌한지 알아? 그 앞에선 발가벗겨지는 기분 들어서, 나도 불편하단 말이야. 그래도 그 잠깐의 불편함을 극복하고 소문을 전해 주는 게 친구의 도리겠지. 서준연. 네가 죽고 못 사는 서준연. 너만 보면 도망가기 바쁜 서준연. 벌써 십 년 넘게 너랑 술래잡기 중인 서준연. 그 서준연이 요즘 결혼하겠다고 선보고 다닌대. 너 말고 다른 남자랑 결혼하겠다고, 여기저기서 선보고 다닌다고! 알아들어?"

벌레라도 씹은 듯 굳어 가는 찬유의 얼굴을 보며 민수가 다다닥 쏟아 냈다. 처음 말 꺼내기가 어렵지, 의외로 한 번 폭탄을 내던지니 뒷말은 제법 수월했다.

"누가 그래?"

"알 게 뭐야?"

찬유의 목소리가 차갑다. 흠칫 놀란 민수가 저도 모르게 뒷걸음질 쳤다.

"그럼 나 먼저 간다! 데이터 정리할 거 있어서, 이만!"

두 사람 사이에 정확히 어떤 일들이 있었는지 민수는 알지 못한다. 약점이 없던 이찬유의 약점이 되어 버린 서준연. 중학생 때도, 고등학생 때도, 대학생 때도, 그리고 지금도 늘 서준연을 붙잡고 있는 이찬유. 항상 도망가는 서준연, 놓지 않는 이찬유. 모든 일에 소름 끼치리만큼 이성적인 이찬유를 흔들어 놓을 수 있는 유일한 존재, 서준연.

두 사람은 피아노를 쳤었다. 듣기로는 둘 다 피아니스트를 꿈꾸었다고 한다.

그러던 중 찬유는 사고가 나서 피아노를 포기했다. 그러나 그는 꿈을 포기한 절망감에 잠길 새도 없이, 늘 서준연 때문에 신경을 곤두세우고 있었다. 그즈음해서 서준연도 피아노를 그만두었다. 사지 멀쩡하고, 거기다가 받쳐 줄 집안까지 있는 그녀가 피아노를 그만둔 이유는 아무도 알지 못한다. 그러잖아도 어두침침하던 서준연은 피아노를 그만둔 후, 감히 괴롭히기도 무서울 정도로 어두워졌다.

그들 사이에 무슨 말 못 할 일이 있었는지는 이제 민수의 관심사가 아니었다. 그냥 끝없는 힘겨루기 같은 그들의 관계에 어떻게든 종지부가 찍혔으면 할 뿐이다. 그렇지 않으면 찬유가 산산조각 날 것만 같아 무서우니까.

평소 입에 비속어를 담는 일이 전무한 찬유가 아주 나직이 욕설을 지껄이는 것이 달아나는 민수의 귀에 들려왔다.

이찬유에게 서준연은 산소와도 같다. 삶에 꼭 필요한 존재인데, 취할수록 죽어 간다. 사람은 호흡하여 살아가는데, 호흡하기에 노화됨은 무슨 신의 장난이란 말인가.

처음엔 그녀가 싫었다. 미웠다. 서태훈의 딸이었으니까.

그 분노가 얼마나 부당한지 깨달았을 때, 부끄러워 견딜 수가 없었다. 그에게는 있는 엄마라는 울타리가 그녀에게 없다는 것을 알게 되었을 때, 그녀가 더없이 가여워졌다.

그렇게 거슬림은 관심이 되고, 이내 연민이 되었다. 그 연민은 다시, 애정이 되었다.

말갛게 웃는 준연의 얼굴이 좋았다. 수줍은 말투로 함께 무대에 서고 싶다고 속삭이던 그녀가 좋았다. 무심한 얼굴로 안녕, 하고 인사를 건네주는 것도 좋았고, 귀찮다고 떨쳐 내도 꿋꿋하게 그에게 찾아오던 그녀가 좋았다.

그런 서준연이 어느 날 갑자기 달아나기 시작했다. 그 '어느 날'이 자신이 사고를 당했던 날임을 찬유는 알고 있었다. 새벽에 갑자기 병원에 찾아와 눈물을 펑펑 쏟고는, 그다음 날부터는 코빼기도 보이지 않았다. 퇴원하고 집에 돌아온 날, 정원에서 마주친 그녀는 앙상하게 말라 있었다. 그동안 어디 아팠던 것이냐고 묻는 그에게 대답 한 마디 없이 준연은 등을 보이고 달아나 버렸다.

늘 그랬다. 그날 이후, 항상 그랬다.

그가 다가가면 준연은 도망갔다. 화가 난 듯 찬유가 등을 돌리면, 준연은 어쩔 줄 몰라 하는 표정으로 그를 쳐다보고 있었다. 도망가면서 도망가지 않고, 다가오면서 다가오지 않는 체하였다. 그가 그녀를 놓지도 못하도록 늘 그의 주변을 맴돌고 있었다. 할 말 가득 담은, 무심해 보이지만 자세히 들여다보면 잔뜩 두려워하는 눈빛으로…… 그렇게 그를 바라보고 있다.

그 눈빛을 아니까. 그 표정을 아니까. 그러니까 찬유가 준연을 외면할 수 없는 거다.

언젠가 이야기해 주겠지. 오늘은 해 주려나. 내일은 해 줄 거야…….

하염없이 시간만 축내고 있는 것이다.

그렇게 벌써 12년이 흘렀다. 참으로 이해 안 되는 지리멸렬한 관계가 그토록 오래 계속되어 온 것이다. 이찬유는 서준연을 놓지 못하고, 서준연도 이찬유를 놓지 못한 채…… 그렇게 더 멀어지지도 못하고, 더 다가서지도 못한 채 멍청하게 시간만 흘려 보내고 있는 것이다.

그러는 동안 열네 살의 서준연은 어엿한 여자가 되었고, 열여섯 살의 이찬유는 잘 자란 남자가 되었다.

'돌겠다, 진짜.'

찬유는 누구보다 오래 준연을 지켜보았다. 감정 표현이 극도로 적은 그녀였기에 그녀를 지켜볼 때면 다른 때보다 몇 배는 더 신경을 집중하였다. 미세하게 움직이는 눈빛을 보며 그녀의 감정 변화를 알아내기 위해, 가늘게 떨리는 그녀의 입술을 보며 하지 못한 말들을 알아내기 위해…… 그렇게 찬유는 늘 준연을 보고 있었다.

보고, 또 보아 그럴까?

늘 서준연만 보아 와서 그럴까?

이제는 그녀 외의 다른 사람은 상상도 할 수 없다. 서준연이 아닌 다른 여자를 보고 있는 이찬유라니, 하늘이 두 쪽 날 소리다.

이런 게 집착이구나. 집착이 강한 놈들은 이렇게 만들어지는구나. 때론 그렇게 자조했다.

아무래도 상관없다. 윈도 너머로 준연이 보였다. 그녀의 맞은편에 반듯하게 잘생긴 남자가 앉아 있었다. 누가 보아도 격식을 차린 만남이 분명했다. 선을 보러 다닌다는 민수의 말이 진짜인 모양이었다. 이를 으드득 물며, 찬유가 지끈거리는 이마를 꾹 눌렀다.

'무슨 생각하는 거야. 도대체 네 머릿속엔 뭐가 들어 있는 거야.

할 수만 있다면 네 두개골을 조각조각 잘라 내서, 네 머릿속을 해부해 보고 싶은 생각뿐이야.'

남자는 만면에 함박웃음을 띠고 있었다. 준연이 어지간히 마음에 든 모양이었다. 테이블 위로 손을 건넨 남자가 자연스럽게 준연의 손을 요구했다. 손금을 보아 주겠다느니 하는 유치한 작업멘트를 날린 것이 틀림없었다.

더 이상 참지 못한 찬유가 무시무시한 표정을 지으며 안으로 들어섰다. 똑바로 준연과 남자를 노려보며 그들에게 다가갔다.

찬유가 느닷없이 다가와 바로 옆에서 멈춰 서자, 준연과 남자가 거의 동시에 고개를 돌렸다. 찬유를 발견한 준연의 동공이 소리 없이 커졌다.

"일어나."

"지금 무슨 짓입니까!"

찬유가 일으켜 세운 것은 준연인데, 불만 가득한 소리는 엉뚱한 곳에서 터져 나왔다. 준연을 자신에게서 떼어 놓으려고 하는 남자를 찬유가 사나운 기세로 노려보았다.

"그쪽이랑은 상관없는 일입니다."

"상관이 없다니요? 지금 저랑 만나고 있는 거 안 보이십니까?"

남자가 지지 않고 소리쳤다. 두 남자 사이에 낀 준연이 어쩔 줄 몰라 하며 두 사람을 번갈아 쳐다보았다.

"잠깐, 일단 이거 놓고······."

찬유에게 붙잡힌 손목을 빼기 위해 준연이 손목을 비틀었다. 그러나 그럴수록 그녀의 손목을 옥죄고 있는 찬유의 손아귀엔 더 강한 힘이 실렸다.

"잔말 말고 따라 나와. 따라오면 놓아줄 테니까."

"이봐요! 당신 대체 뭔데!"

"이 여자랑 결혼하기로 한 사람입니다. 제 약혼녀가 아직 철이 없어, 이대로 결혼하기 아쉽다며 이 사람 저 사람과 선을 보고 다닌 모양입니다. 기껏해야 유희 정도에 불과한 변덕에 놀아나게 되신 점, 제가 대신 사과드립니다. 그쪽과 언성 높이며 싸우고 싶은 생각 없고, 제 약혼녀가 다른 남자와 시시덕거리는 모습 또한 보고 싶지 않으니, 피차 정신 건강을 위해서 이쯤에서 상황 마무리하고 헤어졌으면 합니다."

당장 찬유를 칠 기세로 달려들던 남자가 얼이 빠진 표정이 되었다. 그가 당황한 틈을 타 찬유가 준연을 끌고서 그대로 밖으로 빠져나왔다.

"저, 저기……. 이찬유 씨! 왜 이래요? 이거 놔요! 놓고 이야기하란 말이에요."

찬유에게 끌려가며 준연이 뒤를 돌아보았다. 상대 남자의 황당하다는 눈빛이 준연에게서 떨어지지 않았다. 지금 이 상황이 그에게 어떻게 보일지는 잘 모르겠으나, 분명한 것은 모처럼 계약이 잘 성사되고 있었는데 엉망이 되어 버렸다는 것이었다. 처음부터 다시 시작해야 했다. 엄마에겐 시간이 얼마 없는데. 저 남자보다 적절한 사람도 찾기 힘든데.

"타."

어느새 주차장에 도착한 모양이었다. 찬유가 조수석 문을 열더니 그대로 준연을 안으로 밀어 넣었다. 그러고는 그녀가 도망갈세라 재빠르게 운전석에 올라탄 찬유가 문을 잠가 버렸다. 도망갈 타이밍을 놓친 준연이 아연실색한 얼굴로 찬유를 힐끔거렸다. 단단히 화난 표정으로 팔짱을 끼고서 앞만 노려보고 있는 그의 모습에 준연이 숨을 들이켰다.

이찬유다.

이찬유가 그녀의 옆에 있다.

준연의 심장이 무서울 정도로 빠르게 뛰기 시작했다. 쿵쾅쿵쾅. 그 소리는 또 어찌나 요란한지, 자칫 잘못했다가는 옆에 앉은 찬유에게 들릴 것만 같았다.

어떻게 하지? 어떻게 해야 하지?

준연의 머릿속이 텅 비어 버렸다. 이렇게 찬유와 직접적으로 마주친 것이 언제인지 기억 속에서도 까마득했다. 항상 서로의 시야 안에 있기는 했지만, 그것뿐이었다.

그의 앞에서 준연은 늘 죄인이었다. 그녀가 자신을 피하는 까닭을 알지 못하는 찬유는 때론 화를 내기도 했고, 때론 애원하기도 했고, 때론 냉담해지기도 했다. 그러나 그 어떤 방식도 준연의 입을 열게 하지는 못했다.

그와 마주 설 자격이 없어서 준연은 도망 다녔다. 그러면서도 찬유가 보고 싶어 그의 곁을 맴돌았다. 하지만 이렇게 밀폐된 공간에, 숨소리를 공유하며 함께 있는 상황은 바란 적 없었다. 그런 거, 바랄 자격도 없었다.

어떻게 해야 할지 갈피조차 잡을 수 없는데, 찬유는 화난 표정으로 입을 꾹 다물고서 앞만 노려보고 있다.

차라리 무슨 말이라도 해 주었으면 좋겠는데, 기나긴 찬유의 침묵이 준연의 목을 졸라 왔다.

한 시간이 지났다.

찬유는 여전히 말이 없다. 잠긴 문을 열어 줄 생각도 없어 보였고, 그렇다고 해서 차를 출발시킬 기미도 보이지 않았다. 준연은 뛰는 심장을 가까스로 진정시키며, 빨갛게 변했을지도 모르는 귀를 만지작거렸다.

"……할 말 있으면 해요."

결국 그녀가 먼저 입을 열어 작은 목소리로 물었다.

그는 여전히 입을 다물고 있다.

"할 말 없으면 나 이만 가도 될까요? 이거 엄연히 납치……."

"갑자기 웬 결혼이야?"

차가운 말투였다. 어깨를 움츠린 준연이 그를 쳐다보며 또박또박 말했다.

"상관없잖아요."

"상관이 왜 없어?"

찬유가 화를 내고 있었다. 그가 화를 내면 늘 그랬듯 준연의 심장은 철렁 내려앉는다. 그렇다고 그 마음을 겉으로 드러낼 수는 없다.

"상관이 왜 있는데요?"

휙 고개를 돌린 찬유가 그녀를 노려보았다. 눈빛이 타오른다는 것은 이런 걸까. 분노가 깃든 그의 눈동자마저, 준연은 좋았다. 좋아하면 안 되는데, 좋아서 슬펐다. 단 한 번도 찬유를 좋아하지 않은 적이 없다. 언제나 그를 좋아했다. 그래서 그의 곁에 있는 건 무섭다. 엄마가 그에게 한 짓을 알게 되면 찬유가 분명 자신을 미워할 테니까. 많이, 지금과는 비교도 할 수 없을 만큼 많이 미워하게 될 테니까.

"결혼을 갑자기 왜 하려는 건데?"

겨우 평정을 유지한 준연이 태연한 표정을 지었다.

"그야 할 때가 되었으니까요."

"할 때가 돼? 네 나이 이제 스물여섯이야. 아니야? 내가 나이 계산을 잘못하고 있어? 집안에서 시키는 결혼도 아닌 것 같은데, 왜 갑자기 밑도 끝도 없이 결혼하겠다고 설치고 다니는 건데?"

"설명할 필요 없잖아요."

"설명할 필요가 없어도 해. 내가 설명을 원하잖아. 제대로 대답하라고, 내가 요구하고 있잖아. 그러니까 설명해."

"내가 왜요?"

"서준연!"

준연이 그를 똑바로 마주 보았다. 떨리는 눈빛을 감추었다. 입가에 걸리려는 쓴웃음도 애써 감추었다.

'이찬유 씨, 나 진짜 나쁜 년인가 봐. 누가 그 엄마의 그 딸 아니랄까 봐……. 지금이, 좋아. 당신이랑 차 안에 있는 이 순간이…… 좋아.'

정말 이기적이지 않은가?

찬유는 아무것도 모른다. 그녀가 갑자기 그를 피하는 영문을 모른다. 까닭을 모르니 그는 계속 그녀에게 신경을 써 주었고, 그게 꼭…… 그녀를 좋아하는 것만 같아서 준연을 들뜨게 했다. 겉으로 드러낼 수 없는 설렘이고, 차마 욕심내선 안 되는 그의 마음이었지만, 이기적이게도 그녀는 그게 좋았다. 참으로 치졸한 마음이었다.

"설명할 이유가 없다? 정말 그래?"

"네, 그래요."

"그렇다면 그 이유, 지금 만들까? 설명 안 하면 못 가. 내가 납득할 수 있게 설명해 봐. 못하면 안 보내 줄 거야. 이대로 납치해 버릴 거라고."

"……."

"장난하는 거 아냐. 사람 미치게 하는 것도 정도가 있어. 일이 년 아니잖아. 자그마치 십이 년이었어. 십이 년을 기다렸다고! 네가 왜 그러는지 그 이유 하나 듣겠다고 십이 년 동안 너만 봤다고!"

"내가 이찬유 씨한테 나 봐 달라고 했어요? 내가 그랬어요?"

준연이 차갑게 쏘았다. 분노와 원망과 슬픔이 뒤섞인 감정을 토해 내던 찬유가 울컥한 눈빛을 하며 입을 다물었다.

"이찬유 씨가 내 오빠라도 돼요? 아니면 내 애인이라도 돼요? 나 모르는 사이에, 우리 사귄 거예요? 네? 그랬어요? 아니잖아요. 우리 그냥 동문이잖아요. 중·고등학교 동문! 대학교 동문! 아, 거기다 조금 더 추가하면 집주인과 세입자 사이! 딱 그 정도인데, 나한테 왜 이래요? 나한테 뭐 맡겨 뒀어요? 나한테 이럴 자격, 맡겨 두기라도 한 거냐고요!"

질린다는 표정으로 찬유가 준연을 노려보았다.

성. 함락되지 않는 철옹성. 그게 서준연이었다. 그런 서준연을 병신처럼 바라고 있는 게 이찬유였고.

"네 멋대로 좋다고 다가와 놓고, 네 멋대로 싫다고 떠나고……. 그럼 난 병신처럼 아하, 그렇구나 하고 수긍해야 하는 거야?"

"……."

입술을 문 채, 준연은 냉랭한 표정을 짓고 있었다.

한숨 섞인 웃음을 흘린 찬유가 짜증스럽게 머리칼을 쓸어 넘겼다.

그들의 관계는 미쳤다. 돌았다. 정상이 아니다. 그런데도 찬유는 포기할 수가 없다. 독한 말을 내뱉은 것은 그녀인데 그보다 더 상처 받은 눈빛을 감추고 있는 준연의 모습이 빤히 보여서, 무엇 때문에 그렇게 꽁꽁 얼어붙은 얼음 행세를 하는 것인지 알려 주면 좋겠는데 입이 아닌 눈으로만 말하는 그녀를 너무 잘 알아서…… 그래서 이 진절머리 나는 상황에서도 준연을 놓을 수가 없다.

"나랑 해."

동그랗게 뜬 준연의 눈 모양이 이지러졌다.

"결혼이 하고 싶은 거 아닌 거 알아. 단지 필요한 거겠지. 그런 거라면 그 결혼, 나랑 해."

♪♫♭

찬유는 그녀를 집 앞에 내려 주고 사라졌다. 사람의 온기가 없는 집에 혼자 남은 준연이 침대 위로 픽 쓰러졌다.

"미쳤어, 서준연."

진짜 미쳤나 보다.

"돌았어, 진짜……."

그녀는 찬유의 말을 천천히 상기시켜 보았다.

"서준연, 들어 봐."

"……."

"네가 왜 변했는지 몰라. 이젠 알고 싶지도 않아. 그런데 이건 알아. 너, 결혼하고 싶은 거 아니야. 결혼이 필요한 거야. 어머니 때문이야? 죽기 전에 너 결혼해서 행복하게 사는 모습이 보고 싶으시대? 그 연기해 줄 사람이 필요한 거지? 그래서 그렇게 급하게 결혼할 상대를 찾아다니는 거지? 대충 돈 몇 푼 받고, 너와 행복한 부부 역할을 해 줄 연기자를 원하는 거, 맞지? 내 말 틀려?"

그의 목소리는 침착했다. 그 눈빛 또한 고요했다. 그러나 왜인지 모르게 준연은 그에게서 '체념'을 느꼈다. 찬유가 마지막으로 그녀를 붙잡고 있다는 생각이 들었다. 늘 그로부터 달아나기에 급급한 그녀와의 인연을 꿋꿋하게 붙잡아 주던 찬유가, 지쳐서 포기하려고 하고 있었다.

그가 그녀를 놓는다.

그가 그녀를 포기한다.

유의미한 것도, 무의미한 것도 아닌 괴상한 관계. 연인도, 친구도 아닌 기묘한 관계. 그 관계가 끝나 버리는 것은 너무 무서운 일이었다. 이기적이게도 준연은 그를 밀어내면서도, 그렇게 부여잡고 있었다.

"놀랄 것 없어. 아주머니 어디 계시는지 알아봤거든. 그 정도 정보력은 돼. 아무리 생각해도 네가 갑자기 이러는 거, 네 어머니랑 무관하지 않을 것 같더라. 그런데 이 일을 어떻게 할까? 남으신 시간이 굉장히 적다며. 그 사이에 네가 원하는 조건의 남자, 찾을 수 있겠어? 어머니께 남은 시간은 한 달도 되지 않을 수도 있는데. 그 짧은 시간 동안 돈 받고 행복한 결혼 생활 연기해 줄 사람 찾는 게 쉬울까? 그런 남자 찾다가 시간이 다 가 버릴 거야. 만약 찾았다 해도 그 사람이 정말로 네가 원하는 대로 행동해 줄 거라는 보장은 또 어디에 있어? 그런 거 없잖아. 그러니 나랑 해. 꼭 해야만 하는 결혼이라면, 나랑 하자고."

놀란 준연은 그에게 제정신이냐고 물었다. 톡 쏘아붙이는 그녀를 향해 그는 비웃듯 입꼬리를 말아 올렸다.

"공짜로 해 달라는 거 아니야. 그 남자에게 돈 줄 거 아니었어? 그 대가, 내게 줘. 너는 결혼할 남자를 얻고, 나는 밀어줄 배경을 얻고. 서로에게 윈윈이야."

"이찬유 씨."

"네가 왜 날 피하는지는 몰라. 그런 거 이제 다 상관없어. 알고 싶은 생각도 없어. 내게 필요한 건 네 배경이야. 탐이 나. 남 주기 아까워. 지난 내 시간들이 아까워서라도, 그거 갖고 싶어. 그러니까 누구라도 상관없는 거라면 날 택해. 나만큼 네가 원하는 역할, 제대로 해줄 사람 없다고. 빌어먹을."

망설이듯 대답하지 못하는 그녀에게, 찬유가 설득하듯 덧붙였다.

"잘 생각해 봐, 서준연. 영리하게 굴어. 정말로 네 어머니 마지막을 평안하게 해 드리고 싶어서 이따위 연극을 꾸미는 거라면 캐스팅을 잘하란 말이야. 완벽한 배우가 있는데, 멍청하게 다른 곳을 헤매며 시간 낭비하지 말란 말이야. 정 싫다면 어쩔 수 없지. 너 아니어도, 나도 곧 찾을 거거든."

"찾다니요?"

"네가 날 택하지 않는다면 나 역시 다른 사람을 찾을 거라고. 유학 한 번 제대로 다녀오지 않으면 연구원에서 버티기도 힘들다던데, 나도 날 받쳐 줄 사람을 찾아봐야 하지 않겠어?"

그렇게 말하던 찬유는 흔들림이 없었다.

작은 비명을 속으로 내지르며 침대에서 벌떡 일어난 준연이 혼란스러운 표정의 얼굴을 두 손바닥에 묻었다. 머리가 터질 것 같았다. 찬유의 달콤한 속삭임이 그녀를 설득하고 있었다.

"다른 사람?"

그녀가 그와 결혼을 하지 않으면 다른 여자와 결혼을 하겠단다. 그 사실이 무척 새삼스럽게 느껴졌다. 어차피 그녀는 그와 이루어질 수 없을 테니, 그는 언젠가 다른 여자를 만나 결혼하고 아이도 낳고 행복하게 살 것이었다. 그것은 아주 오래전부터 정해진 미래였다. 그런데도 찬유의 입에서 그 말이 나오니 머릿속이 텅 비어 버리고, 숨을 쉴 수 없을 정도로 가슴이 꽉 막히고, 손끝이 새파랗게 질리면서 덜덜 떨리기 시작했다.

"서로에게 윈윈……."

그에게 더 이상 죄를 지어서는 안 된다는 이성과 좋은 게 좋은 거라는 충동이 뒤엉켰다.

그리고 준연이 찬유에게 연락을 한 것은 그에게서 결혼을 제안받은 날로부터 사흘 뒤였다.

4장.
늘, 그 곁에

준연이 영미 앞에 앉았다. 모처럼 정신이 든 영미는 이해할 수 없는 말을 들었다는 듯 흐리멍덩한 두 눈을 끔뻑거리고 있었다.

"그게…… 무슨 소리니?"

그녀가 힘겹게 물었다.

"용서받으실 기회, 드리는 거예요."

준연이 침착한 목소리로 말했다. 영미의 동공이 크게 흔들렸다. 충격을 받은 것이 분명한 영미의 표정에 준연은 다시 한 번 머릿속을 정리했다. 영미가 보고 싶었던 것은 딸의 행복한 결혼 생활이었지, 자신 때문에 모든 것을 잃은 이찬유와 결혼하는 딸의 모습은 아니었을 것이다. 그래도 어쩔 수 없다.

"아시잖아요. 제가 이찬유 좋아하는 거."

"하지만 준연아……."

"그리고 제가 결혼하는 모습, 보고 싶다고 하셨잖아요. 저도 보여 드리고 싶어요. 행복하게 사는 거, 잘 사는 거. 엄마한테 보여 주고 싶어요."

"둘이 언제부터 만난 거니?"

"오래됐어요. 아주 오래."

"……."

"난 그 사람이랑 결혼할 거예요. 그리고 난 아직 엄마가 이찬유한테 한 짓, 잊지 않았어요. 나에게 한 짓들은 상관없어요. 엄만 엄마고, 난 엄마 딸이니까 용서할 수 있어요. 하지만 이찬유는 아니잖아요. 그 사람에게 엄만 그러면 안 되는 거였어요. 이제 와서 엄마 탓하며, 원망할 생각 없어요. 내가 행복한 모습 보고 싶다고 했죠? 내가 잘 사는 거 보고 싶다고 했죠? 그 마지막 기회, 드리는 거예요. 남은 시간 동안 용서를 구해요. 망가진 그의 인생, 보상해 봐요. 그래야 내가 행복해질 수 있어요. 그래야 내가…… 엄마 옆에 있어줄 수가 있어요."

영미는 곤혹스러운 표정으로 준연을 바라보았다. 무덤덤한 준연의 얼굴은 되레 단호해 보였다. 영미는 알았다, 지금 준연이 진심이라는 것을. 그리고 그 순간 견딜 수 없이 괴로워졌다. 그릇된 욕심으로 자신이 저지른 죄 때문에 준연이 얼마나 괴로웠을지, 찬유의 삶은 또 얼마나 망가진 것인지…… 그것을 마주하는 게 무서웠다.

"준연아……."

"엄마 부탁해요. 처음으로, 처음으로 제가 부탁드려요. 저 행복한 거 보고 싶으시죠? 저도 행복한 모습 보여 드리고 싶어요. 그러니까 아무 말도 하지 말고, 우리 결혼 그냥 지켜봐 줘요. 이찬유에게 진심으로 미안하다고 생각해 줘요. 그럼 저 이만 가 봐야겠어요."

말을 마친 준연이 시계를 보더니 자리에서 일어났다. 무어라고 말해야 할지 알 수 없어 마른 입술을 달싹이던 영미가 두 눈을 꾹 감아 버렸다.

 준연이 어디까지 알고 있는지 알 수 없다. 그러나 분명한 것은 지금 준연이 알고 있는 게 전부가 아니란 것이었다. 준연이 끌어안고 있는 부모의 원죄가…… 지금 알고 있는 게 끝이 아니란 것이었다.

 차마 하지 못한 말을 가슴에 묻은 영미의 어깨가 바르르 떨렸다.

 준연에게 일방적인 결혼 통보를 받은 것은 태훈도 마찬가지였다. 자주 만나지 못했던 만큼 딸애에게 큰 애정이 있는 건 아니었다. 딸이라는 인식은 있었으나 딱 그 정도였다.

 필요한 것을 요구하면 아낌없이 주었지만 준연이 요구하지 않으면 태훈은 그녀에게 그 무엇도 주지 않았다. 다른 곳에 보내지 않고 천지그룹에 묶어 둔 것도, 준연에게 경영권을 주기 위해서가 아닌 그 편이 그녀를 다루기 쉬웠던 까닭이었다. 그런데 느닷없는 결혼 통보라니. 그것은 조금 당황스러웠다.

 '갑자기 이게 무슨…….'

 소라와 찬유가 그의 집에서 독립해 나간 것도 이미 몇 년이 흘렀다.

 대학생이 된 후부터 찬유는 그에게 그 어떤 후원도 받지 않았다. 새학기 등록시즌 때라든가 돈이 많이 필요할 때 틈틈이 계좌로 후원금을 넣어주었지만, 그 돈은 다음날이 되면 어김없이 태훈의 계좌로 다시 돌아와 있었다.

 입을 옷 안 입고, 먹을 것 안 먹으며 돈을 모은 소라는 생활이 어느 정도 안정되자 더 공부를 해야겠다며 만학도가 되었다. 사는 곳도 달라지고 주고받는 돈도 없어지자 태훈은 비로소 구질구질한 이강수와의 인연은 완전히 끊을 수 있게 되었다고 홀가분해했다. 한때는 동업자였던 친구 일가의 불운을 외면하지 못한 정 많은 사업가의 이미지도 적당히 구축하였으니, 그들 가족과 인연을 끊어버려도 아쉬울 것이 없었다.

그렇게 자신의 인생에서 완전히 사라졌다고 생각했던 이찬유가 느닷없이 등장한 것이 바로 어제였다. 절대로 사적으로 연락하는 일이 없던 준연이 밤늦게 전화를 해서 이찬유와 결혼해야겠다고 선포했다. 황당해진 태훈이 준연을 호출했다. 아마 곧 준연이 도착할 것이다.

아니나 다를까, 노크 소리도 없이 문이 열렸다. 인상을 홱 짜그리며 태훈이 들어오는 사람을 노려보았다. 가볍게 목례만 한 준연이 그의 앞으로 걸어왔다.

"노크도 할 줄 모르는 게냐?"

"제가 올 거 알고 계셨잖아요."

"그래서 노크가 필요 없다는 게냐?"

준연이 어깨만 으쓱였다. 딸애의 눈빛에 아비를 향한 티끌만큼의 존경도 없다는 것을 태훈도 잘 알고 있었다. 존경은 무슨, 준연은 그를 미워했다. 그가 그녀를 아끼지 않는 만큼.

"하고 싶은 말씀 있으셔서 부르신 거잖아요. 그러니까 말씀하세요. 저 시간 없어요."

"일단 앉지 그러냐?"

"길게 이야기 나눌 생각 없어요."

못마땅한 표정을 짓는 태훈을 바라보는 준연의 눈빛에는 일말의 두려움도 없었다. 아버지를 그리 대하는 데서 올 만한 자책감 또한 없었다.

"그래, 이찬유랑 결혼을 하겠다고? 느닷없이 결혼을 하겠다고?"

"네."

"제정신이 아닌 게로구나."

"아뇨, 저 제정신이에요. 어느 때보다 제정신이에요, 아버지."

"언제부터 교제해 온 것인데?"

"그게 중요해요?"

"묻는 말에나 대답해!"

결국 태훈의 언성이 높아졌다. 그를 물끄러미 바라보던 준연이 희미하게 비웃음을 지었다. 태훈의 눈썹이 노기를 띠며 위로 추켜 올라갔다.

"오래됐어요. 아버지가 생각할 수도 없을 만큼 오래되었어요."

"그 오래가 대체 얼마나 오랜데?"

"열세 살, 그 사람 알게 된 이후로 쭉 좋아해 왔고, 스무 살 넘어서 정식으로 교제해 왔습니다. 아버지께서 내켜하지 않으실 것 같아 말씀드리지 않았고, 굳이 말씀드려야 할 만큼 친밀한 부녀 사이도 아니라서 말씀드리지 않았습니다. 이제 결혼할 때가 되었다는 생각이 들었고, 그래도 제 생물학적 아버지라 알려 드려야 할 것 같아서 연락드렸습니다."

"그 말버릇은 도대체 어디서 배워 먹은 거냐?"

딱딱한 준연의 말투에 태훈이 꾸지람을 했다. 준연이 조소했다. 그 속에 서린 적대감을 태훈이 읽지 못할 리가 없었다. 그것은 분노였다. 엄마에게 끝없이 학대당하는 딸을 외면한 아버지를 향한 분노였고, 계속 외도를 하며 아내를 구렁텅이 속에 밀어 넣은 아버지를 향한 분노였다. 나락으로 떨어질수록 점점 더 커진 아내의 분노가 딸애를 향할 것을 알면서도, 단 한 번도 그 가련한 모녀를 돌보지 않았던 남자를 향한 증오였다.

"혹 안 된다는 말씀 하시려는 거면, 하지 마세요. 애초에 아버지 허락이 필요해서 연락드린 게 아니니까."

"뭐야?"

"엄마가 제 결혼을 원하세요. 그래서 전 제가 사랑하는 사람과 하려는 거고요. 여기에 아버지가 끼어들 틈 없다는 거, 아시잖아요. 최소한 양심이 있으시다면 오늘 죽을지, 내일 죽을지도 알 수 없는 엄마가 편히 가실 수 있게…… 제 결혼 방해하지 마세요."

"서준연!"

"아직 절 말리고 싶으세요? 그럼 약속 하나 드릴게요. 엄마 돌아가신 후, 아버지가 어떤 여잘 집에 끌고 들어오든 상관하지 않을게요. 그 여자가 엄마, 그리고 제 인생…… 송두리째 망가뜨린 여자라 해도 이해할게요. 만약 방해하신다면, 저도 그냥은 안 있을 거예요. 지구상에 존재하는 모든 언론을 동원해서, 아버지 명성에 흠집 낼 거예요. 세상에 둘도 없는 추악한 남자라는 낙인, 찍어드릴 거예요. 좋은 게 좋은 거잖아요. 윈윈 하자는 거예요. 저는 제가 사랑하는 사람과 결혼하고, 아버지는 제 방해 없이 원하는 가정 얻고."

기가 막힌 듯 태훈이 입을 벌렸다. 준연이 흔들림 없는 태도로 그를 노려보았다.

"제 할 말은 끝났습니다. 더 하실 말 있으신가요? 어차피 더 듣고 싶지도 않지만요. 그럼."

준연이 돌아섰다. 찬바람이 불어오는 그녀의 뒷모습을 노려보던 태훈의 표정이 험악하게 일그러졌다.

"뭐, 원원? 낙인? 허! 보자 보자 하니까 도대체 아비한테 어디서 배운 말버릇이야? 결혼? 그래, 하고 싶으면 어디 해 보거라! 네 녀석에겐 아무것도 주지 않을 테니."

윽박지르는 태훈을 뒤로한 채 준연이 밖으로 나가 회장실 문을 닫아 버렸다. 그대로 문에 기대어 선 준연이 깊게 심호흡을 하며 거칠어진 숨을 골랐다.

"됐다……."

이젠 그녀도 모른다. 이찬유, 그가 초래한 것이다. 그녀가 뿌리칠 수 없는 것을 알면서 그가 그녀를 도발한 것이다.

그의 곁에 있을 자격이 없다는 걸 뻔히 알고 있다. 그럼에도 준연은 그를 잡았다. 남은 시간 동안 영미가 그에게 최선을 다하고, 그래서 혹 그녀가 저지른 일을 알게 된 후에도 찬유가 그녀를 용서할 수 있게 되기를 바라며, 이기적이게도 찬유의 옆에 섰다.

그 후, 그들은 결혼식은 따로 올리지 않았다. 웨딩촬영만 해서 영미에게 보여 주었다. 하얀 웨딩드레스를 입은 준연의 사진을 영미는 한동안 말없이 바라보았다. 그녀는 그 사진을 액자에 넣어 침대에서 눈을 떴을 때 바로 볼 수 있는 곳에 고이 놓아두었다.

♪ ♫ b

괴상한 동거가 시작되었다. 늘 가까이 있었지만, 또한 늘 멀리 있던 이찬유가 자신의 생활공간 안에 있다는 게 준연을 곤혹스럽게 했다. 방은 당연히 각자 썼지만, 조금만 방심하면 사방에서 그가 튀어나왔다.

물론 함께 있는 시간은 극도로 적었다. 준연은 회사일과 영미의 병간호에 하루의 대부분을 쏟았고, 찬유는 아침 일찍 연구실로 출근해서 밤늦게 들어오는 날이 많았다.

차가 있긴 해도 기름값 등의 이유로 거의 몰고 다니지 않는 그는 대중교통이 끊기면 아예 연구실에서 자고 오는 날도 많았다. 그럼에도 불구하고 때때로 마주치게 되는 것은 막을 수가 없었다.

새벽 여섯 시, 눈을 뜬 준연이 머리를 흔들어 잠을 떨쳐 내며 거실로 나왔다. 현관에 찬유의 신발은 없었다. 오늘로 벌써 사흘째, 그는 집에 들어오지 않았다. 전화번호는 알고 있었지만 연락을 해보는 것도 이상해서 준연은 애꿎은 손만 만지작거렸다.

그는 매일 이렇게 사는 것일까? 매일 이렇게 치열하게 살고 있는 것일까?

아버지에 대한 미움으로 준연은 역설적이게도 천지그룹에 입사했다. 아버지가 밉다면 그의 뒤를 이어받아 그가 누렸던 모든 것을 빼앗는 것이 복수라고 생각했기 때문이다.

서태훈이 준연을 곁에 둔 것은, 제 품에 그녀를 끌어안고 있는 쪽이 컨트롤하기 쉬운 까닭이었다. 준연은 불안정한 화합물질과도 같아서 언제 어디서든 터져 버릴 수 있는 상황이었다. 집 밖에 나가 빵 터져 문제를 일으키는 꼴을 보느니, 차라리 안에 묶어 두고 감시하는 편이 나았다.

부녀의 그런 속내와는 상관없이 서준연의 천지그룹 입사는 남들 눈에는 그저 낙하산으로 보였다. 평사원으로 입사한 준연은 분명 차근차근 단계를 밟아 승진한 것임에도 불구하고, 어린 나이에 이룬 남들보다 빠른 승진은 그녀의 배경 덕분으로 치부되어 버렸다.

부모 잘 만나서 탄탄대로를 달리는 어린 계집애. 그것이 준연에 대한 세간의 평가였고, 그런 평가에 준연은 때때로 분노했지만 그것을 겉으로 드러내지는 않았다.

하지만 지금, 찬유를 보고 있으면 스스로가 부끄러워진다. 열심히 일했다고 생각했지만, 찬유만큼 열심히 살았을까? 가장 좋아했던 꿈을 강제로 빼앗기고도 무너지지 않고 최선을 다해 살아온 그만큼 열심히 살았던 것일까?

모르겠다.

마구잡이로 떠오르는 상념을 떨쳐 낸 준연이 빈 현관에서 고개를 돌리려는 순간, 현관 도어록이 띠띠띠 소리를 냈다. 이 아침에 올 사람은 한 사람뿐이라, 저도 모르게 굳어 버린 준연이 현관문을 열고 들어오는 찬유와 딱 마주쳤다.

"지금 일어난 거야?"

그가 가벼운 말투로 물었다.

"아, 네……."

"그래, 그런 것 같다. 머리 좀 봐."

어느새 코앞까지 다가온 그가 부스스 헝클어진 준연의 머리를 정리해 주었다.

"지금 뭐하는……."

"옷 갈아입으러 왔어. 아침은?"

겨우 정신을 차린 준연이 무슨 짓이냐고 따지려는 순간, 찬유가 그녀의 말을 잘라 내며 다른 질문을 던졌다.

그는 가만 살펴보면 지독한 마이페이스였다. 그리고 준연은 은근히 그에게 말려들고 만다.

"안 먹었어?"

"……네."

"잘됐다. 그럼 씻고 나올래? 아침 먹을 시간 정도는 되지? 아직 출근할 시간 아닌 것 같으니까."

 바쁘게 제 할 말을 마친 찬유가 방으로 쏙 들어가 버렸다. 잠시 멍하니 거실에 서 있던 준연이 서둘러 욕실로 향했다. 왠지 빨리 씻어야 할 것 같은 생각이 들었다. 가뜩이나 바쁜 티를 내고 있는 찬유인데, 뭉그적거리다가 그의 시간을 빼앗고 싶지 않았.

 어푸어푸, 물을 얼굴에 잔뜩 뿌린 준연이 심호흡을 하며 거울에 비친 제 얼굴을 바라보았다. 머리카락이 푸석푸석 엉망이었다. 난처해하는 표정을 지은 준연이 스르륵 바닥에 주저앉아 얼굴을 가려 버렸다. 3일 만에 만난 거였는데, 잠에서도 덜 깬 엉망진창의 모습을 보여 버렸다. 창피해서 얼굴이 화끈거렸다.

 이런 게 참, 그녀를 당혹스럽게 한다. 함께 사는데, 함께 사는 게 맞나 싶을 정도로 찬유와 집에 있는 시간은 적다. 하지만 역시 함께 살고 있다는 게 맞다는 걸 증명이라도 하듯 예상하지 못한 순간에 그와 마주치고 만다.

 "아……."

 엉망진창이다. 오늘은 왠지 최악일 것 같은 기분이 든다.

 민망한 마음을 애써 누른 준연이 겨우 샤워를 끝내고 밖으로 나왔다. 수건으로 돌돌 만 머리카락에서 물방울이 조금씩 떨어졌다. 목을 타고 흐르는 물기를 쓱 닦아 내는 그녀의 코에 빵 굽는 냄새가 스몄다.

 냄새가 나는 곳으로 가 보니 깔끔한 와이셔츠로 갈아입은 찬유가 주방에서 토스트를 굽고 있었다.

 "다 씻었어?"

 그가 쳐다보지도 않고 물었다.

 "……네."

"출근 언제까지야? 시간 있지?"

찬유가 아까 물은 것을 또 물었다. 여전히 준연에게 눈길 한 번 주지 않는 채였다.

준연이 살짝 미간을 좁혔다. 그녀의 시간이 문제가 아니라 그의 시간이 문제인 것 같았다. 3일 만에 들어와서 얼굴도 본체만체하며 빵을 굽고 있는 이 남자는, 누가 보아도 바쁘게 보일 것이다.

"제 시간이 문제가 아니라 이찬유 씨 시간이 문제인 것 같은데요."

멈칫 동작을 멈춘 찬유가 고개를 들어 그녀를 바라보았다. 그가 픽 웃었다.

"아, 미안. 잠깐 나온 거라 나도 모르게 정신없이 굴었네. 와서 앉아. 다 됐어. 잼? 버터?"

"잼이요."

"사과? 딸기?"

"사과요."

머뭇머뭇 의자에 앉는 그녀를 바라보는 찬유의 눈매가 부드럽게 휘었다. 준연이 좋아하는 눈웃음이었다.

준연이 그를 물끄러미 바라보았다.

그는 무슨 생각인 것일까. 이 상황을 그는 어떻게 받아들이고 있는 것일까. 꼭 결혼을 해야 하는 것이라면 자기랑 하자던 그는, 왜 이렇게 아무렇지도 않아 보이는 것일까.

"있잖아요."

"응?"

준연은 잠시 생각했다. 다른 여자와 결혼한 이찬유의 모습을.

싫다.

상상만으로 끔찍하다.

"……아니에요."

하지만 굳이 그 상상을 입 밖으로 내지 않았다. 정말로 재력 있는 다른 여자 아무라도 붙잡고 결혼할 생각이었는지 물을 수 없었다. 혼자 떨리고, 혼자 설레고, 혼자 신경 쓰는 상황이라고 해도 지금이 좋다. 이기적이게도, 지금이 정말로 좋다.

"그냥 주말에 엄마 병문안 갈 시간 있냐고 물어보려고 했어요. 그런데 이렇게 대놓고 바쁜 티를 내는데 가자고 해도 되는 건가 싶어서……. 하지만 약속은 약속이니까……. 일주일에 두 번은 엄마한테 같이 가서 행복한 척해 주기로 했으니까……."

"물론 안 될 거 없지. 그러잖아도 언제 갈 생각인지 물어보려고 했어."

찬유가 흔쾌히 대답했다. 그의 손은 여전히 바쁘게 움직이고 있다. 사과잼을 듬뿍 바른 토스트를 그녀의 앞 접시에 올려주었다.

"토요일 괜찮아요?"

"좋아."

이미 그와 두 번이나 병문안을 같이 갔다. 영미는 어쩔 줄 몰라 하면서도 그에게 잘해 주기 위해 최선을 다했다. 찬유는 정말로 그녀의 사위라도 된 듯 영미에게 극진했다.

겉보기엔 완벽한 사위와 장모였다. 둘 사이에 애정이 쌓여서, 만약 그 애정이 과오를 용서할 정도로 커진다면…… 그때는 이기적이게 이찬유의 곁에 평생 남아도 될까. 지금도 충분히 이기적이지만, 조금 더 이기적이 되어도 괜찮을까. 준연은 욕심을 부리고 싶었다. 그 욕심을 차마 입 밖으로 꺼내지 못한 채 가슴속에 꾹꾹 눌러 담았다.

"그럼 내일은 들어오는 거예요?"

"내일? 데이터가 자정 넘어서야 나올 것 같은데, 어쩌지? 새벽에는 확실히 끝날 텐데, 그땐 버스가 끊겨서······."

내일은 금요일이다. 자정이 넘어야 끝난다는 말은 내일 귀가하지 못할 수도 있다는 뜻이다. 버스 막차가 끝나면 찬유는 집에 들어오지 않는다. 굳이 비싼 택시비를 써 가면서 들어올 이유가 없는 것이다. 그런 사소한 것조차 찬유는 낭비하지 않는다. 그는 참 알뜰하다.

"데리러 갈게요."

낭비는 준연의 몫이다.

"응?"

"새벽에 끝나면 연락 줘요. 내가 데리러 갈게요."

"번거롭게 그럴 필요 없어. 잠깐 자다가 첫차 타고 들어오면 되니까."

"수면실에서 한두 시간 자고 일어나서 집에 와서 옷 갈아입고 씻고······. 그게 뭐예요, 피곤하게. 엄마 앞에서 잔뜩 피곤한 얼굴로 앉아 있을 거예요? 피곤해하는 환자 보는 것도 힘든데, 이찬유 씨까지 금방 죽을 것 같은 얼굴로 나란히 앉아 있는 거 보기 싫어요."

준연이 덤덤하게 말했다. 사실은 매일 그렇게 무리하다가 찬유의 건강이 나빠지지나 않을까 걱정스러웠다. 한두 시간을 자도 집에서 편하게 자는 것과 랩에 딸린 수면실에서 불편하게 자는 건 분명 다르다. 그 피로가 하루 쌓이고, 일주일 쌓이고, 계속 쌓여 종래는 사람의 건강을 좀먹는 거다.

"그럼 그렇게 해."

무심한 그녀의 얼굴을 빤히 바라보던 찬유가 가볍게 웃었다. 봄바람처럼 산뜻한 웃음이었다.

그가 웃을 때마다 준연의 심장은 떨리고 만다. 창백한 뺨이 달아오르는 것을 느낀 준연이 우유를 벌컥 들이켰다.

그가 있는 이 일상에 자꾸만 익숙해지고 싶어진다.

간단한 식사를 끝내고 바쁜 와중에 설거지까지 마친 찬유가 넥타이를 매는 것을 준연이 벽에 기댄 채 바라보고 있었다. 움직임이 많은 실험을 할 때는 편하게 입고 가도 괜찮을 텐데, 그는 사소한 실험에조차 늘 단정히 차려입고 임하곤 했다. 실험을 하는 것이 아니라 신성한 예배라도 드리는 것 같은 그의 태도는, 어쩌면 과학에 대한 경외를 표하는 그만의 방식일지도 모른다.

"잠깐만요."

비뚤어진 그의 넥타이에 준연이 그를 불렀다. 막 현관으로 내려서던 그가 멈춰 섰다.

"비뚤어졌어요."

"고마워."

그날의 사고 이후 이찬유의 많은 것이 변했지만, 딱 하나 변하지 않은 것이 있다면 그의 눈웃음일 것이다. 무의식중에 그를 올려다보던 준연이 부드럽게 번지는 그의 눈웃음을 발견하고 급히 시선을 피했다.

"이따 봐. 운전 조심히 하고."

"네."

이찬유가 무슨 생각으로 세상을 살아가는지 궁금해지는 순간이 있다. 바로 지금이 그런 순간 중 하나이겠지.

멀어질 듯 다가올 듯, 평행선을 유지하던 관계는 갑자기 산산조각 나더니…… 믿을 수 없게도 지금 준연의 앞에 그가 있다. 구운 식빵에 버터를 바를 것인지, 잼을 바를 것인지 물으며 웃는 그가 있다.

결혼을 할 상대가 필요하다면 자신을 이용하라던, 나 또한 너를 이용할 테니 모두 윈윈인 게임이라던 찬유의 말이 백 프로 진실이 아니라는 것쯤은 준연도 알고 있다. 그녀가 늘 그를 보았던 만큼 그 역시 늘 그녀를 보아 주었다는 것을 모를 정도로 준연은 무디지 않았다.

찬유의 눈동자에 드문드문 드러나던 그녀와의 관계에 대한 분노, 실망……. 그 모든 것들이 그녀를 향한 애정에 기초하고 있었다. 함께 합주를 하고 싶다던 그녀의 수줍은 고백에 대답 없던 그는, 그때 이미 그녀와 같은 마음이 되었던 것이다.

바라보고 또 바라보는 관계.

그러나 잡을 수는 없다.

경제적 지원이 필요하다며 결혼하자던 이찬유는 사실 법적으로 부부가 된 후에도 준연에게는 일절 손을 벌리지 않고 있었다. 지원 운운하던 말들이 그녀의 결혼을 막기 위한 수단에 불과했다는 것을 은연중에 증명이라도 하듯이.

하지만 준연은 그에게 하지 못한 말들이 있고, 그 사실들을 알게 되었을 때 찬유가 보일 반응이 두렵다. 그래서 그의 마음을 모르는 척 그를 곁에 붙잡아 두고도, 여전히 이렇게 미적지근하게 행동할 수밖에 없는 것이다.

"이찬유……."

베란다로 나간 준연이 출근하는 찬유의 뒷모습을 응시했다. 그가 보이지 않게 될 때까지 하염없이 그를 좇았다. 꿈은 잃었어도 여전히 반짝이는 그인데, 그 반짝임을 자신이 또 한 번 꺼뜨릴까 두렵다.

 준연은 준연의 하루를, 찬유는 찬유의 하루를 보냈다. 준연은 새 프로젝트 보고서 마감 기한을 맞추기 위해 팀원들과 함께 거의 자정까지 야근을 했다. 몇몇은 자가용을 이용해 퇴근했고, 또 몇몇은 회사 휴게실로 가 쓰러져 잠들었다.
 준연은 찬유에게 연락이 오기 전에 미리 찬유가 근무하는 연구소 근처로 가서 차를 주차시켰다. 그러고는 말똥말똥한 눈으로 찬유의 연락을 기다렸다. 새벽 2시쯤이 되었을 무렵, 그녀의 휴대폰이 '딩동' 하고 울렸다.
 [데리러 올래?]
 그 짧은 내용에 준연의 심장이 고동쳤다. 전화는 가끔 해도 문자는 잘 보내지 않는 그였기에, 남들이 보기엔 별거 아닐 수 있는 문자조차 준연에겐 큰 의미가 있었다. 바로 도착했다고 하면 진작 와서 기다리고 있던 것을 들킬 것 같아서 준연은 괜히 뭉그적거리며 시간을 때웠다. 하지만 시간은 더럽게도 느려서 결국 10분쯤 후에 준연이 주차장을 빠져나와 찬유의 연구소 앞으로 갔다.
 지친 기색 없이 말끔한 차림의 찬유가 길가에 서 있었다.
 "왔어?"
 준연이 차를 세우자 곧 조수석에 올라탄 찬유가 웃으며 물었다. 안전벨트를 매는 그의 평범한 모습이 새삼스럽게 느껴졌다.
 "다 맸어요?"
 "응."
 딸깍 소리가 들렸다. 자꾸만 그에게로 향하려는 눈길을 거두며 준연이 가속기를 밟았다.

차가 있다는 건 참 좋은 거다. 출퇴근에만 이용할 때는 몰랐는데, 옆에서 지쳐서 꾸벅꾸벅 조는 찬유를 보자 역시 자가용이 있어 참 다행이라는 생각이 들었다. 늘 이렇게 피곤한 상태로, 랩 구석에 마련된 간이침대에서 잠이 드는 것일까? 불편할 텐데. 지금이야 젊어서 괜찮을지 모르지만, 나이가 한 살 두 살 먹으면 더 힘들어질 텐데.

그때까지…… 그가 연구실 생활을 힘들어하게 될 때까지, 그녀가 그의 곁에 있을 수 있을까? 검은 머리에 흰 새치가 나고, 반듯한 이마엔 주름살이 한 줄, 두 줄 그어지고, 그렇게 나이 들어가는 내내 그와 함께일 수 있을까?

모르겠다. 아마 그러지 못할 가능성이 더 높을 것이다. 그럼에도 불구하고 내일도, 또 내일도 이찬유와 함께할 수 있으면 좋겠다는 욕심이 준연의 마음속에서 한 뼘, 한 뼘 자라났다.

다음 날, 두 사람은 약속대로 영미를 찾아갔다. 영미는 다른 날과 마찬가지로 진통제에 취해 잠들어 있었다. 푹 꺼진 눈두덩과 대조적으로 툭 불거진 광대뼈 덕분에 영미는 몇 배는 더 환자처럼 보였다.

찬유와 준연이 도착하고 거의 두 시간은 지나서야 영미가 희미하게 정신을 차렸다. 그래도 몇 번 만난 사이라고 이젠 찬유를 보고도 영미는 놀라지 않았다.

영미는 찬유가 세 들어 살던 집을 나간 후에도 계속해서 준연과 교류해 온 줄 안다. 준연이 그렇게 말했고, 준연이 그렇게 말했다는 것을 찬유 또한 알고 있었다.

준연은 영미에게 행복한 결혼 생활을 보여 주는 게 목적이라고 했고, 그러기 위해서는 갑작스럽게 만난 남자보다는 오랫동안 집안 모르게 교제해 온 남자와의 결혼이 더 설득력 있을 거라고도 했다. 찬유는 그녀의 거짓말에 동의했고, 결과적으로 그는 준연과의 오랜 교제 끝에 영미의 투병 때문에 서둘러 결혼한 셈이 되었다.

"······왔니?"

"네, 장모님."

찬유가 다정히 그녀의 손을 잡아 주었다.

"준연이는······?"

"잠깐 매점에 갔어요. 마실 것 좀 사 온다고."

"그래······."

힘들게 색색 숨을 내쉬던 영미의 눈이 감겼다. 그녀를 바라보는 찬유의 얼굴이 수심에 잠겼다.

찬유가 기억하는 어린 시절의 고고한 사모님은 이제 없다. 세 들어 사는 집에서 나온 뒤로는 영미와 딱히 마주친 적이 없었기에, 다시 만난 영미는 찬유가 각오했던 것보다 훨씬 더 작고 병약하게 보였다.

실제로 영미는 많이 늙고, 약해졌다. 곧 죽을 거라는 의사의 진단 때문일까. 그녀의 건강은 하루가 다르게 악화되었다. 처음에는 단순히 헛구역질만 올라오던 것이 이제는 먹는 족족 게워내는 수준이 되었고, 이따금 느껴지던 통증은 이제는 진통제 없이는 견딜 수 없는 수준이 되었다. 간을 비롯해서 장기 여기저기에 전이된 까닭에 얼굴에는 황달기가 있었고, 복부에 심심찮게 물이 차올랐다.

"찬유야······."

덧없는 영광의 시간들이 속절없이 영미의 머릿속을 스쳐 갔다.

그 기억들조차 약에 취한 듯 몽롱하고 흐릿했다.

"네, 장모님."

영미가 찬유의 손을 붙잡았다. 그 손을, 그녀가 망가뜨렸다. 그것을 알게 된 준연이 자신의 손을 망가뜨렸다. 그녀의 욕심이 인간의 도를 넘어섰던 그날…… 모든 것이 망가져 버렸다.

다시 돌아갈 수 있다면. 그날로 다시 돌아갈 수만 있다면…….

"준연이가…… 우리 딸이……."

마른 목소리가 퍽퍽하게 갈라졌다. 귀 기울이지 않으면 잘 알아듣기 힘든 영미의 말을 찬유는 참을성 있게 기다렸다.

"널 많이 좋아했지……."

찬유가 희미하게 웃었다.

"알고 있어요."

"불쌍한…… 우리 딸……. 우리 준연이……."

영미의 주름진 눈가에서 눈물이 흘러내렸다. 그녀는 요즘 들어 눈물이 많아졌다. 특히 준연의 이야기를 할 때면 금세 눈물을 흘리곤 했다.

"제가 잘할게요. 늘 준연이 곁에 있을게요."

"그래, 그래……. 네가 용서해……. 네가, 나를……."

네가 용서해. 네가 나를 용서해.

몇 번이나 같은 말을 중얼거린 영미의 의식은 점점 더 흐려졌다.

"제가 장모님을 용서하고 말 게 어디 있다고……."

그녀를 안심시키듯 말하던 찬유가 움찔 입을 다물었다. 무언가 이상한 기분이 들었다. 야생의 본능 같은 것이 그의 등을 싸하게 훑고 지나갔다.

"네가…… 용서를……."

"장모님?"

영미의 무거운 눈꺼풀이 이내 감겼다.

때마침 달칵, 문이 열리는 소리가 들렸다. 매점에 다녀온 준연이 손을 꼭 붙잡고 있는 영미와 찬유를 보고 미간을 좁혔다.

"엄마, 깼어요?"

준연의 목소리에 찬유가 고개를 돌렸다.

"응. 잠깐. 방금 다시 잠드셨어."

"그래요?"

뚝뚝하게 대답한 준연이 찬유의 옆에 앉았다. 엄마를 바라보는 그녀의 눈빛이 서글펐다.

찬유는 이상한 기분이 들었다. 아주 중요한 것을, 방금 놓쳐 버린 것 같은 느낌이었다. 형언할 수 없는 싸한 기분. 서늘한 불쾌함.

"서준연."

불현듯 찬유의 표정이 굳어졌다.

"네."

"너, 아직 말 안 했어."

"뭘요?"

네가 용서해. 네가 나를 용서해.

의식과 무의식을 오가는 영미가 끝없이 중얼거린 말들. 그러보니 전에 왔을 때도 영미는 비슷한 소리를 했었다.

'미안하다. 미안해. 내가 네게 미안해.'

무엇을 잘못했기에 영미가 그러는 것일까? 그저 정신이 온전치 못하여 자신이 무슨 말을 하는지도 몰랐던 것일까? 그게 아니라면…… 다른 뭔가가 있는 것일까.

지금 상황과 어울리지 않는 질문이라는 것을 안다. 그러나 찬유는 준연에게 물을 수밖에 없었다.

"왜 아주머니랑 갑자기 멀어졌었는지."

"……."

준연의 입이 꾹 다물렸다. 붉은 입술이 미세하게 떨렸다.

"혹시 내가 알아야 할 게 있어?"

따지거나 힐난하는 것이 아닌, 순수한 의문이었다. 그러나 준연은 당황한 듯 흔들리는 시선을 돌려 버렸다.

"사춘기 때 여자애들은 원래 그래요. 엄마랑 싸우기도 하고 멀어지기도 하고……. 난 그게 다른 애들보다 심했던 것뿐이에요. 그것뿐이에요."

그녀가 초조한 듯 깍지 낀 손을 만지작거렸다. 입술도 물어뜯었다.

거짓말을 하고 있다, 서준연이.

"사춘기가 이유라고?"

"네."

"사춘기 때문에 어머니가 시한부라는 걸 알기 전까지 절연하고 산다는 건 말이 안 돼."

"세상엔 말이 안 되는 일이 많아요."

고개를 숙여 영미를 바라보는 준연의 모습은 견고한 성과 같다. 더 이상의 대화는 거부하는 그녀의 몸짓에 찬유가 말없이 인상을 찡그렸다.

이 순간, 왜 '그날'에 생각이 닿는 것일까.

왜 하필 이 순간, 준연이 그로부터 멀어지기 시작했던 그날이…… 떠오르는 것일까.

서준연은 어느 날 갑자기 변했다. 하루가 멀다 하고 그의 꽁무니를 쫓아다니던 준연은 그가 사고가 났던 날 새벽에 갑자기 찾아온 이후, 완전히 돌변했다. 그를 보아도 알은체하지 않았고, 답답한 마음에 그가 쫓아가면 차가운 표정으로 쏘아보고는 멀리 달아나 버리기 일쑤였다. 그리고 지금 찬유의 기억이 맞다면, 그즈음에 준연과 영미의 사이 역시 삐걱거리기 시작했다. 거기다가 사고가 났던 날 찾아와 자기 때문이라고 울던 준연의 모습까지 겹쳐지자 찬유의 생각은 걷잡을 수가 없어졌다.

　미묘하게 일치하는 두 시점.

　네가 나를 용서하라는 영미의 말. 오열하던 어렸던 그날의 그녀.

　그의 사고와 준연과 영미의 차가워진 관계, 그 사건들 사이에 어떠한 관계가 있을까? 혹 그의 사고에 영미가 관련되어 있는 것일까? 그래서 준연이 그를 피해 왔던 것일까?

　과한 추측이라고 생각했다. 실제로 연관 있어 보이는 사건들도 파고 들어가면 우연인 경우가 많다. 반대로 연관이 없어 보여도 알고 보면 하나의 원인에서 기인한 경우도 많다. 사건의 맥락을 전체적으로 보기 전에는 무엇이 유관하고 무엇이 무관한지 알 수 없다. 아무렴 어떠랴.

　새삼스럽게 찬유가 자신의 두 손을 바라보았다.

　"난 늘 네 곁에 있을 거야."

　설령 그녀가 그를 떠나려 한다 해도, 그는 그녀의 곁에 있을 것이다. 그녀의 가족이 그에게 해를 끼쳤다고 해도, 준연이 하지 않은 일로 그녀를 미워하는 일은 다신 없을 것이다.

　그걸 서준연이 알까?

　알아줬으면 좋겠는데……. 다만 그것을 바랐다.

♪ ♫ b

 일본에서 열리는 세미나 참석을 위해 찬유가 3일 정도 집을 비우게 되었다. 밤늦은 시각이 아니면 거의 들어오지도 않는 그였는데, 3일 동안은 그 늦은 귀가조차 기대할 수 없다는 게 준연의 기분을 싱숭생숭하게 만들었다.
 이찬유와 함께하는 시간이 길어질수록 준연은 괴로워졌다. 찰나의 욕심에 취해 그를 얻었지만, 그 이후의 시간은 고통일 뿐이었다.
 그에게 저지른 돌이킬 수 없는 죄악들이 준연의 숨통을 조여 왔다. 늘 자신의 자리에서 최선을 다하는, 영문 모를 그녀의 외면에도 불구하고 여전히 바른 눈으로 그녀를 바라봐 주는…… 그런 찬유의 모습을 알아서 준연은 숨이 막혔다.
 영미는 정신을 차릴 때마다 최선을 다해서 찬유를 대했다. 그는 그녀가 무엇 때문에 자신에게 그토록 미안해하는지도 모른 채 그녀를 대했다. 홍영미가 단지 서준연의 어머니란 이유 하나만으로 그는 그녀의 고통을 외면치 않았다. 준연조차 때때로 외면하고 싶은, 무너지는 어머니의 모습을 그는 있는 그대로 인정해 주었다.
 그의 그 큰마음이 준연을 괴롭게 했다. 그의 마음이 클수록 준연의 마음도 커졌고, 그의 마음에 익숙해질수록 준연은 두려워졌다.
 만약 찬유가 사실을 알게 된 후 받아 주지 않으면 어쩌지?
 그가 매정히 돌아서 버리면 어쩌지?
 따뜻함을 알아서, 준연은 그 이후에 몰아칠 차가움이 더 무서워졌다. 봄이 올 것을 알기에 겨울을 견딜 수 있는 것과 반대로…… 이 이후에 있을 추위를 알아서 몸이 떨렸다.

"찬유……. 이찬유……."

한없이 불러 보고 싶던 이름을 중얼거리며 준연이 그의 침대를 정돈했다. 그가 잠드는 침대였고, 그의 냄새가 났다. 그를 닮아서 하얗기만 한 시트를 쓱쓱 만졌다. 찬유를 만지는 것 같은 기분이 들었다.

방긋 웃어 보인 준연이 이번엔 그의 옷장을 정리했다. 그의 맵시를 더 잘 살려 줄 수 있도록 와이셔츠와 정장바지를 다리미질했다.

그가 며칠 동안 돌아오지 않는다는 것을 알고 있기에 침범할 수 있는 찬유의 공간. 그곳에 덩그마니 남아, 그의 흔적을 느꼈다.

이대로 오늘은 여기서 자 버릴까?

그런 생각을 하며, 준연이 침대 위에 풀썩 쓰러졌다. 그 때, 딩동 메시지 알림이 울렸다. 번쩍 고개를 든 준연이 더듬더듬 휴대폰을 찾아 액정을 확인했다. 찬유였다.

메시지에는 그가 동료 연구원처럼 보이는 여자와 함께 찍은 사진도 포함되어 있었다. 물론 사진 속에는 그외 다른 사람들도 있었지만, 준연의 눈에는 이상하게 여자 연구원의 얼굴만 보였다. 친밀한 척 찬유와 팔짱을 낀 그 여자의 모습이 준연의 심기를 어지럽혔다.

'무슨 생각을 하는 거야…….'

무의미하고도 무가치한 질투에 준연이 신경질적으로 이맛살을 찌푸렸다. 그러고도 준연은 한참이나 사진 속 여자 연구원만 노려보았다. 잘 도착했고, 세미나도 무사히 마쳤다는 찬유의 메시지는 눈에 들어오지도 않았다. 내일 몇 시 비행기를 타고 올 거라는 내용도 보이지 않았다.

문득, 그런 생각이 들었다.

이찬유의 옆자리.

그것은 준연이 꿈꾸던 미래였다. 바라 마지않던 내일이었다. 그와 같은 길을 걷고, 같은 꿈을 공유하며, 그의 곁에 나란히 서고 싶었다.

그 미래 속 찬유와 그녀는 연구실의 연구원이 아닌 무대 위의 피아니스트였지만, 아무렴 무슨 상관일까. 준연은 그저 반짝이는 이찬유를 누구보다 가까이에서 지켜보고 싶었을 뿐이다.

자신은 이루지 못한 그의 동반자라는 자리를, 그 여자가 이룬 것처럼 보였다. 이름도 모르는, 방금 전까지만 해도 존재하는지조차 몰랐던 여자 연구원은 준연이 늘 꿈꾸었던 것을 갖고 있는 것이다. 그게 화도 나고, 부럽고, 짜증스럽고…… 복잡했다. 이런 감정을 느낄 필요가 없는 일이라고 자신을 다독이면서도 준연은 결국 걷잡을 수 없는 짜증과 슬픔에 사로잡혀 신경질적으로 휴대폰을 내던져 버렸다.

이게 뭘까.

대체 지금 뭘 하고 있는 것일까.

어딜 헤매고 있는 것일까.

'당신이…… 싫어.'

일이 무사히 끝났으니 안심하라는 의도로 보낸 문자라는 것을 안다. 그의 의도를 알면서도 옹졸하게 외적인 부분에서 마음이 상해 버렸다.

그런 자신의 태도에 준연은 스스로에게 화가 나고, 실망한다. 그러다 결국 괜한 찬유를 원망하고, 옹졸한 제 마음 때문에 자책한다.

그 모든 복잡한 마음이 찬유를 보면 사라지고 그가 그리운 마음만 남는다, 그가 간절한 마음만 남는다. 악순환의 반복이었다.

어린 날의 서준연도, 여자가 된 지금의 서준연도, 사실은 늘 찬유의 곁에 있고 싶었다. 어린 날의 그녀는 그가 자신을 거부하면 어쩌지 하는 두려움이 없었다면, 지금의 서준연은 그녀의 가족이 저지른 일을 알게 된 찬유가 자신을 거부할까 가없이 두려웠다. 그래서 거짓으로 자신을 포장하고, 무심한 가면을 쓰고서 찬유를 대하고 있는 것이다.

비겁한 겁쟁이.

그럼에도 다른 여자에게 주고 싶지 않은 옹졸한 욕심이 찬유를 붙들었다. 엄마의 부탁을 들어주고 싶다는 변명 아래 그에게 준 상처로부터 눈 돌렸고, 엄마에게 행복한 모습을 보여 주고 싶다는 핑계하에 그에게 다정함을 요구했다.

지금의 이 평온은 모래 위에 세워진 모래성 같은 것.

언제 산산이 부서질지 모른다.

"하아……."

그래도 조금이라도 더 지속되기를 바라고 마는 이기심.

베개에서는 찬유의 냄새가 났다. 제대로 느껴 본 적 없는 그의 품이 느껴지는 것 같았다.

한숨을 내쉬며 엎어져 있던 준연이 결국 자리에서 벌떡 일어났다. 던져 버린 휴대폰을 주워 메시지 함을 다시 연 준연이 찬유의 귀국시각을 확인했다.

마중을, 나가고 싶다.

찬유가 3일의 일정을 끝내고 귀국하는 항공편을 탈 때까지 준연에게는 이렇다 할 답장이 오지 않았다. 조심히 돌아오라는 답장 정도는 올 거라 기대했던 찬유는 휴대폰 전원을 꺼야 하는 순간까지 준연의 메시지를 기다렸다.

"이찬유 씨, 뭘 그렇게 기다려요?"

옆자리에 앉은 지나가 물었다. 벨트를 매며 묻는 그녀에게 찬유는 어색한 웃음으로 답했다. 그 웃음에서 많은 것을 읽어 낸 지나가 또다시 친근하게 물어 왔다.

"한창 좋을 땐데, 맨날 이렇게 바빠서 어떡해요? 와이프가 서운해하겠다."

"뭐…… 어쩔 수 없죠."

찬유가 대충 대답하며 눈을 감아 버렸다. 더 말하고 싶지 않다는 의지가 읽히는 몸짓이었다. 눈치 빠른 지나는 더 이상 그를 귀찮게 굴지 않았다. 사교성이 좋고, 남녀 간의 스킨십에도 제법 개방적인 그녀였지만, 굳이 싫다는 상대를 괴롭히는 취미는 없었다. 그런 면에서 지나는 꽤나 좋은 동료였다.

사진을 찍을 때, 그녀가 은근히 팔짱을 끼는 것을 알면서도 찬유는 모른 척했다. 다른 여자라면 그 자리에서 거부를 했겠지만, 지나는 그런 동작 하나하나에 별다른 의미를 부여하지 않는다는 것을 알고 있던 까닭이었다. 해외에서 오래 살았다는 지나는 남녀노소 불구하고 팔짱 끼는 것을 좋아했고, 딱히 자신에게 호감이 있어 그러는 게 아니라는 걸 알기에 찬유도 그냥 두었다.

그러고는 일부러 많은 사진 중에서 그 사진을 골라서 준연에게 보냈다. 유치하긴 하지만 제아무리 무신경한 준연이라 해도 다른 여자와 함께 다정히 찍은 사진을 보면 조금이라도 안달하며 반응해 주지 않을까, 하는 얄팍한 기대감 때문이었다. 그리고 준연은 그런 찬유의 기대감을 여지없이 무너뜨렸다.

'유치하게 무슨 기대를 한 거야.'

고개를 절레절레 내저은 찬유가 입술을 물었다. 비행기가 곧 이륙할 듯 움직이기 시작했다.
 이제 조금만 지나면 준연을 볼 수 있다. 그걸로 만족하기로 하자. 찬유가 마음을 다독였다.

 비행기는 별다른 지연 없이 공항에 도착했다. 찬유는 꺼 두었던 휴대폰을 켜고, 일행들과 함께 입국심사장을 지났다.
 "어? 찬유 씨, 저기 찬유 씨 와이프 아니야?"
 그의 옆에 붙어서 걷고 있던 지나가 찬유보다 먼저 준연을 발견하고 말했다. 의외의 말에 놀란 찬유가 지나가 가리키는 곳을 바라보았다. 그곳에 지나의 말처럼 정말로 준연이 서 있었다.
 무덤덤한 눈빛으로 입국장을 빠져나오는 찬유 일행을 바라보고 있던 준연의 시선이 잠시 지나에게 머물렀다. 한 여자가 자연스럽게 찬유의 팔을 붙잡고 자신을 가리키는 것을 똑똑히 보았다. 겨우 숨을 골라 태연함을 유지했다.
 "저 먼저 가 보겠습니다."
 그녀를 발견하자마자 일행과 인사를 하고 헤어진 찬유가 곧장 준연에게로 다가왔다.
 "마중 나와 준 거야?"
 그가 물었다. 말간 웃음이 함께였다. 속절없이 떨리는 마음을 준연은 능숙하게 숨기며 무덤덤하게 대답했다.
 "네."
 "준연아?"
 준연의 시선이 살짝 찬유를 비켜나 있었다. 자신을 보는 것 같았는데, 사실 준연이 다른 곳을 보고 있다는 것을 눈치챈 찬유가 그녀를 불렀다. 준연의 눈빛이 언뜻 날카롭게 빛난 것 같았다.
"누구 있어?"
"아니요."
준연이 고개를 저었다. 그리고 찬유를 올려다보았다. 찬유는 여전히 웃고 있었다. 그렇게 해맑게 웃으면, 준연은 민망해진다. 그는 정말 깨끗하고 맑아서, 더럽고 새까만 자신이 욕심을 내어도 되는 것일까 싶어진다. 자신 없다.
"별다른 뜻이 있어서 마중 나온 건 아니에요. 이쪽에 볼일이 있어서 나왔다가 이찬유 씨 도착하는 시간이랑 얼추 맞을 것 같아서 기다린 거예요. 피곤할 텐데, 차도 없잖아요."
할 필요도 없는 변명을 준연이 줄줄 늘어놓았다. 괜히 속내를 들킨 것 같아서 얼굴이 화끈거렸다. 찬유는 아무럼 상관없다는 듯 활짝 웃었다.
"그래? 고마워. 어쨌든 나 생각해서 기다려 준 거 아냐? 장족의 발전인데."
두 사람은 보조를 맞춰 걸었다. 준연은 평소보다 빨리 걸었고, 찬유는 평소보다 늦게 걸었다. 나란히 걸어가고 있다는 게 새삼스러웠다. 차를 주차해 둔 곳으로 그를 안내하면서, 준연이 참지 못하고 넌지시 물었다.
"같이 연구하는 분들이에요?"
"응? 아, 아까 그 사람들?"
"네."
"응. 같은 랩 사람들이야."
같은 랩 사람들. 하루에 열두 시간 넘게 함께 있는 사람들. 그의 시간을 그녀보다 훨씬 더 많이 알고 있는 사람들.

질투가 난다. 무의미한 감정인데, 자격 없는 마음인데…… 그럼에도 그들이 부럽다.

"잘해 줘요?"

"다들 친절하지."

"그……."

무언가 더 물으려던 준연이 무뚝 입을 닫았다. 꾹 다문 그녀의 입술이 찬유의 눈에는 뭔가 불만을 제기하고 싶은데 참고 있는 것처럼 보였다. 혹시 자신이 보낸 사진과 관련이 있는 것일까, 하는 생각이 들자 유치하게도 찬유는 기분이 좋아졌다. 이 무슨 초등학생 같은 심보란 말인가.

"좋아해요?"

"응?"

자동차 문 여는 소리에 준연의 목소리가 묻혔다. 잘 못 알아들었다는 듯이 찬유가 고개를 기울였다. 준연이 재차 물었다.

"연구하는 거요. 좋아해요?"

그는 신소재에 대한 연구를 했다. 석박을 통합과정으로 마치고, 지금은 연구소에서 군 대체복무를 하는 중이기도 했다.

"아. 응, 좋아."

찬유가 명확하게 답했다. 준연이 그를 물끄러미 바라보았다.

어릴 때 준연은 피아노를 치지 않는 이찬유는 상상해 보지도 못했다. 피아노를 잃은 이찬유는 살아도 사는 게 아닐지도 모른다는 생각도 했었다. 하지만 역시 인간은 적응의 동물인 것일까. 그는 꿈을 잃고도 좌절하지 않고, 또 다른 길을 열심히 걸어가고 있었다.

"피아노…… 치는 것보다 행복해요?"

그는 지금 행복할까. 준연은 알고 싶었다.

만약 그가 지금도 행복하다면, 피아노를 치던 그때보다 더 행복하다면…… 그렇다면 과거의 죄가 조금쯤 가벼워지지 않을까. 그가 그녀의 죄를, 조금쯤 더 쉽게 용서해 줄 수 있지 않을까. 그런 이기적인 생각을 했다.

"그건 왜?"

왜 그런 것을 묻느냐는 듯 찬유가 그녀를 바라보았다. 준연은 차마 그를 마주하지 못하고 고개를 숙여 버렸다.

"그냥요. 궁금해서."

찬유가 신중한 표정으로 준연을 응시했다. 준연이 어떤 대답을 원해서 그것을 묻는지 알 수 없었다. 결국 그가 가장 솔직한 답을 내어 놓았다.

"그때보다 행복할 순 없어."

그렇다. 그때보다 행복할 순 없다.

꿈을 꾸던 그때가 자신의 인생에서 가장 찬란했던 때라는 것을 알고 있다. 불확실한 미래로 인해 불안해하고 두려워했을지언정, 그때의 그는 늘 즐거웠다.

"그렇다고 해서 지금이 불행한 건 아니야."

못하면 못 살 줄 알았는데, 살아졌다. 잃으면 죽을 줄 알았는데, 신기하게도 괜찮았다.

피아노를 잃었던 열여섯 살의 이찬유는 사실 절망할 틈도, 낙담할 틈도 없었다. 성공해야 한다는 현실이 그를 짓누르고 있었다. 넘어져 울고 있을 시간도 없어서, 재기하지 못할지도 모르는 피아노에 매달리는 대신 현실적인 미래를 택했다. 두 손이 멀쩡했어도 끝없이 현실과 이상 사이에서 갈팡질팡했을 그인데, 이상이 부서진 순간 그는 어디 숨을 새도 없이 현실과 마주해야만 했다.

그렇게 정신없이 시간을 보내다 보니, 어느새 지금이 되었다.

"잃으면 죽을 것 같아도 살아지더라. 못 하면 못 견딜 것 같아도 견뎌지더라. 참 잔인한 일이지."

찬유가 혼잣말처럼 덧붙였다. 씁쓸함이 묻어나왔다.

"하지만 괜찮아. 행복했던 기억은 남아 있으니까."

잡을 수 없게 된 꿈에는 연연하지 않기로 했다. 생각하면 아프기만 할 뿐이기에 그 순간들은 한여름 밤의 꿈처럼 짧은 꿈이었다고, 그렇게 여기기로 했다.

그 말을 끝으로 찬유가 차에 올라탔다. 준연 역시 운전석에 올라탔다. 엔진이 켜지는 소리를 들으며, 준연은 망연히 혼자 생각했다. 분명 찬유와 함께 있는데, 혼자 있는 것 같은 느낌이 들었다.

지금 불행한 것은 아니지만, 그때만큼 행복한 것은 아니라는 이찬유.

잃으면 죽을 것 같았고 못 하면 못 견딜 것 같았어도, 살아지더라는 이찬유.

버티고 버텨 온 그.

'당신이 내일도, 또 내일도…… 내 옆에 있어 줄까?'

그 소중한 것을 잃게 된 게 자신 때문이라는 것을 알면, 그때도 그가 곁에 있어 줄까. 준연은 모르겠다. 막연히 그가 떠날 거라는 서글픈 생각이 들었다.

5장.
늘, 속죄하는

 준연의 질문은 찬유의 몸 안에 잊고 있었던 감각들을 일깨웠다. 채워질 수 없는 갈증이 그를 괴롭혔다. 바짝 마른 목을 달래듯 찬물을 벌컥벌컥 마셨다. 그 갈증이 물로 인한 것이 아님을 뻔히 알면서도 찬유가 할 수 있는 것은 그것뿐이었다.

 "피아노…… 치는 것보다 행복해요?"

 그때보다 행복할 순 없다.
 그때보다, 결코 행복해질 순 없다.
 스스로 포기하는 것과 어쩔 수 없어 포기하게 되는 것은 분명 다르다. 그리고 열여섯의 이찬유는 분명 고민하고 있었지만, 자신의 선택은 결국 학업이 아니라 피아노였을 것을 그는 은연중에 알고 있었다.

그 사고가 아니었다면 그는 엄마에 대한 미안함을 뒤로하고 자신의 꿈을 좇았을 것이다. 연구가 싫다는 것이 아니라, 더 좋아하는 것과 그냥 좋아하는 것의 차이였다.

그 차이는 찬유의 삶을 많이 바꿔 놓았다. 의식적으로 늘 최선의 열정을 다하려고 노력하지만 결코 피아노를 아끼던 마음으로 실험 도구를 아낄 수 없고, 피아노를 사랑하던 마음으로 연구데이터를 사랑할 수도 없다.

'괜찮아, 괜찮아질 거야.'

누구도 달래 주지 않던 마음을 홀로 달래며 찬유가 다시 침실로 들어갔다. 누군가 곁에 있어 주기를 오늘처럼 절실히 바란 날이 또 있었던가…….

그러나 그의 곁에는 그를 위로해 줄 수 있는 사람이 없다. 언제나 그의 곁에는 그가 위로해야 하는 사람들뿐이었다. 가끔은 이찬유도 누군가의 품이 필요한데, 그는 늘 아프지 않은 척, 단단한 척 견뎌 내야만 했다. 그것이 새삼 서글퍼 지친 눈을 감는 찬유의 입가에 쓴웃음이 번졌다.

사고가 났던 그날도 그랬다. 자신보다 더 괴로워하는 엄마를 위해 괜찮다고 웃어야 했고, 수도꼭지가 고장이라도 난 듯 울어 대는 준연을 위로하느라 정작 그는 울 수 없었다. 새삼스럽게 치미는 외로움, 고독함에 찬유가 입술을 물었다. 준연에게는 아무렇지도 않다는 듯 대답했지만, 느닷없이 받은 질문 몇 개에 찬유의 마음은 서글프게 소용돌이치고 있었다.

악몽을 꿀 것 같은 기분이 들었다.

오랫동안 잊고 있었던 그날의 상실감에 사로잡히는 악몽을.

잠을 설치고 있는 것은 찬유뿐만이 아니었던 모양이다. 그의 방문이 닫히는 소리가 들린 후 준연이 조용히 거실로 나왔다. 어두운 그녀의 눈빛은 밤보다 검고, 사막보다 황량했다.

"그때보다 행복할 순 없어."

찬유의 대답이 머릿속에서 떠나지 않는다. 찰나 무겁게 가라앉았던 그 목소리가 감춘 슬픔이 그녀의 가슴을 아프게 했다. 솔직히 대답해 준 걸 고맙다고 해야 할까, 거짓으로라도 지금이 더 좋다는 말을 해 주지 않는 걸 나쁘다고 해야 할까. 모르겠다.
소파에 쪼그려 앉은 준연이 울 것 같은 표정을 지었다.
'내가 당신 행복을 빼앗았어.'
그 사실이 새삼 피부에 와 닿았다.
'내가 당신 미래를 망친 거야.'
그의 꿈을, 내일을 되돌려 줄 수가 없다. 그녀로 인해 그의 모든 것이 엉망진창이 되어 버렸다.
이미 알고 있었는데, 막상 그 말을 직접 듣자 딱 미칠 것 같았다. 견디기 힘들었다. 잠이 도통 오지 않는다.
한참을 소파에 웅크리고 있었다. 깨어 있는 것도 아니고, 깨어 있지 않은 것도 아닌 상태로. 그저 멍하니, 시간이 흐르기만을 기다리며 준연은 그렇게 앉아 있었다.
주변은 적막했고, 적막한 만큼 고독했다. 또한 고독한 만큼 무서웠다. 완전히 혼자가 된 느낌 속에서 준연은 진저리 쳤다.
그때, 불현듯 적막을 깨는 소리가 들렸다.
그것은 신음 소리였다. 희미하게 울고 있는 소리 같기도 했다.

번쩍 정신을 차린 준연이 찬유의 방 쪽을 쳐다보았다. 소리는 분명 그의 방에서 흘러나오고 있었다.

이찬유가, 괴로워 흐느끼는 소리였다.

무언가에 홀린 듯 소파에서 일어난 준연이 찬유의 방으로 향했다.

사고의 순간은 악몽이 되어 때때로 찬유를 찾아왔다. 까맣게 잊고 있다가도 사소한 것 하나가 계기가 되어 그날의 기억을 불러일으켰다.

연미복을 갖춰 입고 경연장으로 향하던 그.

그의 팔짱을 낀, 그보다 더 설레 보이던 그의 어머니.

신호등.

경적 소리.

그리고……

"헉!"

비명과 함께 찬유가 벌떡 일어났다. 어둠 속에 무언가가 보였다. 본능적으로 공격적인 자세를 취하는 그에게 어둠 속 무언가가 말을 건넸다.

"미안해요. 들어오려고 했던 건 아닌데……. 악몽을 꾸는 것 같아서 깨웠어요. 괜찮아요?"

준연의 목소리였다.

목에 흐른 식은땀을 닦아 내며 찬유가 고개를 끄덕였다.

"잠깐 불 켜도 돼요?"

"응? 아, 응."

악몽이 아직 덜 깼는지 찬유의 반응은 다소 느렸다. 침대 옆 수면등을 켠 준연이 걱정스럽게 그를 바라보았다.

"꿈을, 꿨어."

"무슨 꿈……."

무슨 꿈을 꿨느냐고 물으려던 준연이 문득 입을 다물었다. 멍한 표정으로 자신의 손을 바라보고 있는 찬유의 모습에서 그가 사고가 난 그날의 꿈을 꿨다는 것을 알 수 있었다. 이내 쓴웃음이 번지는 그의 얼굴을 차마 마주하지 못하는 준연의 눈동자가 불안하게 흔들렸다.

"그게 꿈이 아니라는 게……."

따르릉.

중얼중얼 찬유의 목소리를 끊으며 느닷없이 전화벨이 울렸다. 좀처럼 울리는 일이 없는 유선전화였다. 그것도 이 새벽에 울릴 일은 더더욱 없었다.

"이 시간에 웬 전화……? 아, 내가 받을게!"

혼잣말을 하던 찬유가 무슨 생각을 했는지 벌떡 일어나 전화기로 달려갔다. 불길한 감각이 준연의 등골을 훑고 지나갔다.

나쁜 예감은 틀리는 법이 없다던데…….

저절로 후들후들 떨리는 다리를 겨우 움직여 준연이 전화를 받고 있는 찬유에게로 걸어갔다.

"네. 네. 알겠습니다. 네."

연신 네네 대답하는 그의 목소리에서 죽음의 냄새가 났다면 지나친 상상인 것일까?

"이찬유 씨."

전화를 끊은 그가 멍하니 준연을 바라보고 있었다. 준연이 단호한 눈빛으로 그를 응시했다.

"말해요."

"그게……."

"뜸 들이지 말고 말해요."

찬유는 이토록 단호한 태도의 준연을 여태 본 적 없었다. 어차피 둘러댈 수 있는 종류의 말도 아니었다.

"병원에 가야 할 것 같아."

영미의 상태가 위독하다.

"……그래요."

준연의 건조한 뺨을 타고 말간 것이 툭툭 흘러내렸다. 찬유가 손을 뻗어 그녀의 뺨을 어루만졌다. 그것은 자신을 위로하는 손길이었고, 동시에 그녀를 위로하는 손길이었다.

모든 것이 급박하게 돌아갔다. 영미의 남은 삶이 얼마 되지 않는다는 것을 뻔히 알고 있었으면서 막상 그 순간이 닥치자 준연은 아무것도 할 수 없었다. 이런 말을 해 드리자, 저런 말을 해 드리자……. 생각한 것은 정말로 많았는데, 영미를 보자 할 수 있는 말은 정말로 아무것도 없었다.

영미의 마지막 순간까지도 서태훈은 오지 않았다. 둘 사이가 소원할 대로 소원해진 지 어언 수십 년이라는 것을 알고 있으면서도 준연은 오지 않는 아버지를 원망했다. 자신에게 죄책감만 물려주고 떠나는 어머니를 원망했다.

"엄마……. 흐윽, 엄마……."

산소호흡기를 단 영미는 말 한 마디 제대로 하지 못했다. 그녀는 흐리멍덩한 눈으로 준연과 찬유를 번갈아 바라보았다.

그리고 심장박동이 멎는 그 순간까지, 계속해서 준연을 바라보았다. 눈물이 흐르는 그 주름진 뺨을 닦아 주던 준연이 소리 죽인 채 오열했다.

신은 영미에게 더 이상의 시간을 허락해 주지 않았다.

"엄마……. 이러지 마요. 가지 마요. 날 두고…… 나만 여기 두고 이렇게 혼자 가지 말란 말이에요……."

그녀를 경멸했던 시간이 후회가 되어 흘러내렸다. 그녀를 미워했던 시간은, 또 다른 자책감이 되어 준연을 괴롭혔다. 용서할 수 없는 엄마라고 해도 엄마라서, 이 세상에 하나뿐인 엄마라서…… 그런 엄마조차 있고 없고의 차이는 준연의 세상에 너무 큰 변화를 만들어 냈다.

"용서해요……. 내가 우는 거, 오늘 하루만 용서해요……. 세상에서 제일 못된 여자라 해도 엄마니까, 하나뿐인 엄마였으니까……. 그러니까 내가 오늘 우는 거, 엄말 위해 우는 거……. 이찬유 씨가 한 번만 봐줘요……."

준연이 무너져 흐느꼈다. 찬유는 말없이 그녀의 작은 어깨를 감싸 안아 주었다.

아무리 마음의 준비를 해도 이별은 늘 갑작스럽다. 남겨진 이의 슬픔은 가없이 크다.

영미가, 떠나 버렸다. 준연을 남겨 두고 그녀의 엄마가 영영 가 버렸다. 멀리, 아주 멀리……. 결코 준연이 닿을 수 없는 곳으로. 어쩌면 찬유의 원망조차 닿지 못할 곳으로…….

장례를 치르는 동안 시간이 어떻게 흘러갔을까.

많은 사람들이 조문을 다녀갔다. 서태훈은 언론을 의식한 듯 상주의 역할을 했지만 그것뿐이었다. 그에게선 아내를 잃은 극심한 상실감 같은 게 느껴지지 않았다. 사람들이 오면 슬픈 표정을 짓긴 했지만, 그것이 연기라는 것을 준연은 쉽게 알 수 있었다.

오고 가는 사람들 또한 영미의 죽음을 진심으로 애도해 주지 않았다. 몇 번을 실신했다 깨어나는 준연만 핏줄 잃은 슬픔을 처연히 보여 주었다. 겨우 죽 몇 숟갈만 먹으며 3일을 보낸 준연은 영미가 회색 재가 된 후에도 꼬박 이틀을 앓았다. 찬유는 말없이 그녀의 곁을 지켜 주었다.

그렇게 겨우 일상으로 복귀한 그녀를 중년의 낯선 남자가 찾아왔다.

"누구시죠?"

이전보다 더 표정이 없어진 얼굴로 준연이 물었다.

그는 변호사라고 했다. 영미의 유언장을 보관하고 있다고도 했다. 유언장이 있다는 소리는 처음 듣는 준연이 의아한 표정으로 남자와 마주 앉았다. 그가 서류 가방에서 꺼내 건네는 종이 몇 장을 준연이 멍한 표정으로 받아 들었다.

영미가 그녀게에 보내는 편지였다.

"지금 읽어도 되나요?"

"네, 물론입니다."

남자가 답하자 잠깐 망설이던 준연이 편지를 뜯었다.

그것은 고백의 편지였다. 속죄의 편지였다. 찬찬히 한 글자, 한 글자를 읽어 내려가던 준연의 손끝이 파랗게 질려 갔다.

"서준연 씨?"

"이게……."

이게, 다 뭐야. 이게…… 다 뭐란 말이야.

"서준연 씨!"

큰 충격을 받은 것이 분명한 준연의 반응에 변호사가 큰 소리로 그녀를 불렀다. 그제야 준연이 고개를 정신을 차린 듯 그를 바라보았다. 그녀의 검은 눈은 겁에 질린 듯 보였고, 다시 보면 금방이라도 울 것 같기도 했다.

"괜찮으십니까?"

"네? 네······. 네, 괜찮아요. 괜찮습니다."

그러나 그녀는 괜찮지가 않았다.

"괜찮아요······. 괜찮을 거예요."

그들이 찬유에게 저지른 죄는 하나만이 아니었다. 영원히 용서받지 못할······ 찬유와 준연은 그런 관계였다. 이찬유의 곁은, 역시 그녀가 갖기엔 너무 먼 자리였다. 왈칵 터진 눈물이 멈추지를 않았다. 잠시나마 그의 곁에서 안주하며, 작은 행복을 꿈꾸었던 순간이 견딜 수 없을 만큼 괴로워졌다.

♪ ♫ ♭

찬유를 마주했다. 웬일로 밖에서 보자고 하는 것이냐며 웃는 얼굴로 자리에 앉은 그는 준연의 굳은 표정을 보자마자 웃음기를 지웠다.

자신이 그에게 준 상처들을 뻔히 알면서도 그의 곁에 있고 싶었던 준연은, 이제 그를 놓기로 했다. 매일 그를 보며, 그 숨 막히는 죄책감을 짊어지고 살아갈 자신이 없었다. 늘 이기적이었으니까, 이번에도 이기적인 서준연이 되어 그를 버리기로 했다.

"뭐라고?"

나직한 그녀의 말에 찬유는 제대로 알아듣지 못한 표정을 지었다. 반듯한 그의 이마가 구겨지는 것을 보며 준연은 차오르는 눈물을 말렸다. 눈물이 안으로는 흘러도 밖으로는 흐르지 않기를. 다만 그것만을 바라고 또 바랐다.

"……."

찌푸려지던 그의 얼굴이, 이내 성난 듯 구겨졌다. 그런 그를 마주 볼 자신이 없어 준연은 시선을 내렸다.

"서준연."

그가 그녀를 불렀다.

그의 목소리가 좋다. 준연아, 하고 불러 주는 것 또한 좋았다. 그의 목소리는 부드럽고, 다정하고, 상냥하다. 무뚝뚝한 것 같지만, 늘 따뜻하다. 하지만 이젠 그것조차 준연에게 괴로움이 되었다. 그에게 이름 불릴 자격조차 없다. 그에게 기억될 자격 또한 없다.

마음을 가다듬고 준연이 눈을 들었다. 그리고 찬유를 똑바로 바라보았다. 아니, 그를 바라본다고 생각했는데, 실은 그를 보지 못했다. 세상이 빛을 잃은 것 같다. 더 이상 이찬유를 볼 수 없을 거라고 생각하자, 세상 모든 오색 빛이 무의미하게 느껴졌다. 차라리 장님이 되어 버리면 나을까?

아, 그래. 그럼 낫겠다. 이찬유만 보지 못하느니, 차라리 아무것도 보지 못하는 게 낫겠다.

"네가 무슨 말을 하는지 모르겠다."

그의 목소리가 차갑다. 전에 들은 적 없이, 차갑다.

무섭다. 마지막 기억이 이렇게 차가운 이찬유라니.

그래도 어쩔 수 없잖아.

"이혼하자고 했어요."

준연이 또박또박 말했다. 분명 자신의 것인데, 준연은 그 목소리가 무척 비현실적이라고 느꼈다. 허공에 둥둥 뜬 목소리가 꼭 다른 차원의 것 같았다.

"이혼?"

그가 기가 막힌다는 듯 웃었다. 황당해하는 것도 같았고, 화가 난 것도 같았다. 반듯한 눈매가 살짝 어그러져 있었다. 자신이 지금 그에게 돌이킬 수 없는 상처를 주고 있다는 것을 준연은 알 수 있었다. 그러나 그녀는 멈추지 않았다. 눈물로 그에게 매달리는 대신, 더 차가운 목소리로 그를 쳐냈다.

"네."

"왜?"

왜, 라고 묻고 그는 흠칫 놀란 표정을 지었다. 무슨 생각을 하는지 복잡해진 그의 표정을 가늠해 보던 준연이 마른 입술을 축였다. 한 마디 한 마디, 떨림이 드러나지 않도록 모든 신중을 기하여 입을 열었다.

"더 이상 이 결혼을 유지할 이유가 없으니까요."

그가 헛웃음을 흘렸다. 준연은 웃지 않았다. 사나워진 그의 눈빛 속에서, 감출 수 없는 상처만 보았다. 그러나 또 외면했다. 더는 자신 없으니까. 이 수많은 죄책감을 마음에 묻고 그의 곁에 있을 자신이 없고, 그 죄들을 숨기면서 그를 기만할 자신도 없다. 차라리 이번 한 번 거짓으로 무장하는 편이 쉬웠다.

"당신도 알잖아요."

자신이 지금 얼마나 죽은 자와 같은 모습을 하고 있는지 준연은 알지 못한다. 그저 입술을 문 채, 뜨거운 분노를 삼키며 자신을 노려보고 있는 찬유를 애써 무덤덤하게 마주하였다.

"나는, 있어."

한 음절 한 음절 힘이 실린 그의 말에, 준연이 슬쩍 고개를 가로

저으며 웃었다. 이미 오래전에 끝났어야 할 관계를 붙들고 있는 찬유를 조롱했다. 달면 삼키고 쓰면 뱉듯, 저 필요할 때 그를 찾았다가 자신 없으면 버리고 떠나는 그녀를 끝까지 놓지 않으려는 그를 비웃었다.

"서준연."

더는 서준연, 하고 부르는 그의 목소리를 들을 수 없겠지.

"경제적 지원이 필요하다면 계속해 줄게요."

알고 있다, 고작 그런 이유로 찬유가 자신의 곁에 있어 준 게 아니라는 것을.

늘 그는 그녀의 곁에 있었다. 그의 곁에 설 자격이 없어 달아나는 그녀를 알고서 따라와 주었다. 그녀가 그를 놓으면 그가 붙잡아 주었다. 그렇게 너무 가깝지도, 너무 멀지도 않게 두 사람은 늘 함께 있었다. 그녀가 그를 본 만큼 그도 그녀를 보아 주었고, 그녀가 그를 원한 만큼 어쩌면 그도 그녀를 원해 주었다.

하지만 이제 다 소용없는 짓이다. 미련한 마음일 뿐이다. 아니면 그 자체로 미련이거나.

"난 결혼이 필요했고, 당신은 돈이 필요해서 한 결혼이었잖아요. 처음부터 그렇게 말했잖아요. 이젠 억지로 당신과 행복한 척할 필요, 내겐 없어요. 그 모습 보아 줄 사람이 이미 없으니까요. 그러니까 이혼해요. 깔끔하게 헤어져요. 당신은 당신 길 가고, 나는 내 길 가고. 그게 서로에게 좋은……."

"그 입 다물어."

그가 화를 낸다.

상처 받은 마음으로 화를 낸다, 전에 들은 적 없이 차갑고 날카로운 목소리로.

입을 다물고서, 준연이 손을 만지작거렸다.

지금 끝내야 한다. 오늘 끝내지 못하면 더 괴로워질 것이다. 점점 더 찬유가 욕심날 것이고, 그에게 더 큰 상처를 줄 것이다. 상처는 한 번으로 끝내자. 오늘로 다 끝내자.

"돈 때문이라고?"

"네."

"내가 돈 때문에, 고작 돈 때문에……."

마음이 무너진 채, 그가 허탈하게 웃는다.

"그렇게 생각한다고?"

"네."

준연은 망설임 없이 답했다. 할 수 있는 한 가장 냉소적인 표정으로 조곤조곤 덧붙였다. 자신의 말이 그대로 부메랑이 되어 그녀에게 되돌아올 것을 알면서도.

"아니에요? 당신은 전부터 그랬잖아요. 피아노도 아버지 후원받아서 쳤고, 못 치게 된 후에도 성인이 되기 전까지 계속해서 아버지 후원을 받았잖아요. 유학도 안 다녀온, 순수한 국내 학위만으로는 연구소에서 수석연구원까지 올라갈 수도 없으니까, 그래서 서태훈이라는 배경이 필요하다고 했잖아요. 내가 필요한 게 아니라, 내 아버지가 필요한 거잖아요. 그러니 지원은 계속 해주겠다는 거예요. 그 정도는 내 선에서 해결할 수 있으니까 걱정할 필요 없어요. 그러니까 구질구질하게 같은 말 반복하게 하지 말아요. 나는 이제 당신처럼 돈 때문에 비굴하게 이 사람 저 사람에게 빌붙는 남자랑 연극 따위 하고 싶지 않아요. 그런 거 역겹고, 토 나오고 지긋지긋해요. 애초에 엄마만 아니었다면 당신이랑 이런 말도 안 되는 관계, 만들지 않았을 거예요. 당신과 나를 이어 주던 엄마가 이젠 없으니까, 우리 관계도 끝내자는 거예요. 내 말, 알아듣지 못할 만큼 멍청해요? 그 정도로 멍청해선 뒤에 서태훈이 있어도 수석연구원은커녕 선임연구원도 못될 텐데요."

독설을 쏟아 냈다. 가만가만 그의 마음을 난도질했다. 그리고 그의 마음을 난도질하는 것보다 더 심하게 그녀의 마음 또한 난도질당했다.

"너는 참……."

마음이 만신창이가 되었다.

지치고 피곤한 마음. 아프고 괴로운 마음.

이대로 찬유의 품에 쓰러져 잠들고 싶다. 하지만 안 되겠지.

"날 아프게 하는 데 재주가 있어."

그래도 이번 한 번 아프면, 그는 더 이상 아프지 않아도 될 것이다. 그녀는 평생 그를 그리워하며 아프게 될지라도, 그는 그녀 같은 이기적인 계집애는 깨끗이 잊고서 다른 인연을 찾을 수 있을 것이다.

"네 마음대로 해. 여기 사인해 주면 되나? 그리고 또 어디? 여기? 여기 하면 되나?"

준연이 내민 서류를 홱 빼앗아, 찬유가 보이는 곳마다 서명을 했다. 이내 가지란 듯이 서류를 준연에게 내던진 찬유의 두 눈이 눈물 없이 울고 있었다.

"만족해?"

"네."

심장이 부서지는 느낌이란 이런 것일까.

"그래."

준연이 차분한 손길로 서류를 챙겨 가방에 넣었다. 그의 시선이 잠시 자신의 왼손에 머물렀다는 것을 느꼈다. 반지를 빼 놓고 오길 참 잘했다. 조금의 미련이라도 그에게 보여 주면 안 된다. 그럼 더 힘들어질 것이다.

"더 할 말은?"

"없어요."

"그래."

그가 먼저 일어났다. 타박타박, 그의 발소리가 흐려졌다.

준연은 그가 가고도 한참이나 그 자리에 앉아 있었다. 뻑뻑한 눈가를 문지르고, 눈물이 나올 것 같은 두 눈을 힘차게 깜빡거려 눈물을 밀어 넣었다. 그러고는 가방에 잘 챙겨 넣었던 이혼 서류를 꺼내 천천히 살폈다.

"이찬유 씨, 사인도 예쁘네."

준연이 힘없이 웃었다.

찬유의 이름을 어루만지는 그녀의 손끝이 서럽게 떨리고 있었다.

사랑해서 결혼한 부부도 네 쌍 중에 한 쌍이 이혼한다고 한다. 사랑이란 전제 조건 없이 이루어진 결혼 생활이 오래 이어질 리 만무했다. 믿음 없는 그 관계가 부서지는 것은 너무도 쉽고, 또 간단한 일이었다.

준연은 평생을 아버지에게 무시당하고 외면당하며 살아온 엄마의 모습을 보았다. 늘 악에 받쳐 아버지를 저주하고 증오하면서도 끝내 그 곁을 놓지 못한 미련한 여자를 보았다. 그리고 그 여자만큼 자신 또한 미련하다는 것을 준연은 이제야 알 수 있었다.

숙려 기간이 끝나고 법원에 이혼 서류를 최종적으로 제출하고 나오는 준연은 앞서 걸어가는 찬유의 모습을 마지막으로 두 눈에 담았다.

그는 키가 크고 어깨가 넓었다. 긴 팔다리가 검은 정장을 무리 없이 소화해 냈다.

내내 화난 표정이던 그는 택시를 타고 가 버리는 순간까지 준연을 돌아보지 않았다.

이게 끝인가 보다.

이게…… 서럽지만 끝인가 보다.

잘 지내란 작별의 인사도 없이, 그 흔한 포옹 한 번 없이 영원히 안녕인가 보다.

"가요, 이찬유 씨."

이미 사라진 그의 그림자를 좇으며 준연이 중얼거렸다. 결혼도, 이혼도 그녀가 원해서 한 것인데 마음이 찢어진 것 같다.

"잘 가요……."

아픈 내색조차 할 수 없어서 꾸역꾸역 슬픔을 삼켰다.

"처음처럼 그렇게, 가요. 인사도 건네지 말고. 날 봐도 못 본 척하고. 그렇게 외면해요."

그의 인사 한 번에 세상을 다 가진 듯 기쁘던 때가 있었다. 그의 연주를 들을 수 있는 것만으로 심장이 터질 듯 벅차던 때가 있었다. 창을 넘어 들려오는 그의 소리에, 더없이 위로받던 순간들이 있었다.

그래서 감히 바라지 말아야 할, 헛된 꿈을 꾸었다.

"미안해요……."

끝까지 비겁한 서준연이라서 미안하다. 사실을 고백하고 그의 경멸을 받아 낼 용기조차 없는 서준연이라서 미안하다. 홍영미의 딸이라서 미안하고, 서태훈의 딸이라서 미안하다. 그냥 존재 자체가…… 미안하다.

그중 자신이 가장 미안해해야 할 것이, 그를 놓아 버린 것이라는 것을 준연은 알지 못했다. 그녀가 놓은 인연의 끝을 찬유는 여전히 붙잡고 있다는 것 또한 알지 못했다.

♪🎵♭

찬유와 헤어진 후 준연은 의식적으로라도 그에 대한 생각을 하지 않기 위해 노력했다. 갑작스러운 결혼만큼 이혼도 갑작스러웠기에 별의별 소문이 다 떠돌았지만 준연은 고집스레 그 소문들로부터 귀를 막아 버렸다.

그저 열심히 일했다. 일이 애인이었고, 회사가 집이었다. 그녀가 완벽주의자가 되어 갈수록 그녀의 팀원들도 죽어났다. 모두가 들어가고 싶어 하는 굴지의 대기업이라는 말이 무색하게 팀원 중 절반이 사표를 제출하겠다고 난동을 부렸다.

그렇게 하루하루, 또 한 달 한 달이 흘러갔다.

"팀장님, 오늘도 야근하세요?"

지금까지 버틴 게 억울해서라도 사직할 수 없는 김 대리가 물었다. 요 몇 달 준연 때문에 정시에 퇴근한 적이 거의 없는 김 대리는 보기 안쓰러울 정도로 눈밑이 시꺼멨다.

"네. 할 일이 많으니까요."

결재를 올릴 보고서를 확인하고 있던 준연이 건성으로 답했다. 몇 번 말을 할까 말까 망설이듯 입술을 달싹이던 김 대리가 마침내 단호한 표정을 지었다.

"팀장님."

"듣고 있어요, 말씀하세요."

여전히 눈은 서류에 고정시킨 채 준연이 말했다.

"내일은 회장님 결혼식이잖아요."

준연의 손끝이 멈칫거렸다. 그녀가 의아함을 감추지 않고 김 대리를 바라보았다.

"……회장님?"

김 대리가 말하는 회장님과 이 순간 자신이 떠올린 회장님이 동일인물일 거라고 준연은 생각할 수 없었다. 무슨 회장님을 말하는 것이냐고 묻는 듯한 준연의 표정에 김 대리가 황당한 표정을 지었다.

"서태훈 회장님 말입니다."

준연이 두 눈을 끔뻑거렸다. 김 대리의 입이 떡 벌어졌다. 아무리 일에 미쳐 있다고 해도 아버지의 재혼을 모르고 있을 거라는 생각은 하지 못했기 때문이다. 이 부녀는 도대체 어떻게 되어 먹은 관계인 것인가.

"제가 아는 서태훈 회장님은 한 분뿐인데, 김 대리님께서 말하는 서태훈 회장님이 제가 아는 그분인가요?"

준연이 그녀답지 않게 당혹감을 드러내며 물었다.

"네. 설마 모르셨습니까?"

김 대리가 물었다. 준연은 입을 꾹 다문 채 눈동자를 아래로 떨구었다.

"팀장님?"

"……언제라고요?"

그녀가 뒤늦게 입을 열었다.

"내일입니다."

"내일……."

설마 하는 마음으로 준연이 포털 검색창에 검색어 몇 개를 쳐 보았다. 서태훈이라는 검색어를 넣기 무섭게 그의 재혼에 대한 기사가 쏟아져 나왔다. 세상 사람 전부가 알고 있던 것을 자신만 몰랐다는 게 그녀 스스로도 어이없었다.

"아직 절 말리고 싶으세요? 그럼 약속 하나 드릴게요. 엄마 돌아가신 후, 아버지가 어떤 여잘 집에 끌고 들어오든 상관하지 않을게요. 그 여자가 엄마, 그리고 제 인생…… 송두리째 망가뜨린 여자라 해도 이해할게요. 만약 방해하신다면, 저도 그냥은 안 있을 거예요. 지구상에 존재하는 모든 언론을 동원해서, 아버지 명성에 흠집 낼 거예요. 세상에 둘도 없는 추악한 남자라는 낙인, 찍어 드릴 거예요. 좋은 게 좋은 거잖아요. 윈윈 하자는 거예요. 저는 제가 사랑하는 사람과 결혼하고, 아버지는 제 방해 없이 원하는 가정 얻고."

준연은 자신이 아버지에게 했던 말을 떠올렸다. 찬유와의 결혼을 일방적으로 통보하며, 혹여 있을 아버지의 반대를 무마하기 위해 건넸던 말이었다. 그녀 스스로 한 말이었지만, 막상 서태훈의 재혼 기사를 접하니 어이가 없었다. 영미가 죽은 지 얼마 지나지도 않았다. 그런데 다짜고짜 재혼이라니?

이렇게 이른 재혼은 그에게도 하등 도움 될 것이 없었다. 언젠가 그 여자를 집안으로 끌어들일 거라는 생각은 했지만, 적어도 내일은 아니었단 말이다. 그는 대체 무슨 생각인 것일까.

"오늘은 이만 퇴근하죠."

팀원들에게 퇴근을 명령하며 회사를 빠져나온 준연이 허탈하게 웃었다.

아버지의 재혼을 여태 몰랐다는 사실에 대한 충격보다, 일 년도 되지 않아 그 여자를 집안의 안주인으로 만들려는 아버지의 행태에 기가 찼다.

결국 그들의 부부 사이는 이 정도였던 것이다. 상실을 애도해 마땅한 시기에, 평생 제 조강지처의 속을 문드러지게 했던 정부를 보란 듯이 세상에 내어 놓는 그녀의 아버지……. 인간의 탈을 쓰고 어떻게 그럴 수 있는 것인지 준연은 이해할 수도 없었고, 이해하고 싶지도 않았다.

그저 엄마가 불쌍하고, 가여웠다. 남편의 부정을 알면서도 끈질기게 그를 붙잡고 살았던 그녀는 땅 속에 누워서도 남편에게 조롱받아야 되는 운명이었나 보다.

하지만 이해되지 않는 부분도 분명 있다. 서태훈은 대외적으로 완벽한 신사의 이미지를 구축해 왔다. 동업자의 뒤통수를 그렇게 세게 후려쳐 놓고도, 겉으로는 동업자의 남겨진 아내와 아들에게 아낌없는 후원을 해 줄 정도였으니까.

그렇게 인정 많고 윤리적인 경영자의 모습을 구축해 온 그가 세간의 비난이 쏟아질 것을 알면서도 재혼을 서두르는 이유가 무엇일까? 일이 년 그 여자를 정부로 둔 것도 아니면서 이제 와서 급하게 구는 이유가 무엇일까? 지금까지 쌓아 온 이미지가 아까워서라도 3년쯤 있다가 재혼할 법도 한데, 혹 하루라도 빨리 재혼해야 하는 이유가 따로 있는 것일까?

'설마?'

무언가가 번뜩 생각났다. 준연이 곧바로 누군가에게 전화를 걸었다. 연락처를 알고는 있었지만, 자기 손으로 그 여자에게 먼저 전화를 하는 날이 오게 되리라곤 단 한 번도 생각하지 못했었다.
 연결음이 끊기고, 낯선 여자의 목소리가 들렸다.
 "아들이에요?"
 준연이 다짜고짜 물었다.
 ―어떻게 알았니?
 그 여자가 대답했다.
 영미를 외롭게 하고, 준연을 쓸쓸하게 만들었던 아버지의 여자가.
 비웃을 힘도 없는 준연이 휴대폰을 떨어뜨렸다.
 세상이 참, 못됐다.

 신랑, 서태훈. 신부, 이현주.
 초대받지 못한 아버지의 결혼식. 그곳에 준연은 꾸역꾸역 찾아갔다.
 준연이라고 그들의 얼굴을 보고 싶은 것은 아니었다. 그러나 아내와 딸을 버리면서까지 지켜온 그 대단한 사랑의 모습을 한 번쯤은 보고 싶었다.
 결혼식은 소박했다. 유명 정재계의 인사 몇과 친인척들만 하객으로 참석한 자리였다. 여자는 마흔의 나이가 우스울 정도로 젊어 보였고, 매력적인 몸매를 지니고 있었다. 그 여자의 곁에 선 서태훈은 준연이 아는 것과 전혀 다른 미소를 짓고 있었다.
 "축하드려요."
 준연을 보자마자 태훈의 표정이 싸늘하게 굳었다. 그는 영미에게 애정이 없는 만큼 준연에게도 애정이 없었다. 물질적인 것은 부족하지 않을 만큼 주었지만, 그뿐이었다. 마음은 단 한 번도 주지 않았다.
 그래서 준연은 늘 부모의 사랑에 굶주려 있었다. 그러다 어느 순간부터는 부모님의 애정을 포기해 버렸다. 쓸 만한 과시용 인형이 되지 못하면 집안의 구성원으로도 인정받을 수 없던 삶이었다.

"어서 오렴."

이제는 새어머니가 된 여자가 웃으며 말했다. 이현주. 그 이름을 기억 속에 되새기며 준연이 건조한 눈으로 그녀와 시선을 마주했다.

대단하다고 해야 할까. 독하다고 해야 할까. 어떤 표현이 적절한지 알 수 없어도 끝끝내 천지그룹의 안주인 자리를 꿰찬 이 여자의 인내심만큼은 인정해야겠다.

"예정일이 언제예요?"

"아직 두 달밖에 안 됐어. 한참 기다려야지."

현주가 싱긋 웃었다. 그 여유로운 웃음이 가증스러웠다. 준연은 극렬하게 타오르는 증오를 억눌렀다. 누군가를 이토록 미워할 수 있다는 게 그녀를 놀라게 했다.

"그러시군요. 몸조심하셔야죠. 귀한 아드님이니."

준연의 눈빛이 사늘하게 얼어붙었다. 나긋한 말투에는 분명 가시가 뾰족뾰족 돋쳐 있었다. 그럼에도 현주는 여유만만하게 웃었다.

준연은 아버지가 분명 불임이라고 들었다. 그녀를 탐탁지 않아 하는 서태훈이 그녀를 본사로 불러들인 또 하나의 이유는 그것 때문이기도 했다. 준연이 여기저기 돌아다니며 사고를 치고 다니는 것보다 품에 가둬 두고 감시하는 게 나은 까닭도 있었지만, 그녀 외에는 다른 후계가 없던 까닭도 있었다. 다른 사촌들에게 넘겨준다고 하더라도 준연을 빌미 삼아 그들의 충성도를 시험할 생각이었을 것이다.

그런데 이젠 대안이 생겼다. 자신의 한평생을 바쳐 일군 기업을 물려주고 싶은 '왕자님'이 사랑하는 여자의 배 속에 있다. 그것도 적통의 왕자.

서태훈은 아직 태어나지도 않은 아들에게 혼외자식이라는 오명을 남겨 주고 싶지 않아서 지금까지 구축해 온 이미지마저 포기하고 재혼을 서두른 것이다.

굳이 한 번 더 역사적 인물에 빗대어 표현하자면 아버지의 사랑을 받지 못하는 준연은 광해군이었고, 현주의 배 속에 있는 아이는 아비의 사랑을 가득 받은 영창대군 정도 될 것이다. 물론 광해군은 첩의 아들이긴 했지만.

"우리 아들이 잘 자라면 준연이 너에게도 좋을 거야. 경영 같은 거, 별로 안 좋아했잖니? 너 하고 싶은 대로 살 수 있게 회장님께서 허락해 주실 거야. 그러니 조금만 참으렴."

현주가 웃으며 준연의 어깨를 톡톡 두드렸다. 그녀의 손이 닿았던 자리를 쓱쓱 털어 낸 준연이 무표정한 얼굴 근육을 움직이며 별안간 싱긋 웃었다.

"회장님께서 오래 사셔야 할 텐데 말이에요."

현주의 말이 맞다. 지금까지 준연은 그녀의 아버지 것에 별다른 욕심이 없었다. 회사에 영혼이라도 바칠 듯 일해 온 것은 그저 열심히 일하는 것 외에는 할 수 있는 게 없었기 때문이었고, 아버지의 회사에서 일했던 것은 그녀가 서태훈의 외동딸이라는 사실이 너무 널리 알려져서 그녀를 고용하려는 회사가 없었던 까닭이다. 능력껏 서태훈의 모든 것을 제 것으로 만들 수 있다면 그렇게 하고 싶기도 했다.

그것이 서태훈의 손바닥 위에서 놀아나는 일이라고 해도 먹고 살기 위해 돈을 벌어야 했고, 준연은 자신이 받는 월급에 부끄러워지지 않도록 최선을 다했다. 단지 그것뿐이었다.

하지만 지금은 달라졌다.

가엾은 그녀의 어머니, 그리고 이찬유…….

그들의 행복을, 내일을 잘근잘근 밟아 일군 회사라면…… 그들을 위해서라도 빼앗아 줘야지. 악착같이 버텨서, 손에 넣어야지.

그것이 찬유를 위한 그녀의 속죄였고, 영미에게 준연이 해 줄 수 있는 유일한 일이었다.

6장.
늘, 너였다

3년의 대체복무 기간이 끝났다.

"너 진짜 갈 거야?"

아슬아슬하게 이십 대의 끝자락에 걸쳐진 나이. 쉬지 않고 배웠고, 멈추지 않고 살았다. 남은 것은 한 번의 이혼경력과 쓰지 않고 차곡차곡 모은 돈 몇 푼, 그리고 그가 평생 모은 돈보다 몇 배는 많은 위자료. 그 흔한 배낭여행 한 번 제대로 가 본 적 없고, 사고 싶은 책도 마음껏 사지 못해 틈만 나면 늘 도서관으로 향했다. 그렇게 악착같이 살아도 타고난 출발선은 너무나도 달라서…… 그저 매일같이 뼈저리게 느꼈을 뿐이다. 노력만으로 이룰 수 있는 것은 이렇게나 없구나.

"어, 갈 거야."

"너무 무모한 거 아냐?"

"노력만으론 안 돼."

찬유가 낮게 읊조렸다. 재고할 여지가 없다는 듯, 단호함이 묻어 나왔다.

"그래도 여기 있으면 안정적으로 살 수 있잖아? 연구 실적도 차츰 쌓여 가는데……."

그러나 민수는 여전히 걱정스러운 표정이었다. 민수의 염려를 잘 이해하고 있는 찬유가 그를 안심시키듯 엷게 웃었다.

민수의 말이 이론적으로 옳다는 것을 찬유도 알고 있다. 대체복무였긴 하지만, 연구소에서 이미 3년의 경력을 쌓았다. 앞으로 계속 차분히 연구에 매진한다면 때때로 좋은 성과를 내기도 하며 안정적으로 살 수 있었다.

큰 부를 얻을 수는 없겠지만 어느 정도 여유로울 것이고, 학계의 정점에 설 수도 없겠지만 그럭저럭 남들에게 내세울 만한 명성 정도는 쌓을 수 있을 것이다. 또 지금처럼 알뜰하게 산다면 서울 외곽과 맞닿은 경기도 어디쯤에 소라와 함께 살 아파트 한 채 정도 마련할 수도 있을 것이다.

하지만 그것으로는 충분하지 않다. 고작 그 정도로는 서준연을 찾을 수 없다.

준연을 찾기 위해서, 그녀가 그에게 대었던 핑계를 하나하나 없애기 위해서 찬유는 보다 큰 기회가 필요했다. 도박이라 해도 좋을 도전이 필요했다. 그래서 찬유는 가야 했다. 그가 타야 할 항공편 탑승이 시작되었다는 알림이 전광판에 반짝였다.

"간다."

퍽 가벼워 보이는 배낭을 고쳐 멘 찬유가 등을 돌렸다.

단 한 번도 무모한 도전을 한 적이 없는 이찬유가 지금 불확실한 세상 속에 발을 내딛고 있는 것이다. 실패하면 안 된다는 강박관념에 시달리며 늘 안정적이고 확실한 선택만 했던 그가, 지금까지 자신이 쌓아 온 모든 것을 여기 내려 두고 떠나는 것이다. 작디작은 한국사회에 미련을 버리고, 실패하면 아무것도 얻지 못할 승부수를 띄우려는 것이다.

더는 그를 잡을 수 없던 민수가 한숨과 함께 안타까운 눈으로 찬유의 뒷모습을 응시했다. 그의 투명한 한숨이 허공으로 날아갔다.

"찬유야. 이찬유."

중학생 때부터 그를 알았다. 햇수로는 십 년이 훌쩍 넘는 시간 동안 그와 친구라는 이름으로 살았다. 그래서 이찬유에게 서준연이 얼마나 중요한지 안다. 남들이 보면 미련하다고, 한심하다고 할 그들의 관계가 얼마나 소중한 것인지도 안다. 이미 인생에서 가장 소중했던 것을 포기해 본 경험이 있는 찬유가, 잃었을 때의 슬픔을 또다시 감당할 수 없으리란 것 역시 안다.

그러니까 찬유는 살기 위해 떠나는 것이기도 했다. 그렇게라도 붙잡고 또 붙잡아, 서준연의 마음을 돌리는 것만이 그가 살 수 있는 유일한 방법이니까.

"잘해. 성공해서 돌아와. 잘하다가 멍청하게 멈칫거리지 말고……. 넌 그게 문제야. 늘 가장 중요한 순간 물러나는 거. 이번엔 그러지 마. 미친 척 떠나는 거니까, 미친놈이 되어서라도 붙잡아."

민수의 격려는 찬유에게 들리지 않았을 것이다. 그러나 분명 닿았을 거라고 믿으며 민수가 뒤돌아섰다.

때는 늦겨울, 어쩌면, 초봄. 공항 안이지만 약간의 쌀쌀한 기분이 드는 날. 그날, 찬유는 떠났다. 그의 앞에 있는 것이 여전한 겨울일지, 다가올 봄일지 민수는 알지 못한다. 그저 잘할 거라고, 잘할 수 있을 거라고 멀리서 믿어 줄 뿐이다. 찬유의 변화가 그를 성공으로 이끌어 주기를 바라고, 또 바라면서.

준연의 하루하루는 숨 가쁘게 흘렀다. 그녀는 이전보다 더 일에 매달렸다. 사람들의 호기심 어린 시선이 내내 그녀를 뒤따라 다녔다.

그녀와 찬유의 이야기는 뭇사람들의 가십거리가 되었다. 갑작스러운 결혼, 그리고 이혼. 결혼 당시의 그녀는 천지그룹 서태훈 회장의 외동딸이었기에 그녀의 남편이 자연스럽게 후계구도에 오를 수 있는 상황이었다. 재계의 남자 신데렐라가 누가 될지 관심이 집중된 것은 당연한 일이었고, 그 상대가 놀랄 만큼 매력적인 외양을 지녔다는 것은 그 관심을 증폭시키기에 충분했다.

일반인인 찬유에게 지나친 스포트라이트가 쏟아질 것을 염려하여 일을 충분히 조용하게 진행시켰지만, 그와의 결혼에 대한 기사는 준연의 노력이 무색할 만큼 빠르게 확대, 재생산되었다. 이혼 역시 마찬가지였다.

"서준연 팀장님, 맞으시죠?"

거의 사흘 만에 귀가하는 길이었다. 피곤한 눈으로 핸드백을 뒤적이며 자동차 키를 찾는 그녀에게 누군가가 다가왔다. 짜증스러운 표정을 지을 힘도 없어 준연이 무심히 상대를 바라보았다.

"누구시죠?"

"제이매거진 정도희라고 합니다. 잠깐 인터뷰 괜찮으시죠?"

"아뇨. 안 괜찮아요."

천지그룹 본사 건물은 외부인 출입이 철저히 금지되어 있다. 그것은 주차장도 마찬가지인데, 잡지기자라는 이 여자가 어떻게 들어왔는지 모르겠다.

쌀쌀맞게 그녀의 질문을 차단한 준연이 마침내 핸드백 속에서 차 키를 찾았다. 야생의 들개 같은 기자에게서 서둘러 도망가고 싶은 준연이 그대로 운전석 문을 열었다. 그러나 도희라는 기자는 집요하게 준연을 물고 늘어졌다.

"잠깐이면 됩니다!"

"이 발 치워요. 부러지고 싶지 않으면."

"전남편분이 이찬유 씨 맞죠? 그는 서준연 씨와 달리 평범한 집안 외아들이더군요. 소문에 의하면, 전남편분 어머니께서 서준연 씨 집안일을 봐주던 가정부였다던데 정말인가요? 애초에 그가 서준연 씨를 사랑해서 결혼한 게 아니고, 돈을 바라고 한 결혼일 거라는 소문이 팽배하던데 이에 대해 어떻게 생각하시나요?"

운전석 문을 닫지 못하도록 다리 한쪽을 밀어 넣은 도희가 다다닥 질문을 쏟아 냈다. 겁이 없다고 해야 할지, 직업정신이 투철하다고 해야 할지…….

"남의 돈을 탐낼 만큼 구차한 사람 아니에요, 그 사람."

"그럼 결혼한 지 일 년도 되지 않아 이혼한 이유가 무엇인가요? 서준연 씨 집안의 돈을 보고 결혼했는데, 재산이 서준연 씨에게 온전히 오지 않을 것 같아서 다른 돈 많은 집 여자와 바람을 피웠다고 하는데, 알고 계셨나요?"

찬유가 바람을?

기가 찼다. 준연이 황당해서 헛웃음을 흘렸다. 차라리 그런 거였으면 좋았겠다. 찬유가 그 정도로 한심한 머저리였다면, 정말로 좋았겠다.

"그런 사람 아니에요. 바람 같은 거 피웠다면 차라리 나았겠죠. 그 사람에 대해 함부로 떠들지 말아요. 나에 대해 뭐라고 지껄이는 가십기사를 쓰든, 그런 건 상관없어요. 하지만 이찬유에 대해 함부로 말하진 말아요. 당신네들이 그렇게 함부로 지껄이고 다녀도 되는 사람 아니니까."

준연은 얼른 도희라는 기자를 떼어 내고 집에 가고 싶었다. 하지만 자신이 그렇게 가 버리면 이 여자가 찬유에 대해 말도 안 되는 소문을 줄줄이 기사화할까 걱정스러웠다. 가십기사를 읽는 사람들은 진실 같은 거엔 관심 없다. 얼마나 흥미로운가에 관심 있을 뿐이다.

"경제적 신분 격차에 따른 열등감 때문에 다른 여자를 만나고 다녔다는 소문이……."

"그 소문들, 도대체 어디서 나오는 소문인지 모르겠네요. 한 번만 더 그따위로 이찬유에 대해 헛소문을 퍼트렸다간 당신들 다 매장해 버릴 거야. 나, 가진 거 돈밖에 없는 거 알죠? 무슨 짓을 해서라도 제이매거진인지 뭔지에게서 종이 한 장까지 모조리 **빼앗아** 올 거라고요."

준연이 날카롭게 쏘았다. 그녀의 기세에 눌린 도희가 주춤거리며 물러섰다.

"그럼 서준연 씨 말은 전혀 그런 게 없었다는 거죠? 배신이나 불륜 같은 거……."

"없었어요."

"그럼 이혼은……."

"남녀가 만나다 보면 결혼도 하고 이별도 하는 거 아닌가요? 돈 좀 있는 사람들의 모든 만남과 헤어짐이 당신네들 눈에는, 돈 때문으로 보여요? 기자씩이나 하는 사람이면 어느 정도 배웠을 텐데, 배운 머리로 그런 천박한 생각밖에 못하겠어요?"

"그럼 이찬유 씨가 비밀스럽게 국외로 출국당한 이유는 무엇인 가요? 그가 미꾸라지처럼 여기저기 흐리고 다니는 것을 보다 못한 천지그룹 서태훈 회장님께서……."

준연의 히스테릭한 반응에도 꿋꿋하게 도희가 수첩을 뒤적이며 또 다른 물음을 던졌다. 짜증스럽게 그녀의 말을 듣고 있던 준연이 순간 얼이 빠졌다.

"……네?"

"네? 아, 그가 미꾸라지처럼 여기저기 흐리고 다니는 것을……."

"아뇨. 그거 말고 그전에 한 말 있잖아요."

"이찬유 씨가 비밀스럽게 국외로 출국당한……."

"이찬유가 출국했어요?"

준연이 물었다. 전혀 모르고 있었던 것 같은 그녀의 태도에 도희 역시 당황했다.

"언제요?"

"그게…… 지난주쯤에요?"

확신 없는 말투로 도희가 대답했다.

"……."

"저기, 서준연 씨?"

준연이 입을 꾹 다물었다. 무언가를 생각하듯 어두워진 그녀의 눈빛이 이내 일그러졌다.

"이찬유 씨에게도 갔어요?"

"네?"

"당신, 이찬유에게도 가서 내게 했던 것과 같은 질문을 쏟아 냈냐고요."

"아, 그랬죠……."

"미쳤어요? 그 사람에게 가서 도대체 무슨 헛소리를 한 거야? 모르겠어요? 이찬유는 일반인이라고요! 먹잇감에 미쳐 날뛰는 당신네들이 들들 볶아야 하는 건 그 사람이 아니라 나라고요! 그 사람에게 가기 전에 내게 왔어야죠. 그 사람에게 온갖 루머에 대해 쏟아 내기 전에, 내게 왔어야 한다고요!"

준연이 무서운 기세로 소리쳤다. 도희가 놀라서 움찔거리며 물러섰다. 그 틈을 놓치지 않고 준연이 차문을 닫아 버렸다.

찬유가 떠났다. 한국에서 살 수 없어서, 떠나 버렸다. 딱 가십거리 이상의 의미를 가질 수 없는 수많은 루머들이 그의 삶을 망가뜨렸다. 듣는 것만으로도 기가 차고 황당한 소문들에 그의 고고한 자존심이 무너져 내렸을 것이다. 세간의 잘못된 관심이 늘 바르게, 열심히만 살아온 그의 모든 것을 갈기갈기 찢어 놓았을 것이다.

'내가 망쳤어.'

왈칵 눈물이 터졌다. 두 손 사이에 얼굴을 묻고서 준연이 흐느끼기 시작했다.

'내가 또 망친 거야.'

그녀가 그의 삶을 망쳤다. 또 망쳤다.

그녀는 늘 그를 망치기만 한다.

'미안해. 미안해요······.'

충분히 예상할 수 있는 일이었다. 그와 평생 결혼 생활을 할 수는 없는 거였고, 소문은 어떤 식으로든 퍼지게 되어 있었다. 그 소문들은 결국 찬유를 발기발기 찢어 놓을 것이었다. 분명 예상할 수 있는 범주 안에 있는 일들이었는데, 그를 다른 여자에게 주기 싫다는 욕심에 눈멀어 그를 끌어들였다.

이제 와 후회해도 무슨 소용 있을까?

이미 그의 삶은 너덜너덜한 넝마가 되어 버렸는데.

'미안해…….'

그에게 전화를 하고 싶었다. 괜찮은 것인지 확인하고 싶었다.

그러나 그럴 수 없었다. 그의 삶에서 완전히 사라져 주는 게 준연이 그에게 해 줄 수 있는 유일한 일이었다. 더 이상 이 진창에 그를 끌어들여서는 안 된다. 그녀와 얽혀서 그에게 좋았던 때는 정녕 단 한 번도 없었다. 그것을 알기에, 그에게 당장 달려가고 싶은 충동을 가까스로 억눌렀다.

그렇게 헤어진 채, 시간이 흘렀다.

긴 시간이…… 흘렀다.

♪ 🎵 ♭

그 여자, 이현주는 준연에게 호언장담한 대로 아들을 낳았다. 아이는 부모의 사랑을 받으며 무럭무럭 자랐다. 첫 옹알이를 시작하고 아장아장 걸어다니는가 싶더니, 이젠 제법 남자애처럼 보이기도 했다. 그래 봤자 여전히 아이에 불과하겠지만.

아이가 자라는 동안 준연은 천지그룹 내에서 차근차근 입지를 다져 갔다. 서태훈이 그녀를 아끼든 아끼지 않든 그녀는 그의 딸이었고, 장성한 유일한 자식이기도 했다. 거기다가 능력까지 있었으니, 이사회의 여론은 당연 그녀에게 호의적이었다.

"무슨 일로 부르셨어요?"

거실에서 꺄르륵 웃음을 터트리며 엄마에게 안겨 있는 이복동생에게 눈길 한 번 제대로 주지 않고 준연이 부친에게 물었다. 손자뻘은 될 법한 아들을 얻은 그는 친히 제 이름과 아내의 이름에서 한 글자씩을 따서 아들에게 붙여 주었다. 서태훈의 아들, 서현태라고.

준연은 알지 못하는 부성애란 것을 서태훈은 그 아들에게 한정하여 마음껏 베풀고 있는 것이다.

현주는 미래에 준연에게 한 푼이라도 덜 물려주기 위해서 이미 온갖 계략을 짜고 있을 것이다. 남편의 사랑이 그녀의 뒤에 있으니 무엇이 두려울까.

그러나 준연은 그런 것은 아무래도 상관없다. 그녀와 현태는 스물여섯 살이나 나이 차이가 났다. 동생이라고 부르는 것보다 아들이라고 부르는 것이 훨씬 잘 어울릴 만큼의 나이 차였다.

현태가 자라 제 몫을 할 수 있게 된다면, 그때의 준연은 이미 얻을 수 있는 것들을 전부 얻은 후일 것이다. 서태훈은 이미 나이가 많고, 어쩌면 아이가 장성할 때까지 살 수 없을 수도 있다.

준연은 그것을 바랐다. 그때를 기다리며, 이사회와 신뢰를 구축하며, 몸을 웅크리며 기다리고 있는 것이다. 때가 오면 망설이지 않고 제 몫을 낚아채면 되는 것이다.

아이는 물론 죄가 없다. 알고 있다. 그러나 찬유가 누려야 할 것들을 짓밟아 일군 것들을 현태에게 넘겨주고 싶지 않았다. 영미를 평생 고독 속에 살게 한 여자의 자식에겐, 정말 단 하나도 주고 싶지 않았다.

애정을 나누지 않았어도 그녀에게 피는 나눠 준 아버지였다. 그런 남자의 목숨을 두고 하는 생각치곤 너무 매정하지만, 준연은 그가 빨리 죽기를 바랐다. 그가 죽어 현주의 입지가 무너지고, 자신의 입지가 보다 단단해지기를 바랐다. 그것이 살아갈 기쁨 하나 남지 않은 준연을 버티게 하는 유일한 이유였다.

207

"일단 앉거라. 그리고 당신은 현태랑 들어가 있어."

"네, 그럴게요."

현주가 순종적으로 답하며 아이를 안고 방으로 들어갔다.

서태훈과 마주 앉은 준연이 감정 없는 얼굴로 그를 응시했다.

"중요한 계약 건이 있다."

고압적인 태도였다. 어린 아들에게 보여 주던 인자한 눈빛은 더 이상 없었다.

"그런데요?"

준연이 관심 없다는 듯 되물었다. 서태훈은 대답 대신 두툼한 종이뭉치를 그녀 쪽으로 던졌다. 눈썹을 살짝 찡그린 그녀가 보고서를 대충 훑어보았다. 요즘 한참 판이 커지고 있는 스마트 기기에 대한 내용이었다.

작년 이맘때 즈음 스마트 모바일 기기 분야까지 사업을 확장했던 서태훈은 쓴 물을 삼켜야만 했다. 그룹 차원에서 야심차게 준비했던 신제품의 핵심기술이 외부로 유출된 것은 물론이고, 제품을 만드는 데 필요했던 특허 중 몇 개를 경쟁사에서 한발 앞서 독점으로 계약해 버렸던 것이다.

그 천문학적인 영업 손실을 메꾸기 위해서 천지그룹은 꽤 힘든 시간을 보내야 했다. 그럼에도 불구하고 서태훈은 아직 그 분야에 대한 미련을 버리지 못한 모양이었다. 하긴 버릴 수 없기도 하겠다. 버리기엔 시장의 성장세가 엄청났으니까.

"이걸 왜 저한테 주세요?"

"네가 해라."

"네?"

준연이 미간을 찡그렸다. 서태훈은 거만하게 팔짱을 끼고서 그녀를 내려다보고 있었다.

"이 계약을 저보고 하란 말씀이세요?"

"그렇다."

문서는 미국의 유망 벤처기업 C&Y사와의 계약 건에 대한 것이었다. 스마트 사업 관련 부서와 직접적인 관련이 없는 준연도 꽤 여러 번 진행사항에 대해 들은 적이 있었다.

관련 없는 그녀의 귀에까지 들어올 정도라면 무척 중요한 계약이란 뜻이었고, 그렇게 중요한 계약이라면 그룹의 핵심 인물이 직접 계약에 참여하는 게 맞았다. 그룹 내 입지를 차근히 다져가고 있는 상태라고 해도 아직 기타 경력 많은 임원들에 비하면 급이 낮아도 한참은 낮은 준연이 주도할 만한 계약은 아니란 말이었다. 더구나 그녀는 아직 임원 배지도 달지 못했다.

"계약만 따내. 임원 자리도 줄 테니까."

그녀의 의구심을 읽은 듯 서태훈이 말했다. 솔깃한 말이었지만, 그래서 준연은 더더욱 의아해졌다.

그녀가 성장하는 것을 극도로 경계하는 현주만큼이나 서태훈도 그녀를 탐탁지 않게 여겼다. 그녀를 곁에 묶어 두었을지언정 그녀의 성장을 전폭적으로 지지하는 것은 결코 아니었다. 어디 가서 서태훈의 딸이란 이름으로 제 얼굴에 먹칠하지 않을 정도의 실력, 딱 그만큼을 서태훈은 준연에게 요구하고 있었다.

그런 그가 임원진이 직접 나서야 할 자리에 준연을 보내는 것도 모자라서 계약만 따내면 임원 자리도 내어 준다고 하고 있다. 현주가 싫어할 것을 뻔히 알면서도 그녀에게 임원진 자리를 제의할 만큼 중요한 계약이란 것인데, 왜 하필 그녀를 대표로 내세우려는 것일까? 이상한 일이다.

"왜죠?"

준연이 결국 직접적으로 물었다. 태훈은 못마땅한 표정으로 대답했다.

"그쪽에서 널 지목했다."

♪ ♫ ♭

C&Y사의 대표와 만나기로 한 날이었다. 미리 가서 계약 내용을 재차 확인해 볼 생각이었던 준연은 레스토랑 집사가 하는 말을 듣고 적잖게 당황했다. 상대방이 벌써 와 있다는 소리 때문이었다.

자신이 약속 시간을 잘못 안 것인가 싶어 스케줄러를 확인해 보았지만, 약속 시간보다 일찍 도착한 게 분명했다. 혹 상대방이 약속 시간을 잘못 안 것일까, 걱정스러웠다. 약속은 분명 1시였는데, 그쪽에서 12시로 잘못 알고서 그녀에게 늦었다고 책임을 물면 곤란하지 않겠는가.

뺨을 톡톡 치며 정신을 차린 준연이 서둘러 예약된 룸으로 향했다. 안으로 들어서며 준연이 꾸벅 고개를 숙였다.

"안녕하세요, 서준연……."

고개를 든 그녀의 파리한 입술은 그대로 굳었다.

"……입니다."

겨우 말을 매듭지은 그녀의 떨리는 눈빛이 당혹감을 감추지 못했다. 여유로운 동작으로 물을 마시고 있던 그의 시선이, 그녀에게 날아와 박혔다.

"안녕."

이찬유, 당신이 왜 여기 있을까.

재회는 3년 만에, 그렇게 갑작스럽게 찾아왔다.

찬유의 대학동기 중 미국으로 건너가 유학생활을 한 동기가 있었다. 이름은 조유진. 그녀는 박사 과정을 시작한 직후 어떤 이유 때문인지 대학원을 그만두고 실리콘밸리로 가 벤처 사업을 시작했다.

찬유가 미국으로 간 때는 그녀의 사업이 한참 위태롭던 때였다. 그녀는 투자자를 모으기 위해 대학동기를 비롯해서 알고 있는 거의 대부분의 지인들에게 자신의 사업을 설명하고, 가능성을 어필하기 위한 메일을 보내고 있었다.

그녀의 메일을 받은 찬유는 자신의 전 재산을 그녀에게 투자하는 것뿐만 아니라 직접 미국으로 가 그 회사의 일부가 되기로 결정했다.

민수는 그것을 보고 도박이라 했다. 찬유는 그의 말을 부정하지 않았다. 그의 말이 맞았으니까. 그것은 도박이었다. 그것도 상당히 무모한 도박이었다.

기울어 가는 벤처기업에 힘들게 이루어 온 모든 것을 올인해야 했을 뿐만 아니라, 자신의 미래까지 거는 도박이었다. 실패할 경우 찬유에겐 아무것도 남지 않을 게 불 보듯 뻔했다.

그러나 가진 것이라곤 모아 둔 약간의 돈과 비상한 머리뿐이던 찬유가 성공하기 위해서는 그 도박이 꼭 필요했다. 딱 그 시기에 유진에게 온 메일이 운명의 미소처럼 느껴지기까지 했었다. 손대고 싶지 않았던 위자료까지 이용하면서 도박을 해볼 만한 가치가 있었다.

그리고 그 도박은 성공했다. 이렇게 돌아올 수 있게 되기까지 꼬박 3년이 걸렸다. 적어도 이제는 돈 핑계를 대며 그를 떼어 낼 수 없을 것이다. 우스운 소리일 수도 있지만 C&Y사의 운영이 정상화된 후, 찬유는 기다렸다는 듯이 준연에게 위자료를 돌려주었다.

룸의 문이 열렸다. 뛰어온 것인지, 긴장한 것인지 약간 상기된 목소리로 '그녀'가 인사를 건네왔다.

"안녕하세요, 서준연……입니다."

마주친 그녀의 두 눈이 한없이 커지는 것을, 찬유는 똑똑히 보았다.

"안녕."

그의 그녀가 여기에 있다.

늘 그리워하며, 또 그리워한 그녀가…… 그의 앞에 있다.

3년 만의 재회였다.

밥인지 모래인지 모르겠다. 익은 밥이 꼭 생쌀 같았다. 꾸역꾸역 밥알을 목구멍 안으로 밀어 넣으면서도 준연은 지금 자기가 무얼 하고 있는 것인지 도통 알 수 없었다.

안녕? 안녕이라니? 어제 만나고 헤어진 친구처럼 안녕이라니?

어이가 없었다. 하지만 더 어이가 없는 건 그녀의 눈앞에 있는 사람이 진짜 이찬유란 것이었다. 밥 한 술 뜨지 않으면서 그녀를 정말로 뚫어지도록 빤히 응시하고 있는 남자가, 이찬유란 것이었다.

정갈한 한정식은 무대 위 소품이라도 된 듯, 찬유의 젓가락질 한 번 받지 못하고 있었다. 준연은 자신에게 박혀서 움직이지 않는 그의 시선을 피할 요량으로 꿋꿋하게 고개를 숙이고 모래알 같은 밥알을 씹고 또 씹었다.

살면서 이렇게 밥을 꼭꼭 씹어 넘긴 적도 없는 것 같다. 하지만 밥그릇은 곧 비워졌고, 더 먹을 게 없어진 준연은 하는 수 없이 고개를 들었다. 찬유의 밥그릇은 여전히 그대로이다.

"식사, 안 해요?"

"딱히."

그녀가 밥을 먹는 내내 입을 다물고 있던 찬유의 입술이 열렸다. 그 나직한 음성이 꿈결 같다. 막연히 그가 여기 있다……라고만 생각했던 것이 갑자기 현실이 되었다. 지금까지 그나마 평정을 유지하고 있던 준연의 심장이 거칠게 뛰기 시작했다.

이찬유가 여기 있다.

찬유가, 여기, 그녀의 눈앞에 있다.

왜?

왜 여기에 있지?

그가 왜 여기에 있을까?

준연은 혼란스러웠다. 자신이 왜 이 한정식집에 온 것인지, 그 이유조차 잘 생각이 나지 않았다. 한참을 혼자서 허둥지둥하던 준연은 겨우 자신이 C&Y사와의 계약 건 때문에 이곳에 왔다는 것을 떠올려 냈다. 그 말은 C&Y사의 대표가 찬유라는 뜻이었다.

"음……"

계약을 진행시켜야 한다. 그래야 임원 자리에 오를 수 있다. 하지만 쉽게 입이 열리지 않는다. 계약에 대한 이야기를 꺼내기 전에 잘 지냈느냐는 둥 인사를 건네야 하는 것인지, 계약 대표자가 그라는 것을 알고 크게 당황하여 이 자리를 뛰쳐나가야 하는 것인지……

어떤 것이 가장 적절한 행동인지 준연은 알 수 없었다. 적당한 이찬유 대응 방법을 찾지 못한 그녀가 애꿎은 입술만 축였다. 이렇게 갑자기 그와 마주치게 될 줄 알았더라면 '이찬유 대응 지침서' 같은 거라도 만들어 둘 걸 그랬다.

"이 주."

그가 툭 내뱉었다.

"……네?"

거두절미한 그 말을 준연이 알아들었을 리 없었다.

"이 주만 나와 만나. 다른 건 필요 없어."

"계약 이야기 하는 거예요?"

"그래."

준연이 여전히 마음 속 가득한 혼란을 잠시 밀어냈다. 차가운 머리가 맹렬하게 돌아가기 시작했다.

찬유가 계약 이야기를 한다. 이 주만 만나자고 한다. 다른 것은 필요 없다고 한다.

준연은 그 행동의 연유를 어렴풋이 짐작했다. 무의식이 본능적으로 파악했다. 그러나 그녀의 겁 많은 이성은 찬유의 마음을 외면했다.

"거절한다면요?"

"모두 다 없던 일로."

"……."

"이미 알고 있겠지만, 굳이 너희가 아니더라도 기술을 필요로 하는 쪽은 많아. 이 계약이 잘 안 돼서 더 큰 손해를 보는 건 이쪽이 아니라 그쪽이라는 뜻이야."

그가 웃으며 말했다. 준연이 입을 꾹 다물며 그를 노려보았다.

예전보다 더욱 날카로워진 그의 눈매가 그를 냉혹한 사자처럼 보이게 했다. 그러나 빙글 말려 올라간 입매는 장난 많은 소년과도 같아 그 괴리감이 심히 컸다.

그를 세세히 뜯어 관찰하다, 준연은 두연 당혹스러워졌다.

마음이 떨리고 있었다. 심장이 격동하고 있었다. 눈앞의 그는 '진짜' 이찬유라서, 그녀의 분수 모르는 마음이 동요하고 있었다. 참으로 미련한 감정들이 여태 그녀의 안에 차곡차곡 쌓여 있는 모양이었다.

"날 괴롭히려고 돌아온 거예요?"

그녀는 그 마음을 외면했다. 찬유가 어떤 마음으로 돌아왔는지 뻔히 알면서, 그의 마음 또한 외면했다. 마음을 외면하는 것은 생각보다 쉬웠다. 그러나 많이 아팠다.

찬유는 담담한 표정으로 웃었다.

"아니."

그가 가볍게 고개를 내저었다. 살짝 미간을 찡그린 준연이 그를 노려보았다.

그의 입술이 비현실적으로 움직였다. 슬쩍슬쩍 모양을 바꾸는 입술 사이로, 아득한 목소리가 흘러나왔다.

"널 잡으려고 왔어."

준연이 겨우 외면하고 있던 마음을 그가 무심히 내뱉었다. 저도 모르게 아연해서 굳어 버리는 준연을 보며, 그는 낮게 웃었다.

그는 정작 가장 하고 싶은 말은 하지 않았다.

'널 사랑하니까.'

고백은 훗날의 일이 되었다.

준연은 반쯤 정신이 빠진 상태로 계약의 진척 상황을 아버지께 보고했다. C&Y사의 대표가 이찬유라는 말은 굳이 하지 않았다. 머릿속이 엉망진창이었다. 본가를 나와 자기 아파트로 돌아온 준연이 침실에 들어서기 무섭게 침대 위로 쓰러졌다.

"널 잡으려고 왔어."

담담한 말투가 귓가를 맴돌았다. 그 무뚝뚝한 말 뒤에 숨은열을 보았다. 그 순간 그녀는 그대로 불타 재가 되고 싶다는 생각을 하였다. 염치 같은 거 다 버리고 미친 척 찬유에게 매달리고 싶었다.
그 충동을 억눌렀다.
마음을 외면했다.
그러나 계약은 외면할 수 없다는 핑계로, 그의 제안을 수락했다.
'잡지 마. 이찬유, 잡으려고 하지 마······.'
그는 그녀를 잡으면 안 되는데. 그녀는 그에게 잡히면 안 되는데······.
그녀는 늘 그에게 상처만 주니까. 그녀로 인해 그의 삶은 송두리째 망가져 버렸으니까.
그걸 모르는 이찬유가 멍청하게 그녀를 붙들고 있는 것이다. 그녀의 부모가 저지른 죄를 알게 된 순간, 그 원죄를 끌어안고 있는 그녀 또한 미워하게 될 것이 뻔하면서. 그러면서 마치 그들의 죄와는 상관없이 그녀를 포용해 줄 수 있다는 듯이 굴고 있는 것이다.
준연은 두려웠다. 그녀가 이렇게 끝없이 밀어내도 돌아와 주는 찬유가 모든 것을 알고 매정히 돌아설까 봐. 그녀가 보내서 그가 떠나는 것과 그녀는 보내고 싶지 않은데 그가 떠나버리는 것은 분명 달라서, 준연은 자꾸만 무서워졌다.

'이 주만……. 그래, 이 주만 참자.'

아프게 조여 오는 심장을 준연이 애써 진정시켰다.

그는 딱 이 주일이라고 했다. 14일만 그를 만나면 된다. 한 번 내뱉은 말은 꼭 지키는 찬유의 성격상 그 14일 동안 아무 일도 일어나지 않으면 별수 없이 미국으로 돌아갈 것이다. 그렇게 그들은 다시 이별하면 되는 것이다.

이 주만 그를 그리워하는 마음을 숨기고, 이 주만 그를 여전히 좋아하는 마음을 숨기고……. 이 주만 참으면 되는 것이다. 천지그룹의 임원이 되기 위해 딱 이 주만 아무것도 아닌 척 그를 상대하면 되는 것이다.

돌연 준연이 선웃음을 지었다.

이것은 역설이다. 그를 위해서 그를 밀어내고, 그를 위해서 그를 이용한다. 혹 그를 위한다는 핑계하에 제 욕심만 채우고 있는 것은 아닐까? 그를 딱 잘라 밀어내지 못해 계속해서 그와의 연결점을 갈구하고, 아버지의 것을 하나씩 하나씩 빼앗아 오면서 그 모르게 그를 위한 일을 하고 있다고 자위하고 있는 것은 아닐까?

그래도, 모르겠다.

그냥…… 잠깐이라도 찬유의 곁에 있고 싶다. 그것이 설령 억지 이유를 갖다 붙인 계약 때문이라고 해도.

서태훈은 상대 쪽에서 해 온 요구를 별로 수상하게 생각하지 않았다. 벤처사업을 하는 이들 중에는 상상 이상의 괴짜가 많다. 세상은 넓고 정신 나간 천재도 많은 법이니까.

그래서 그는 준연의 사진을 어디선가 본 상대방이 그녀에게 반해 이 주일의 만남을 제안한 것이라고만 여겼다. 이 주 정도 딸을 팔아 계약을 좋은 조건으로 성사시킬 수 있다면 거절할 이유가 없었다. 만약 그가 딸을 아주 아끼는 아비였다면 상대방에 대해서 더욱 철저하게 뒷조사를 했겠지만, 안타깝게도 그는 그런 좋은 아버지가 아니었다.

그런 이유로 준연은 서태훈의 전폭적인 지지를 받으며 이 주일 동안 출장을 나간 걸로 처리되었다. 찬유의 입장에서 보면 준연의 시간 이 주일을 온전히 갖게 된 것이니 이보다 좋을 수는 없었.

함께 살던 때에도 서로의 시간을 온전히 공유한 적이 없었다. 데이트라는 것을 해 본 적이 있을 리도 없었다. 그래서 보통의 연인들이 갖고 있는 추억조차 없다는 게 찬유를 때때로 외롭게 했다. 준연과 단 한 번도 연인이었던 적이 없다는 걸 인정하는 것은, 마치 그녀의 삶에서 그가 무가치한 존재라고 규정되는 것과 같았다. 그게 찬유는 마뜩지 않았다.

"딱 이 주일이에요."

"알아, 알아. 그렇게 몇 번이나 강조해서 반복하지 않아도 안다고."

이 주일, 그녀의 마음을 돌릴 수 있을지 없을지는 모른다. 그러나 적어도 추억은 얻을 수 있겠지. 이 추억을 밑거름 삼아 다시 도전하고 또 도전할 것이다, 준연을 잡기 위해. 그녀를 얻을 수만 있다면 찬유는 지금보다 더 괴상한 제안도 할 수 있었고, 지금보다 더 무모해질 수 있었으며, 지금보다 더 간특해질 수도 있었다. 제 모든 것을 내던져서 그녀의 진심을 얻을 수 있다면 이 세상에 이찬유가 하지 못할 짓은 없었다. 그것을 서준연만 모른다.

"그리고 오늘이 3일째예요."

"그것도 알아."

찬유가 건성으로 대답하며 반듯한 이마를 찡그렸다.

딱 이 주일이라고 몇 번이나 반복하는 준연의 말은 그에게 하는 당부라기보다는 스스로에게 건네는 당부 같았다. 마치 이 시간이 끝나면 절대로 그를 잡지 말아야 한다고 세뇌하고 있는 것 같다고 할까.

그 고지식함에서 찬유는 준연의 미련을 보았다. 그래서 가벼운 마음으로 피식 웃었다.

준연의 걸음이 평상시보다 느렸다. 앞장서 걷던 찬유가 슬그머니 멈추어 뒤돌아섰다.

"다리 아파?"

3일째, 그는 별로 하는 것 없이 준연을 데리고 여기저기 걸어 다녔다. 목적지도 없이 마냥 걷기만 하는 찬유의 뒤를 준연은 별다른 의문 없이 따라다녔다. 그녀는 첫날에는 별생각 없이 힐을 신고 나왔다가 발이 다 무너지는 고통을 느껴야만 했다.

그날 겨우 집에 들어간 준연은 이틀째부터는 태연한 얼굴로 운동화로 바꿔 신었다. 그런 것은 아무래도 상관없다는 듯 찬유는 어제도, 오늘도 그녀를 데리고서 여기저기 걸어 다녔다.

"아뇨."

준연이 빳빳하게 고개를 들고 대답했다. 그녀를 쳐다보는 찬유가 의미심장한 표정을 지었다.

"그래? 그렇단 말이지."

혼잣말처럼 중얼거린 그가 도로 등을 돌렸다. 다시 자박자박 걷기 시작하는 그의 뒤를 준연이 졸졸 따라 걸었다. 발바닥이 자꾸만 욱신거렸다. 첫날 힐을 신은 여파가 오늘까지 이어지고 있었다. 기어이 발바닥에 물집이 잡힐 모양이었다.

준연이 고집스레 입술을 꾹 깨물었다.

차라리 아프다고 솔직하게 말할 걸 그랬나. 이제 와서 후회해도 소용없다. 첫날은 서울 성벽, 둘째 날은 청계천을 무한 왕복, 그리고 오늘은 한강……. 자전거를 타는 것도 아니고 무한정 걷기만 하는 이 괴이한 일정 속에서 이찬유가 원하는 것은 대체 무엇일까.

널 잡으러 왔다고 기세등등하게 선전포고를 하고서, 별다른 작업 멘트도 없이 걷기만 하는 찬유에게 준연은 조금 심통이 났다. 그의 의중을 파악하기 위해 머리를 굴렸지만 도통 답은 나오지 않고, 혹 그가 정말로 자신을 괴롭히려고 돌아온 것은 아닐까 하는 생각마저 들었다.

"이찬유 씨."

결국 준연이 먼저 기를 꺾었다.

"왜."

"우리, 3일 내내 걸었어요. 이유가 뭐예요?"

살랑살랑 불어오는 봄바람을 맞으며 찬유가 뒤돌아섰다. 그 모습이 반짝거렸다. 아주 어릴 적 준연이 처음 찬유를 알게 되었던 때의 모습이 그 위에 겹쳐졌다.

"기억하게 하려고."

"네?"

거두절미한, 뜬금없이 답을 건네며 찬유가 슬며시 웃었다.

"내가 돌아간 뒤에도 서준연이 이찬유를 잊지 못하게 하려고. 서울 성벽을 오를 때마다 생각하겠지, 여길 이찬유랑 왔었지. 청계천을 거닐면서 생각하겠지, 여길 이찬유랑 왔었지. 한강을 볼 때마다 생각할 거야, 여길 이찬유랑 왔었어……. 그렇게 기억하게 하려고. 네가 또 나를 버려도, 망령처럼 네 삶 구석구석에 진득하게 달라붙어 있으려고."

그 선선한 고백에 준연은 가슴이 따끔거렸다. 그러나 정작 찬유는 무척 담담한 얼굴이었다.

기억이 다 뭘까.

기억한다는 게 다 뭘까.

그가 이러지 않아도 준연은 충분히 그를 기억하고 있다. 매년, 매월, 매주, 매일……. 매분, 매초 그를 그리워하고 있다. 서울 곳곳에 그와의 순간들을 심어 두지 않아도, 그녀의 삶 구석구석에 이찬유가 뿌리박혀 있다.

"……당신은 모르니까 그렇게 말할 수 있는 거야."

준연이 혼잣말처럼 중얼거렸다.

"뭐라고?"

"참 쓸데없는 짓을 한다고 했어요. 이찬유 씨는 잘 모르겠지만 난 오가는 곳이 집 아니면 회사예요. 이런 곳에 아무리 당신 기억을 심어 놔도…… 난 다 잊어버릴 거예요."

준연의 눈빛이 쓸쓸히 침잠했다. 자신을 물끄러미 바라보는 찬유의 시선을 외면했다.

그는 모르니까 저렇게 말할 수 있는 것이다. 알게 되면 분명 미워할 것이다. 함께했던 시간마저 후회하고 분노하게 될 것이다. 무가치한 여자에게 감정을 낭비했다고 생각할 것이다. 종래는 그녀가 그를 그리워하는 것조차 이기적이라고 비난할지도 모른다. 그가 설령 그러지 않는다고 해도, 그녀 스스로 그러할 것이다.

"그럼 회사로 갈까?"

"네?"

"집과 회사밖에 안 간다며. 집은 됐고, 회사로 가자. 회사에 가서 구석구석 내 이름을 적어 두자. 내 사진도 붙여 둘까? 그럼 매일 기억하겠지. 매 순간 떠올리게 되겠지."

그가 선선히 웃었다. 그의 말이 농담이라는 것을 알면서도 준연은 복잡해지는 감정을 어쩌지 못하고 표정을 찡그렸다.

"아뇨, 싫어요."

"내 마음대로 하기로 한 거 아냐?"

"무슨 스캔들을 터트리려고 당신을 회사로 데려가요? 당신 마음대로 할 땐 하더라도 회사엔 피해 주지 말아요. 회사에 득이 되자고 이 짓을 하고 있는 건데, 득이 되는 것보다 더 큰 피해를 입히면 무슨 소용이에요? 그렇게 되면 다 때려치울 거예요."

준연이 차갑게 쏘았다. 알았다는 듯 찬유가 어깨를 으쓱였다.

"해는 안 끼쳐, 걱정 마."

준연이 시선을 떨어뜨렸다. 꾹 깨문 입술이 바르르 떨렸다. 흔들리는 눈빛을 그에게 들키고 싶지 않았다.

회사에 피해가 가니 싫다느니 하는 건 순 핑계다. 그녀가 걱정하는 것은 그였다. 시간이 흘러 많은 이들이 그의 얼굴을 잊었다 해도 여전히 그를 기억하고 있는 이들이 꽤 있었다. 그가 천지그룹을 드나드는 것을 누군가 목격하기라도 하면 그것은 그대로 스캔들이 될 것이다.

또다시 가십거리로 전락하여 괴로워할 이찬유는 보고 싶지 않다. 넌더리 나는 루머에 지친 그가 소리 소문 없이 한국을 떠났던 것을, 준연은 기억하고 있다.

"부탁해요."

그 걱정을 준연은 태연히 숨겼다. 거짓을 진실인 체 포장하였다. 그렇게 이틀의 시간이 더 흘렀다.

국토대장정을 한 것도 아닌데 준연의 발은 만신창이가 되었다. 아침 8시에 그녀를 불러낸 찬유는 거의 14시간을 꼬박 그녀를 데리고 여기저기 싸돌아 다녔다. 그중 두 시간은 그나마 식사를 하느라 쉬었지만, 나머지 12시간은 내내 걷고 또 걸었다.

그만 좀 걷자고 말하면 될 일이었지만 왠지 모를 오기와 고집이 준연의 입을 틀어막았다. 어디 한번 자신이 지치나 그가 지치나 끝장을 보고 싶었다.

'머리가 어지러워……'

당연히 그녀의 체력이 한 수 아래였다. 찬유와 강행군을 시작한 지 3일째 되었던 날 이미 몸에 이상이 나타나기 시작했는데, 그 후로도 쉬지 않고 이틀을 무리했다. 아침에 일어날 때도 몸살 기운이 좀 있는 것 같더니, 이젠 걸을 때마다 속이 울렁거리고 머리가 어질어질한 수준에 이르렀다.

"저기……"

더 무리하다간 정말 큰일 날 것 같다는 생각에 준연이 고집을 접고 찬유를 부르려는 순간이었다. 갑자기 그녀의 눈앞이 새까매졌다.

풀썩!

느닷없이 누군가 주저앉는 소리에 놀란 찬유가 뒤돌아보았다.

"준연아?"

잠시 그를 원망스럽게 노려보던 준연의 눈빛이 흐려졌다.

"나…… 아픈가 봐요……"

급히 달려온 그가 쓰러지는 준연을 끌어안았다.

준연은 새벽이 되어서야 정신을 차렸다. 몸살을 이기지 못하고 기절을 했다가 그대로 잠들어 버린 것이다.

알싸한 소독약 냄새가 났다.

"깼어?"

부스스 몸을 일으키려는 준연이 허공에서 들려오는 목소리에 깜짝 놀랐다. 자세히 보니, 허공이 아니라 사람이었다.

"불도 안 켜고 뭐해요?"

"굳이 뭘 하겠다는 게 아니지. 사람 자는데 불 켜서 뭐해?"

그가 대답했다. 무어라고 한마디 쏘려던 준연이 문득 입을 다물었다. 그의 목소리가 어딘지 모르게 날이 서 있는 느낌이 들었다.

어둠 속에서 바스락거리는 소리가 들렸다. 그리고 불이 들어왔다. 정신을 차렸을 때 소독약 냄새 때문에 대충 눈치챘지만 역시 병원인 모양이었다.

조명을 켜고 다시 침대 옆으로 돌아오는 찬유는 표정이 없었다. 내내 장난스럽던 눈웃음도 사라진 후였다.

준연이 그의 눈치를 살피며 조심스럽게 물었다.

"화, 났어요?"

그러다가 울컥했다. 5일 내내 그녀를 혹사시킨 것은 그였다. 그녀는 그가 하자는 대로 했을 뿐이다. 그녀가 몸 관리를 잘 못해서 쓰러진 것이라고 해도, 그 책임의 반은 찬유에게 있지 않은가? 애초에 그가 그녀를 여기저기 끌고 다니지만 않았어도 그녀가 기절하는 일은 없었을 것이다.

이내 마음을 독하게 먹은 준연이 그를 똑바로 노려보며 따지기 시작했다.

"이찬유 씨가 왜 화를 내는지 모르겠네요. 사람이 어떤 상태인지도 모르고 여기저기 끌고 다닌 사람이 잘못이지, 계약서에 도장을 받아 내야 해서 하자는 대로 한 내 잘못이 아니잖아요?"

찬유와 재회하고 처음으로, 아니, 찬유를 알게 된 이후 처음으로 준연이 그에게 화를 냈다. 실로 역사적인 순간이었다. 무표정하게 그녀를 노려보던 찬유가 움찔 놀라더니 이내 활짝 웃었다.

"화내니까 좋다."

사람 같아서.

생략된 뒷말을 준연은 알지 못했다. 그저 화를 내니 좋다는 찬유가 이상해서 미간을 찡그렸다.

"그리고 지금은 내가 화를 내야 할 상황이 맞아. 하자는 대로 해서 계약서에 도장을 받아내야 하는 상황이라고 그랬지? 틀렸어, 서준연. 넌 겉으로 보이는 내 행동만 볼 게 아니라 그 속에 숨겨진 진짜 의도를 봐야지."

준연의 구겨진 이마를 톡 건들며 찬유가 부드럽게 웃었다.

"내가 널 하루 종일 여기저기 데리고 다닌 건 그냥 널 고생시키기 위해서가 아니야. 난 네가 적당히 힘들 때 도와 달라고 하길 바란 거야. 다리도 아프고 피곤할 테니, 그럼 난 자연스럽게 널 업어 주는 거지. 그런 진짜 의도는 읽지 못하고 쓰러질 때까지 고집을 부렸으니 내가 화를 내는 거야."

궤변이다.

준연이 입술을 깨물었다.

궤변인데, 넘어갈 것 같다. 마음이 동요한다. 안 된다. 안 되는데. 그런데 자꾸만 마음이 설레고, 뜨겁고……. 과욕을 부리는 제 자신에게 지쳐 준연이 이불을 꽉 움켜쥐었다. 하얗게 질린 손가락이 덜덜 떨렸다.

"그건 다 허상이에요."

이찬유가 이토록 다정한 것은 그가 아무것도 모르기 때문이다. 그가 변하지 않고 그대로인 것 또한 그가 아무것도 모르기 때문이다. 그가 그녀의 부모가 저지른 짓을 알게 된다면 모든 것이 변할 것이다.

그러니까 그의 다정함을 알고 싶지 않다. 그의 따뜻함도 알고 싶지 않다. 그것들을 알게 된 후에는 더 추울 테니까. 더 아플 테니까.

"뭐가?"

"당신 마음."

그리고 내 마음.

안 될 것을 뻔히 알면서도, 준연은 여전히 그가 좋다. 무뚝뚝한 표정으로 그녀를 보고 있다가 별안간 터트리는 웃음이 좋다. 그녀가 끝없이 밀어냈는데도 지금 곁에 있는 그가 좋다. 자신이 쓸 수 있는 모든 방법을 동원해서 그녀와의 추억을 만들려는 그가 좋다. 그가 좋아서, 문제인 것이다.

"허상이라면 이렇게 긴 시간, 먼 길을 돌아오지 않았어."

그는 자신의 마음이 부정당한 데 약간 상처 받은 표정을 지었다.

"넌 항상 도망만 가. 처음 한 번을 빼고, 넌 늘 내게서 도망만 쳤어. 나는 기다렸는데. 늘 기다렸는데. 네가 다시 한 번이라도 도망치지 않고 나와 마주해 주길 기다렸는데……. 그런데도 넌 계속 더 멀어졌어. 서준연, 네가 그랬지. 우리 인연은 그깟 돈 때문이라고. 처음 너와 만나게 된 건 내가 네 아버지의 돈에 빌붙었기 때문이고, 내가 다른 사람과 결혼하려는 널 잡은 것도 돈 때문이라고.

그게 아니란 걸 알면서도 그런 말로 날 밀어낸 거야. 그래서 떠났어. 떠나 줬어. 넌 넘쳐나는 돈을 가진 아버지가 있었고, 난 아무것도 없었으니까. 네가 거짓 이유를 대며 날 밀어내는데, 난 그런 게 아니라는 말만으로는 널 설득할 수 없었으니까. 그래서 없앴어. 네가 댄 이유, 없앨 수 있는 상황을 만들어 냈어. 입장이 바뀌었다는 거야. 이번엔 돈 때문에 네게 접근했다는 말로 날 떨쳐 내진 못할 거야. 다른 이유를 대도 돼. 몇 백 가지 이유를 대도 상관없어. 나는 네가 대는 이유 하나하나, 갈기갈기 찢어 던져 버릴 거야."

대체로 고저 없는 그의 목소리가 간헐적으로 흔들렸다. 입을 꾹 다물고 자신을 쳐다보는 준연에게서 찬유는 한 순간도 눈을 떼지 않았다.

"그러니까 허상 아니야."

"……."

"네 마음이 허상이라고 나도 그럴 거라고, 매도하지 마."

준연은 아무 말도 할 수 없었다.

"거머리 같아? 끈질기다 생각해? 네 잘못이야. 처음, 네가 내게 왔잖아. 네가 알짱거렸잖아. 너 같은 거…… 싫었는데. 끔찍하게 싫었는데. 줄곧 모른 척하는 날 잡았던 건 너잖아. 그러니까 네 잘못이야. 귀찮아도 참아. 불편해도 참아. 적어도 남은 9일 동안은 날 못 떼어 낼 테니까. 그리고 내일도 산책 갈 거니까, 이만 자 둬. 오늘 쓰러졌다고 내일 봐주진 않을 거야."

찬유가 준연을 억지로 눕혔다. 이불을 바르게 덮어 주는 그는 무심하고도 단호한 얼굴이다. 준연은 차라리 눈을 감아 그를 외면하기로 했다.

지금의 그는 꼬아서 말하는 것도 없고, 비켜 가는 법도 없다. 사랑이란 단어만 입에 담지 않았을 뿐, 그는 지난 시간 동안 변함없었던 그의 마음을 고백하고 있었다. 그런 이찬유를 당해낼 재간이 준연에겐 없다.

"그리고 네 마음도 허상 아니잖아."

그것은 남은 9일 동안 어디 한 번 이 마음의 끝장을 봐 보자는 선전포고였다.

내일도 산책을 갈 거라는 말은 허언이 아니었나 보다.

퇴원 수속을 마치기 무섭게 준연은 찬유에 의해 밖으로 끌려 나갔다. 물집이 잡힌 발바닥이 욱신거렸지만, 그녀는 고집스럽게 신음을 삼켰다.

오늘은 대체 또 어딜 갈 생각인 것인지……. 그렇게 다니고도 아직 서울에 갈 곳이 남았단 말인가?

준연이 앞장서 걸어가는 찬유를 슬며시 흘겨보며 물었다.

"오늘은 어디 가요?"

"산."

"……네?"

곧장 날아든 찬유의 답에 준연이 입을 벌렸다.

"남산 올라갈 거야."

그가 태연히 덧붙였다.

준연이 눈썹을 모으며 아래로 잠깐 시선을 떨어뜨렸다. 발이 아팠다. 5일을 내내 걸었다. 그녀는 여태 이런 식으로 몸을 혹사시켜 본 적이 없다. 급기야 어제는 쓰러지기까지 했다. 그런데 산이라고? 평지를 걷는 것도 아니고 등산을 하자고?

"케이블카나 차 같은 거…… 타고 올라가는 거죠?"

준연이 설마 하는 마음으로 물었다.

"아니."

오늘따라 그의 대답이 매정하고, 냉정했다.

"별로 높은 산 아니야. 험한 산도 아니고."

그다지 위로되는 설명은 아니었다.

"그러니까 싫다는 말은 하지 마. 오늘까지 포함해서 9일 남았으니까."

기어이 찬유는 그녀가 완전히 지쳐서 업어 달라고 청하게 만들 셈인 모양이었다. 게슴츠레해진 눈으로 그를 노려보던 준연은 절대로, 맹세코 업어 달라는 부탁만큼은 하지 않기로 결심했다. 그것이 괜한 고집일지라도…… 찬유에게 말려들지 않을 유일한 방법이었다.

그에게 한 번 말려들면 두 번 말려들 것이고, 두 번 말려들면 세 번, 네 번 계속해서 말려들 것이다. 그렇게 그에게 말려들다 보면 그녀와 그 사이에 쌓여 있는 벽이 슬금슬금 허물어질 것이고, 그럼 그녀는 어느 순간엔가 그에게 기대고 말 것이다. 그건 안 된다. 절대로 그것만큼은 안 된다.

주먹을 불끈 쥐며 준연이 각오를 다졌다.

이찬유도, 서준연도 고집을 부리는 중이었다. 아직 날이 풀리지 않아 정상까지 올라가는 길은 꽤 쌀쌀했다. 그럼에도 찬유는 부득불 준연을 끌고서 남산 등반을 강행했고, 힘들다는 말 한마디면 될 것을 준연은 지퍼라도 채운 듯 입을 꾹 다물고 있었다. 간혹 차로를 타고 올라오는 노란 마을버스를 보면서 준연은 이게 도대체 무슨 짓일까, 하는 회의감에 사로잡혀야만 했다.

'다리가…….'

걷는 게 힘들어서 준연은 빨리 걷지도 못했다. 한 시간쯤 올라온 것 같은데 아직도 산 중턱이었다. 관악산이나 북악산 같은 곳을 올라가자고 하지 않은 건 천만다행이었지만, 그녀에게는 남산도 충분히 힘들었다. 차라리 모두가 다 걸어 올라가면 나을 것 같은데, 케이블카나 버스 등을 타고 편히 올라가는 사람들이 눈에 보이니 배로 힘든 기분이 들었다.

'아파…….'

한 걸음 옮길 때마다 발 전체가 짜릿하게 아파 왔다. 여기까지 왔는데 포기하는 것도 억울해서 준연은 고집스럽게 몇 발을 더 움직였다.

하지만 그것도 거의 한계였다.

"이찬유 씨……."

그녀가 결국 찬유를 불렀다. 다섯 걸음쯤 앞장서 걷던 찬유가 태연한 표정으로 뒤돌아보았다.

"왜?"

"……."

차마 더는 못 걷겠다는 말이 입에서 나오지 않아 준연이 마른 입술을 깨물었다. 그녀의 바로 앞까지 되돌아온 찬유가 팔짱을 끼고서 그녀의 입이 열리기를 기다렸다.

"할 말 있어서 부른 거 아니야?"

"……아파요."

준연이 마지못해 운을 뗐다. 작은 목소리가 바람 소리와 뒤섞였다.

"아파?"

"네."

"그래서?"

"네?"

"내가 어떻게 해 줄까? 똑바로 요구해 봐."

준연의 눈에 비친 찬유의 입술이 희미하게 호를 그리고 있었다. 승자의 표정이었다.

준연은 고민했다. 어떻게 해야 하는가? 쉬었다가 가자고 해야 하는가? 버스를 타자고 해야 하는가? 쉬었다가 가자고 고집을 부리면 하산하는 길도 이렇게 걸어서 내려와야 할 것이다. 찬유에게도 그 정도의 고집은 능히 있다. 하지만 차로에서는 이미 한참 멀어져 있었다. 버스나 택시가 등산로까지 들어올 수는 없는 법이다. 결국 방법은 하나뿐이었다.

"업어 줘요."

준연이 체념과 함께 부탁했다.

다음 순간, 찬유는 이미 그녀에게 자신의 등을 내어 주고 있었다. 만족스러운 듯 낮게 웃는 그의 웃음소리가 들렸다.

"진짜…… 못됐어."

그에게 들릴락 말락 작은 목소리로 원망을 뱉어 내고서 준연이 그의 등에 업혔다. 산을 오르느라 뜨거워진 그의 체온이, 그녀의 마음마저 녹일 듯했다.

"서준연, 그거 알아?"

등에 귀를 대고 있으니 그의 목소리가 우스꽝스럽게 들렸다. 준연이 픽 웃었다. 영미가 죽고 찬유를 떠나보낸 후 좀처럼 웃을 일이 없던 그녀였다. 억지로 짓는 예의상 미소가 아닌 것은 정말로 오랜만이었다. 그 사실을 깨달은 준연이 혼자 움찔 놀랐다.

"뭘요?"

"서울 어디에서든 남산이 보인다는 거."

"……그게 왜요?"

"네가 그랬지. 넌 집과 회사만 반복해서 다니니까, 내가 우리의 기억을 어디에 남겨 두든 상관없다고. 다시 가지 않을 테니까, 그런 사소한 기억을 떠올리는 일 없을 거라고. 근데 여긴 어디에서든 보이잖아. 회사에서도 보일 거고, 집에서도 보일 거야. 매일 생각하게 될 거야. 나를, 너를, 우리를. 여기에서 이렇게 내게 업힌 기억도 날 거고, 널 한 번 업어 보겠다고 이 난리를 피운 내 기억도 날 거야."

그의 말이 사실이 되어 버린다면, 어쩐지 좀 무섭다. 어디에 가든 이찬유가 있고, 이찬유가 보인다면 준연은 지금보다 더더욱 외롭고 슬퍼질 것이다.

"넌, 못 잊어."

'……참 잔인하네, 당신.'

준연이 눈을 감았다. 아픔 가득한 눈동자를 얇은 눈꺼풀 뒤에 숨겼다.

잠에 빠져들며 그녀가 작게 중얼거렸다.

"왜…… 나예요? 나는…… 이렇게 못됐는데……."

색색, 숨소리가 고르게 바뀌며 그녀의 몸이 축 늘어졌다.

"자?"

"……."

"자는구나."

찬유가 가볍게 웃었다. 자기가 건넨 질문조차 기억 못 할 그녀에게 그가 답을 건넸다.

"너는 안 못됐어. 너만 안 못됐어. 그래서 처음부터 너였어."

처음에는 그녀를 원망했다. 부당한 이유로 서준연을 미워하고, 저주했다. 그녀가 저지르지 않은 죄의 책임을 물어 그녀를 책망했다. 그것이 잘못되었다는 것을 알았다. 부당한 증오라는 것을 깨달았다. 멍투성이가 되어 소리 죽여 우는 그녀를 본 순간, 그녀의 손을 잡고 '안녕'이란 인사를 건넨 순간, 준연은 그의 마음속으로 들어왔다.

그녀만 안 못됐다. 그도 참 못됐는데, 그녀만 못되지 않았다. 순수하고 맑았다. 화사하게 웃는 법도 몰라서, 싱긋 웃는 그녀가 좋았다. 처연하게 울고 있는 그녀의 피아노가 더는 울지 않기를 바랐고, 그녀가 잠시나마 자신의 곁에서 안식할 수 있기를 바랐다. 그렇게 마음과 마음이 맞닿기를 바랐다.

왜 그렇게 쉽게 그녀에게 빠져들었을까. 한 번은 생각해 보았다.

그 까닭은 그녀가 그와 닮았기 때문일 터였다. 그녀는 어떤 면에서 그의 거울이었다. 아파도 아프다고 할 수 없고, 다른 누군가에게 도움을 청할 수도 없고……. 그렇게 그냥 아무렇지도 않은 듯한 얼굴로 사람들을 대해야만 했다.

집안이 망하고, 아버지를 갑작스럽게 잃고, 그 이유를 뻔히 알면서도 원수의 거짓된 자비에 기대야만 했던 그때의 이찬유는 말라비틀어진 화초 같은 서준연의 모습에서 자신을 보았다. 누구보다 상처 받았으면서 상처 받은 감정을 표현할 곳조차 잃어버린 그녀의 모습에서 동질감을 느꼈다.

그것은 연민이 되고 관심이 되고, 결국엔 잘라 낼 수 없는 애정이 되었다.

아무것도 잡지 않았던 서준연이 유일하게 그를 잡았다. 오가는 피아노 선율 속에서 서로를 어루만지는 위로를 주고받았다. 그 간절한 눈빛과 손길을 찬유는 기억하고 있다.

그런 서준연이 그를 버렸다. 두 번이나 그를 떠나보냈다. 그럼에도 늘 그의 주변에 있었다. 안타까운 눈으로 그의 뒷모습을 좇고 있었다. 그래서 알 수 있다. 그녀는 그를 버렸지만, 두 번 모두 진심이 아니었다. 무언가가 두려워서 그녀는 도망치고 있는 것이다.

"준연아, 나는……."

그 '무엇'이 무엇일지 이제는 어렴풋이 짐작할 수 있다. 처음 그녀가 멀어지기 시작한 때와 그녀와의 결혼 생활을 더듬어 보면 알 수 있다. 몇 가지 단서를 가지고, 그 단서가 숨기고 있는 이야기를 간파할 능력이 찬유에게 있다.

준연은 사고가 난 직후, 그를 떠났다. 그 어느 때보다 준연이 있어 주길 바랐던 때, 그녀는 딱 한 번 찾아와 하염없이 울고 떠난 후 돌아오지 않았다. 그리고 언제 그의 뒤를 졸졸 따라다녔냐 싶게 그를 외면하기 시작했다.

그때의 찬유는 어렸고, 그래서 갑작스러운 준연의 변화를 받아들이지 못했다. 처음에 화가 났고, 그다음에는 실망했고, 또 그다음에는 슬퍼졌다. 언젠가 그녀가 돌아올 것이라고 믿으며 기다리는 수밖에 없었다. 그것 말고는 그가 할 수 있는 게 없었다.

"괜찮아."

그가 쓸쓸한 표정을 지었다.

생각해 보면 간단한 일이다.

사고 직후 준연은 그와 멀어졌고, 그뿐만 아니라 엄마와도 멀어졌다. 그녀의 어머니는 그에게 끝없이 용서를 구했다. 두 사건 사이에는 관계가 있고, 그것은 영미가 그의 사고와 관련되어 있다는 뜻이 된다.

그것이 준연을 괴롭혔을 것이다. 아프게 하였을 것이다. 그렇게나 좋아했던 어머니와의 관계를 끊고, 나중에 함께 무대에 서자고 했던 약속을 뒤로한 채 피아노를 버리고, 끝내는 어찌할 수 없는 죄책감에 그마저 보냈다.

그 선택을 이해한다. 그 고통에 통감한다.

"그런 거, 다 잊었어. 완전히 용서가 된다면 거짓말이겠지. 하지만 용서 같은 거 하고 말고를 따지기엔 시간이 너무 많이 흘렀어. 이미 과거가 되어 버린 일이야. 과거 중에서도 기록조차 되지 않은, 무가치하고 아주 오래된 일인 거야. 그래서 난 그녀가 밉지 않아. 원망스럽지도 않아. 게다가 네가 한 일이 아니잖아. 네가 그런 게 아니잖아. 그러니까 자책하지 마. 자책할 필요 없어."

상관없다, 과거에 홍영미가 무슨 짓을 했든.

중요한 건 서준연이다, 처음부터 그랬듯이.

"만약 네가 자책해야 할 게 있다면…… 그건 날 두 번이나 놓아 버린 거야."

마음대로 이찬유를 주웠다가 버린 것, 그것만이 준연의 죄였다.

"같은 잘못, 세 번은 하지 마."

놓는다고 떠나갈 그가 아니라는 걸 이젠 알아줬으면.

마침내 정상에 도착한 찬유가 싱긋 웃었다. 바람이 그의 이마를 쓸고 갔다. 가쁜 숨소리가 바람 소리와 박자를 맞췄다. 등에 땀이 한가득 흘러내리고 있었다. 그런데 신기할 정도로 전혀 힘들지 않았다.

7장.
늘, 겁먹은

 찬유의 등은 넓고 편안했다. 분명 산을 오르느라 흔들렸을 텐데도 준연은 단잠을 잤다. 그가 몇 번을 부른 후에야 겨우 준연이 눈을 떴다.

 "다 왔어."

 언제 올라온 것인지 정말로 눈앞에 서울N타워가 있었다. 서울 전경이 펼쳐지고 있었다. 준연이 서둘러 그의 등에서 내려왔다. 발바닥이 여전히 욱신거렸다.

 "앉았다 내려갈까?"

 준연이 고개만 살짝 끄덕였다.

 전망대의 빈자리를 찾아 준연을 앉힌 찬유가 돌연 그녀의 앞에 무릎을 꿇었다. 두 눈이 휘둥그레진 준연이 뭐라 말할 새도 없이 그가 그녀의 신발을 벗겼다.

 "뭐하는 거예요?"

"안마."

"……네? 아."

그가 준연의 발을 주무르기 시작했다. 병 주고 약 준다는 게 이런 걸까? 당황해서 준연이 얼굴을 붉혔다. 마음이 또 따끔거린다. 그녀의 심정을 아는지 모르는지 찬유는 그녀의 작은 발에서 시선을 떼지 않았다.

그녀의 발은 하얗고, 귀엽다. 그래서 여기저기 붉게 잡힌 물집이 더 아프게 두 눈에 박힌다.

"어때?"

그가 태연한 얼굴로 물었다. 준연만 귀까지 빨개진 것을 숨기려고 안절부절못했다.

"그냥…… 그래요. 안 속아요."

"뭘 안 속아?"

그가 그녀를 쳐다보며 반듯한 미간을 찡그렸다. 준연은 차라리 눈을 감고 싶었다. 맥박이 점점 더 빨라지고 숨이 가빠졌다. 이건 정말로 그녀의 심장에 좋지 않아.

"병 주고 약 주는 거잖아요. 잔뜩 고생시켜 놓고 이제 와서 친절하게 굴어도 소용없어요."

고개를 비스듬히 한 찬유가 픽 웃었다. 그의 눈매가 보기 좋은 곡선을 그렸다.

"웃지 마요. 뭘 잘했다고……."

준연이 구시렁거리며 시선을 피했다. 그는 자신의 웃음이 얼마나 매력적인지 필시 알고 있는 것이다. 또한 그 웃음에 그녀가 얼마나 크게 동요하는지도 알고 있는 것이다. 그렇지 않으면 저렇게 뻔뻔한 얼굴로 그녀를 빤히 응시할 수 있을 리가 없다.

"정들까 봐?"

준연에게 신발을 신겨 준 후 찬유가 몸을 일으켰다. 그리고 가볍게 몸을 폈다. 준연의 눈에는 그 가벼운 스트레칭조차 우아해 보였다. 그의 머리 위로 쏟아지는 봄볕조차 그보다 빛나진 않았다. 콩깍지가 그녀의 눈에 여전히 씌여 있나 보다.

"왜?"

물끄러미 자신을 올려다보는 준연의 시선을 느낀 찬유가 물었다. 잠시 고민하듯 입술을 달싹이던 준연이 대답했다.

"뻔뻔해진 것 같아서요."

"누가?"

"이찬유 씨가."

찬유의 입가에 엷은 웃음이 번졌다. 그녀의 옆에 앉은 찬유가 준연을 똑바로 바라보며 이야기했다. 이왕 뻔뻔해졌다는 소리 들은 거, 조금 더 뻔뻔해져도 괜찮을 것 같았다.

"서양 사람들이 그렇더라. 직설적이고, 명확하고. 그 속에 있다 보니 나도 좀 그렇게 됐나 보지. 생각해 보면 그래. 우리나라 사람들은 말이야. 상대방이 알아주기 바라면서 이상하게 본심을 숨겨. 좋아하는 마음을 숨기고 당신을 싫어한다고 말하지. 그러면서 아픈 눈으로 상대방을 쳐다봐. 마치 이렇게 말하는 것처럼."

그것은 준연의 이야기이기도 했다.

찬유가 보고 있는 그녀의 모습이었고, 찬유가 듣고 있는 그녀의 목소리였다.

"내 마음을 알아주세요. 내 거짓을 간파해 주세요. 날 두고 가지 마세요. 난 그저 두려울 뿐이에요. 난 실은 당신이 알아채고 붙잡아 주길 원해요."

그가 불쑥 손을 뻗었다. 준연이 반사적으로 손을 들어 그의 손을 막았다. 찬유는 그녀의 뺨을 감싸는 대신 그 가느다란 팔목을 쥐었다.

"아나?"

"……아니에요."

준연이 겨우 대답했다. 찬유는 여전히 웃고 있었다.

"거짓말."

"아니에요."

이번엔 보다 확고한 어조였다. 웃는 얼굴로 그녀를 물끄러미 응시하고 있던 찬유의 얼굴이 불현듯 가까워졌다. 놀라서 몸만 뒤로 뺀 채 어정쩡하게 굳은 준연의 바로 앞에서 찬유가 속삭였다.

"맥박이 잡혀, 서준연."

준연이 파리해졌다.

쿵쿵쿵쿵.

맥박이 빠르게 뛰고 있었다.

심장은 거짓말을 하지 않는다.

"나만큼 떨고 있잖아."

"……"

준연의 코앞까지 얼굴을 가져갔던 찬유가 돌연 그녀의 손을 놓았다. 그리고 이내 그녀에게서 멀어졌다. 그가 제자리로 돌아간 뒤에야 준연이 안도의 한숨 비슷한 것을 토해 냈다. 숨도 제대로 못 쉬고 있던 그녀가 일시에 뱉어 낸 가쁜 숨은 뜨거운 열을 품고 있었다.

그 열이 무슨 뜻인지, 준연도 찬유도 알고 있었다.

긴장감. 어쩔 수 없는 떨림. 오직 이찬유로 인한 신체적 이상반응.

"내려갈까?"

찬유는 더 이상 그녀를 채근하지 않았다. 태연한 얼굴로 일상으로 돌아갔다.

"……네."

준연이 겨우 그를 따라 일상으로 돌아왔다. 그러나 입술 앞에서 흩어지던 그의 숨결이 아직도 생생했다. 전혀 닿지 않았는데, 심지어 스치지도 않았는데, 마치 그의 입술이 머물렀다 간 것처럼 입술이 자꾸만 화끈거렸다.

하루는 영화관, 하루는 놀이동산, 또 하루는 수영장……. 둘이 가볼 수 있는 곳은 전부 가본 것 같다. 지금보다 더 어려서 했어야 할 데이트들을 몰아서 하듯 하루하루가 빠듯했다. 그에게 이끌려 다니는 순간들이, 행복하지 않았다면 그것은 서준연 인생 최대의 거짓말이 될 것이다.

행복했다.

좋았다.

그래서 더 슬펐다.

"오늘이 마지막 날인 거 알아요?"

"알아."

이 주의 시간은 너무 짧았다, 또는 길었다.

행복을 누리기엔 너무 짧았고, 떨리는 마음을 숨기기엔 너무 길었다. 그의 눈에 제 마음이 비치는 걸 빤히 보면서도 준연은 모른 척했다. 그를 좋아하는 게 아닌 척, 그를 그리워하는 게 아닌 척. 그렇게 그에게 흐르는 마음을 부정했다. 늘 그였던 마음을 외면했다.

"지금이 11시 50분인 것도 알아요?"

"알아."

"10분 남은 거예요."

"그것도 알아."

그녀가 사는 아파트 단지 입구. 어쩌면 그에게 배웅을 받는 마지막 날일 수도 있었다. 그리고 그렇게 되어야 할 터였다.

그런데 무엇이 그들의 발길을 자꾸 붙잡는 것인가.

"여기 계속 이렇게 서 있을 거예요?"

"아니면 집에 들여보내 주게?"

"……아뇨."

"그럼 이렇게 있어야지. 마지막 10분인데 혼자 들여보낼 수야 있나."

그가 웃었다. 그 웃음이 조금 쓸쓸하게 느껴졌다.

이별……. 또 이별이다.

한 번의 이별, 두 번의 이별……. 그리고 이젠 세 번의 이별이 된다.

처음 그에게서 멀어지는 건 죽을 만큼 아팠다. 두 번째로 그를 떠나보냈던 때 역시, 견딜 수 없을 만큼 힘들었다. 세 번째 이별의 순간이 되어 버린 지금…… 그녀가 참을 수 있을까?

모르겠다. 준연은, 정말로 모르겠다. 정말로 그를 지울 수 있을지, 없을지.

찬유는 마지막 10분 동안 그녀에게서 눈을 떼지 않았다. 그를 담을 용기가 없는 준연은 줄곧 발끝만 바라보았다. 짧은 입맞춤 한 번 없이 이 주일이 지나가 버렸다. 뜨거운 포옹 역시 없었다. 지치고 지쳐서 그의 등에 업힌 게 한 번. 속마음을 들켜 겁먹은 채로 손목을 잡힌 게 한 번. 그게 전부였다. 고작 그게, 전부였다.

그게 새삼 야속해서 준연이 고개를 들었다.

"시간 다 됐어요."

그러나 입에선 전혀 다른 말이 튀어 나갔다. 시계를 확인한 그가 콧잔등을 찡그렸다.

"아직 30초 남았어."

찰나, 그가 가까워졌다. 그리고 멀어졌다. 정신을 차렸을 땐 찬유가 이미 떠나 버린 후였다.

"널 사랑해."

그의 고백이, 귓가에 흩어졌다. 참았던 눈물이 주르륵 흘러내렸다.

그는 이 주 동안 자신의 마음을 여지없이 보여 주었다. 준연은 그 마음을 염치없이 받기만 했다.

"못 가는데……."

어떡하지?

"못 간단 말이야……."

가고 싶은데. 진짜 한심하지만, 진짜 이기적이지만……. 그렇지만 그의 곁에 있고 싶은데.

"기다릴게."

눈물이 계속해서 흘렀다.

그는 정말로 그녀를 잡으러 온 모양이었다. 그런데 그녀는 그에게 잡힐 자격도, 그에게 잡힐 용기도 없었다.

♪ ♫ ♭

 날씨가 우중충했다. 하루 더 쉬어도 된다는 아버지의 말에도 불구하고 준연은 부득불 출근을 강행했다. 주말이라 특근을 하러 나온 사람들뿐이었고, 평일보다는 당연히 한산했다.
 이 주일이나 자리를 비운 탓에 놓친 업무 내용을 파악하기 위해 준연은 쉴 새 없이 보고서를 살폈다. 팀원들이 보내 준 프레젠테이션 자료를 확인하는 것도 잊지 않았다.
 그렇게 준연은 종일 바쁘게 시간을 보냈다. 내내 우중충하던 먹빛 하늘에서 저녁이 되자 빗방울이 뚝뚝 떨어지기 시작했다.
 '몇 시지……'
 무심코 시계를 확인한 준연이 그대로 굳었다. 찬유가 말했던 시간이었다. 의도치 않게 그의 목소리가 귓가에서 되살아났다. 당황한 준연이 머리를 휘휘 내저었다.
 "팀장님, 괜찮으세요?"
 오늘도 특근을 하던 김 대리가 하얗게 굳은 준연을 보고 걱정스럽게 물었다. 그는 준연의 오점을 용납하지 않는 결벽적인 성격에 끝없이 깨지고도 꿋꿋하게 버티고 있는 현대의 샐러리맨이었다.
 "네, 괜찮아요."
 "안색이 많이 안 좋으신데……. 너무 무리하시는 거 아닙니까?"
 준연이 주변을 둘러보았다. 몇 남지 않은 팀원들이 걱정 가득한 눈빛으로 그녀를 바라보고 있었다. 자기 때문에 팀원들이 일에 집중하지 못하고 있다는 것을 깨달은 준연이 어색하게 웃으며 자리에서 일어났다.

"미안해요, 오랜만에 나온 건데. 몸이 안 좋아서 먼저 퇴근하겠습니다. 수고하세요. 월요일에 봬요."

집에서 푹 쉬라는 팀원들의 당부에 웃음으로 화답하며 준연이 소지품을 챙겨 회사 밖으로 나왔다. 어둑한 하늘이 빗물을 떨구고 있었다. 추적추적 내리는 비가 준연이 펼쳐 든 투명 우산 위로 끝없이 떨어져 내렸다. 쌀쌀함을 다소 품고 있는 봄비였다.

찬유가 일방적으로 정한 약속시간에서 이미 두 시간이나 지났다. 그가 아직도 기다리고 있을 거라는 생각은 하지 않았지만, 그래도 혹시나 하는 마음에 준연은 결국 그가 말했던 놀이터로 향했다. 어차피 집에 가는 길에 잠깐 들러 그가 있나 없나 확인만 하면 되는 일이었다.

불이 켜진 놀이터 조명 아래 누군가 있었다.

"아."

준연이 그대로 나무 뒤로 몸을 숨겼다.

그였다.

비 내리는 놀이터. 그곳에 이찬유가 있었다. 무감정한 얼굴로 팔짱을 끼고서 그네에 앉아 있었다. 그네를 까딱까딱 움직이는 그의 얼굴 위로 조명 빛이 툭툭 떨어졌다.

그에게 떨어지는 것은 조명 빛만이 아니었다. 빗방울도 쉴 새 없이 그의 몸을 적시고 있었다. 우산도 안 쓰고 도대체 무얼 하는 건지. 걱정스레 미간을 찡그린 준연이 입술을 물었다.

그는 그녀가 온 것을 눈치채지 못한 것 같았다.

간간이 아파트 주민들이 놀이터 주변을 걸었다. 아이를 데리고 돌아오는 어머니와 그 아들이 재잘거리자 잠시 찬유가 그들을 향해 고개를 돌렸다. 그들이 무슨 말을 하는지 뚜렷하게 들리지는 않았지만, 멀리 숨어 있는 준연도 그들이 하는 이야기를 어림짐작할 수 있었다.

'엄마, 저 아저씨 뭐하는 거야?'

'저런 데 눈길 주는 거 아니야. 얼른 가자.'

대충 이런 이야기였겠지.

위험한 사람을 보는 듯한 그들의 시선을 무시하며 찬유는 그네에 한없이 앉아 있었다. 무슨 생각을 하는지도 모르게 무표정한 얼굴로, 그렇게 하염없이 앉아만 있었다. 서늘한 봄비가 그의 머리를, 얼굴을, 어깨를 끊임없이 적셨다. 세상의 온갖 처량함을 끌어안을 기세로 그는 그렇게 그 자리에 존재하고 있었다.

준연의 우산 위로 떨어지는 빗소리는 여전히 후드득, 후드득……. 풀잎, 나뭇잎 위에 떨어지는 소리에 섞여 어둠에 쌓인 빈 공간을 메웠다.

우두커니 서 있던 준연이 무슨 생각인지 우산을 접었다. 찬유가 느끼는 차가운 비를 그녀 역시 온몸으로 느꼈다. 그에게 갈 용기도, 염치도 없는 준연은 무수한 시간 그녀를 기다리고 있었을 그가 느끼는 것을 함께 느끼고 싶었다.

추웠다.

차가웠다.

그리고 무엇보다 외로웠다.

준연이 눈을 감았다. 찬유의 고뇌가 들리는 것만 같았다. 그가 어떤 마음으로 자신을 기다리고 있는지 준연은 짐작조차 할 수 없다. 다만 저렇게 비를 맞고 있으면 틀림없이 감기에 걸릴 거라는 생각이 들었다. 하지만 찬유가 저리 처량하게 비를 맞고 있는데 그녀만 살겠다고 우산을 쓰고 있을 수는 없었다. 자신 때문에 족히 두 시간은 넘게 비를 맞고 있었을 그를 알면서 혼자 따뜻한 실내로 들어갈 수도 없었다. 으슬으슬 몸살 기운이 다시 올라왔다.

그녀는 여전히 열네 살의 서준연이었다. 찬유에게서 멀어질 용기도 없고 그렇다고 다가갈 용기도 없는 그때의 비겁한.

그녀는 그때와 같이 결국 찬유를 벗어나지 못했다. 아무리 피하고, 아무리 모른 척해도 결국 그의 옆자리였다. 아닌 척 도망가고, 아닌 척 외면해도…… 결국 그의 곁인 것이다.

미련하고 한심한 일이었다.

그만큼 마음 아픈 일이기도 했다.

찬유는 준연과 굉장히 오랜 시간 서로를 알아 왔다. 그럼에도 그녀와 이렇다 할 어린 시절 추억이 없다는 것은 때때로 찬유를 허무하게 했다. 늘 같이 있었는데, 사실은 늘 같이 있지 않았던 것과 같았다.

그래서 찬유는 약속 장소를 놀이터로 정했다. 어렸던 그 시절로 되돌아간 마음으로 다시 시작하자는 나름의 의미 때문이었다.

그런 의미 따위 준연에게 닿지 않아도 상관없다. 집에 가는 길에 잠깐 들르듯 그를 보러 와주길 원했다.

얼마나 기다렸을까. 다가오는 발소리가 들렸다. 툭툭 떨어지는 빗소리 사이로 찬유는 용케 그녀의 발소리를 들었다. 조심스럽게 다가오던 발소리가 어디선가 우뚝 멈추었다. 그리고 다시 이어지지 않았다.

'서준연.'

발소리는 그에게 다가오다가 멈추었고, 다시 지나쳐 가며 멀어지는 소리가 들리지 않았다. 그것은 발소리의 주인이 떠나지 않고 숨어 그를 지켜보고 있다는 뜻이었다.

분명히 그녀였다. 그녀가 아닐 수 없었고, 찬유의 본능이 그녀라고 소리 질러 댔다. 그녀에게 일방적으로 통보했던 시간보다 두 시간쯤 늦은 때였다. 그러나 그런 것은 중요하지 않았다. 중요한 것은 준연이 결국 그의 가까이에 와 있다는 것이었다.

고개를 든 찬유가 허공을 응시했다.

밤이 짙게 발리기 시작한 놀이터. 드문드문 지나가는 사람들이 그를 보며 속닥거리는 소리는 들리지 않았다. 그저 얇은 나무 뒤에 몸을 숨긴 채 들고 있는 우산을 접는 그녀의 모습만이 선명히 보였다.

'저 바보가.'

찬유의 눈동자 속에 잠시 불꽃이 일었다.

그러나 이내 힘없이 웃었다.

서준연은 역시나 그를 좋아한다. 끝내 외면하지 못할 만큼 그를 좋아한다.

늘…… 그랬듯이.

그가 그랬듯이, 그녀 또한 그랬던 것이다.

그럼에도 다가오지 못함은 마음을 좀먹는 그릇된 죄책감 때문이다. 그는 그런 것 아무래도 상관없는데, 그녀가 저지르지 않은 죄를 물어 그녀를 탓하는 짓 결코 하지 않을 텐데.

'그래, 누가 이기나 한번 해보자.'

한 발짝만 그녀가 와 주면 된다. 과거의 무게를 잠시 모른 척하고, 딱 한 번만 이기적으로 굴어 주면 된다.

1g의 용기.

1g의 이기심.

1g의 욕심…….

딱 그 정도면 된다. 준연에게 필요한 것은 그 정도이다.

첨예한 대립의 시간이 흘렀다. 드물던 인적마저 이젠 완전히 끊겼고, 시곗바늘은 자정을 향해 내달리고 있었다. 사위가 쥐 죽은 듯 고요해지더니 이내 빗방울 소리로 가득 찼다. 찬비에 젖은 찬유의 몸이 바들바들 떨렸다. 덕분에 심하면 며칠 앓아눕게 될지도 모른다.

그런 거, 상관없다.

그가 여기 있는 지금, 그녀도 이곳을 떠나지 않고 있다는 것이 중요했다. 그가 비를 맞고 있는 지금, 그녀도 함께 비를 맞고 있다는 것이 중요했다.

둘을 이어 주던 팽팽한 긴장의 실은 한순간 끊어졌다.

둔탁한 소리와 함께 나무 뒤에 숨어 있던 그림자가 느닷없이 쓰러졌다. 그네에 앉아 까닥까닥 움직이고 있던 찬유가 벌떡 일어나 그대로 그녀를 향해 튀어 나갔다.

"준연아?"

그녀를 끌어안았다. 몸이 펄펄 끓고 있었다.

"서준연, 너 진짜."

창백하게 질린 찬유가 표정을 일그러뜨렸다.

미련한 것은 그만이 아니었나 보다. 이찬유보다 더 미련한 이가 바로 서준연이었나 보다. 그녀는 그를 두고 갈 용기도 없는 주제에 그에게 다가갈 용기도 없고…… 거기다가 찬비를 버틸 체력조차 없는 모양이었다.

아슴아슴한 눈빛으로 준연이 고개를 들었다. 팔짱을 낀 채 험악한 표정으로 그녀를 내려다보고 있는 누군가의 얼굴이 보였다.

'……이찬유?'

벌떡 일어난 준연이 그를 노려보았다.

"당신 뭐예요?"

"뭐긴? 쓰러진 널 도와준 선한 사마리아인이지."

"미쳤어요? 무슨 자격으로 내 집에 들어와요?"

고작 그만큼 비 맞는 것도 버티지 못해서 쓰러졌다는 것이 준연을 비참하게 만들었다. 결국 또, 그의 곁을 맴돌던 걸 들켰다는 것이 그녀의 마지막 남은 자존심을 뭉그러뜨렸다.

"병원으로 데려갈 걸 그랬나? 거기도 여기랑 별로 다를 건 없었을 텐데. 어차피 특실에 너랑 나, 단둘이 있었을 테니까."

"나가요."

이죽거리는 그에게 준연이 차갑게 쏘았다.

"당장 나가란 말이에요. 신고할 거예요."

"싫어. 안 나가. 신고? 할 거면 해 봐."

찬유가 물러서지 않았다. 이를 사리문 준연이 맹렬한 눈빛으로 그를 쏘아보았다. 찬유 또한 물러설 생각이 없는지 그녀의 눈빛을 고스란히 마주했다.

"나가요."

"싫다고 했잖아."

그녀는 늘 그를 밀어내기만 한다. 열네 살의 서준연이 알아차린 것을 서른둘의 이찬유가 모를 리 없다는 걸, 그녀는 아직도 알지 못한다. 그가 그녀를 탓하며 미워할 거라고 지레 겁먹고 달아나기만 한다.

그게 찬유를 미치게 했다.

그녀는 안 그럴 거면서. 그녀는 그가 무슨 짓을 해도 용서할 거면서. 그러면서 왜 그는 그러지 않을 거라고 생각하는 것일까? 왜 그를 향한 믿음이 이토록 허약한 것일까? 왜 정말로 미안해해야 할 것이 무엇인지 알지 못한 채, 엉뚱한 걸 두려워하며 그를 상처 내는 것일까?

바르작거리는 그녀의 손목을 비틀어 쥔 찬유가 이를 드러냈다.

"너는 늘 그래. 넌 늘 그런 식이야, 빌어먹을! 내가 만만해? 내가 우스워? 차라리 맴돌지를 마. 이렇게 눈에 뻔히 보이는 곳에 서성거리면서. 그러면서 아니라고? 네 마음은 나와 같지 않다고? 사람이 믿을 만한 거짓말을 해!"

마지막의 마지막까지 밀어내기만 하는 그녀를 더는 견딜 수 없었다. 왜 그녀가 그와의 관계에서 이토록 소극적일 수밖에 없는지 짐작하고 있기에 더더욱 화가 났다.

"그냥…… 우연이에요. 우연히 거기서 쓰러진 거라고요. 집으로 오는 길목이었잖아요? 그냥, 지나치다가…… 현기증이 나서……."

"그 입 다물어!"

되지도 않는 변명을 늘어놓는 준연의 말을 찬유가 막았다. 그가 처음으로 원망을 담아 그녀를 노려보았다. 세 번은 버리지 말라는 그의 간곡한 기도에도 불구하고 같잖은 이유로 그를 포기하려고 하는 그녀가 미웠다.

"내가 말할까? 네가 왜 이러는지, 내 입으로 말할까? 마지막까지 난 널 잡고 있는데, 넌 도망만 가지! 왜 도망가는지, 왜 도망갈 수밖에 없는지 내 입으로 말해 볼까?"

"무슨 소리예요?"

"내가 모를 것 같아?"

찬유가 쓸쓸하게 웃었다. 날카롭게 그를 노려보고 있던 준연의 눈빛이 찰나 흔들렸다.

"홍영미."

찬유가 툭 내뱉었다. 그에게 붙잡힌 손목을 빼내기 위해 바르작거리던 준연이 그대로 굳었다.

"네 어머니."

"……."

냉정하게 그를 떼어 내려고 하던 준연의 평정이 한 순간 무너졌다. 힘없이 웃어 보인 찬유는 자신의 짐작이 맞았다는 것을 온몸으로 깨달았다.

"그리고 내 손."

준연의 동공이 크게 흔들렸다. 금방이라도 울음을 터트릴 것처럼 변해 버린 그녀의 눈빛이, 지금까지 그녀가 느껴 온 죄책감을 대변했다.

그게 찬유를 괴롭게 했고, 슬프게 했다.

고작 그런 이유로 달아나는 준연을 이해해 주고 싶지 않았다. 자신이 저지르지 않은 죄로 스스로를 책망하고 살아온 그녀가 가여웠고, 그녀가 가엾기 이전에 그를 떠나려고만 하는 그녀가 원망스러웠다.

"내가 모른 척하니까, 정말로 모를 것 같아? 열네 살의 서준연이 알아차린 걸, 서른이 넘은 이찬유가 정말 모를 것 같아? 네 눈엔 내가 그렇게 멍청해 보여? 내가 그렇게 뇌가 없어 보이냐고!"

찬유가 윽박질렀다.

"나는……."

준연이 시선을 떨구었다. 그녀의 입술이 파르르 떨리고 있었다.

찬유가 멈추지 않고 그녀를 몰아세웠다.

"정말 무의미해? 너에게 내가 무의미해? 그럴 리가 없지. 내게 네가 무의미하지 않는데, 네게 내가 무의미할 리가 없지. 거짓말 그만해. 미안해? 나에게 미안해? 네 어머니가 저지른 짓들 때문에 차마 날 똑바로 볼 용기가 없어?"

"나는……."

준연은 큰 충격에 빠진 표정이었다. 찬유가 이미 알고 있을지도 모른다는 생각을 안 해 본 것은 아니지만, 그래도 이렇게 직접적으로 듣게 될 줄은 몰랐다. 아니, 아니다. 어쩌면 알았을지도……. 그래서 무서워서 도망쳐 온 것이다. 그에게 들을 비난, 책망이 두려워서.

"차라리 잘못했다고 빌어! 미안하다고 빌라고. 떠나지 말라고, 곁에 있어 달라고 구걸이라도 하란 말이야. 내가 못 떠나게, 서준연 네가 눈에 밟혀서라도 가지 못하게 붙잡아 보라고! 그게 그렇게 어려워? 난 늘 하고 있잖아. 날 좀 잡아 달라고, 한 번만 잡혀 달라고……. 이렇게 긴 시간 네게 애원하고 있잖아. 근데 넌 한 번을 못 해?"

파랗게 질려 있던 준연의 표정이 일순간 차가워졌다. 무슨 생각을 하고 있는 것인지 더 이상 떨리지 않는 시선으로 그녀가 그를 응시했다. 두려움에 잠식되었던 그녀의 이지가 빠른 속도로 돌아오고 있었다. 아니면, 두려움에 그나마 남아 있던 이지마저 빠른 속도로 사라져 버린 것이거나.

"빌면……. 빌면 뭐가 달라져요?"

그녀가 창백한 얼굴로 물었다. 목소리가 비현실적으로 무덤덤했다.

"내가 빌면, 당신이 잃어버린 거 다시 찾을 수 있어요? 이찬유의 꿈, 미래……. 다시 찾을 수 있어요?"

그녀를 내내 괴롭혀 왔던 일이었다.

빌고 싶었다. 용서를 구하고 싶었다. 하지만 그 사고를 입 밖으로 꺼내는 순간 다시는 찬유를 보지 못하게 될까 봐 두려웠다. 그의 눈에 경멸이 담길까 봐 무서웠다. 온몸의 세포 하나하나에 각인된 그 공포를 조금이라도 이해한다면, 그는 그녀에게 이렇게 쉽게 빌어 보라고 말해서는 안 되는 거였다.

"아니잖아요."

대답하지 않는 찬유를 노려보며 준연이 한 마디 한 마디에 또박또박 힘을 주었다.

"내가 용서를 구해도 다시 찾을 수 있는 거 아니잖아요. 내가 미안하다고 백 번을 말해도, 되돌릴 수 있는 일이 아니잖아요. 그걸 말하면 날 보는 이찬유 씨 눈에 경멸이 담길 게 뻔한데, 내가 어떻게 말해요? 내가 어떻게 미안하다고 해요? 어떻게 용서를 구해요? 결과가 뻔히 보이는데? 나는 못해요. 버림받는 거, 싫어요. 차라리……. 차라리 내가 버렸다고 생각하는 게 나아요."

그녀는 울지 않았다. 그러나 울고 있는 듯한 느낌을 주었다.

"이기적이라 생각해도 어쩔 수 없어요. 나도 살아야 하잖아요. 난, 그 사람들이 당신에게 저지른 일 참아 내는 것도 힘들단 말이에요. 그 사람들을 견뎌 내는 것조차 숨도 못 쉴 만큼 버겁단 말이에요. 여기에 당신 경멸까지 더해야 해요? 날 미워하고, 날 증오하고, 날 원망하는 이찬유까지 견뎌야 하느냔 말이에요! 난 그렇게 못해요. 난…… 지금도……."

빠르게 쏟아 내던 준연의 목소리가 끝에 가서는 무척 심하게 흔들렸다. 그녀의 말을 가만히 듣고 있던 찬유의 눈썹이 치켜 올라갔다.

"그래, 맞아. 용서 못 해."

찬유가 나직이 중얼거렸다.

"그것 봐요. 내가 빌어도 안 되는 건데. 그건 되돌릴 수 없는 건데. 그러니 나한테 그렇게 잔인하게 말하지 마요."

"서준연은 끝까지 이기적이네. 용서라는 게 상대가 용서를 해 줄 가능성이 있어야만 구하는 거야? 용서해 줄 것 같지 않아도, 용서받을 때까지 구하고 또 구해야 하는 거 아니야? 용서받을 자격도 없다고 생각해도, 그래도 죽을 만큼 미안한 그 마음 죽을 때까지 표현해야 하는 거 아니야? '어차피 이찬유는 서준연을 용서하지 않을 테니까 차라리 모른 척할래!' 이런 생각을 하면서 한발 뒤로 빼고 기다리는 게 서준연의 방식이야? 그거 참 편리하다."

찬유가 조소했다.

그가 용서하지 못하는 건 준연이 생각하는 그런 게 아니다. 그는 준연이 하지 않은 일로 그녀를 탓할 생각이 전혀 없다. 준연이 하지 않은 일로 그녀를 책망하는 것은 다신 하지 않겠다고 그녀의 손을 잡은 순간 맹세했다.

게다가 그녀가 원하지 않은 일로 그녀를 탓할 순 없다. 그녀는 단 한 번도 그가 다치는 것을 바라지 않았을 테니까. 또한 그녀가 행한 일이 아닌 일로도 그녀를 탓할 수 없다. 홍영미의 일도, 서태훈의 일도…… 전부 다 준연과 별개다.

그가 용서할 수 없는 것은 준연이 끝까지, 단 한 번도 그에게 먼저 말해 주지 않았다는 거였다. 그가 그녀를 미워할 거라고 지레 단정 짓고 벽을 쌓고 거리를 둔 것이었다. 그의 마음은 보아 줄 생각조차 안 하고서 끝없이 그를 버리는 그녀의 비겁함이었다.

"내가 널 사랑한다고 하잖아! 내가 널 기다리고 있다고 하잖아! 내게 미움받을 수도 있다는 그깟 두려움, 날 위해 한 번만 참아 주면 안 돼? 내가 널 미워할지 아닐지 아무것도 모르면서, 지레 내 생각을 단정 짓고! 피하고, 두려워하고! 내게 미안하다면서 왜 계속 미안할 짓을 하는 건데? 두 눈 딱 감고, 딱 한 번만 진짜 널 말해 주면 안 되는 거야?"

준연이 고집스레 입을 다물었다. 화가 난 듯 찬유의 표정이 일그러졌다. 그가 그녀의 손을 놓으며 소리쳤다.

"정 비겁하게 도망가고 싶으면 아예 내 눈에 닿지 않는 곳으로 가라고! 다 보이는 곳에 숨어서 서성거리지 말라고!"

움찔, 그녀의 어깨가 떨렸다. 작은 어깨가, 겁을 집어먹고서 바들바들 떨리었다. 애써 무덤덤한 척 그를 바라보기 위해 애쓰던 준연이 괴로운 시선을 아래로 떨어뜨렸다.

그 모습을 보고 찬유는 흥분을 가라앉혔다, 마음의 극렬한 동요를 진정시켰다.

"준연아."

그의 목소리가 차분해졌다. 어딘지 모르게 지친 느낌이 드는 말투였다.

"그 모든 것에도 불구하고 내가 널 사랑한다고 하잖아."

그것은 마지막 애원이었다.

준연은 그의 애원을 들어주지 않았다.

애초에 쉽게 잊을 수 있는 일이라면 찬유에게서 멀어질 일도 없었고, 영미와 그토록 심하게 틀어질 일도 없었다. 찬유가 괜찮다고 말해도 그녀는 괜찮지 않았고, 찬유가 그녀를 원망하지 않는다고 말해도 그녀는 자신을 원망하지 않을 수 없었다. 설령 그가 그녀를 사랑한다고 해도…… 그녀는 자신을 사랑할 수 없었다.

미련한 일이다. 어차피 그를 잊지도, 떠나보내지도 못할 거면서 붙잡을 수도 없는 것이다. 그렇게 늘 멀리서, 그러나 또 가까이에서 미련처럼 그의 뒤에 늘어져 있는 것이다.

"가요."

긴 침묵 끝에 준연이 입을 열었다.

"뭐?"

"이찬유 씨 보기 싫어요. 그러니까 가요."

"서준연."

"내 이름 부르지 말고, 그대로 뒤돌아서 나가요. 그리고 우리 다신 마주치지 마요."

준연의 목소리엔 색이 없다. 아무런 감정도 느낄 수가 없다. 그녀의 창백한 얼굴을 노려보던 찬유가 표정을 일그러뜨렸다.

"뭐라고?"

그가 이렇게까지 했는데, 그녀는 끝내 그를 거부한다. 지난 일 따위 상관없다고 하는데, 그럼에도 그녀는 괜찮지가 않다고 한다. 뭐가 문제인 것일까. 찬유도 이젠 모르겠다.

"가라고 했어요."

"서준연."

"내 이름 부르지 말란 말도 했어요."

"왜 그렇게 고집불통이야?"

"누가 더 고집불통인 건지 모르겠네요."

그녀가 픽 웃었다. 공허한 웃음이었다. 그녀의 마른 눈가에 투명한 눈물이 보이는 것도 같았다. 공기처럼 형체가 없어서 그 누구의 눈에도 보일 리 없는 새로운 형태의 눈물이, 마치 흐르고 있는 것 같았다.

"도대체 뭐가 문제야? 왜 그렇게 꼬였어?"

"그러는 이찬유 씨는, 내 마음이 왜 당신과 같을 거라고 생각해요? 날 사랑해요? 난, 안 해요. 난 당신 사랑 안 해요. 난, 이찬유 씨 보면 괴로워요. 내 몸 속에 흐르는 피……. 그 더러움이 세포 하나하나를 찌르는 것만 같아요. 그래서 당신 보기 싫어요. 끔찍하게 싫어요. 지금 내 눈앞에 있는 것도 싫어요. 이 주나 당신을 참았어요. 왜인지 알아요?"

준연은 찬유의 답을 기다리지 않고 곧장 자답했다.

"당신이 이 주만 견디면 끝이라고 했으니까. 이 주만 버티면 계약서에 도장도 찍어 준다고 했으니까. 당신과의 계약이면, 난 아버지께 신임을 얻게 될 거예요. 천지, 가질 수 있어요. 내 어머닐 뒷방으로 밀어낸 여자의 아들에게 아무것도 빼앗기지 않을 수 있어요. 그래서 참았어요. 당신이 좋아서 참은 게 아니에요. 이찬유 씨를 못 잊어서 참은 것도 아니에요. 애초에 잊고 말고 할 관계 아니었잖아요. 그냥, 당신 장난에 맞춰 놀아준 것뿐이에요. 내가 당신을 한 순간이라도 사랑했다고 믿는다면, 당신은 동화 속에 살고 있는 거예요."

멍청한 이찬유. 한심한 이찬유.

하지만 그보다 몇 천 배, 몇 만 배 보잘 것 없는 그녀, 서준연.

전부 거짓말이었다. 단 한 톨의 진심도 담기지 않은 말이었다. 순수한 거짓…….

태연한 얼굴로 찬유를 상처 낼 말들을 준연이 쏟아 냈다. 일그러진 표정으로 그녀의 말을 가만히 듣고 있던 찬유가 별안간 낮은 한숨을 흘렸다.
 "안색 하나 안 바꾸고 거짓말을 잘도 하는구나."
 "진실이니까요."
 쓸쓸한 마음을, 어두운 눈동자 뒤에 숨긴 채 준연은 대답했다.
 찬유는 괜찮다고 했다. 분명, 괜찮다고 했다. '그 모든 것에도 불구하고' 그녀를 사랑한다고 했다.
 하지만 그는 모른다.
 그녀의 아버지가 무슨 짓을 했는지. 그의 무엇을 빼앗아 갔는지.
 "당장 나가요."
 하나라면 말이다. 부모의 죄가 딱 하나라면…… 준연도 욕심내 볼 것이다. 괜찮다는 찬유의 말에 넘어가, 그의 품에 얼굴을 묻고 하염없이 눈물을 쏟아 낼 것이다.
 그러나 하나가 아니니까. 그를 망친 것이, 하나가 아니니까…….
 그래서 준연은 도망갈 수밖에 없는 것이다. 그가 하나는 알아도 다른 하나는 모를 테니까. 짐승 두 마리의 피를 이어받은 짐승 새끼인 그녀를 끝내 미워하게 될 테니까. 지금은 다 이해한다고 말해도, 다 괜찮다고 말해도…… 결국은 그녀에게 증오 섞인 저주의 말을 쏟아 내게 될 테니까. 그녀의 어머니가 저지른 일과 그녀는 별개라고 말해도, 끝내는 별개가 아니라는 것을 알게 될 테니까.
 그렇게 되기 전에 밀어내자. 이기적이라고 해도 상관없다. 비겁하다고 해도 상관없다.
 정말로, 정말로…… 그에게 미움받으면 준연은 견딜 수 없게 될 것이다. 영미의 일을 알고 있는 지금도 괜찮다고 말해 주는 찬유가 등 돌리는 순간, 준연은 그 상실감과 고통을 참을 수 없게 될 것이다.

그러니까 이게 옳다. 지금 그를 또다시 밀어내는 게 맞다. 비록 그를 훔쳐보며 비를 맞다 쓰러진 모습을 들켜 버렸다고 해도, 그에게 버려지느니 먼저 버리는 쪽을 택했다는 비겁함을 토로했기는 해도……. 그래서 이미 진심을 숨기기엔 늦었다고 해도, 온갖 거짓을 진실인 척 포장하여 다시 한 번 그를 밀어내는 게 최선이다. 그래야 준연이 살 수 있었다. 이 숨 막히는 상황에서 그녀가 죽지 않을 수 있었다.

"경찰 부르기 전에 나가요."

"준연아."

"계약은 제대로 진행해요. 이 주, 채웠으니까. 난 그거 하나만 바라요."

"서준연."

"제발, 내 인생에서 사라져 줘요."

준연이 애원했다. 그가 사라질까 봐 안절부절못하며 그의 주변을 맴돌아 온 주제에 제발 사라져 달라며 청했다.

거짓, 또 거짓…….

그녀의 삶은 늘 거짓이었다.

결국 화난 표정으로 고개를 내저으며 돌아서는 그를 준연이 멍하니 바라보았다. 그가 더 이상 보이지 않게 될 때까지, 그렇게 하염없이 바라보기만 하였다.

8장.
늘, 고통이었다

준연은 찬유에게 있어 늘 고통이었다. 그의 마지막 고백까지 외면한 그녀는 끝내 그에게 고통으로 남을 셈일까. 이루어지지 못한 첫사랑, 떨치지 못한 미련한 풋사랑으로 남고 싶은 것일까.

"난 싫어."

싫다.

그는 싫다.

준연을 과거로 넘길 생각도 없고, 그녀가 과거로 남고 싶다고 한들 그 부탁을 들어줄 생각도 없다. 집착이라 해도 상관없고, 미련이라고 해도 상관없다. 늘 그녀만을 바랐다.

"네가 겁쟁이라고 나까지 겁쟁이인 건 아니야."

마음이 집착이 되고 있었다. 그리움이, 미련이…… 떨칠 수 없는 집착으로 변하고 있었다.

그래도 상관없다. 이렇게 들러붙고 또 들러붙어 준연의 마음을 돌릴 수만 있다면 찬유는 몇 번이고 자신의 밑바닥까지 보여 줄 수 있었다. 진심으로 마음을 전해서 그녀에게 닿을 수 없다면, 얼마든지 더 비겁한 방법을 쓸 것이었다.

"가라고?"

거칠게 걸어가던 찬유가 우뚝 멈추어 섰다. 뒤늦게 그가 돌아보았다. 준연의 모습은 당연히 보이지 않았다. 세상에 깔린 검은 어둠이 그녀의 모습을 삼켜 버린 것일 수도 있고, 겁에 질린 준연이 스스로 늪 바닥까지 가라앉아 버린 것일 수도 있다.

아무렴 상관없다.

"그래, 갈게."

그가 픽 웃었다.

"어디 시험해 보자."

정말로 그가 그녀에게 무의미할까. 정말로 서준연은 이찬유를 버리고 싶은 것일까.

거짓말. 두 번 생각해 보지 않아도 그것은 뻔한 거짓말이었다. 그 뻔한 거짓말을 준연이 계속한다면, 찬유도 악수를 던질 수밖에 없다.

자동차 키를 만지작거리던 찬유가 쓸쓸해 보이는 눈빛을 흘렸다. 잠시 후 자동차가 천천히 움직이기 시작했다.

포기하려고 온 길이 아니었다.

놓아주려고 온 길도 아니었다.

서준연을 잡으려고, 온 길이었다.

아무도 없는 빈 아파트에 준연은 혼자 남아 있었다. 이 세상에 오직 그녀만 존재하듯이, 불도 켜지 않은 채 그렇게 어둠에 묻혀 있었다. 자신의 몸조차 보이지 않는 깊은 흑막 속에 숨죽여 숨어 있었다. 무언가로부터 도망치고 있는지도 모른 채, 그저 그렇게 있었다.

그 끝없이 이어질 것 같던 적막은 휴대폰 벨소리로 인해 깨졌다.

늦은 밤, 혹은 이른 새벽.

대체 누가 이 시간에 전화를 거는 것일까.

축 늘어져 뇌의 명령체계를 벗어난 것 같은 몸을 겨우겨우 추슬렀다. 외투 주머니 어딘가에 처박혀 있던 휴대폰을 꺼내 든 준연이 초점 잃은 눈동자로 발신자 번호를 응시했다. 주소록에 저장된 번호는 아니었다. 처음 보는, 아주 낯선 번호였다.

왜인지 모를 불안감이 오한이 되어 등골을 훑고 지나갔다. 바르르 떨리는 어깨를 움츠리며 준연이 망설임 끝에 수신 거부 버튼을 눌렀다.

그것은 어쩌면 나약한 정신을 보호하기 위한 본능적인 조치였으리라. 수초의 시간이 흐른 후, 한 번의 진동을 끝으로 전화가 끊겼다.

그러나 그 안식은 오래 가지 않았다. 짧은 틈을 두고서 진동이 다시 시작되었다. 조금 전 준연이 수신 거부한 것과 같은 번호였다.

'왜……'

어째서 전화가 계속 오는 것일까?

예의에 어긋나도 한참은 어긋난 시간의 전화. 급한 일이 아니라면, 모르는 번호로 연락 올 시간은 확실히 아니었다.

준연이 떨리는 눈으로 액정을 물끄러미 바라보았다. 그녀가 마침내 휴대폰을 들었다.

"여보세요?"

며칠 밤이라도 지새운 듯 목소리가 갈라져 있었다. 가만 들어 보면 울음을 참고 있는 것도 같았다.

그녀는 낯선 상대방이 하는 말을 가만히 들었다. 표정 없는 얼굴로, 그저 들었다. 그녀를 둘러싼 주변은 까맣고, 그녀의 머릿속은 하얘서, 무엇이 진짜인지도 알 수 없었다.

그저 다, 거짓이기를 바랐다.

하루가 영원 같았다. 일 분, 일 초가 천 일처럼 길었다. 왜 찬유의 비상연락망에 아직도 자신의 번호가 올라가 있는지도 알지 못한 채 준연은 병원으로 달렸다. 초조함이 그녀를 좀먹었다.

"준연이 왔니?"

당장 수술실 앞으로 향했다. 미리 도착해 있던 소라가 창백한 얼굴로 그녀를 맞아 주었다. 갑작스럽게 결혼했을 때도, 또 이혼했을 때도 늘 그녀를 친딸처럼 다독여 주었던 소라였다. 준연은 그 품에 얼굴을 묻었다.

"아주머니……."

"어머, 얘는. 섭섭하게 아주머니가 뭐니, 어머니라 불러야지."

아들이 긴급수술을 들어간 상황에서도 소라는 농담을 건넸다. 금방 부서질 것 같은 준연이 걱정스러웠던 까닭이리라.

준연은 겨우 그녀의 품에서 머리를 들었다. 소라가 걱정하지 말라는 듯 그녀의 어깨를 다독여 주었다.

준연은 찬유가 부러웠던 순간이 많았다. 그의 반짝이는 재능이, 멈출 줄 모르는 용기가 부러웠다. 하지만 그 모든 것보다 부러웠던 것은 다정한 소라였다. 늘 넉넉한 마음으로 자식을 품어 주는 강인한 어머니……. 그녀가 있어서 찬유 또한 그토록 단단할 수 있었을 것이다.

두 사람은 초록색 불이 들어온 수술실 앞 의자에 나란히 앉았다. 남들은 평생 한 번 당하기도 어렵다는 사고들이 왜 자꾸 찬유에게만 찾아오는 것일까. 신이 내린 불공평함을 원망하며 준연은 그저 울음을 참았다. 제대로 된 사고가 불가능한 와중에 그녀의 두 눈만이 처량할 정도로 새빨갰다.

'이런 거 싫어······.'

이런 벌은 싫다. 찬유가 주는 벌은 어떤 벌이라도 받을 준비가 되어 있지만, 이런 건 싫다. 비 오는 밤 그가 떠나도록 상처 될 말들을 내뱉은 것은 그녀였지만, 그가 이 세상을 떠나기를 바랐던 것은 아니다. 그냥 그녀가 닿지 못하는 어떤 곳에서 행복하게 살기를 원했던 것이다.

"흑, 흐윽. 흑······."

결국 숨죽인 눈물이 터졌다. 끅끅, 겨우 울음을 삼켜 냈다고 생각한 지 채 5분도 되지 않아서였다. 두 손 사이에 얼굴을 파묻은 준연이 오열하기 시작했다.

토닥토닥, 그녀의 등을 소라가 말없이 두드려 주었다. 언제나 울음을 참던 고집스러운 아이가 끝내 터트린 울음을 안타까운 마음으로 받아 주었다.

영원과도 같은 시간이 흐르고, 마침내 수술실의 불이 꺼졌다. 새까맣던 어둠은 어느새 밀려나고, 아침이 찾아와 있었다. 비도 잦아들고 있었다. 그러나 안타깝게도 아침의 빛은 준연의 마음으로 가는 길을 모르는 모양이었다. 날은 밝았지만, 그녀는 여전히 어둠 속을 헤매고 있었다.

"의사 선생님!"

소라가 벌떡 일어나 수술 집도의에게 다가갔다. 두 사람이 주고받는 말을 준연은 하나도 들을 수가 없었다. 멍한 정신으로 그녀는 그저 자신을 책망했다. 이 모든 것이 자신의 잘못 같아서 스스로를 탓하지 않을 수가 없었다.

만약 그를 붙잡았으면 어땠을까.

미안하다고, 잘못했다고. 그의 바지자락을 붙잡고 늘어졌다면 어땠을까.

그래서 그가 늦은 밤 피곤한 몸을 이끌고 운전을 해 떠나는 일을 없게 하였다면, 만약 그랬다면 이 사고는 일어나지 않지 않았을까.

"준연아, 천만다행이래. 하늘이 돌보셨나 봐. 우리 찬유, 괜찮다는구나. 이제 괜찮아질 거라는구나."

밝은 얼굴로 소라가 다가왔다.

그러나 준연의 얼굴은 펴지지 않았다.

전부 그녀의 잘못.

언제나 그러했듯 찬유의 불행은 그녀의 죄 때문.

민수는 곤히 잠들어 있는 찬유를 바라보며 간밤의 통화 내용을 생각했다.

'넌 참 독하다고 해야 할지, 미련하다고 해야 할지······.'

도박을 해야겠다며 미국으로 떠났던 그는 보란 듯이 성공해서 돌아왔다. 그래서 준연이 더 이상 돈을 핑계로 그를 밀어낼 수 없게 만들었다. 오히려 계약에서 우위를 차지해 그녀와의 시간을 만들어 냈다.

그런데 지금 민수의 눈앞에는 머리, 몸 할 것 없이 붕대에 감긴 채 누워 있는 찬유가 있다. 흰 붕대에는 말라붙은 핏자국이 역력했다.

시간이 얼마나 흘렀을까. 찬유가 가늘게 눈을 떴다.

"넌 미친놈이야."

다짜고짜 민수가 내뱉었다. 고개를 돌린 찬유가 그를 흘겨보고는 픽 웃었다.

"그것도 단단히 미친놈이지."

"준연이는?"

"어머니랑 잠깐 점심 먹으러 갔어."

"그래."

태연히 대답하며 찬유가 잠시 눈꺼풀을 내렸다.

"몸은 좀 괜찮아?"

"당연히."

찬유가 어깨를 으쓱였다. 몸은 괜찮았다. 굳이 불편한 점을 꼽자면 온몸에 붕대가 감겨 있어서 움직이기 불편하다는 것 정도? 압박 붕대가 감긴 오른쪽 발목을 물끄러미 노려본 찬유가 이내 두 눈을 감았다. 아무렴 어떠랴 싶었다.

"문제 생기면 형준이한테 말하면 돼."

"알았어."

"넌 진짜 미친놈이야."

다시 한 번 같은 말을 중얼거리는 민수를 보며 찬유가 가볍게 웃었다.

"알아."

뭐, 상관없다.

미친놈이 되어도.

지금의 그는 제 앞가림하기에 급급해 멀어지는 준연을 바라만 보고 있던 십 대 소년 이찬유도 아니고, 이별을 고하는 그녀에게 반박할 말을 찾지 못해 떠나야만 했던 이십 대의 이찬유도 아니다.

찬유도 이렇게까지는 하고 싶지 않았다. 그러나 어쩔 수 없지 않은가. 다른 방법을 고려할 수 없게 되어 버렸는데.

"어머니랑 준연이 오면 가 봐."

"가지 말라고 해도 갈 거야. 서준연 눈 보면 나도 모르게 다 말해 버릴 것 같거든."

무슨 방법을 써서라도 준연의 곁에 있기 위해 돌아온 길이었다.

♪ ♫ b

그를 무언가에 비유해야만 한다면 아주 처음에는 사막이라고 생각했다. 그는 조금은 건조해 보였고 또한 황폐해 보였으며, 끝내는 고독해 보였다.

그다음에는 별이라고 생각했다. 반짝반짝. 손닿지 않는 곳에서 그는 빛이 났다. 예쁘다, 라는 생각이 절로 들었다. 그는 더 이상 황폐하지 않았고, 고독하지도 않았다. 사회적인 시선으로 보기에 그는 없는 것이 아주 많은 소년이었지만, 그럼에도 불구하고 그는 피아노 곁에서 늘 아름다웠다.

그를 가장 아름답게 해 주던 그것을 잃었을 때, 준연은 그가 다시 사막이 될 거라고 생각했다.

피아노가 그의 모든 것이란 걸 알고 있었으니까.

그것 말고는 그를 웃게 할 수 있는 게 없다는 걸 알고 있었으니까.

하지만 그는 그대로 땅으로 떨어지는 별똥별이 되었다. 뜨거운 열이 되었다, 지울 수 없는 흔적이 되었다.

그렇다면 지금의 이찬유는 무엇일까?

만남, 이별, 만남, 또 이별……. 그녀와 함께했던 그 지리멸렬한 만남과 이별의 과정 중 절반을 뚝 떼어 잊어버린 그를, 무엇이라고 봐야 하는 것일까?

"왜 그런 표정을 지어?"

그, 이찬유가 웃으며 물었다.

날카롭게만 느껴지던 눈매가 서글서글하게 휘었다. 남모르게 이마를 찡그리며 그를 바라보던 준연은 혼란스러워졌다.

"준연아?"

그가 손을 뻗었다. 준연이 방어적으로 뒤로 물러섰다. 그녀가 대답을 구하듯 주치의를 올려다보았다.

사고가 나고 흐른 시간은 벌써 이틀. 그러나 찬유의 시간은 오히려 역행해 있었다.

지금이 몇 년도이냐는 주치의의 질문에 당당히 4년 전 년도를 말하는 그를 어떻게 대해야 하는 것일까.

"김형준, 넌 또 왜 그래?"

찬유가 불만족스럽게 미간을 일그러뜨리며 형준을 바라보았다.

그가 찬유의 대학 동기라는 것은 준연도 알고 있었다. 그리고 또한 촉망받는 신경외과 전문의라는 것도 알고 있었다. 교통사고가 났는데 다른 외과 전문의가 아니라 신경외과 전문의가 주치의가 된 것은 또 어떤 의미일까. 단지 지인이라서? 준연은 이 상황을 받아들이지 못하고 있었다.

"어머니랑 제수씨랑 잠깐 따로 이야기 좀 하고 와도 될까?"

형준이 말했다. 형태는 물음이었지만, 그 뜻은 통보에 가까웠다.

"뜻대로."

병실을 빠져나가는 세 사람의 뒷모습을 물끄러미 응시하던 찬유가 곧 베개 위에 머리를 누이고 눈을 감았다.
'못 가, 서준연.'
그녀는 가지 못할 것이다.

소라와 준연은 멍하니 형준이 하는 말을 들었다. 형준의 입에서 흘러나오는 수많은 말들은 그저 소리 조각에 불과했다. 외상 후 스트레스가 어쩌고, 충격이 어쩌고, 기억이 어쩌고……. 분명 조리 있고 논리적인 문장인데, 이상하게 준연은 그의 말을 단 하나도 알아들을 수가 없었다. 그저 이지러진 눈망울이 혼란스럽게 흔들렸다.

"당장은 많이 당황스럽겠지만 보호자분들께서 잘 이겨 내 주셔야 합니다. 기억상실이란 게 일시적일 수도 있고, 영구적일 수도 있지만 이 경우는 일시적인 증상일 가능성이 높아요. 시간이 지나면 자연스럽게 돌아올 테니, 그때까지라도 찬유가 혼란스럽지 않도록 행동해 주셨으면 합니다. 지금의 사정은 찬유의 기억이 되돌아온 뒤에 설명해도 늦지 않으니까요."

형준의 시선은 내내 준연에게 고정되어 있었다. 소라는 별문제가 되지 않는다. 그녀는 어머니였고, 언제든 아들에게 최선을 다할 테니까. 지금 이 순간 미지수는 오로지 서준연 하나였다. 그녀의 선택이 찬유가 예상한 대로의 선택일지는 준연이 입을 열기 전까지는 알 수 없다.

"되돌아…… 오긴 하나요?"
준연이 떨리는 목소리로 물었다.
"아마도요."

"얼마나 걸리죠?"

"오늘이 될 수도 있고, 내일이 될 수도 있고……. 어쩌면 일 년, 또 어쩌면 평생……. 그건 그 누구도 알 수 없어요. 서준연 씨에게 평생을 찬유와 헤어지지 않은 척해 달라는 게 아니에요. 아직은 몸도 회복되지 않았고, 겉으로 멀쩡해 보여도 스트레스를 많이 받고 있는 상태니까 안정될 때까지만이라도……."

준연은 더 이상 형준의 말을 듣지 않았다. 그저 고개를 떨구었다. 그의 시간은 4년 전으로 돌아가 있었다.

그중에서도 정확히 그녀와의 짧았던 결혼 생활 중에 멈춰 있다.

그런 그에게 우린 이미 끝난 사이라고 말하는 게 옳을까? 절대적으로 안정을 취해야 하는 지금, 우린 끝나도 이미 여러 번 끝난 사이라고 통보하는 게 옳을까? 기억이 돌아온 다음에, 최소한…… 그가 무언가 이상하다는 걸 스스로 깨달은 뒤에 알려 주는 게 옳지 않을까? 자기 상처를 살피는 데 급급해서 단 한 번도 이찬유를 먼저 생각하지 않았던 서준연이, 태어나서 처음이자 마지막으로 그를 위해 무언가를 해 줄 수 있는 순간이 온 건 아닐까?

"알았어요."

준연이 중얼거렸다. 계속 무어라고 설명하고 있던 형준이 입을 다물었다. 소라도 놀란 눈으로 그녀를 바라보았다.

"정말 괜찮겠니?"

소라가 물었다.

그녀는 준연과 찬유의 관계를 정확히 알지 못한다. 그저 두 아이들 사이에 자신은 알지 못하는 질기고도 질긴 인연이 존재하고 있음을 어렴풋이 느끼고 있을 뿐이다.

소라는 찬유가 하는 일은 늘 절대적으로 믿고 지지해 줬기에, 준연과의 결혼도, 이혼도 그 이유를 묻지 않았다. 갑작스럽게 미국으로 출국했던 때도, 또 돌아왔던 때도 이유를 묻지 않았다.

소라가 알고 있는 것은 피아노를 포기하고 늘 죽은 눈빛으로 살아가던 찬유가 준연을 볼 때만큼은 예전처럼 빛났다는 것뿐이다. 그녀를 사랑하고 있다는 말만큼은 늘 진심이었다는 것뿐이다.

하지만 준연의 마음은 어디에 있는 것일까?

"네, 아주머니. 그 정도는 해 줄 수 있어요. 그 정도는, 해 줘야 하는 거잖아요."

소라를 마주 보는 준연의 눈빛이 흐려졌다. 이내 꾹 깨문 그녀의 입술이 파르르 흔들렸다.

"그래. 그럼 부탁해도 되겠니? 다시 우리 준연이에게 어머니 소리 들어 보는 거야?"

소라가 가볍게 농담을 건넸다. 준연이 체념하듯 희미하게 웃었.

'이찬유, 당신 말이 맞아. 난 이기적이야. 지독히 이기적이지. 당신 곁에 있을 자격도 없는데…… 난, 당신을 핑계 삼아 잠깐만 더 당신 시간 속에 머무를래.'

이별이 미뤄졌다.

서준연이 이찬유에게 잡혔다. 그녀는 모르겠지만.

소라는 3일을 더 병원에 있다가 내려갔다. 언제까지고 운영 중인 가게를 비울 수 없는 노릇이었고, 정말로 괜찮다며 찬유가 그녀의 등을 힘껏 떠밀었던 까닭이다. 소라는 연신 불안한 눈초리로 준연을 살폈지만, 사실상 소라가 할 수 있는 일이 없었다. 아이들의 인연은 아이들이 해결해야 할 문제였다. 게다가 이젠 둘 다 아이라고 하기엔 너무 큰 성인이 되어 버렸다.

"엄마, 갈게. 무슨 일 있으면 꼭 연락하고. 알았지?"

"알았으니까 조심히 내려가세요. 제 걱정은 마시고. 정무 아저씨께도 안부 전해 주시고요."

모자는 몇 번 더 서로에게 당부를 주고받았다.

겨우 병원에서 발을 떼어 버스정류소로 향하던 때였다. 소라가 문득 고개를 갸웃거렸다.

"얘가 정무 씨는 어떻게 알지?"

소라가 정무와 데이트를 시작한 지는 아직 일 년도 되지 않았다. 참 서글서글하고 책임감이 있어서, 짧은 만남이었지만 여생을 함께 하면 어떨까 생각하게 하는 사람이었다. 이번에 찬유의 입국소식을 듣고 그를 소개할 계획을 짰던 것이 기억난다.

분명한 것은 4년 전의 찬유는 정무를 알 리가 없었다. 그런데 찬유가 어떻게 그를 알고 있지?

"설마……."

무언가가 뇌리를 퍼뜩 스쳤다. 소라가 휙 뒤돌아서는 순간, 그녀의 휴대폰이 울렸다.

[어머니, 걱정 마세요. 그리고 아무 말씀도 마세요.]

방금 막 도착한 메시지 한 통.

"얘가……."

찬유가, 무언가 꾸미고 있다. 준연과 관련된 일이었다. 더 정확히는 준연과의 관계에 관련된 일일 것이고, 그것보다 더 정확히는 준연과의 미래를 위한 일일 것이다.

"대체 무슨 꿍꿍이인 거야?"

망연한 표정으로 그 자리에 굳어 있던 소라가 이내 황당한 듯 웃음을 흘렸다.

정말 못 말리겠다, 누구 아들인지.

'여보, 당신 아들이 참 잘 자랐어. 사랑하는 여자 하나 얻겠다고 별짓을 다 하잖아. 당신은 사랑하는 날 두고 그렇게 가 버렸는데.'

그의 마음이 얼마나 깊은지 소라는 알 수 없다.

다만 아들의 선택이라면 늘 그래 왔듯이 소리 없이 응원해 줄 뿐이다.

찬유의 사고소식은 C&Y의 사장 조유진에게도 날벼락 같은 것이었다.

이번 계약 건은 자기가 꼭 한국의 천지그룹 쪽과 진행하겠다고 찬유가 고집을 부리는 바람에 하는 수 없이 그러라고 한 것이 벌써 이십여 일 전이었다.

첨단산업의 특허란 것은 시간이 독이다. 계약을 지지부진하게 끌면 그들이 개발한 신기술은 사업에 적용되기도 전에 또 다른 신기술에 밀려 도태되고 말 것이다.

여러 개의 후보 그룹 중 반드시 천지와 계약을 해야겠다고 하기에 그러라고 하였고, 계약에 능숙한 수많은 임직원들을 제치고서 자기가 하겠다고 고집을 부리기에 그것 또한 그러라고 하였다.

오랜만에 한국에 들어가는 것이니 이 주일 정도 머물며 계약도 마치고 돌아오겠다던 찬유의 약속은 이제 허언이 되어 버렸다. 근 이십 일 만에 유진에게 온 것은 양쪽의 도장이 찍힌 계약서가 아니라 찬유의 사고 소식이었으니까.

'대체 뭘 하고 다니는 거야, 이찬유!'

결국 모든 일정을 중지시키고 직접 계약을 마무리하기 위해 유진이 한국행을 결정했다. 회사가 제일 어려울 때부터 함께하기 시작해서 지금 이 자리에 오르도록 지대한 공헌을 한 찬유가 다쳤다는데, 얼굴 한 번 내비치지 않는 건 예의에 어긋나기도 했다. 일단 가서 계약의 진척사항을 듣고 다른 기업과의 계약을 빠르게 진행하든지 천지와의 계약을 마무리 짓든지 해야 했다.

"하."

부산스럽게 짐을 챙기던 유진이 문득 웃었다.

이게 다 무슨 핑계람.

사실은 심장이 쪼그라들 정도로 그가 걱정스러운 것뿐이면서.

외로운 타향살이에서 이찬유는 유진에게 있어서 동료, 친구 그 이상의 의미였다. 그는 이미 그녀의 가족과 다름없었다.

한국에 도착한 유진은 곧장 병원으로 향했다. 또각또각 구두 소리가 경쾌했다. 그녀는 걸음걸이마저 당당한 여자였다. 미리 알아 두었던 찬유의 병실 문을 노크하는 시늉도 없이 유진이 열었다. 가만히 앉아서 책을 보고 있는 찬유가 보였다.

"이찬유!"

유진이 버럭 소리쳤다. 움찔 고개를 든 찬유의 시선이 그녀에게 향했다.

"도대체 뭘 하고 다니는 거야? 툭하면 사고에, 사건에! 생긴 건 바늘 하나 안 들어가게 생겨 놓고, 왜 그렇게 사람이 칠칠치 못해? 이역만리 타국에서 내 심장이 얼마나 쪼그라들었는지 알아?"

그녀는 진심으로 화내고 있었다. 계약에 차질이 생긴 것보다 그가 다쳤다는 것에 더 화가 났다. 하지만 그 무엇보다 화가 나는 것은 무슨 뜻인지 전혀 모르겠다는 듯한 표정으로 그녀를 바라보고 있는 이찬유였다. 그 빈틈없고 완벽한 남자에게 저 멍청한 표정이

가당키나 한단 말인가?

"누구⋯⋯. 아, 유진이구나!"

그가 활짝 웃었다.

"그래, 유진이지. 조유진. 왜 그래? 평생 못 만날 줄 알았던 사람 본 것처럼?"

"이게 몇 년 만이야?"

유진이 그대로 얼어붙었다.

"쟤가⋯⋯ 무슨 소릴 하는 거야?"

황당해하는 그녀의 뒤로 형준이 불쑥 튀어나왔다.

"여, 조유진."

"누구? 형준이?"

느닷없이 알은척 부르는 목소리에 유진이 번쩍 고개를 들었다. 몇 년 만에 만나는 대학 동기 형준이 그녀를 바라보며 싱긋 웃고 있었다.

"잠깐 나랑 이야기 좀 해."

그에게 거의 질질 끌려가면서, 유진은 뒤늦게 침대 발치에 앉아 있는 한 여자를 발견했다.

저 여자는 뭐지?

상황이 심상치 않다는 생각이 들었다.

유진은 굳은 얼굴로 형준의 설명을 들었다. 사고가 났고, 머리를 다쳤고, 기억이 뚝 끊겼단다. 그의 시간은 4년 전으로 되돌아가 버려서 그녀와 함께했던 3년의 시간이 모조리 없어져 버렸단다.

"이게 무슨 드라마야?"

유진이 톡 쏘았다.

"드라마면 차라리 낫지. 그건 다 거짓말이잖아."

"그래서 기억이 언제 돌아온다고? 쟤 저래서 계약은? 어디까지 어떻게 진행됐는지는 알려 줘야 마무리를 할 거 아냐!"

버럭 소리를 지르다가 유진이 불현듯 입을 꾹 깨물었다. 사실 계약은 문제가 아니다. 찬유는 철두철미한 성격이라서 웬만한 건 다 파일로 정리해 두었을 것이다. 그러고 보니 그가 매주 보고를 했던 것도 같다. 어련히 알아서 잘 하고 돌아오려니 싶어서 눈여겨보지 않았을 뿐……. 그 파일들을 다시 열어 볼 때가 왔나 보다.

"근데 그 여잔 뭐야?"

유진이 화제를 돌렸다.

"누구?"

"병실에 있던 여자. 이찬유, 동생 없잖아."

"누구겠어?"

"친구?"

조심스럽게 대답하며 형준의 눈치를 살피던 유진은, 형준의 표정을 보고 자신의 답이 틀렸다는 것을 알아챘다.

"아님 뭔데?"

어깨를 으쓱이는 그를 보면서, 문득 생각하고 싶지도 않은 단어가 뇌리를 스쳤다. 벌떡 일어선 유진의 입이 떡 벌어졌다.

"엑스와이프?"

"……."

무언은 원래 긍정인 법이다.

굳이 수많은 기업 중 천지를 고집할 때, 그것도 본인이 직접 가서 계약을 진행하겠다고 했을 때……. 사실 유진은 이미 알고 있었을지도 모른다. 그 정도로 미련하고, 한심한 이찬유는 생각해 보지 않아서 부정했을 뿐.

"그 마음 참 절절도 하다. 하필 기억이 끊겨도 결혼시기에 끊기냐……."

절묘해도 너무 절묘하잖아.

무언가 미심쩍은 듯 입술을 잘근거리던 유진이 흰 미간을 좁혔다.

"야."

"왜?"

"너, 설마 나 속이는 거 아니지?"

너무 드라마 같으면 사실은 드라마인 법.

너무 절묘하면, 어딘가 조작되어 있기 마련 아니겠는가?

"하긴, 아니겠지. 도도왕 이찬유가 그렇게 한 여자에게 구구절절하게 매달리고 있다는 거 알면 대학동기들 다 기절할 테니까. 어쨌든 알아들었어. 내가 더 알아야 할 건 없는 거 맞지? 이혼 얘기는 빼고 이야기하면 되는 거지?"

"뭐, 대충."

알겠다는 말과 함께 자리에서 일어난 유진이 다시 찬유의 병실로 향했다. 아무리 생각해도 이상하다. 오소소 소름이 돋는 기분이 드는 게, 아무래도 무언가 있는 거 같다.

이번에는 똑똑 노크와 함께 문을 연 유진이 활짝 웃었다.

"저 찬유와 잠깐 할 이야기가 있는데, 자리 좀 비켜 주실 수 있겠어요?"

그녀의 시선이 똑바로 준연을 향해 날아갔다.

침대 옆에 서 있던 유진은 준연이 나가고 문이 닫히는 것과 동시에 다짜고짜 찬유의 가슴을 푹 눌렀다.

"뭐하는 짓이야?"

"비명, 안 지르네."

황당한 표정을 짓는 찬유를 보며 유진은 더 황당한 표정을 지었다. 골절이나 타박상이 있다면 그 통증이 엄청날 텐데 외마디 비명 한 번 안 지르다니.

"다 뻥인 거네? 그치?"

"비명은 진통제 때문에……. 너, 살인미수야."

"말도 안 되는 핑계 대지 마. 저 여자는 속아 넘어갈지 몰라도 난 아니지. 조유진을 그렇게 만만하게 보면 안 되지. 대체 무슨 꿍꿍이야? 이게 다 뭐야? 뭘 위한 사기극을 꾸미고 있는 거야, 너?"

유진이 작은 목소리로 다다다 쏘아붙였다. 그녀에게 둘러댈 변명을 찬유가 생각해 내기도 전에 유진은 이미 결론을 짓고 있었다.

사실 그랬다. 그에게 눈이 먼 준연은 이 사고가 얼마나 작위적이고 이상한지 깨닫지 못했을지도 모르지만, 그녀보다 훨씬 이성적인 유진은 이미 사고의 핵심을 간파하고 있었다.

사고로 기억을 잃는 것도 힘들뿐더러, 그 시기가 정확히 서준연과 결혼 생활을 유지하고 있던 때라니? 아귀가 지나치게 딱딱 맞아떨어지면, 그 진위 여부를 의심해야 하는 법이다.

"거짓말할 생각하지 마. 한 마디만 더 거짓말하면 너 미국에서 치료시킨다는 이유로 데리고 출국해 버릴 테니까."

유진이 으르렁거렸다. 태생적인 전사이자 투사인 그녀와 싸우는 게 아무런 득이 없다는 판단을 내린 찬유가 최대한 가련한 표정을 지었다.

"한 번만 봐줘."

그가 실토했다. 두 손을 모아 간청하는 것은 옵션이었다.

"계약 빨리 진행 안 하면 똥 되는 거 몰라? 천지 아니면 싫다며? 그래서 다른 러브콜 죄다 물리쳤는데, 지금이 벌써 며칠째야? 담당자 연락처랑 진행사항 정리해서 보내 줘. 나머진 내가 할 테니까. 이런 거까지 사장인 내가 일일이 나서야 해?"

"보고는 매주 제대로 했어. 네가 안 본 거겠지."

토를 다는 찬유를 보고 유진의 표정이 홱 일그러졌다.

"아, 몰라. 짜증나, 진짜!"

있는 대로 화를 낸 유진이 밖으로 나가 버렸다. 문 앞에는 여전히 준연이 서 있었다. 한심하다는 듯 그녀를 노려본 유진이 한숨을 푹 내쉬며 고개를 절레절레 흔들었다.

그 의미를 이해하지 못한 준연이 고개를 기울였지만, 유진은 이미 저만큼 걸어가 버린 뒤였다.

결국 남은 계약 진행은 유진의 몫이 되었다.

유진이 아는 한 찬유는 늘 철두철미했다. 다르게 표현하자면, 그는 항상 필사적이었다. 회사를 살리지 못하면 죽어 버리겠다는 듯이, 성공하지 못하면 차라리 사라져 버리겠다는 듯이…… 그는 지난 3년 동안 일에 매달려 왔다.

무엇이 그를 그렇게 필사적이게 만들었는지 유진은 알고 있었다. 이 모든 어처구니없는 연기까지 하면서 얻으려는 사람이 누구인지, 미국에서 찬유를 다시 만난 순간부터 눈치채고 있었다.

대학시절, 그 특유의 날카로움과 도도함으로 무장한 채 팬덤을 몰고 다니던 그의 시선 끝에는 늘 한 사람이 있었다. 항상, 그 여자만 있었다. 만남, 이별, 만남, 거부……. 가슴이 넝마가 되도록 밀려나면서도 꿋꿋하게 붙잡고 있는 인연, 연인.

그 인연을 위해서 찬유는 또 한 번 도박을 시작했다.

"계약은 대충 정리된 것 같아. 나 먼저 일단 돌아갈게."

도장만 안 찍었을 뿐, 의견 조율은 사실상 다 끝난 상태였다. 유진이 할 일은 그 회사 대표자 자격으로 상대를 만나서 함께 서명을 하는 것뿐이었다. 아주 간단하고…… 쉬운 일이어야 했다.

그런데 시간이 약간 지체되었고, 담당자가 바뀌었고, 그래서 C&Y의 조급함을 알아차린 천지 쪽에서 약간의 계약 변경을 요구해 왔다.

유진은 계약에서 유리한 위치를 지키기 위해 천지 쪽에서 생각하는 만큼 자기들이 조급하지 않다는 것을 보여 줄 의도로 일단 본사로 돌아가서 임원들과 미팅을 진행해야 할 것 같다는 의사를 전했다.

천지를 고집하는 찬유의 말을 수용한 것은 천지의 조건이 가장 좋았기 때문인데, 그들이 계약 내용을 변경하려고 한다면 다른 기업들도 목록에 올리지 않을 이유가 없었다. 조금 골치 아파지긴 했지만, 적절히 밀고 당기기를 하면 성공적으로 끝낼 수 있는 계약이었다.

그리고 마침내 그 밀고 당기기에서 유진은 승리했다. 그녀는 역시 타고난 사업가였다.

"응, 미안."

"미안한 거 아는 애가……. 됐다. 그래서 언제까지 이러고 있을 건데?"

유진이 눈을 흘기며 물었다. 찬유는 말간 표정으로 그녀를 응시할 뿐이다. 괜한 것을 물었다 싶었는지 유진의 표정이 서서히 일그러졌다.

"내가 무슨 부귀영화를 원했을까……. 됐어, 말할 필요도 없다. 그냥 찬유야. 다음부터는 무슨 꿍꿍이가 있으면 미리 말해 주면 안 될까? 적어도 이역만리에서 내 심장이 쪼그라들 걸 알고 있으면, 날 속일 깜냥이 안 된다는 걸 알고 있으면…… 대충 언질이라도 해 주란 말이야. 네가 저지르는 일에 깜짝깜짝 놀라는 것도 이젠 나이 들어서 힘들다."

유진의 목소리에 한숨이 묻어 나왔다.

"일단은 병가로 처리해 놓을게."

"고마워."

"고마운 거 알면…… 남자나 소개시켜 주든지."

픽 웃으며 유진이 일어났다. 찬유가 자리를 비우고 있는데, 그녀까지 긴 시간 자리를 비울 수는 없었다. 회사에서 찬유는 중요한 존재였지만, 엑스와이프 대상 사기극을 진행 중인 찬유가 돌아갈 리 없었다.

항상 신중하고 속내를 잘 말해 주지 않는 찬유였지만 한 번 선택한 일에선 어지간해선 물러나는 일이 없다는 것을 유진은 알고 있었다. 그는 지금 이 무리수를 던지면서까지 첫사랑을 잡으려 하고 있었고, 어떤 식으로든 결론 나기 전에는 돌아오지 않을 것이다.

이미 부서진 그의 가슴이 더 산산이 부서질지, 아님 접착제로 단단히 붙여질지 알 수 없는 일이지만 그것은 유진이 관여할 일이 아니었다.

"간다."

"바람처럼 왔다가 바람처럼 가네."

찬유가 바람처럼 소리 없이 웃었다.

"누구 덕분에."

"고마워."

애정을 담아 그의 가슴을 한 대 더 친 유진이 유유히 병실을 빠져나갔다.

그날도 유진이 처음 왔던 날과 마찬가지로 문 옆에는 서준연이 있었다. 유진이 못마땅한 눈으로 준연을 노려보았다. 유진과 눈이 마주친 준연이 순간 움찔하더니 이내 그녀를 똑바로 응시했다. 그것은 호기심의 눈빛이었고, 또한 경계의 눈빛이었다. 그저 동업자로 치부해 버릴 수도 있겠지만, 아마 자기는 모르는 찬유의 3년을 알고 있는 여자를 향한 의구심이 저도 모르게 드러난 것일 것이다. 유진이 슬쩍 입꼬리를 말았다.

"가시는 거예요?"

그녀가 먼저 말을 걸었다.

"네."

유진이 그녀를 마주 보며 고개를 끄덕였다. 그녀의 눈동자는 투명했고 동시에 공허했다. 그 무엇으로도 그녀의 빈 마음을 채워 줄 수 없을 것 같은 직감이 들었다. 언뜻 무심해 보이는 그 속에 너무 많은 것이 차 있었다.

그녀를 향해 유진이 충동적으로 내뱉었다.

"저 멍청이는 당신이 좋대요."

찬유는 단단한 사람이다. 반듯하고, 친절하고, 의지가 강하다. 그의 눈에는 사람의 본질을 꿰뚫는 힘이 있어, 늘 사람 그 자체를 본다. 다른 무언가를 첨부하여 사람을 판단하는 일이 거의 없다.

대학시절 내내 거의 괴짜로 취급당했던 유진을 처음으로 보통 사람으로 대해 준 것이 그였다. 조유진을 조유진 그 자체로 봤듯, 그에게는 서준연도 오직 서준연일 뿐일 것이다. 그녀의 그 대단한 집안, 핏줄들……. 그런 건 애당초 찬유의 관심사가 아니었을 것이다.

그걸 이 가엾은 여자는 알지 못한다. 그래서 찬유조차 가여워지고 있다.

"그때도 지금도 당신이 좋대. 그래서 당신이 도망가는 동안 당신을 계속 쫓는 거야. 당신은 생각하겠지. 아닌 척해도 속으로는 그럴 거야. 이찬유가 날 포기할 리 없어. 우리의 인연이 끊어질 리 없어. 내가 그를 버려도 그는 날 버릴 리 없어. 내가 그를 잊어도 그가 날 잊을 리 없어……. 근데 그게 얼마나 웃긴 오만인지 알아요? 나라면 분통하고 원통해서 진작 때려치웠을 텐데…… '우리' 이찬유는 참, 순진하기도 하지."

내내 무심한 척하던 준연의 눈썹이 꿈틀거렸다. 유진은 재미있다는 듯 웃었다.

"무슨 말을 하고 싶은 거예요?"

"스스로를 속이는 짓도 적당히 하란 말이에요. 이 상황, 되게 웃기잖아요. 저 멍청이는 나와 함께했던 3년은 기억하지도 못하고, 당신은 저 자식을 몇 번이나 버리고도 지금 여기에 있어요. 말은 그렇게 하겠죠, 지금이 너무도 특수한 상황이라 저 망할 자식의 충격을 줄여 주기 위해 잠시 옆에 있어 주는 것뿐이라고. 하지만 정말 그것뿐이에요? 당신은 당신 편하자고 찬유 괴롭히고 있는 거예요. 찬유 위하는 일이라는 핑계로, 저 자식 말려 죽이고 있는 거라고요."

유진이 준연을 향해 한 발짝 다가섰다.

감정을 태우고 남은 재가 날리고 있는 것일까. 준연의 눈동자는 흐릿하다. 잿빛, 먹구름이 담긴 눈동자. 이 서늘해 보이는 눈 속에 찬유가 있다.

이 감정 없어 보이는 여자가 찬유의 꾐에 넘어갈 수밖에 없는 것은, 결국 그녀 또한 그를 사랑하기 때문이다. 제삼자인 유진의 눈에도 빤히 보이는 그 사실을 찬유가 모를 리 없고, 모르지 않기에 여태 찬유가 그녀를 놓을 수 없는 것이다.

"서준연 씨, 당신이 찬유 사랑하는 거 알아요. 그 자식 보는 당신 눈빛 보면 그렇게 애달플 수가 없으니까. 내 눈에도 보이는 그거, 찬유 눈에는 안 보일 거란 생각 말아요. 그렇게 절절히 바라보면서 당신 마음은 그와 같지 않다고 부정하는 거…… 진짜 웃기거든요. 차라리 그렇게 보질 말든지. 그렇게, 곁을 맴돌질 말든지. 아예 떨쳐 낼 수 있는 거 아니면, 치사하게 혼자 안전지대에 서서 찬유 마음 조각조각 찢어발기지 말고 같이 위험지대로 뛰어들어요. 그게 인간 대 인간으로서 최소한의 예의거든요."

준연이 입술을 깨물었다. 뭔가 분한 듯 바르르 떠는 그녀를 보며, 유진이 여유만만한 미소를 지었다.

유진은 자신을 향한 준연의 감정이 호기심에서 경계로 바뀌는 것을 명확히 느꼈다. 그것은 같은 여자로서 느끼는 일종의 위기감이었고, 제 영역을 침범당한 짐승의 분노였다.

유진은 그런 준연의 감정을 조금 더 자극하기로 했다. 찬유가 제자리로 돌아와야 회사도 더 잘 굴러갈 테니, 이것은 유진 자신을 위한 일이기도 했다.

"싫음 말든가. 당신이 싫다면 내가 가질 거거든요, 이찬유. 내가 아주…… 내 손에 꽉 쥐고 당신이랑 평생 지구 정반대쪽에 살게 할 거야."

무감해 보이던 준연의 표정이 살짝 일그러지는 것을 보며, 유진은 속으로 조금 만족했다.

'내가 갖지 못하면 남이 갖는 것도 못 본다 이거지?'

아주 바람직하다. 적어도 누군가를 좋아한다면 그 정도 질투와 소유욕은 응당 가지고 있어야지.

피식 웃으며 유진이 얼굴을 준연에게 더 바짝 갖다 댔다. 준연은 그녀를 피하지 않고 똑바로 노려보았다.

"사고라고 생각해요?"

유진이 나른히 속삭였다.

"못 견뎌요."

사악한 마녀라도 된 듯 유진은 즐거이 입술을 말았다.

"죽을 거예요, 이찬유."

변화에는 때론 촉매가 필요한 법이고, 유진은 기꺼이 촉매제가 될 것을 자처했다. 굳은 채 서 있는 준연을 스쳐 지나간 유진이 곧 사라졌다.

9장.
늘, 망설였던

찬유에게는 지난 4년 동안 변한 사실을 대강 알려 주었다. 영미의 죽음, 그의 미국행 등등……. 그는 자신이 유진과 함께 일하고 있다는 사실에 조금 놀란 듯했지만 이내 수긍했다. 다만, 왜 준연이 함께 가지 않았는지 궁금해하는 것 같았다. 준연은 아버지 경영을 돕기 위해 한국에 남았다는 두루뭉술한 대답으로 상황을 넘겼다. 찬유는 미심쩍어 하면서도 더 캐묻지 않았다.

모두가 잠든 새벽. 준연은 침대 옆에 앉아 그의 얼굴을 바라보았다. 가로등 불빛이 새어 들어오는 병실 안, 창백한 안색의 그가 잠들어 있었다. 간간이 미간을 찡그리기도 하는 찬유에게서 시선을 떼지 않으며, 준연은 유진의 말을 문득문득 떠올렸다.

"사고라고 생각해요?"

사고가 아니면, 이게 뭔데.

"못 견뎌요."

조유진, 당신은 뭘 그렇게 확신하는 건데.

"죽을 거예요, 이찬유."

찬유가 죽는다고? 왜?
준연의 미간에 선이 그어졌다. 잔뜩 혼란스러워하는 눈동자를 그녀가 잠시 얇은 살갗 뒤에 숨겼다.
"내가……."
준연이 찬유의 얼굴을 향해 손을 뻗었다. 그의 뺨을 문지르는 준연이 울 것 같은 표정이 되었다.
"나 살자고 당신을 죽이고 있어요?"
그렇게 생각해 본 적은 있다. 어쩌면 이미 오래전부터 알고 있었을지도 모른다.
유진의 말이 맞다. 준연은 자신이 떠나지 못하는 한 찬유도 그녀를 떠나지 않을 것을 알고 있었다. 밀어내고 또 밀어내고, 결국 그의 곁일 수밖에 없었던 것은 그가 없는 삶은 고려해 보지 못한 까닭이었다. 아무리 서로가 멀리 있어도 그녀의 곁에 아무도 없는 한 찬유의 곁도 비어 있을 거였고, 그의 곁이 비어 있다는 것은 그 자리가 그녀의 것이란 뜻이었다.
"내가 어떻게 할까요? 내가…… 어떻게 할까요?"
찬유의 뺨에서 손을 뗀 준연이 시트를 움켜쥐었다. 이내 그 시트에 얼굴을 묻은 그녀가 흐느끼기 시작했다.

그녀는 길을 잃었다. 영미가 그에게 한 짓을 알게 된 날부터, 그녀는 늘 길을 잃은 채였다. 서준연의 마음은 늘 이찬유에게 향하는데, 그녀의 나침반은 오로지 찬유를 가리키고 있는데……. 그런데 그 길 안내를 따를 수 없어서 그녀는 줄곧 헤맬 수밖에 없었다.

가고 싶은데 갈 수 없어서 괴롭고, 떠나야 하는데 떠날 수 없어서 괴로웠다. 정말로 찬유가 그녀를 포기할까 전전긍긍했고, 혹시나 그에게 다른 사랑이 생길까 두려워해야만 했다.

그럼에도 찬유가 내미는 손을 뿌리치고, 또 뿌리치고……. 그렇게 이기적으로 굴었다. 이해할 수 없는 일이다. 이기적으로 군 것은 그녀인데, 왜 벌은 찬유가 받는 것일까?

눈물이 시트를 적셨다. 가늘게 떨리는 그녀의 어깨를 감싸 줄 사람이 없었다.

만약 유진의 말처럼 단순한 사고가 아니었다면 어쩌지? 만에 하나라도 그가 잘못된 마음을 먹었던 거라면 어쩌지?

"그 모든 것에도 불구하고 내가 널 사랑한다고 하잖아."

그 간절하고도 애틋한 마지막 고백을 뿌리친 것은 그녀였다. 그를 벼랑 끝으로 내몰고 있는 줄도 모르고…….

불현듯 누군가가 준연의 젖은 **뺨**을 어루만졌다. 놀란 준연이 고개를 들었다. 찬유였다. 잠든 줄 알았던 그가 어느새 일어나 있었다.

"울어?"

준연이 고개를 가로저었다. 그러나 눈물은 여전히 흘러내리고 있었다. 어쩌면 마음이 흘러내리는 것인지도 모르겠다.

"뺨이 젖었잖아."

그의 목소리가 다가왔다.

"⋯⋯괜찮아요."

물기 가득한 목소리로 준연이 말했다. 전혀 괜찮지 않은 목소리였다.

"안 괜찮은 거 같은데."

그의 숨결이 가까워졌다는 생각이 들었다. 준연이 그대로 뻣뻣하게 굳었다. 숨 쉬는 것은 본능인 줄 알았는데, 그 순간은 숨 쉬는 방법마저 잊었다.

부드러운 것이 입술에 닿았다. 위로하듯, 조금은 장난스럽게 그의 혀가 그녀의 입술을 핥았다.

짧은 입맞춤.

찰나 동안 영원이기를 바랐던.

"어⋯⋯."

할 말을 찾지 못한 준연이 버벅거렸다.

지나치게 얼어붙은 그녀의 행동에 찬유가 놀란 표정을 지었다.

"내가 잘못했나?"

그가 어색하게 웃었다.

"4년이잖아."

여전히 할 말을 못 찾는 그녀를 보고 찬유가 미간을 찡그리며 덧붙였다. 부부로 함께 지낸 게 4년이 넘는데, 키스조차 안 해 본 것이냐는 뜻이었다.

"아, 아니에요. 잘못한 거⋯⋯. 그냥 조금 놀라서."

겨우 정신을 차린 준연이 황급히 고개를 저었다. 찬유의 생각은 당연한 것이었다. 4년. 그가 잃어버린 시간이 자그마치 4년이었다. 신체 건강한 남녀라면, 그것도 서로를 아끼는 남녀라면…… 키스는 물론 그 이상의 것을 나누었다고 생각해도 이상할 것이 없었다.

"그래?"

"네."

미심쩍어 하는 찬유를 보며 준연이 애써 입술 끝을 말아 올렸다.

"그래."

마지못해 수긍한 듯 찬유가 고개를 주억거렸다.

"그런데 왜 울었어?"

"운 거 아니에요."

"거짓말."

"거짓말 아니에요."

"흐응."

찬유가 미간을 모았다. 그를 똑바로 바라보고 있던 준연이 시선을 떨어뜨렸다. 얼굴이 화끈거렸다. 귀가 자꾸 뜨거워지는 느낌이 들어 참을 수가 없었다.

키스……. 키스라고 할 순 없지만, 어쨌든 준연에게는 처음이었다. 당연히 떨릴 수밖에 없었고, 마음 같아서는 혼비백산해서 숨고 싶은데 찬유 앞이라서 그럴 수도 없었다.

"그럼 새벽인데, 안 자고 뭐하고 있었어?"

"잔 거예요."

"흠?"

"그러니까 엎드려서……. 엎드려서 잔 거예요. 운 게 아니라, 꿈 같은 거……. 맞아, 꿈 꾼 거예요. 슬픈 꿈이었나 봐요."

준연이 누가 봐도 뻔한 거짓말을 둘러댔다.

"엎드려서 잤다고?"

"네."

"간이침대 있잖아."

"불편해서요."

"엎드려 자는 게 더 불편하겠다."

"그건 그냥 나도 모르게 깜빡 잠든 거……."

계속 찬유의 시선을 피하며 준연이 대꾸했다. 자꾸만 화끈거리는 뺨이, 쿵쾅거리는 심장이 신경 쓰여 견딜 수가 없었다.

"올라올래?"

"네?"

이건 또 무슨 소리야.

준연이 화들짝 고개를 들었다.

"간이침대는 불편해서 싫다며. 또 불편하게 앉아 있다가 불편하게 졸려고?"

"아, 아니……."

찬유가 그녀를 끌어당겼다. 버벅거리는 준연이 결국 그에게 끌려갔다. 뿌리치려면 뿌리칠 수도 있었겠지만, 그러고 싶지 않았다. 얼결에 침대에 올라앉은 준연이 망설임 끝에 찬유의 옆에 누웠다. 바로 코앞에서 그가 가볍게 웃었다. 그의 손이 부드럽게 준연의 뺨을 어루만졌다.

그 손을 뿌리쳐야 하는 이유 수만 개와 그 손을 뿌리칠 수 없는 이유 수만 개가 동시에 준연의 머릿속에 떠올랐다. 준연은 이번에도 그에게 말려드는 쪽을 택했다. 그냥 그의 큰 손에 뺨을 묻었다.

"준연아."

대답 없이 준연이 그를 바라보았다.

"나는 어땠어?"

"······뭐가요?"

"내가 기억하지 못하는 시간 동안, 나는 네게 어땠어?"

그가 걱정스럽게 물었다.

"어머님께서 돌아가셨잖아. 그럼에도 우리가 함께 있다는 건 좋은 뜻이야?"

"······."

"그냥 좋은 뜻인 걸로 하자."

준연의 답을 기다리지 않고 그녀의 이마에 입술을 맞춘 찬유가 이내 눈을 감았다. 반은 체념한 마음으로 준연 역시 눈을 감았다.

그와 함께 누워 있는 이 순간이, 끝나지 않았으면.

차라리 이대로······ 시간이 멈춰 버렸으면.

♪♬♭

시간은 가만가만 흘렀다. 잡을 새도, 놓칠 새도 없이 늘 그렇게 흐르기만 했다.

곧 퇴원해도 될 거라는 형준의 말에 준연은 잠시 고민했다. 그의 기억은 돌아올 낌새가 없고, 그의 동업자이자 상사라는 여자는 찬유에게 미국으로 돌아올 것을 독촉하고 있었다.

그녀와 함께 쌓은 3년의 경험은 잊었을지라도 그 이전에 습득한 기술은 여전히 찬유의 머릿속에 차곡차곡 쌓여 있었다. 그러니 유진이 찬유에게 돌아올 것을 권고하는 것은 어쩌면 당연한 일일 것이다. 찬유는 어떻게 할지 아직 결정하지 않은 모양이었지만, 곧 그의 일상으로 돌아가야 할 게 분명했다.

이젠 몸도 제법 회복되었으니 자신과의 관계가 그가 상상하고 있는 것과 다른 모양이라고 해도 견딜 수 있을 것이라고 준연은 생각했다. 그는 서른이 훌쩍 넘은 성인이니까 그 정도 앞가림은 할 줄 아는 게 당연한 것이다.

"내가 지금…… 뭐하는 거야."

문제는 서준연 그녀였다.

아무리 떠나 살았다고 하더라도 아파트에 자기 옷이 하나도 없으면 찬유가 수상하게 생각할 것이다. 조만간 그에게 진실을 말해 줘야 할 텐데, 그 적절한 시기를 잡는 어려움은 둘째 치고 자꾸만 제멋대로 움직이는 손과 발 때문에 준연은 심히 곤란했다. 정신을 차려 보니 어느새 찬유의 옷가지를 사고 있는 제 모습을 발견한 것이다.

"하아……."

가벼운 한숨을 내쉬며 양손 가득 들린 쇼핑백을 바라보는 준연의 눈동자가 흔들렸다. 듣기로는 계약도 양측 다 그런대로 만족하는 선에서 마무리되었다고 하니, 더 이상 찬유를 만날 변명거리도 없는데.

좋지 않다. 이건 진짜, 좋지 않다.

이렇게 지지부진하게 굴어서는 결국 찬유에게 또 상처를 줄 수밖에 없는데.

"나 진짜 나쁜 년인가 봐……."

씁쓸한 혼잣말을 중얼거린 준연이 결국 쇼핑백을 꽉 쥐고서 자신의 아파트로 향했다.

어차피 곧 말해야 할 진실이라면, 그래서 금방 깨어져야 할 행복이라면……. 잠깐만 더. 아주 조금만 더, 붙잡고 있고 싶다.

이렇게 '조금만 더, 조금만 더'를 원하다가 지금 이 상황까지 오게 된 것을 알면서도 준연은 찬유를 뿌리치지 못했다. 그를 뿌리치는 데, 수천수만 번의 각오가 필요한 그녀인데…… 그 각오는 이미 찬유가 사고 났던 그 밤에 다 써 버린 것을. 그의 너덜너덜한 마음을 갈가리 찢어 버렸던 그날, 그녀의 용기 또한 바닥난 것을.

아파트에 도착한 후 준연은 그와 함께 살던 때와 최대한 비슷하게 방을 꾸미기 시작했다. 그리고 새 옷 냄새를 빼기 위해 세탁기를 몇 번이나 돌렸다. 그의 흔적을 지우기 위해 전부 하나씩만 남겨 두었던 식기, 수저, 칫솔 등…… 전부 그의 것을 더해 채웠다.

세 번째 이별이 잠시 지워지고, 잠깐 미뤄졌다.

언제, 어떻게 말할 것인가는 인간관계를 이어 가는 데 있어 가장 중요한 논점 중 하나일 것이다. 이별을 잠시 미루는 대가로 찬유와의 시간을 얻은 준연은 어찌 되었든 오롯이 혼자 그에게 진실을 말해야 하는 입장에 놓이게 되었다.

오랜 타국 생활로 인해 그녀의 아파트에 자신의 짐이 그리 많지 않음을 찬유는 그다지 수상하게 여기지 않는 것 같았지만, 그를 집 안에 들인 준연은 좌불안석이었다.

그는 나름대로 그녀와의 관계를 정의 내리고 있는 듯했고, 만약 전에 병원에서 그랬던 것처럼 갑자기 키스를 해 오면 준연은 얼어붙고 말 것이다. 그를 밀어낼 핑계를 대지 못한 채 그 달콤함에 취해 버릴 것이다.

정신을 똑바로 차려야 한다고 단단히 다짐하며 저녁 식사를 준비하는 그녀의 뒤로 찬유가 불쑥 다가왔다.

"뭐 만들어?"

자연스럽게 그녀의 목에 팔을 두르며 끌어안는 그의 행동에 준연이 입을 딱 벌렸다. 황급히 표정을 수습한 그녀가 그의 팔을 슬그머니 떼어 내며 고개를 돌렸다.

"방해돼요. 들어가 있어요."

그녀가 긴장감을 감추며 말했다.

언젠가, 그에게 말을 해야 한다. 그녀와 그는 완전히 끝난 사이라고. 그가 상상하는 것처럼 좋은 관계를 유지해 오지 못했다고. 4년 전, 그의 기억이 끊긴 이후…… 그녀와의 관계 역시 끊겨 버렸다고.

사고가 난 직후에는 몸이 온전치 못한 그가 충격을 받을까 숨겼지만, 이제 그는 제법 많이 회복되었다. 거동에도 문제가 없고, 겉으로 보기에는 완전히 멀쩡하다. 그러니까 이젠 말해도 된다. 그가 충격을 받을까 봐 말을 못 했다는 변명은 더 이상 통하지 않는다. 원래대로라면 당장 말해야 할 것이다. 그런데 말하지 못하고 이렇게 숨기고 있는 건 정말 무슨 심보란 말인가.

초조하게 흔들리는 그녀의 눈동자를 빤히 바라보고 있던 찬유가 가볍게 웃었다.

그녀의 생각이 빤히 보였다. 놓아야 하는데 놓지 못하는 자신을 질책하고 있을 게 뻔했다. 그것이 애틋하였다.

준연은 늘 그랬다. 그를 밀어내면서도 붙잡고 있었다. 이제 우린 무관한 사이라고 선언하면서도, 쓸쓸한 눈빛으로 그를 바라보고 있었다. 자신의 마음, 욕심……. 전부 억지로 가슴속에 구겨 놓고 숨도 제대로 못 쉬고 있는 것이다.

그런 준연의 모습이 이토록 선명하게 보이는데 찬유가 그녀를 놓을 수 있을 리 없다. 그녀가 아무리 많은 거짓으로 그를 상처 내어도, 찬유가 결국 그녀를 붙잡을 수밖에 없는 것이다.

"혼자 있기 싫어."

그가 어린애처럼 투정 부렸다. 반듯한 이마를 살짝 찡그린 그녀가 그를 쳐다보았다.

"그냥 보고 싶어서. 이상한 일이야, 준연아. 내 기억 속에서는 분명 널 매일매일 만나고 있었는데……. 실제로 내가 미국에 간 이후 3년을 너와 거의 만나지 못했다고 해도, 내 기억 속에서는 늘 너와 함께였는데. 그런데 이상해. 아주 오랫동안 보지 못한 느낌이 들어. 보지 않으면 그리운 생각이 들어."

준연이 입을 다물었다. 쓸쓸하게 날리는 그의 목소리가, 공허했다. 스스로 이해하지 못하는 애달픔이 본능적으로 그의 안에 똬리를 틀고 있는 것 같았다.

"그래서 네가 가까이에 있는데도 혼자 있는 기분이 들어. 그런 기분 느끼고 싶지 않아."

다시 돌아온 그 순간부터 찬유는 돌려 말하는 법이 없다. 미국에서 보낸 시간과 함께 지난 4년의 기억이 사라졌어도 그 시간의 경험은 그의 몸에 녹아든 모양이다. 뭐라고 말해야 할지 갈피를 잡지 못한 준연이 미미하게 눈살을 찡그렸다.

"아, 넘친다."

분위기를 깨며 찬유가 화들짝 놀랐다. 얼른 가스레인지 불을 끄기 위해 그가 그녀의 뒤에서 팔을 뻗는 통에 준연은 졸지에 그에게 안긴 꼴이 되었다.

또다시 맥박이 빨라져서 그녀는 두 눈을 질끈 감아 버렸다. 가까이에서 느껴지는 그의 체온이 좋아서, 정말로 이대로 영원히 계속되었으면 하는 생각이 든다. 그에게 일어난 일들…… 전부 모른 척하며 찬유와 있고 싶다.

용납할 수 없는 욕심에 준연이 괴로워하던 그 때, 불현듯 사고 전 찬유가 쏟아붓던 말의 일부가 떠올랐다.

"열네 살의 서준연이 알아차린 걸, 서른이 넘은 이찬유가 정말 모를 것 같아?"

그는 영미의 일을 알고 있었다.

그렇다면 대체 언제부터 알고 있었던 것일까? 지금은 아는 상태일까, 모르는 상태일까. 얼마나 오랫동안 알면서 모른 척해 준 것일까. 그 일을 알고 그녀를 용서하기까지 얼마의 시간이 걸렸을까. 지금은 사실…… 그녀를 용서하기 전의 시간이지 않을까. 속으로는 그녀를 원망하고 미워하면서, 겉으로 티내지 않기 위해 안간힘을 쓰고 있는 것은 아닐까. 그의 기억의 부재에 기대어 그녀 혼자 행복해하는 동안, 그는 사실 그 사고의 순간을 떠올리며 괴로워하고 있는 것은 아닐까.

그런 생각이 들자 갑자기 구역질이 밀려왔다.

"준연아?"

그를 위한다는 명분 아래 그를 기만하고 있는 이 순간이 불현듯 몸서리치게 인식되었다. 도저히 찬유의 온기를 누리고 있을 염치가 없었다. 자신의 이기심에 치가 떨렸다.

돌연 준연이 그를 홱 밀고서 밖으로 뛰쳐나가 버렸다.

"서준연!"

그의 목소리에 붙잡히지 않기 위해 준연은 온 힘을 다하여 달렸다.

나는……

나는 정말 무얼 하고 있는 것일까.

그를 위한다는 이유로 그를 속이고, 기만하고……

도대체 언제까지 이렇게 이기적으로 굴려는 것이었을까.

자격 없는 욕심과 염치 모르는 이기심 때문에 왈칵 울음이 터졌다. 신발도 제대로 신지 못하고 아파트 단지 밖으로 뛰쳐나온 준연이 목적지도 없이 정신없이 헤맸다.

지나가는 사람들이 이상하게 쳐다보는 것도 모른 채, 그 자리에 털썩 주저앉은 준연이 꾸역꾸역 밀려 나오는 울음을 간신히 삼키다가 토해 내기를 반복했다. 끅끅, 서러운 울음이 그녀의 목구멍을 괴롭게 긁어 냈다.

"으윽, 끅……. 흐윽……."

꾹꾹 가슴속에 눌러 담은 감정들이 기어이 흘러넘쳤다. 찬유를 멀리하고, 버리고, 상처 내며…… 그녀의 마음 또한 낭자한 흉으로 얼룩지고 있었다.

갑작스러운 사고로 인해 그와의 기이한 관계를 잠시나마 더 이어 가게 되었음은, 그녀에게 기쁨이면서 동시에 슬픔이었다. 그와 함께 있으면 좋은데, 좋아함을 느낌으로써 더 괴로워졌다. 그를 보면 갖고 싶은데, 그 욕심을 인식함으로써 더 자괴하게 되었다. 자격이 없는데 자꾸만 바라게 되는 탐욕스러운 마음에 슬퍼하고, 아파하고……. 그것을 드러낼 수 없음에 한없이 말라 가는 것이다.

이도 저도 아닌 지금의 상황은 그녀를 더욱더 깊은 수렁 속으로 밀어 넣고 있었다.

그렇다. 이곳은 검은 수렁.

한 치 앞도 볼 수 없는…… 진득한 늪 속.

덜 아프고 싶어서, 조금이나마 행복해지고 싶어서, 이곳이 지옥이라는 것을 알면서도 죄 없는 찬유를 옥죄고 있는 것이다. 혼자 빠져 죽어도 될 검은 늪 속으로, 찬유마저 끌어당기고 있는 것이다. 그의 손이 따뜻해서 차마 놓지 못한 채, 이 진득진득하고 컴컴한 어둠 속으로 그를 잡아당기는 것이다.

못됐다, 서준연.

누가 그 엄마의 그 딸 아니랄까 봐.

누가 그 아빠의 그 딸 아니랄까 봐.

누가…… 그 짐승들의 새끼 아니랄까 봐 정말로 못돼 처먹었다.

더 이상은 안 된다. 이렇게 찬유를 붙들고 있어서는 안 된다.

갑자기 정신이 번쩍 들었다. 바로 조금 전까지 그녀는 따스한 꿈속을 거닐고 있었다면, 지금의 서준연은 차디찬 현실 속에 내동댕이쳐졌다.

그만하자.

전부 말하자. 그리고 그가 갈 수 있게 해 주자.

전부 고백해서…… 그런 사실들을 숨기고 있던 그녀를 그가 미워하게 하자. 그렇게 해서 찬유를 놓을 수만 있다면, 그렇게 하자.

그가 그녀에게 품고 있는 좁쌀만 한 애정이라도 조각조각 부숴 버리자.

그렇게, 그렇게 끝내자.

더 이상 그가 그녀에게 미련이 없게.

그래서 그녀가 그를 보고 싶어도 더 볼 수 없게.

찬유는 모르니까 다정한 것이다. 전부 알게 되면 더 이상 지금처럼 다정하지 못할 것이다. 그녀의 쓸쓸한 눈을 안타깝게 마주해 주는 대신 신랄한 미움을 쏟아 내게 될 것이다.

그럼 모두 끝나겠지. 그의 마음, 그와의 관계……. 전부 끝나게 되겠지.

말로만 그를 놓아줄 것이 아니라, 정말로 그를 놓아주자. 더 이상 그를 기만하지 말자.

준연이 다짐했다. 각오를 바로잡았다.

"서준연!"

약간 숨이 차오른 그의 목소리가 들렸다. 바들바들 떨고 있던 준연이 붉어진 눈으로 그를 올려다보았다. 그녀의 갑작스러운 행동에 찬유는 적잖게 당황한 것 같았다.

"왜 그래?"

그가 걱정스럽게 물었다.

"어디 아픈 거야?"

안타까운 눈빛으로 그가 바라보았다. 무릎을 굽혀 몸을 낮춘 그가 그녀의 뺨을 문질렀다. 눈물을 닦아 주는 그의 손길은 늘 따뜻해서, 그녀로 하여금 모든 죄를 잊고 그를 열망하게 만든다. 그녀를 자꾸 꿈에 빠지게 한다.

하지만 불현듯 꿈에서 깨어난 준연은 이제 현실과 마주해야 했다.

"이찬유 씨, 우리 이미 이혼한 사이예요."

그녀가 무덤덤한 말투로 내뱉었다. 눈물을 능숙하게 감췄다. 서럽게 울던 것은 그녀가 아니라는 듯이, 태연한 눈빛으로 그를 응시했다.

"어릿광대 같은 장난, 이제 그만할래요."

♪ ♬ ♭

준연은 불안정하다. 혼란스러운 그녀는 길 잃은 미아와 같다. 괜찮아 보이다가도 사소한 것 하나로 무너져 버리는 그녀는…… 정말로, 정말로 위태롭다.

눈앞에서 택시를 타고 달아나 버리는 그녀를 차마 쫓아가지 못한 찬유가 한숨이 흩어지는 밤 속에 서 있었다. 검게 색이 깔린 세상이 그의 마음처럼 어두웠다.

준연을 놓고 싶지 않아서, 그녀를 잃고 싶지 않아서…… 때론 물러서고, 때론 기다리고, 때론 막무가내로 밀어붙이며 여기까지 왔다. 그러다가 최후의 악수까지 던졌는데, 끝내 죄책감을 이기지 못하고 도망가 버린 그녀를 어떻게 해야 할까.

당장 가서 붙잡는 건 해결책이 아니다. 준연은 또 도망갈 것이다. 어쩌면 영영 사라져 버릴지도 모른다.

괜찮다는데. 그가 괜찮다고 하는데…….

그가 무슨 말을 해도 그녀는 괴로운 것이다. 그를 볼 때마다 어머니의 죄가 떠오르고 마는 것이다. 그의 삶을 송두리째 망가뜨렸다는 죄악감이, 그 죄를 저지른 여자의 피가 제 몸의 반을 차지하고 있다는 고통이 그녀를 바짝바짝 말리고 있는 것이다.

"서준연."

아픈 심장을 어르듯 찬유가 가슴을 지그시 눌렀다.

"내가……."

지친 듯 내려뜬 그의 속눈썹이 파르르 떨렸다.

"나 살자고 널 죽이고 있어?"

너 없이는 살 자신이 없어서, 나 하나 살겠다고 널 죽이고 있는 건 아닐까. 함께 있으면 과거를 떨쳐 낼 수 없는 널 알면서, 도저히 널 떨쳐 낼 용기가 없어 널 고통스러운 과거 속에 몰아넣고 있는 건 아닐까.

문득 그런 생각이 들었다. 그래서 마음이 아팠다.

어떻게 해야 하는 것일까?

막다른 골목에 다다른 기분이었다.

그래도 아직은 그녀를 포기할 수 없었다.

[진정되면 연락해. 보고, 이야기하자.]

그녀에게 메시지를 남겼다. 마지막으로, 정말로 마지막으로 그녀를 붙잡아 보아야 했다.

바라는 것은 단지 그녀와 같은 내일을 꿈꾸며, 같은 곳을 바라보는 것뿐인데 그게 왜 이렇게 힘이 드는 것일까?

우린 정말, 괜찮아질 수 없는 사이인 것일까?

찬유에게서 도망치듯 택시를 탄 준연은 곧장 본가로 향했다. 혹시나 그가 뒤따라올까 봐 연신 뒤돌아보는 그녀의 얼굴이 겁에 질려 있었다.

그가 모든 것을 알게 될까 봐 전전긍긍하는 짓도 이제 그만하고 싶고, 그를 밀어내면서도 그에게 미움받게 될까 봐 덜덜 떠는 짓도 이제 그만하고 싶다.

속이고, 속이고, 또 속이고! 그렇게 거짓으로 찬유를 대하는 게 이젠 힘들다. 버티고 버티다가 어느 순간 툭 깨어져 버린 마음 조각들이 준연의 심장을 쿡쿡 찔러 댔다.

초조하게 창밖을 내다보며 준연이 휴대폰을 꽉 움켜쥐었다. 무언가를 꽉 쥐고 있지 않으면 불안해서 견딜 수 없을 것 같았다.

지잉, 진동 한 번에 마지막 털끝 하나까지 곤두섰다. 불안정하게 흔들리는 그녀의 눈이 텍스트를 읽었다.

보고 이야기하자는 짤막한 문구가 보였다. 귓가엔 찬유의 목소리가 속삭이는 것처럼 들려왔다.

준연이 단호히 입술을 깨물었다.

그래, 보고 이야기할 것이다. 그를 보고, 이 모든 것을 확인할 것이다.

하지만 일단…… 해결할 것은 한 다음에.

그에게 어디까지 고해야 하는 것인지 확인을 한 다음에…….

"도착했습니다, 손님."

택시가 멈췄다. 높은 담벼락과 검은 대문은 보는 것만으로 위압감이 넘쳤다. 지갑에서 대충 돈을 꺼내 요금을 지불한 준연이 색 없는 얼굴을 하고서 택시에서 내렸다. 생기가 느껴지지 않는 그녀의 눈빛도 겨울 같은 무채색이었다.

거대한 저택은 준연이 살던 때와 전혀 달랐다. 별채엔 더 이상 찬유가 살지 않았고, 본채에도 그녀의 공간은 없었다. 그녀가 살던 때엔 늘 흐르고 있던 적막하고도 사늘한 기운이, 이젠 아장아장 걷고 옹알이를 하는 한 아이로 인해 완전히 변해 있었다.

의아한 표정을 감추지 않으며 문을 열어 준 현주의 뒤에는, 회사 일이 바쁘다는 핑계로 한 달에 두어 번 보기도 힘들었던 그녀의 아버지가 만면에 온화한 미소를 띠고서 아들을 바라보고 있었다.

그녀의 이복동생, 서현태. 그녀는 단 한 번도 받아 보지 못한 아버지의 사랑을 가득 받는 서태훈의 장자였다.

"저 왔어요."

아버지란 말도 튀어나오지 않는 관계였다. 왜 이렇게까지 되어 버렸는지, 준연은 알 수 없다. 한 번 멀어지고 서먹해진 관계는 끝내 미움이 되고 원망이 되었다. 그리고 이제는 증오가 될 차례인 모양이었다.

"회장님, 저 왔어요."

걸음마를 하는 아들에게서 눈을 떼지 못하는 그를 준연이 다시 불렀다. 낮게 가라앉은 준연의 분위기에서 심상치 않은 것을 느꼈는지 현주의 미간이 좁아졌다.

"여보, 준연이 왔어요."

그녀가 선심 쓰듯 태훈을 불렀다. 그제야 태훈이 뒤돌아보며 준연에게 알은척을 했다.

"그래, 왔느냐? 가서 앉지 않고."

준연이 아는 한 영미는 단 한 번도 그를 '여보'라고 불러 본 적이 없다. 늘 '회장님'이라고 불렀다. 그런데 현주는 너무나 자연스럽게 그를 '여보'라고 부른다.

아, 정녕 가엾은 사람…….

새삼 영미가 느꼈을 고독이 느껴졌다. 하나 남은 딸에게 병적인 집착을 해야만 했던 그녀. 그것 말고는 삶에서 그 어떤 의미를 찾지 못해 괴로웠을 준연의 어머니, 홍영미. 그녀를 향한 연민 때문에 준연의 어깨가 가늘게 떨렸다. 기나긴 세월, 하나뿐인 딸에게마저 외면당해야 했던 그 인생이 새삼 사무치게 아파 왔다. 죄는 미우나, 엄마라서 영혼까지 미워할 수는 없는 모양이었다.

준연은 애써 영미를 향한 연민을 잠시 털어 냈다. 지금은 서태훈에게 집중해야 했다. 떨리는 손끝을 진정시키고 마른 입술을 벌렸다. 가늘게 열린 입술 사이로 그녀의 것이지만 그녀의 것이 아닌 것 같은 목소리가 흘러나왔다.

"묻고 싶은 게 있어요."

영미가 유서로 남긴 이야기를 아버지로부터 직접 확인받고 싶었다. 그가 저지른 일들을 낱낱이 마주하게 된 후에야, 찬유에게 모든 것을 고백할 용기가 생길 것 같았다.

어린 아들을 품에 안아 든 태훈이 준연을 똑바로 노려보았다. 늘 감정 없는 인형인 척 살아온 자신의 핏줄이 여전히 무감정해 보이는 얼굴로 그를 바라보고 있었다. 우중충한 회색 하늘을 닮은 그녀의 눈빛이 전부터 마음에 들지 않았다. 꼭 제 어미를 닮아서. 그의 모습은 전혀 닮지 않아서.

"중요한 일이냐?"

"네."

"그래? 당신은 현태랑 올라가 있어."

태훈이 아들을 현주에게 넘겼다. 곧이어 적막이 부녀 사이에 흘렀다. 애정이 기초되지 않은 혈육은 실로 타인보다 멀고 낯선 존재인 것이다.

"알았어요."

토끼 같은 눈을 하고서 남편의 눈치를 살피던 현주가 곧 총총 사라졌다. 계단을 올라가는 발소리가 더 이상 들리지 않자 준연이 단도직입적으로 입을 열었다.

"이강수……. 회장님께서 죽게 하셨나요?"

이강수.

이찬유의 아버지.

그는 왜 사랑하는 가족을 두고 삶을 포기해 버렸을까. 무엇이 그를 그토록 절망스럽게 했던 것일까.

두 사람은 '친구'였다. 적어도 겉으로 보기에는 어려서부터 함께해 온 죽마고우였고, 성인이 되어서는 함께 성장해 나가는 동업자였다. 이강수가 죽은 후, 서태훈은 친구의 유가족을 살뜰히 살피며 신사적인 대외 이미지를 구축해 갔다.

그 모든 것이 거짓이었을까.

"그게 무슨 헛소리야?"

태훈의 눈썹이 치켜 올라갔다. 아들을 바라볼 때와는 전혀 다른 표정으로 자신을 노려보는 아버지를, 준연 역시 무감정한 눈으로 바라보았다.

"천지물산 전신이 그분 사업체였던 거 알아요. 그 인수합병 과정이 떳떳하셨냐고 묻는 거예요."

준연이 여상한 목소리로 물었다.

"떳떳했다면?"

"그 당시 자료 보게 해 주세요."

"이 무슨 되바라진 소리야?"

태훈이 호통을 쳤다. 준연의 눈빛이 침잠했다. 그녀는 그 오래 전, 이강수가 되어 생각해 보았다. 뼛속 깊이 각인된 절망에 공감해 보았다.

사람과 기업이 무너지는 것은 한순간이다. 어음을 막아야 하는 시간은 점점 다가오는데, 갑작스럽게 닥친 경제위기는 이강수의 사업을 근간부터 흔들어 댔다. 기업체가 줄줄이 도산하고, 가족 같은 직원들을 정리해고하고, 은행권 대출을 받기는 하늘의 별따기와 같고……. 그 위기의 손아귀는 이강수의 천지물산도 피해 가지 않았다.

그 때, 그에게 서태훈이 달콤한 거짓말을 속삭인 것이다. 독을 잔뜩 머금은 침을 튀기면서.

내가 도와줄게.

내가 해결해 줄 수 있어.

믿은 사람이 잘못이라고? 왜, 사람을 신뢰한 것이 죄가 되는가. 죄는 사기를 친 놈의 것일진대, 어째서 사회는 속은 사람에게 아둔하고 어리석다며 손가락질을 하는가.

이강수는 서태훈을 믿었다. 친구니까 믿었다. 그것이 수렁인지도 모르고 빠져들어 버린 것이다. 정신을 차려 보니 평생 일구어 온 회사는 친구라는 이름의 악마에게 넘어가 버렸고, 그의 손에 남은 것은 엄청난 액수의 빚뿐이었을 터.

아무리 어른이라고 해도 그 절망감을 견디기는 힘들었을 것이다. 어른이란 이유로 모든 것을 견딜 수 있는 것은 아니니까. 오히려 어른이라서, 한 가정의 가장이라서 더 견디기 힘든 일도 있는 법이니까.

아내와 아들이 그 하나만 바라보고 있는데, 손에 남은 것이 빚덩이뿐이란 것을 어떻게 말할 수 있었을까…….

자존심이 강한 사람일수록 가족에게 어려움을 털어놓지 못하고, 그렇게 혼자 고민하는 동안 그의 속내는 썩어 곪고 있었을 것이다. 재기를 향한 용기는 늪 속으로 꺼져 버렸고, 최후의 순간…… 다 놓아 버리는 것을 택한 것이다.

"그런 어처구니없는 소리나 지껄이려고 여기까지 온 게냐?"

태훈이 또다시 그녀를 꾸짖었다. 준연이 불현듯 웃었고, 태훈의 표정은 있는 대로 썩어 들어갔다.

"아니라고 안 하시네요."

"뭐야?"

"아니라는 빈말도 안 하세요."

준연의 눈가에 물기가 차올랐다. 젖은 눈동자가 반짝였다. 처음으로 아버지 앞에서 그녀가 눈물을 흘렸다. 그러나 그것은 태훈의 감성 끄트머리도 자극하지 못했다.

"다 말할 거예요."

"뭐를?"

"이찬유한테 말하고, 이제 다 끝낼 거예요."

"이 계집애가 대체 무슨 소릴 지껄이는 게야?"

"아, 회장님은 모르시죠. 회장님께서 임원직 들먹이며 저 보냈던 계약 있죠. C&Y사의 C가 누구인지 아세요? 이찬유예요. 왜 그쪽에서 절 지목했냐면 C가 이찬유라 그래요. 그리고 그 이찬유, 회장님께서 죽게 한 이강수의 아들 이찬유……. 지금 한국에 있어요. 전 이제, 더는 이런 거 안 할 거예요. 회장님 딸로 사는 거, 이제 다 그만할 거예요. 혹시라도 회장님께서 저지른 짓 이찬유가 알까 봐 무서워하는 것도 지긋지긋하고, 엄마가 한 짓 때문에 마음 졸이는 것도 지긋지긋해요. 그래도 혹시나 했는데…… 역시나네요. 이젠 회장님의 착한 딸 서준연 역은 그만할래요."

준연이 고소했다.

미련하다. 인간은 학습이 가능한 동물이라는데, 그녀는 아닌가 보다. 믿을 건덕지라곤 눈곱만큼도 없는 아버지란 것을 알면서도 혹시나 부정할까 봐, 아니라는 말이라도 해 줄까 봐 이곳에 왔다. 찬유에게 말하기 전, 자신이 알고 있는 게 사실이 아닐 미약한 가능성을 위해 멍청하게 이곳에 오고야 말았다.

덕분에 남은 건 실망과 환멸뿐이다.

이제 정말, 그만해야지.

부질없는 끝이었다, 바로 여기가.

♪🎵♭

　준연이 돌아오지 않는 집에서 찬유는 한참이나 그녀를 기다렸다. 한참을 주위의 적막함에 귀를 기울이다가, 이렇게 조용해서야 오려던 사람도 돌아가겠다는 생각에 TV 전원을 켰다. 대충 채널을 여기저기 바꾸어 보던 찬유가 문득 움직임을 멈추었다. 시사교양 채널 중 하나에서 익숙한 선율이 흘러나오고 있었다.

　찬유의 눈이 감겼다.

　통통 튀는 강아지가, 제 꼬리를 잡기 위해 뱅글뱅글 돌고 있었다. 감은 눈앞에, 역설적이게도 그 모습이 보였다. 헤어지는 연인에게 선물했던 그 곡 속에 쇼팽의 마음이 담겨 있었다.

　그는 그녀가 자신과 이별해도 슬프지 않기를 바랐던 것은 아닐까. 비록 함께할 수는 없어도 다만 그와의 추억을 마음에 품고서 행복하기를 바랐던 것은 아닐까.

　아주 어린 날의 기억이 찬유의 안에서 꿈틀거렸다. 새삼 왜 그날이 떠오르는 것인지 모르겠다. 연주에서 풍기는 느낌마저 버석버석하던 준연을 위로하기 위해 피아노를 쳤던 그 순간이, 왜 지금 그리워지는 것인지도 모르겠다.

　그때와 달리 지금은 준연을 위로해 줄 수 있는 게 아무것도 없다는 것이 찬유를 슬프게 했다.

　그렇게 밤이 새벽이 되고, 새벽이 아침이 되도록 준연은 돌아오지 않았다.

　"서준연……."

　그리고 그 아침이 밤이 되고, 또 밤이 아침이 되도록 그녀는 돌아오지 않았다.

사흘.

준연이 달아난 지 벌써 3일째였다. 문자에도 묵묵부답이고, 전화도 당연히 받지 않았다. 배터리를 빼 버린 것인지, 아니면 충전을 하지 않고 있는 것인지 오늘 아침부터는 고객의 전화기가 꺼져 있다는 소리만 반복해서 흘러나왔다.

출근은 하고 있겠지 싶어 회사로 연락을 해봤지만 회장님의 특별지시를 받고 출장을 갔다는 야속한 대답이 되돌아왔다.

출장이라……. 시기가 지나치게 절묘하다.

까닥까닥, 초조하게 팔뚝을 두드리던 찬유의 손가락이 그의 턱으로 향했다. 자라는 대로 내버려 둔 까닭에 수염이 까칠하게 돋아나 있었다.

정당한 일이 아니라는 걸 알면서도 찬유가 망설임 끝에 여기저기 전화를 돌리기 시작했다. 사회 곳곳에 퍼져 있는 동기라는 이름의 인맥은 이럴 때 정말 쓸 만하다. 또래들이 조금씩 사회에서 자리를 잡아 가는 지금 같은 때, 자신의 능력 또한 어느 정도 뒷받침된다면 도움을 구할 수 있는 곳은 얼마든지 있었다.

"출입국 기록이 없다고?"

처음 도움을 청하고 몇 시간 뒤, 출입국관리소에서 일하는 친구에게서 연락이 왔다. 준연의 출입국 기록은 없었다. 외국에 나가진 않았다는 뜻이었다.

하지만 지난 사흘 동안 카드를 사용한 기록도 없었다. 현금보다 카드가 더 빈번하게 사용되는 현대에서 사흘이나 본인 명의의 카드를 쓰지 않을 가능성은 얼마나 될까.

아예 외출을 하지 않았다면 또 모를까…….

"알았어. 고마워. 시간될 때 민수나 형준이랑 같이 한번 보자. 어, 그래. 수고해."

통화를 끝낸 찬유의 눈매가 가늘어졌다.

"외출을…… 안 해?"

그녀가 서 회장의 특별지시로 출장을 간 것으로 처리되어 있는 것을 보면, 그녀가 어디에 있는지 서태훈이 알고 있을 가능성이 컸다. 더 비약해서 생각하자면 서태훈이 준연을 데리고 있을 확률도 있었다.

하지만 왜?

마땅한 연결고리가 보이지 않는다. 그렇지만 더 이상 이렇게 가만히 있을 수는 없겠다는 생각에 찬유가 몸을 일으켰다. 준연을 찾는 시늉이라도 해야 제정신을 유지할 수 있을 것 같았다.

10장.
늘, 세상 끝

어쩌다 상황이 이렇게 되었지?

매사 무덤덤한 준연이라 해도 이번에는 당황할 수밖에 없었다. 아버지를 찾아와 몰아붙인 것까지는 좋았는데, 그다음 정신을 차려 보니 이 꼴이었다. 그녀의 계획대로라면 방에 이렇게 갇혀 있을 게 아니라 찬유를 만나 모든 것을 털어놓았어야 했다.

"문 열어요! 문 열란 말이에요!"

쾅쾅!

문을 제아무리 힘차게 두드려도 소용없었다. 굳게 잠긴 문은 묵묵부답. 그 누구도 준연을 위해 문 열어 주지 않았다.

"문 열어요! 대체 무슨 짓이에요? 무슨 생각을 하고 있냐고요!"

서너 시간 발광 아닌 발광을 해 대던 준연이 결국 제 풀에 지쳐 지쳐 침대 위에 쓰러졌다. 천지의 오너가 사는 집인데 문짝 하나 허투루 만들었을 리가 없다.

문을 연신 걷어찬 발이 욱신거렸다. 손등도 엉망이었다.

엎드린 채로 입술을 깨문 준연이 베개에 얼굴을 묻어 버렸다. 베개로 사람의 입과 코를 틀어막아 질식사시키는 영화의 한 장면이 불쑥 떠올랐다. 차라리 이대로 숨이 막혀 죽어 버리면 좋겠다는 못된 생각도 했다.

'이찬유. 난 이렇게 못났어. 당신이 그 모든 것에도 불구하고 사랑한다고 말해 주는 서준연은 이렇게 못나고 비겁하고 한심해.'

자신의 모든 못나고 비겁하고 한심한 짓들 중 으뜸인 것은, 방에 갇혀 오도 가도 못 하는 이 순간 찬유에게 진실을 고백할 때가 조금 늦춰졌다며 안도하는 모습이었다. 그 끝없는 이기심과 나약한 마음에 지친 준연이 힘없이 웃었다.

이토록 모순 가득한 서준연은, 그럼에도 불구하고 지금 이 순간 찬유가 보고 싶었다. 비죽 새어 나온 눈물이 결국 베개 보를 적셨다, 흐르는 흐느낌이 공기를 적셨다.

준연은 며칠을 의욕 없이 늘어져 있었다. 째깍째깍 움직이는 초침 소리가 비현실적으로 느껴졌다. 자신이 움직이지 않으면 그 시계 소리만이 이 공간에 존재하는 유일한 소리라는 사실에 준연이 헛웃음을 지었다.

그녀를 죽일 생각은 아니었는지 때가 되면 밥이 나왔고, 또 때가 되면 씻게 해 주었다.

천년만년 그녀를 가둬 둘 수는 없을 텐데, 그자들은 도대체 무슨 생각을 하고 있는 것인지…….

아니, 아니다.

목적은 분명하다.

찬유와 만나지 못하게 하려는 것이다. 그에게 진실을 고백하지 못하게 하려는 것이다.

하지만 왜?

몇 주 전이라면 진행 중인 계약 때문이라고 생각할 수 있었다. 진실을 알게 된 찬유가 계약을 뒤엎을까 봐 염려한 것이라면 충분히 이해할 수 있었다. 하지만 그 계약은 예전에 끝났다. 찬유가 사고가 난 후, 그의 파트너가 직접 한국으로 와 계약을 마무리 지었다.

그녀가 그에게 사실을 말한다 해도 당장 사업에 차질이 생기는 것도 아닌데, 왜 이런 짓까지 하는 것일까. 겨우 용기를 내고, 전부 떨쳐 낼 결심을 했는데…….

아버지라면, 그가 정말로 준연에게 절반의 유전자를 물려준 아버지라면…… 딱 한 번, 이번만큼은 그녀를 놓아주어야 하는 게 아니었을까.

"흐윽, 흑."

애초에 애정이 기초하지 않은 관계였다. 어쩌면 그는 단 한 번도 그녀를 자신의 핏줄이라고 진정으로 인정한 적 없었을지도 모른다. 그럼에도 곁에 둔 것은 찬유를 후원했던 것과 마찬가지로 좋은 아버지의 이미지를 만들고 싶었던 까닭일 터.

새삼 치미는 공허, 고독…….

그것들이 준연을 집어삼켰다. 휩쓸려 온 어둠 속에 재차 잠식당했다.

서태훈의 딸 서준연이 아니라, 서태훈과 아무 상관없는 사람이었으면 얼마나 좋았을까.

그냥 먼지처럼 사라져 버리고 싶었다.

이제야 잠잠해진 준연의 방을 노려보는 현주의 표정이 차가웠다. 느닷없이 찾아온 그녀 때문에 서 회장의 기분이 영 좋지 않았다. 올해 보궐선거에 출마한 그녀의 동생 때문에 가뜩이나 신경 쓸 것이 많은 서 회장이었는데, 거기다가 다 큰 딸과의 승강이 때문에 요즘 부쩍 더 늙어 보였다.

'오늘도 늦으시네.'

그녀는 서 회장에게 받은 것이 참 많았다. 우여곡절 끝에 세컨드에서 퍼스트의 자리를 꿰찰 수 있었고, 떡두꺼비 같은 아들도 낳았다. 그야말로 창창한, 서준연만 없으면 더 창창해질 앞날이 그녀 앞에 놓여 있었다.

거실 소파에 앉은 현주가 무심한 눈으로 현관문을 응시했다.

시간이 그렇게 얼마나 흘렀는지 모르겠다.

슬며시 열리는 현관문을 보고 현주가 반사적으로 몸을 일으켰다.

"오셨어요?"

"왜 안 자고 있어?"

서 회장이 인상을 썼다.

"당신이 아직 안 왔는데, 제가 어떻게 자요?"

"거, 고집은."

퉁명하게 말하면서도 서 회장은 내심 흡족한 표정이었다. 영미는 살아생전 단 한 번도 그를 밤늦게까지 기다려 준 적이 없었다. 이제 와 자신의 바람을 합리화할 생각은 없었지만, 그도 사람인지라 자신에게 요구만 할 줄 아는 영미보다는 그를 배려해 주는 척이라도 하는 현주 쪽으로 마음이 기우는 것은 어쩔 수 없었다.

거기다가 더는 아이를 가질 수 없을 거라는 선고에도 불구하고 기적처럼 그에게 아들을 안겨 주었으니 어찌 이보다 더 기쁠 수 있을까. 혹시나 그녀가 다른 남자와 몸을 섞은 것은 아닐까 의심스러워서 유전자 검사까지 해 본 것은 비밀 아닌 비밀이었다.

"현웅인 어때요?"

그의 겉옷을 받아 들며 현주가 물었다.

"어떻긴, 좋지. 이대로만 가면 당선도 문제없어."

이현웅. 현재 서태훈은 현주의 동생인 그를 전폭적으로 지지하겠다 밝힌 상태였다. 지금까지 태훈이 구축해 온 자애롭고 공평한 경영인의 이미지는 현웅의 지지도에도 긍정적인 영향을 주었다.

보궐선거가 코앞에 닥친 지금 스캔들은 치명적이다. 그리고 스캔들이란 본래 확증이 없어도 되는 것 아닌가. 그의 추악한 면을 대중 앞에 증명하기 위해서는 수개월, 혹은 수년의 시간이 걸릴지 몰라도…… 현재로썬 선거를 망칠 수도 있기에 스캔들은 있어선 안 되었다.

찬유에게 모든 것을 고백할 거라고 선언하는 준연을 보며, 태훈은 그들이 이 선거를 망칠 수 있겠다는 판단을 했다. 선거가 다 끝난 뒤라면 그 두 연놈이 무슨 짓을 하든 태훈에게 생채기 하나 낼 수 없겠지만, 공들여 온 선거를 엉망으로 만드는 꼴은 볼 수 없었다.

"그나저나 준연인 언제까지 저렇게 둘 거예요?"

"며칠 안 남았어. 선거만 끝나면 날뛰고 싶은 대로 날뛰라지."

태훈이 무감정하게 말했다.

현주는 어쩐지 어깨가 떨리는 기분이 들었다. 제 울타리 밖에 있는 인간에게 태훈은 이토록 냉정한 존재였다, 그 상대가 설령 제 핏줄이라고 해도.

"목욕물 준비해 둘까요?"
현주가 화제를 돌렸다.
"아니, 됐어. 그냥 가볍게 씻지. 당신은 먼저 들어가 있어."
"네, 여보."
순종적으로 대답하는 그녀를 한 번 보고 태훈이 욕실로 향했다.

♪♫♭

준연을 찾아 헤매면서 찬유에게 든 생각은 그녀가 참 쓸쓸했겠다, 라는 것이었다. 동문을 수소문해 보아도 '친구'라고 이름 붙일 만한 사람이 없었다. 회사 동료들을 뒤져 보아도 그녀와 개인적인 친분을 쌓고 지내는 사람은 없었다. 이 세상 그 어디에도 준연이 마음을 터놓고 이야기할 사람이 없었다. 그녀는 처음 만났던 그때도, 그리고 지금도…… 언제나 혼자였다. 늘 외롭게, 혼자였다.

'넌 내가 불행했다고 생각하겠지. 그런데 아니야. 나는, 안 그랬어. 나는 불행하게 살지 않았어. 그런데 넌 대체 뭐야. 왜 그렇게…… 자신을 벌주듯 살아가고 있어?'

준연의 태생적인 성격도 그녀의 고독에 일조했을 것이다. 그러나 그런 것보다는 그에 대한 죄책감이 그녀를 혼자만 살아가는 감옥 안에 밀어 넣었을 것이다. 되도록 행복해지지 않으려고 애쓰면서, 그렇게 늘 자신을 벌주며 살아온 것이다. 그럴지도 모른다는 생각은 했었지만, 막상 정말로 그녀가 그렇게 살아왔다는 사실을 마주하니 찬유는 쓸쓸한 마음을 가눌 수가 없었다.

그는 인정하지 않는 그녀의 죄.

그리고 그는 알지 못했던, 그녀가 스스로에게 내린 벌.

'왜 그렇게 가시밭길을 못 가서 안달이야?'

화가 치밀다가, 이내 서준연답다는 생각이 들어서 찬유가 힘없이 웃고 말았다. 아무리 힘든 상황에 처해도 준연은 그러한 상황을 단 한 번도 남에게 드러낸 적이 없었다. 온몸에 멍을 숨기고도 태연한 척하던 그녀였다. 그러니까 스스로를 자책하면서도 그 자책감을 남에게 드러내지 않고 오롯이 혼자 감당해 온 것일 거다.

"이 바보가."

그런 서준연을 알기에 그녀를 놓을 수 없다. 그가 포기한 순간, 죽는 순간까지 행복으로부터 달아나며 스스로를 벌할 그녀를 아니까. 봄꽃을 보며 웃다가도 죄책감을 느끼고, 귀여운 동물을 보며 즐거워하다가도 죄악감을 느끼며…… 그렇게 표정을 지우고, 감정을 억누르며 살아갈 그녀를 아니까.

그래서 준연이 수백 번, 수천 번 그의 가슴에 상처 내고 달아나도 찬유는 그녀의 그림자를 붙잡을 수밖에 없다. 늘 그래 왔듯이.

찬유가 입술을 슬쩍 깨물었다. 마른 입술 껍질이 뜯겨 나와 피 맛이 났다.

"결국 여긴가?"

천지그룹 총수, 서태훈의 저택을 쇠창살 대문 너머로 보며 찬유가 한숨을 내쉬었다. 갈 곳 없는 준연이 있을 만한 곳은 여기뿐이었다. 더욱이 카드도 쓰지 않고 있었고, 회사에서는 서 회장의 명령을 받아 출장을 간 걸로 처리되어 있었다. 상황을 종합해 보면 준연이 있을 곳은 이곳 말고 없었다.

그가 초인종을 눌렀다.

죽은 듯 미동 없던 준연이 불현듯 꿈틀거렸다. 왜 태훈이 자길 가둬 둔 것인지 갑자기 떠오른 것이 있었다. 그녀의 눈이 몇 년 전 것인지 알 수 없는 달력에 머물렀다.

지금이 몇 월이더라.

'그 여자······.'

김 대리에게 듣기 전까진 부친의 재혼 소식도 몰랐던 그녀였다. 그만큼 일에 관련된 것이 아니면 무심하기 짝이 없는 그녀가, 얼마 전 스치듯 들었던 이야기 하나를 떠올렸다.

'동생이······.'

준연이 벌떡 몸을 일으켜 달력 앞으로 갔다. 갑작스러운 움직임 때문인지 현기증이 일었다. 어질어질한 와중에도 달력을 물끄러미 응시하던 준연은 비로소 매년 있는 보궐선거에 생각이 닿았다.

그래, 분명 그랬다.

누군지 모르겠지만 그 여자 동생이 지역구 보궐선거에 출마했다는 이야기를 해 준 것 같다. 회장님께서 전폭적인 지지를 하기로 결정했다더라 하는 말도 언뜻 기억이 난다. 자신과 관련 있는 일이 아니었기에 듣고 흘려버렸던 것이다.

"하······."

준연이 허탈한 표정을 지었다.

그 여자를 위해서인지, 자신의 더 큰 권력을 위해서인지 모르겠지만, 결국 준연은 끝까지 서태훈에게 이 정도의 존재인 것이다. 목적을 위해서라면 가축처럼 방에 가둘 수 있는, 딱 그 정도의 귀찮은 존재.

"그런 생각도 못 했는데······. 그거 괜찮겠네요, 회장님."

생전 누군가에게 져 본 일 없는 서태훈이니 이번 선거에도 심혈을 기울이고 있을 것이다. 그러니까 혹시나 스캔들을 터트릴까 염려하여 그녀를 가둬 버린 것이겠지. 애초에 선거 따위에 관심도 없었고, 거기에 출마한 관련인이 있다는 것조차 잊고 있었는데.

어떤 면에서는 고맙다. 아주 미미하겠지만, 이번 선거를 망치게 할 수만 있다면 작은 복수를 성공시켰다고 할 수 있을 것이다.

감금이 아니었다면 떠올리지도 못했을 소소한 복수의 계획이 세워졌다. 무슨 일이 있어도 투표가 시작되기 전에 찬유를 만나서 모든 것을 고백하고 스캔들을 터트릴 것이다.

정말로 미미한, 개미처럼 미미한 복수일지라도…… 그게 어딘가. 평생 서태훈에게 당하고만 살아왔는데!

죽어 있던 준연의 눈이 모처럼 의욕적으로 빛났다. 문은 잠겼지만 창문은 열려 있고, 이곳은 2층이니 도구만 잘 이용한다면 탈출할 수 있을지도 모른다. 정 방법이 없으면 맨몸으로 뛰어내리면 그만이겠지. 설마 죽기야 하겠는가?

준연이 침대보를 찢기 시작했다.

찬유가 태훈과 마주했다. 끈적거리는 적막이 찬유의 몸을 타고 발끝으로 흘러내렸다. 그 적막에 굳이 색을 입히자면 새빨갛지 않을까 싶었다.

"무슨 일인가?"

태훈이 물었다.

그를 똑바로 노려보며 찬유는 생각했다. 이곳 어딘가에 준연이 있다. 그와의 일을 완전히 매듭짓지도 못한 채 사라져 버린 준연은 분명 이곳에 있다.

"준연이, 어디 있습니까?"

"출장 간 걸 모르는 겐가?"

태훈의 눈썹이 삐죽 올라갔다. 주름진 얼굴엔 세월이 묻어 있었다. 그러나 여전히 풍채는 형형했다. 범인이라면 필시 그의 앞에서 기부터 죽고 말 것이다. 찬유는 최대한 당당히 허리를 곧추세우며 픽 입매를 올렸다.

"출입국 기록도 없고, 국내에서 카드를 사용한 기록도 없습니다. 출장을 갔다고 해도 그렇게 아무 기록이 없을 수는 없습니다. 준연이, 밖에 있는 거 아닌 거 압니다. 있다면 이곳에 있겠지요, 장인어르신께서 무슨 이유로 준연일 잡아 둔 것인지는 모르겠지만. 저, 아직 준연이와 할 이야기가 있습니다. 만나게 해 주십시오."

"내가 왜 자네 장인인가?"

정작 묻는 말에는 답하지 않고 태훈이 꼬투리를 잡았다. 찬유는 가만히 웃었다.

"제 선생님이 아니시니 선생님이라고 부를 수도 없고, 제 회장님이 아니시니 회장님이라고 부를 수도 없지 않겠습니까? 그렇다고 아저씨, 형님이라고 할 수도 없으니 예전 경험을 더듬어서 장인어르신이라고 부를 수밖에요."

"뭐야?"

이놈이, 건방지게.

일그러진 태훈의 표정이 그리 말하고 있었다. 찬유는 그를 찬찬히 뜯어보았다. 언제나 거대해 보였던 서태훈은 체격만 놓고 본다면 이젠 찬유가 더 컸다. 그의 어깨는 세월의 무게를 이기지 못하여 작아졌고, 그의 이빨은 여전히 날카롭지만 곧 옥수수 알갱이를 털 듯 우수수 떨어질 것이다. 종이호랑이, 이빨 빠진 호랑이······.

321

언젠가 그렇게 되고 말 것이다.

"준연이, 어디에 있습니까?"

태훈의 분노를 비껴 흘려보내며 찬유가 재차 물었다.

"여기엔 없네."

"그럼 어디로 가야 만날 수 있습니까.?"

"딸애는 지금 자네 만날 상황이 아니네."

태훈이 짜증스러운 표정으로 대답했다. 낮게 으르렁거리는 그의 비틀린 입술 아래로 흡사 짐승처럼 이빨이 드러나 보였다. 하지만 그가 흡혈귀도 아닌 이상 물어뜯진 않을 터. 더 이상 두렵지 않았다. 사실 애초에 그가 두려웠던 적도 없었다.

"거짓말하시는 거 압니다."

"허, 자네. 참…… 당돌해졌구만."

태훈이 조소했다. 찬유는 별로 개의치 않았다.

"저랑 만나면 안 되는 이유라도 있습니까?"

특별한 이유가 없다면 준연에게 신경 쓸 리가 없는 서태훈이었다. 완전히 놓아주지 않는 것은 필요할 때 이용해 먹기 가장 좋은 상대가 자식이기 때문이고, 제 자식을 내친 파렴치한 아버지 이미지를 쓰고 싶지 않기 때문이다. 그것뿐이다.

"자네랑 만나면 안 되는 이유가 있다면 애초에 계약을 하는 자리에 그 아일 보내지도 않았겠지."

"그 상대가 저라는 거, 모르고 보내셨잖습니까."

찬유가 뚝뚝하게 쏘았다. 찰나 태훈이 흠칫거렸다. 찬유를 노려보는 태훈의 눈매가 가늘어졌다.

C&Y사의 공동대표가 그라는 말을 듣고, 태훈은 뒤늦게 그의 뒷조사를 했었다. 철저히 신분세탁을 해 둔 덕에 계약 상대가 이찬유

라는 것을 보통의 조사로는 알 수 없었던 것이다. 그것을 알게 된 뒤 그가 한국에 있는 동안 있었던 일도 하나도 빠짐없이 알아냈다.

계약 진행자가 갑자기 조유진으로 바뀐 것은, 그가 교통사고를 당했던 까닭이라고 들었다. 교통사고 후유증으로 그의 기억에 문제가 있다는 소문도 떠돌고 있었다. 하지만 조금 전 찬유의 말은 그가 기억장애를 겪고 있다는 조사 내용과 정반대였다.

"기억에 문제가 있는 거 아니었나?"

"……"

"김 실장이 실수를 했을 리는 없고. 회복된 겐가, 애초에 회복될 게 없었던 겐가."

"신경 쓰실 바가 아닙니다. 저는 지금 장인어르신과 담판 짓자고 온 겁니다. 제 사고도, 제 기억도 이 자리의 주제는 아닙니다. 준연이 돌려받고 싶습니다. 제가 바라는 건 그것뿐이고, 지금 장인어르신께서 생각하실 부분도 그것뿐입니다."

나직하지만 강한 어조였다. 오만불손하기 짝이 없는 그의 태도에 태훈의 심기는 점점 더 불편해졌다. 그의 비틀어지는 입매를 보며 찬유는 확신했다, 준연이 여기 있다고.

그럼에도 그녀가 없다고 말하는 건, 서태훈이 그녀를 그와 만나게 하고 싶지 않다는 뜻이다. 켕기는 게 있다는 뜻이었다.

"요즘, 선거하신다면서요?"

찬유가 조소하며 물었다.

태훈이 준연을 만나지 못하게 막는 거라면 그녀를 만나게 허락하도록 만들 수밖에 없었다.

"스캔들 싫어하시죠?"

"무슨 소릴 하려는 게야?"

"장인어르신께선 잘 모르겠지만, 제게 대중이 좋아할 만한 스토리가 하나 있거든요. 스캔들이란 게 원래 참이든 거짓이든 한 번 터지면 타격이란 게 있잖습니까? 더욱이 지금처럼 이미지가 중요한 시기에."

태훈의 얼굴이 붉어졌다. 지금 새파란 하룻강아지가 감히 그를 협박하고 있었다. 준연을 내놓지 않으면 무엇인지 모를 것을 터트려 버리겠다고 겁박하는 것이다.

"내가 자넬 먹이고 입혔어!"

"저희 아버지 것들, 빼앗아서 먹이고 입히셨죠. 저와 저희 어머니가 누려야 했던 것들, 전부 빼앗아 그 배를 불리셨죠. 그 배를 불리고 남은 것들, 당신 이미지 위해서 조금 버리신 것뿐이죠. 설마 그걸로 지금 생색내시는 겁니까?"

눈 한 번 깜빡이지 않고 맞받아치는 찬유를 보며 태훈이 잠시 할 말을 잃었다가 겨우 소리를 질렀다.

"지금 뭐라는 거야!"

"왜 이렇게……. 하."

찬유가 가벼운 한숨을 내뱉었다.

"서씨 집안사람들은 절 왜 그렇게 멍청하게 보는지 모르겠군요. 준연이도 그렇고, 장인어르신도 그렇고……. 정말 제가 아무것도 모르고 있을 거라고 생각하십니까? 대체 그 근거가 뭡니까? 제가 아무것도 모르면서, 재정적 지원을 해 준 은인을 이렇게나 경멸하겠습니까? 제가 정말 아무것도 몰라서 입 다물고 살았겠습니까? 제가 지금 무슨 소리를 지껄이는 건지도 모르시는 분이 천지를 이끌고 계신 건 아닐 텐데……. 피차 다 알면서 모른 척하지 마십시오. 더 구질구질해지는 상황, 원하지 않습니다. 제가 바라는 건 하납니다. 준연이, 어디 있습니까?"

몰라서 서태훈의 지원을 군말 없이 받았던 것이 아니다. 몰라서 서준연 하나를 바라봐 온 것이 아니다. 알면서, 전부 알면서 그럴 수밖에 없었던 것이다. 가진 것조차 다 빼앗겼기에 서태훈의 거짓 자비에 빌붙어 살 수밖에 없었고, 그럼에도 서준연이 좋아서 모든 것으로부터 눈감았던 것이다.

"하루, 시간 드리겠습니다. 제가 정말로 저지를 수 있을지 없을지 생각해 보세요."

그의 음성은 감정 없이 고요했다.

태훈을 응시하며 자리에서 일어난 찬유는 곧 미련 없이 등을 돌렸다.

조급하게 몰아붙여서는 안 된다. 무엇이 최선의 선택이 될 것인지 판단할 시간을 줘야 한다. 준연과 만나지 못하게 하면 스캔들을 터트릴 준비도 되어 있다고 을러맸으니, 영악한 서태훈이라면 곧 최선의 길을 찾아낼 것이다.

"저, 저놈이!"

격노한 그의 목소리가 들렸지만, 찬유는 멈추지 않았다.

그는 그 순간 창밖에 누가 있는지 짐작도 하지 못하였다. 그저 묘하게 아련한 기분이 들었다.

시트를 찢어 만든 로프를 이용한 준연이 아래로 내려왔다. 하지만 급히 만든 것이라 허술했는지 땅에 도착하기 전에 매듭이 풀어져 버렸다.

"윽!"

발이 접질리는 것을 느끼며 그녀가 반사적으로 입을 틀어막았다.

비명을 지를 수는 없었다. 어떻게 빠져나왔는데, 들켜서 다시 방에 처박힐 수는 없는 노릇 아닌가.

"아……."

이제는 제법 훈훈해진 바람이 그녀의 어두운 얼굴을 어루만졌다. 바닥에 주저앉아 부어오른 발목을 꼼꼼히 살피는 준연의 표정이 어두워졌다. 잠시 눈을 감고서 준연은 찬유를 떠올렸다. 찬유의 얼굴이 바이없이 그녀의 눈앞에 어른거렸다.

일어나야 한다. 아팠지만 못 걸을 정도는 아니다.

준연이 기어코 몸을 일으켜 세워 절뚝거리며 걸었다. 샛길을 돌아 밖으로 나가려는 그녀의 눈에 뜻밖의 인물이 보였다.

'이찬유?'

틀림없는 그였다.

놀란 준연이 재빨리 영산홍 뒤로 몸을 숨겼다. 연분홍 꽃들이 흐드러지게 가득 피어 있었다. 벌이 날갯짓하는 소리에 으스스 떨며 준연은 집 안으로 들어가는 찬유를 바라보았다.

'당신이 왜 여기에 있어?'

대문으로 향하던 발길을 돌려, 준연이 거실이 보이는 나무 뒤에 몸을 숨겼다. 봄이라 열어 둔 유리문 너머로 태훈과 찬유가 보였다. 낮지만 선명하게 들려오는 그들의 대화에 준연은 그대로 얼어붙을 수밖에 없었다.

찬유는 기억을 잃은 것이 아니다. 그 사실에 준연은 첫 번째 충격을 받았다.

"나는 어땠어?"

"내가 기억하지 못하는 시간 동안, 나는 네게 어땠어?"

"어머님께서 돌아가셨잖아. 그럼에도 우리가 함께 있다는 건 좋은 뜻이야?"

"그냥 좋은 뜻인 걸로 하자."

병원에서 그가 건넸던 말들이 일시에 되살아났다. 그는 다 알면서도 물었다. 전부 기억하고 있으면서, 아무것도 기억나지 않는 척하며 그녀를 붙들었다. 그녀와 결혼한 상태였던 그 시절로 돌아간 척, 그녀를 속였다.

"울어?"

"뺨이 젖었잖아."

"안 괜찮은 거 같은데."

우는 그녀를 보며 건넸던 말들도 떠올랐다. 그리고 이어졌던 짧은 입맞춤. 찰나가 영원이길 간절히 바랐던 그 순간. 가슴이 조각조각 찢긴 것인지, 아니면 벌써 터져 버린 것인지 너무도 아팠던 그 순간. 결혼한 지 4년이나 지났는데 키스 한 번 제대로 하지 못한 것이냐고 태연하게 묻던 그의 얼굴.

그것도 거짓말이었다.

전부 거짓말이었는데……

"흐윽……"

이상하게 화가 나지 않았다. 분하지도 않았고, 억울하지도 않았다. 그 거짓들 속에 유일하게 빛나는 진실이 무엇인지 준연의 눈에도 너무도 선명하게 보인 까닭이다.

그는 그녀를 붙잡고 싶었고 그녀를 향한 사랑을 보여 주고 싶었던 것이다. 그 모든 것에도 불구하고 그녀를 사랑한다는 고백이 빈말이 아니라는 걸 증명할 시간을 갖고 싶었던 것이다.

애정으로 그녀를 보아 주며, 존중으로 그녀를 감싸 주며, 인내로 끝없이 그녀에게 손 내밀어 온 것이다.

"서씨 집안사람들은 절 왜 그렇게 멍청하게 보는지 모르겠군요. 준연이도 그렇고, 장인어르신도 그렇고……. 정말 제가 아무것도 모르고 있을 거라고 생각하십니까? 대체 그 근거가 뭡니까?"

게다가 그는 전부 알고 있었다. 영미의 일뿐만 아니라, 서태훈의 일까지 알고 있었다. 준연조차 몰랐던 그 일들, 죽은 어머니의 유언장을 본 뒤에야 비로소 알게 된 흑막들. 더 이상 그를 우롱하지 말라고 그녀의 마지막 뻔뻔함조차 먹어 버린 그 원죄들…….

그것을 찬유는 훨씬 오래전부터 알고 있었던 것이다. 자신이 겪어야 했던 고통들이 그녀의 아버지로부터 비롯되었음을 뻔히 알면서, 그럼에도 불구하고 준연을 사랑한 것이다.

아아, 당신은 그렇게 큰마음으로 나를 사랑해 왔구나.

새삼스런 깨달음은 격한 통증이 되어 눈물샘을 찔렀다. 눈가가 따끔거리는가 싶더니 이내 눈물이 속절없이 흘러내렸다. 그렇게 끝없이, 또 끝없이 흐르는 눈물을 닦아 낼 생각도 하지 못한 채 준연이 오열했다.

소리 없이 시작한 오열은 찬유가 떠나자 끝내 흐느낌이 되어 밖으로 쏟아졌다. 가슴속에 수십 년 동안 묻혀 있던 감정들이, 그리움들이…… 그렇게 쉴 새 없이 흘러나왔다. 아주 오랜 시간 밟고 다져 딱딱하게 변했을 줄만 알았던 감정들이, 사실은 아직 말랑말랑했던 모양이다. 이렇게 끝없이 터져 나오는 것을 보면 말랑말랑하다 못해 흐물흐물한 모양이다.

'난 몰랐어. 난…… 당신을 알았던 순간이 단 한 번도 없었던 거야.'

그래, 몰랐다.

그녀는 자신의 마음이 그보다 더 크다고만 여겼다. 처음 시작도 그녀가 먼저였기에 지금도 자신의 마음이 더 큰 줄로만 알았다. 처음의 그는 분명 그녀를 탐탁지 않게 여겼기에, 아무리 그의 마음이 자라나도 자신만큼 커지지는 못할 줄 알았다.

그것이 오만이었다, 자만이었다.

그녀의 마음은 찬유의 마음에 비하면 아주 작은 좁쌀만 했다. 사랑한다는 말조차 내뱉지 못한 그녀의 마음은 수치스러울 정도로 볼품없었던 것이다. 그는 처음부터 지금까지 줄곧 그녀의 모든 것들을 포용하며 지켜 줬는데, 어리석은 그녀만 그의 마음을 모른 채…… 진실을 알게 된 이찬유가 남들과 마찬가지로 그녀를 떠나버릴 것이라고 지레 단정 지었던 것이다.

"아예 떨쳐 낼 수 있는 거 아니면, 치사하게 혼자 안전지대에 서서 찬유 마음 조각조각 찢어발기지 말고 같이 위험지대로 뛰어들어요. 그게 인간 대 인간으로서 최소한의 예의거든요."

유진의 말이 떠올랐다.

안전지대. 그 네 글자에, 준연이 허탈하게 웃었다. 아니, 홀가분하게 웃었다.

조유진의 말이 맞다. 준연은 줄곧 안전지대에 서 있었다. 버림받는 게 무서워 먼저 버리는 쪽을 택한 그녀는, 그게 다 찬유를 위한 일이었다고 자기변명을 해 온 것이다. 개소리라는 것을 알면서도 인정하는 게 두려워서 아무것도 모르는 척 안전한 곳에 숨어 있었던 것이다. 비쩍비쩍 말라 가면서도…… 그게 코앞의 찬유에게 미움받는 것보다 더 안전했으니까.

 '당신은 처음부터 날 미워할 생각이 없었던 거구나. 그건 경우의 수에 아예 포함도 되어 있지 않았던 거야.'

 그녀는 줄곧 사실을 알게 되면 찬유가 자신을 미워할 거라는 전제를 토대로 움직였다. 그 전제가 완전히 거짓인 명제라는 것을 몰랐던 것이다.

 이찬유를 그렇게 겪으면서도 그의 마음이 자신보다 작다고 단정 지었고, 그 작은 마음마저 진실을 알게 되면 사라져 버릴 것이라고 과소평가했다. 눈에 보이지 않는 마음이라 하여 저 편한 대로 그렇게 속단해 버렸던 것이다.

 그는 아니었는데.

 이찬유는 단 한 번도 그녀를 미워할 생각을 하지 않았는데.

 설령 그 짓들을 저지른 게 그녀의 부모가 아니라 그녀라고 해도, 사실 그는 그녀를 품어 주었을 텐데.

 그녀만 몰랐다.

 세상 그 누구보다 이찬유를 원했으면서, 이 세상 그 누구보다 이찬유를 몰랐다. 그의 평범한 회사동료조차 아는 그걸 그녀만 몰랐다. 자신의 상처와 두려움에 눈이 멀어 그녀가 오롯이 보아야 할 단 하나의 마음을 보지 못했다.

 '내가…… 이제라도 빌면, 안 될까?'

처음부터 지금까지 준연이 해야 했던 일은 아무것도 모르는 척 그의 품에 안기는 것뿐이었던 것이다.

당장 찬유에게 달려가고 싶은 마음에 준연이 비척비척 몸을 일으켰다. 눈물범벅이 되어 눈앞이 잘 보이지도 않았다.

"앗."

발을 접질렀다는 것을 깜빡한 것이 문제였다. 갑자기 느껴지는 통증에 그녀가 비명을 지르며 쓰러졌다. 퉁퉁 부어오른 발목을 보며 미간을 찡그리는 사이 누군가가 그녀의 뒤로 다가왔다.

"어떻게 나온 것이냐?"

위협적인 목소리의 주인공은 태훈이었다.

"김 실장, 뭐하는 게야? 어서 준연이 붙잡지 않고."

일그러지는 준연의 눈동자가 김 실장의 것과 마주쳤다. 속내를 알 수 없는 표정으로 김 실장이 그녀를 붙잡았다.

"무, 무슨 짓이에요!"

"지하실로 데려가. 방에선 또 잔망스럽게 달아날지도 모르니."

준연이 버둥거렸지만 김 실장은 그녀를 놓아주지 않았다. 하얗게 질린 준연이 소리쳤지만, 그녀를 도와주러 올 사람은 지금 이 순간 아무도 없었다.

"놔, 놔요! 놓으란 말이에요!"

찬유에게 가야 하는데.

그에게 가고 싶은데.

모든 순간의 끝에서, 그녀가 바라는 것은 늘 그였다. 처음도, 지금도⋯⋯ 늘 그랬다.

그녀가 인정하지 않았을 뿐, 준연은 늘 찬유의 옆만을 원했다. 이제 겨우 완전히 그에게 갈 용기가 났는데, 이렇게 갇힐 수는 없었다.

하지만 그녀의 힘만으로는 김 실장을 당해 낼 수가 없었다. 악에 받쳐 버둥거리던 준연이 결국 분을 이기지 못하고 정신을 까무룩 놓아 버렸다.

11장.
늘, 너를

 방에 갇혔을 땐 창문이라는 탈출로가 있었지만, 지하에는 아무것도 없었다. 손톱이 다 부러지도록 문을 긁어 대던 준연이 이내 쓰러져 울었다. 분하고 억울하고 서글펐다. 제 안에 그토록 강렬한 감정들이 아직 남아 있다는 게 신기하기도 하고, 이제야 터지는 그것들이 원망스럽기도 했다.

 진작 좀 터지지. 진작 좀 인간답게, 다 터트리고 살지.

 열세 살에 찬유를 알았다.

 열네 살에, 그와 제대로 된 이야기를 나누었다.

 행복했던 반 년.

 그 뒤로는 계속 그를 피하고 상처 주기만 했다.

 스물여섯 살에 영미를 위한다는 미명 아래 그와 결혼했고, 같은 해에 이혼했다. 그땐 몰랐다, 이혼이 이별과 같은 뜻이 아니란 걸.

 그리고 다시 4년.

그녀의 나이 앞자리는 어느덧 '2'를 버리고 '3'이 되었다. 숫자가 1에서 2로, 그리고 다시 3으로 바뀌는 긴 시간이었다.

강산이 한 번하고도 반을 더 변할 동안 찬유는 늘 그녀의 곁에 있었다. 그녀가 달아나는 만큼 쫓아와 그녀를 잡아 주었다. 내내 그 손을 뿌리치고, 얄미울 정도로 이기적이게 도망가는 그녀를 찬유는 단 한 번도 포기하지 않았다.

이제야 그 마음이 선명히 보였다. 남들 눈에는 다 보였던 그 마음이 너무나도 늦게 준연의 눈에 보였다.

사랑받으며 자란 적이 없어서 그것이 사랑인 줄도 몰랐다. 혹은 알면서도 아닐 거라고 부정했든지. 어느 쪽이든 상관없다. 중요한 것은 그녀가 낭비해 온 시간이었다. 그가 가진 마음의 크기를 제대로 가늠하지 못해, 그를 괴롭혀 온 시간의 길이였다. 다 털어놓고 기대는 방법도 있었을 텐데. 그랬다면 홀로 밀랍 같은 마음을 지닌 척, 강한 척, 무딘 척, 억지 부리고 있지 않아도 되었을 텐데.

더 나았을 게 분명한 다른 갈림길들이, 그녀의 눈앞에 생생하게 펼쳐졌다.

그래서 지하에 갇혀 있는 이 시간이 아까웠다. 이미 그를 밀어내느라 쏟아부은 시간이 십오 년을 넘는데, 여기서 더 아까운 시간을 버려야 한단 말인가? 인간의 생이 천 년, 만 년 된다면 이깟 며칠 아까울 것도 없겠지만, 그녀는 이미 인생의 3분의 1을 써 버렸다. 그게 이제야 억울하고, 원통했다.

어떻게 해야 여길 나갈 수 있을까.

"아……."

그 순간 왜 연장함이 눈에 보였는지 모를 일이다.

찰나 흔들리던 준연의 눈동자가 이내 또렷해졌다. 여느 때보다 단호하고 결연한 표정으로 준연이 연장함을 향해 걸었다. 떨리는 손끝을 진정시키며 그녀가 함을 열었다. 각종 연장 속에 그녀가 찾던 것이 보였다.

"이찬유한테 가자. 가서, 보고 이야기하자."

혼잣말을 중얼거리는 준연의 입매가 희미한 호를 그렸다. 어쩐지 홀가분해 보이는 얼굴로 준연이 무언가를 집었다. 조명 아래 반짝이는 그것은 충분히 날카로웠다. 그것을 손에 꽉 쥔 채 준연은 적당한 때를 기다리기로 했다.

다음 날 아침, 현주는 별다를 거 없는 하루를 시작하고 있었다. 잘 다려진 양복을 태훈에게 골라 주고, 아들 현태의 기저귀 등을 살핀 후, 가정부가 만들어 놓은 음식을 가지고 지하로 내려갔다.

지하실 공기는 텁텁했다. 먼지가 진짜로 폐를 막는 것인지 그저 기분 탓인 것인지 알 수 없었다. 확실한 것은 불쾌한 느낌이 온몸을 훑고 지나갔다는 것뿐이었다. 어쩐지 오한이 들어 어깨를 바르르 떤 현주가 마지막 계단을 내려섰다.

그리고 잠겨 있는 문을 열었다.

"오셨어요?"

쨍그랑!

놀란 현주의 손에서 쟁반이 그대로 떨어져 내렸다. 쟁반에 놓인 그릇에 들어 있던 샐러드와 샌드위치 등 간단한 아침거리가 사방으로 흩어졌다.

"무, 무슨 짓을 한 거니?"

유리조각이 제 발등에 튀는 것도 모른 채 현주가 준연에게 달려가 외쳤다. 붉은 피가 뚝뚝 떨어지는 조각칼을 툭 떨어뜨린 준연이 그런 현주를 바라보며 조소하고 있었다.

"피, 피가 나잖니? 죽을 생각이니? 응?"

준연이 죽는다고 해서 현주에게 해가 될 것은 없다. 그러나 현주는 준연이 생각하는 것만큼 악독한 마녀는 아니었다. 눈앞에서 사람이 죽어 가면 당황하는 보통 사람일 뿐이었다.

"맙소사, 도대체 얼마나 깊게……."

사색이 된 현주가 준연을 노려보았다. 준연은 그런 현주와 달리 태연하기 짝이 없는 표정이었다. 차갑고, 무감정한 그녀의 눈빛을 마주하며 현주가 몸을 떨었다.

본인은 부정하고 싶겠지만 서준연은 서태훈과 참 많이 닮았다. 목적을 위해서라면 수단을 가리지 않는다는 점에서 특히.

"이제 어쩌실 거예요?"

"뭘 어째?"

"계속 여기 가둬 두실 거냐고 묻는 거예요. 참고로 왕진의 부를 생각은 하지 마세요. 다른 짓도 얼마든지 할 수 있으니까요."

"너 정말 미쳤니?"

"미친 건 회장님이시겠죠. 딸을 지하에 가두는 아버지가 세상에 어디 있어요?"

"서준연!"

순간 준연이 비틀거렸다. 그녀의 손목에서 흘러나온 피가 이미 바닥에 웅덩이를 만들고 있었다.

"괘, 괜찮니? 지혈, 지혈부터……."

"놓으세요!"

자신을 붙잡는 현주의 손을 매섭게 뿌리친 준연이 그녀를 노려보았다. 경악을 한 현주의 얼굴을 보는 게 그리 나쁘지 않았다. 하지만 눈앞이 흔들리고 머리가 어지러워서 그녀를 오래 노려보고 있을 수도 없었다.

"절 죽게 할 생각 아니시라면……."

"준연아!"

다리에 힘이 풀린 듯 준연이 그 자리에 털썩 주저앉았다. 한때는 그녀의 일부였을 텐데, 이제는 차갑게 식어 가고 있는 핏물이 그녀의 바지자락을 적셨다.

"병원에나 데려다 주세요. 분명히 말씀드리는데, 왕진의 부를 생각 마세요. 당신 지하실 나가는 순간, 저 문 틀어막아 버릴 테니까."

눈빛은 흐릿했지만 목소리만큼은 또렷했다. 질린다는 표정으로 그녀를 노려보던 현주가 입술을 꾹 깨물었다.

"알겠으니 허튼짓하지 말고 따라 나와."

준연이 이겼다.

처음으로 그녀의 뜻대로 되었다. 무모하긴 했지만, 그래도 성공했다.

칼에 베인 손목을 다른 손으로 꾹 누르며, 준연이 현주를 따라 지하실을 빠져나왔다.

찬유에게 가는 길이 아주 조금 가까워졌다.

짧은 봉합수술이 끝났다. 준연은 현주와 달갑지 않은 시간을 보내고 있었다.

"넌 대체 어떻게 된 애니?"

현주가 쏘듯 물었다. 준연이 픽 조소했다.

"당신이 할 질문은 아닌 것 같네요."

"뭐야?"

"당신은 어떻게 된 여자라서 가정 있는 남자를 기어이 빼앗은 건데요?"

"너, 너……."

할 말을 잃은 현주가 입술을 달싹거렸다. 붉으락푸르락하는 그녀의 얼굴을 준연이 빤히 쳐다보았다.

"네 부모님의 불행을 내 탓으로 여기지 마라."

현주가 준연의 시선을 피하며 말했다.

"당신 탓이 아니라고요?"

기가 찬 듯 준연의 입술이 비틀어졌다.

"내가 없었다고 해서 네 부모님이 화목했을 것 같아?"

다시 고개를 들어 준연을 노려보며 현주가 말했다. 이번에는 준연도 웃을 수가 없었다. 입가 가득한 조소를 지우며 그녀가 입을 꾹 닫았다.

이 여자가 없었다고 해서 과연 그녀의 부모님이 행복했을까?

준연은 그 질문의 답을 너무나도 잘 알고 있었다.

답은 '아니오.' 였다.

현주가 없었다면 서태훈은 다른 여자를 찾았을 것이다. 이 세상에 돈 많은 남자의 정부 역할을 자처할 젊고 예쁜 여자는 쌔고 쌨으니까.

서태훈과 홍영미 두 사람이 언제부터 그렇게 사이가 안 좋아졌는지 준연은 모른다. 이유가 무엇이었는지 역시 모른다. 세상엔 이유 없이 서로를 미워하고 경멸하는 사람들도 있는 법이니, 이유를 찾아 헤매는 건 실로 부질없는 짓일 수도 있었다. 없는 이유를 찾으려고 시간과 노력만 소모하는 어리석은 짓거리일 수도 있었다.

"그냥 그랬던 거야. 처음부터, 이유 없이 어긋나 있었던 거라고. 그걸 괜히 내 탓하지 마렴."

그 점을 현주가 꼬집어 주었다.

준연이 이불을 꽉 움켜쥐었다. 분한데, 억울한데…… 반박할 말이 없었다.

그러다가 문득 그런 생각을 했다. 처음부터 이유 없이 어긋나 있는 인연이 있다면, 어딘가에는 처음부터 이유 없이 맞닿아 있는 인연이 있지 않을까 하는.

만약 그런 게 그녀에게 있다면 그 인연은 찬유에게 닿아 있으면 참 좋겠다.

"아주머니."

"왜?"

"현태, 사랑하시죠?"

"물어 뭐하니?"

제법 침착해진 현주가 시큰둥하게 대꾸했다. 준연이 불현듯 실소를 머금었다. 그녀는 단 한 번도 현주와 단둘이 이토록 긴 이야기를 나누게 될 날이 올 거라고 생각하지 못했다. 언제나 그녀와 하는 이야기는 '예, 아니오' 정도의 단답식이었고, 현주도 준연에게 그 이상의 것은 바라지 않았다. 두 사람은 서태훈이라는 한 사람으로 인해 인연이 되었지만, 그 인연은 차라리 없느니만 못했다.

"회장님은요?"

아버지라고 부르는 것조차 어려운 사람. 차라리 없는 게 서로에게 더 좋을 인연······.

"무슨 대답을 원하니?"

현태와는 달리 바로 대답하지 않고 현주가 되물었다.

"세 사람이서 완벽한 가족이잖아요. 저는 방해물일 뿐이죠."

"······."

"굳이 아니라고 하실 필요 없어요. 그런 거, 다 아는 사이잖아요."

준연이 태연하게 웃었다. 그녀의 의중을 꿰뚫을 기세로 준연을 노려보던 현주가 어깨를 들썩였다.

"그렇게 말하니, 솔직히 말할게. 맞아. 넌 필요 없어, 내 가족사진에."

현주가 가감 없이 대답했다. 예상했던 답이었고, 바랐던 답이기에 준연은 쓸쓸한 감정조차 느끼지 못했다. 언제나 서태훈이 이룬 가정의 변방에서 숨죽이고 살아왔던 준연은, 차라리 그 울타리를 아예 벗어나 버리는 쪽이 더 좋았다. 왜인지 지금껏 하지 못했던 그 일을 이제야 저지를 자신이 생겼다.

세상의 그 누구도 인간 서준연을 기다려주지 않아도, 그녀를 세상 누구보다 아껴 줄 사람이 있다는 걸 생각하니 더 이상 겁나지 않았다. 더 망설일 것도 없었다. 오히려 너무 많이 망설여서, 결과적으로 낭비하게 된 시간만 눈물 나게 아까웠다.

"아주머니 동생과 현태 중 누가 더 소중하세요?"

"뭐? 내 동생? 현웅이 말하는 거니?"

"이름까진 알 생각 없어요."

현주가 미간을 찡그렸다. 준연은 속을 알 수 없는 표정을 하고 있었다. 언제나 그랬듯, 온기 없는 잿빛 눈동자가 침잠하고 있었다. 심연, 또 심연. 그 눈은 실로 모든 것을 보고 있는 듯해서 소름 끼

치기까지 했다.

"현태가 더 소중하시죠?"

"뭐?"

"동생보단 아들이 더 소중하시죠?"

"대체 무슨 소릴 하려고 하는 거야?"

현주가 짜증을 부렸다. 준연이 입술을 말아 올렸다.

아니라고 말하지 않았다. 동생보다 아들이 더 소중하냐고 캐묻는 준연의 말에 현주는 부정하지 않았다.

"다 드릴게요."

지하실을 나오는 데 성공했으니, 이제 김 실장과 이현주만 떼어 내면 된다. 그들이 있으면 찬유에게 갈 수가 없다.

"제가 가질 것들, 가진 것들, 전부 다 드릴게요."

"무슨 뜻이니?"

"제 몫의 상속분, 포기하겠다고 말씀드리는 거예요. 알고 계시겠죠. 회장님께서 원하지 않아도 저 회장님 친자예요. 그분이 제게 한 푼도 남겨 주고 싶어 하지 않아도, 소송하면 제 몫 받을 수 있어요. 그런데 그거, 안 하겠다고 말씀드리는 거예요. 전부 현태에게 주겠다고 말하는 거예요."

현주의 동공이 눈에 띄게 흔들렸다.

"얘, 얘가 무슨……."

"동생분 선거는 다음에 또 하면 돼요. 하지만 이건 지금이 마지막이에요. 지금 이 순간이 지나면, 저는 악을 써서라도 제 몫 받아 내고 말 거예요. 아니면 현태 몫까지 다 빼앗을 수도 있어요. 하나뿐인 귀한 아드님이 그런 추한 일에 휘말리는 거, 싫으시잖아요. 이 기적으로 생각하세요. 당신 보살핌이 필요한 건 당신 아들이지 당신 동생이 아니에요."

준연이 나른하게 속삭였다. 그것은 달콤한 회유였다. 미래에 있을 재산분쟁에서 완전히 빠져 주겠다고 준연이 선언하고 있었다. 그 유혹이 현주를 뒤흔들었다.

"내게 바라는 건 뭐니?"

현주의 목소리가 가늘게 떨렸다.

"사라질 수 있게 도와주세요."

현주는 잠시 말이 없다. 그녀의 긴 속눈썹이 파르르 움직였다. 불혹이 넘은 나이에도 불구하고 여전히 아름다운 그녀의 얼굴이 고민으로 물들었다.

"정 변호사님 불러올게."

결정은 오래 걸리지 않았다.

"유산포기각서부터 써."

거래를 할 거면 철저히 해야 했다. 준연의 존재가 영원히 사라져 준다면 현주로서는 나쁠 게 없었다. 유산포기까지 하고 떠난다니 정말로, 정말로 쌍수 들고 환영할 일이지 않은가.

현주는 제 것을 챙기는 일에선 정말로 철두철미했다. 세컨드에서 퍼스트가 된 것은 결코 운만 좋아서가 아닌 모양이었다.

"병원에 앉아만 있으려니 지루해서 그래요."

서재에 있는 책 목록 몇 개를 적어 건네며 현주가 김 실장에게 말했다. 장 변호사가 도착하기 전에 김 실장을 내보내야 했다. 변호사가 알짱거리는 것을 들켰다간 의심을 사고 말 테니까.

"이 세 권이면 됩니까?"

"네, 충분해요."

별 의심 없이 묻는 김 실장을 향해 현주가 고개를 끄덕여 보였다. 금방 돌아오겠다는 말을 남기고 김 실장이 자리를 비웠다.

복도에 혼자 남은 현주가 휴대폰을 들었다.

"장 변호사님, 어디세요?"

―지금 병원 앞입니다. 거의 다 도착했습니다.

짧고 명료한 대답이 돌아왔다.

얼마 지나지 않아 평범한 차림의 장 변호사가 나타났다. 혹시나 김 실장과 마주칠까 봐 되도록 눈에 띄지 않게 입고 오라는 현주의 당부를 잊지 않은 것이다.

"어서 와요."

"그동안 잘 지내셨습니까, 사모님?"

"저야 뭐, 늘 똑같죠."

형식적인 안부 인사를 주고받은 후 두 사람이 병실 안으로 들어갔다. 병원 특유의 약냄새에 장 변호사가 살짝 콧잔등을 찌푸렸다.

젊은 여자가 침대 위에 앉아 있었다. 그녀는 너무도 창백해서 햇볕에 녹아 버릴 것만 같았다.

"그럼 시작하죠."

붕대가 감긴 여자의 손목에 머무르려는 시선을 거두며 장 변호사가 가방에 넣어온 서류 뭉치를 꺼냈다. 그의 입회하에 준연이 유산포기각서를 작성하기 시작했다.

서명 몇 번 하는 게, 무어 어려울까.

애초에 집안의 돈 따위는 준연의 관심사가 아니었다. 찬유에게 갈 수 있다면 이깟 돈, 백 번이고, 천 번이고 포기할 수 있었다. 온

갓 오물이 묻은 서태훈의 돈은 구역질나는 쓰레기, 그 이상의 의미는 결코 될 수 없었다.

왜 진작 포기하지 않았나 생각될 정도로 준연은 홀가분했다. 마음속으로는 수도 없이 끊었던 집안과의 인연. 그렇게 끝없이 포기하면서도 어리석게 붙들고 있던 아버지란 존재. 그 모든 미련이 이 순간 사라지고 있었다.

"됐죠?"

"그래."

서명에 지장까지 날인된 각서 내용을 꼼꼼히 확인한 현주가 느리게 고개를 주억거렸다. 이로써 현태의 앞날에 꽃이 피었다. 그녀가 그녀의 아들을 위해, 그들의 인생에서 가장 큰 방해물을 제거한 것이다.

"가 볼게요."

"잠깐만."

"……?"

"그냥 가면 안 되지."

"네?"

나가려고 일어서는 준연을 현주가 붙잡았다. 왜 그러냐는 듯 바라보는 준연의 손에 현주가 무언가를 쥐여 주었다.

"나한테도 변명할 거리가 있어야 하지 않겠니?"

준연이 현주가 손에 쥐여 준 것을 확인했다. 딱딱한 하드커버로 만들어진 책이었다. 정신없는 와중에 언제 이걸 챙겨 온 걸까.

"있는 힘껏 휘둘러."

다음 순간, 현주가 본 것은 눈앞에 번쩍이는 별이었다. 띵한 감각과 함께 비틀거리는 그녀를 잠시 놀란 눈으로 바라본 준연이 곧 뒷걸음질 쳐 병실을 뛰쳐나왔다.

찬유가 사고 났던 그날 이후, 처음으로 준연이 먼저 그에게 가는 길이었다.

보도 자료로 넘길 자료의 카피본을 정리한 찬유가 집을 빠져나왔다. 준연은 여전히 돌아오지 않았고, 서태훈도 말이 없다. 결국 끝장을 보자는 것일까. 서로에게 득이 되는 길이 분명 있는데도 왜 고집을 꺾지 않는 것일까. 자잘한 기싸움에서 승리해서 얻을 건 아무것도 없을 텐데.

'비가 오려나.'

그의 표정만큼 하늘도 어두웠다. 먹구름이 잔뜩 끼어 있었다. 비가 곧 쏟아질 듯 공기가 습했다. 이번에 비가 오면 만개한 꽃들이 죄다 떨어져 버릴 것 같았다. 자신이 꽃이나 눈을 보며 좋아할 나이는 아니라고 생각했지만, 그래도 찬유는 준연과 함께 화사한 꽃나무 아래를 걸어 보고 싶은 소망이 있었다.

연분홍 꽃잎이 바람 따라 하늘하늘 흩날리는 길을, 준연과 손을 꼭 잡고서 걷는다면…… 그것만으로 천국을 느낄 수 있을 텐데.

"아."

예전, 준연을 기다렸던 놀이터를 막 지나치려는 순간이었다. 이마에 무언가가 톡 떨어졌다. 비였다. 꾸물거리던 하늘이 끝내 물방울을 떨어뜨리기 시작한 모양이었다. 봄꽃의 끝물, 그 여린 꽃잎을 죄다 쓸어 갈 작정인가 보다.

약속한 14일의 시간이 끝나고, 그녀를 기다리던 그날도 비가 왔었다. 하염없이 퍼붓는 빗속에서 준연은 그에게 다가오지도 못하고 미련하게 서 있었다. 온몸에 펄펄 열이 끓고, 그러다가 쓰러질 지경이 되어서까지…… 그를 지켜보고 있었다. 그녀의 눈빛은, 표정은 아니라는 말과 정반대의 이야기를 하고 있었다.

"안 그래도 되는데."

찬유가 쓸쓸하게 중얼거렸다.

"정말 안 그래도 되는데."

문득, 그녀가 야속해지는 순간은 어쩔 수가 없다.

"어릿광대 같은 장난, 이제 그만할래요."

진짜 어릿광대가 누군데.

미안해하고, 자책하고 그러는 거 하지 않아도 되는데. 차마 다가오지도 못하고 아파하는 거, 안 해도 되는데.

"넌 또 다르겠지."

이찬유는 서준연이 아니라서 그녀의 마음을 온전히 이해할 수 없다. 그저 입장을 바꿔 생각해 볼 뿐이다.

그가 만약 그녀라면, 그 또한 미안해할 것이다.

자기 때문에 그녀가 꿈도, 미래도 잃은 채 살게 되었다는 것을 알면 견딜 수 없을 만큼 괴로울 것이다. 자책할 것이고, 도망갈 것이다. 보고 싶은데 만나러 갈 염치가 없어서 괴롭고, 떠나는 게 옳다고 생각하는데 차마 떠날 용기가 없어 아프다.

이러지도 저러지도 못하는 모순 속에서 갈등하고 고민하고……. 설령 그녀가 괜찮다고 말해도 그가 괜찮지 않을 것이다. 자신의 잘못으로 인해 생긴 결과가 뻔히 눈에 보이는데 괜찮다는 그녀의 말이 위로가 될 리가 없다.

그 상처의 무게를 새삼 실감했다. 그래서 조금씩 젖어 드는 빗속을 헤쳐 나가며, 재차 다짐했다.

준연이 몇 번을 도망가도 놓치지 말자.

준연이 몇 번을 포기해도, 포기하지 말자.

그녀가 말하지 않아도 알아차려 주자.

그녀가, 거짓말을 해도…… 속지 말자.

차마 다가올 수 없는 준연을 이해한다면, 아파도 아프다 말조차 못 하고 냉정한 척 고집 피울 수밖에 없는 그녀를 안다면, 지금보다 더 단단해지자.

늘 그렇게 붙잡아 주자.

설령 그녀가 그를 떠나도 항상 그렇게, 함께 있어 주자.

비는 멈추지 않을 것 같았다. 집으로 돌아가 우산을 챙겨 올까 고민하던 찬유가 편의점을 찾아 주변을 둘러봤다. 아무래도 집에 가서 가져오는 것보다는 편의점에서 하나 사는 게 편할 것 같았다.

"어서 오세요."

딸랑, 종소리와 함께 점원이 인사했다. 투명한 비닐우산을 하나 집어 계산한 찬유가 다시 밖으로 나왔다. 조금씩 그의 어깨를 젖게 했던 비가 이제는 제법 거세져 있었다.

'꽃이 다 떨어지지 않으면 좋겠는데.'

우산을 펼치며 거리로 나가는데, 마침 찬유의 앞에서 택시가 멈춰 섰다. 무심코 내리는 사람을 쳐다본 그가 그대로 얼어붙었다.

세상의 소리가 사라진다는 건 이런 기분일까.

자동차 소리, 빗소리, 사람들 발소리……. 그 모든 것이 사라졌다.

"어……."

서태훈을 찾아가 협박하고 별 생쇼를 벌인 뒤에야 준연을 다시 만날 수 있을 거라고 생각했기에, 택시에서 내리는 준연의 모습은 지독히 비현실적으로 느껴졌다.
　"비 맞잖아."
　그녀도 놀랐는지 어정쩡하게 굳어 있었다. 찬유가 반사적으로 그녀의 머리 위에 우산을 씌웠다.
　그녀의 뺨을 타고 물줄기가 흘러내렸다. 처음엔 비인 줄 알았는데, 우산을 씌워 준 지금도 물줄기가 여전했다. 어쩌면 비가 아닐 수도 있겠다는 생각이 뿌연 찬유의 뇌리를 스쳤다.
　"준연아?"
　찬유가 서둘러 머릿속을 정리했다. 지금 그는 기억상실 흉내를 내고 있고, 얼마 전 준연에게 우린 이혼한 사이라는 폭탄선언을 들은 상태다. 진실은 모든 걸 알고 있고, 지금은 서태훈 회장을 만나 협박하러 가는 길이었다고 해도 그것을 준연에게 드러내 보일 수는 없는 것이다.
　"나랑 이야기할 생각, 들었어?"
　그가 애써 이 상황에서 자신이 할 수 있는 가장 합리적인 말 하나를 찾아냈다. 준연은 대답 없이 가만히 서서 파르르 떨었다. 입술이 창백했고, 눈시울이 붉었다. 이내 그녀가 어떤 말도 제대로 꺼내지 못한 채 흐느끼기 시작했다.
　"왜 그래? 무슨 일 있었어?"
　찬유가 당황한 표정으로 물었다.
　"내가……."
　준연이 겨우 더듬더듬 입을 열었다. 꾹꾹 참아 누른 울음소리가 간간이 새어 나왔다.

"내가, 잘못했어요."
"어?"
"내가, 끅. 내가 미안해요."
숱한 세월 준연을 억누르고 있던 것들이 비로소 터져 나왔다.

12장.
늘, 사랑합니다

 그에게 가지 못하게 막고 있었던 것이 홍영미도 아니고, 서태훈도 아니라는 것을 준연은 이제야 알았다. 늘 그녀를 가로막았던 것은 다름 아닌 그녀 자신이었다.

 불신.

 그래, 불신.

 그녀는 찬유의 마음을 불신했다. 자기보다 작을 거라고 단정 지었고, 그녀만큼 진실하지 않을 거라고 우습게 봤다. 이찬유의 마음은 생각해 보지도 않고 제멋대로 판단하고 결론 내려 버렸다.

 그 오만과 어리석음이 지금까지 그녀를 막고 있었던 것이다. 찬유에게 가지 못하게 하고, 찬유를 떠나지 못하게 하고……. 세상의 다른 그 누구도 아닌, 바로 그녀가 문제였던 것이다. 그녀가 그의 애원을, 절규를 끝내 듣지 않고 외면하며 이미 울긋불긋 숱하게 멍든 그의 가슴에 쉴 틈 없이 멍 자국을 남겨 온 것이다.

"내가, 나 살자고, 나 하나 살자고······."

그를 먼저 생각한 게 아니었다. 자신을 먼저 생각했다. 살고 싶어서 그를 사랑한 주제에, 살고 싶어서 그를 버렸다. 그를 떠나보낼 용기도 없으면서, 자신은 인두겁을 쓴 짐승 같은 부모와는 다르다는 걸 어설프게 증명할 치기로 그의 곁을 차지하지도 않았다.

그러면 좀 나은 사람이 되는 기분이 들었다.

아, 나는 최소한 양심은 있구나.

아, 나는 최소한 미안한 건 아는 '사람'이구나.

그렇게 스스로를 기만하며, 찬유를 고통스럽게 만들었다. 나 하나 살겠다는 옹졸한 마음을 도덕적 양심 때문이라는 허울 좋은 핑계 아래 숨겨 놓고, 혼자 안전지대에서 몸을 웅크리고 숨어 있었던 것이다.

"당신을 아프게 했어."

눈물이 쉴 새 없이 흘렀다.

미안해서. 정말로 미안해서.

가슴을 짓누르는 슬픔과 미안함이 눈물이 되어 세상 밖으로 터져 나왔다.

"내가, 당신을 아프게 했어."

그녀는 이기적이었다. 무서워서 도망쳤다.

"내 마음이 부서질까 봐······ 속였던 거야. 내가 나약해서, 도망친 거야."

"준연아."

후드득 떨어지는 빗소리가 자꾸만 준연의 목소리를 삼켰다. 그녀가 무슨 말을 하려는 것인지 집중해서 듣고 있던 찬유의 미간이 미묘하게 일그러졌다.

준연이 한 발 다가왔다. 움켜쥐듯 그의 가슴 부근을 부여잡았다. 그의 가슴에 이마를 기대더니, 그대로 아래로 스르륵 무너져 내렸다. 그를 붙잡고서 바닥에 꿇어앉은 준연이 우는 듯 웃었다, 혹은 웃는 듯 울었다.

"내가 도망갔어요. 내가…… 무서워서 도망갔어요. 이찬유가 서준연을 미워할까 봐 무서웠고, 이찬유가 서준연을 경멸할까 봐 무서웠고…… 그래서 내내 도망만 갔어요. 그러면서도…… 막상 이찬유가 서준연을 잊을까 봐, 그 곁을 맴돌았어요. 내가, 미안해요. 내가 잘못했어요. 내가, 내가……."

그녀의 작은 어깨가 쉴 새 없이 위아래로 오르락내리락했다. 놀란 표정으로 그녀를 바라보던 찬유가 곧 무릎을 굽혔다.

"이기적이었어요."

준연이 그를 마주했다. 눈물이 번져 그의 얼굴이 잘 보이지 않았지만 그를 똑바로 보기 위해 애썼다.

백 번을 사죄해도 용서받을 자격이 없다. 그러나 찬유는 용서를 구하지 않아도 그녀를 용서할 것이다. 그가 그런 사람이라는 걸 준연은 알면서도 몰랐다. 참으로 역설적이지 않은가. 그래서 준연은 용서를 구한다. 자신은 용서받을 자격이 없지만, 찬유는 용서를 해 줄 사람이라는 것을 알기에 비로소 진심을 전한다.

"내가…… 빌게요. 이렇게 빌게요. 미안해요. 정말, 미안해요. 늘 도망만 가서, 비겁하게 도망만 가서……. 그 도망도 제대로 못 가서. 그래서 결국 당신 곁을 맴돌고, 당신을 아프게 하고……. 아무것도 달라지지 않아도…… 날 용서해 줘요."

이 한마디 하는 게 왜 그렇게 어려웠을까. 떨쳐내면 되는 걸 왜

꾸역꾸역 어깨에 짊어지고 있었을까.

"빌면……. 빌면 뭐가 달라져요?"
"내가 빌면, 당신이 잃어버린 거 다시 찾을 수 있어요? 이찬유의 꿈, 미래……. 다시 찾을 수 있어요?"
"아니잖아요."

어느 날 찬유에게 건넸던 어리석은 말들이 준연의 기억 속에서 되살아났다.
무언가 달라져서 비는 게 아닌데.
그가 잃어버린 걸 다시 찾을 수 있어서 비는 게 아닌데.
이건 전부, 그녀가 그를 얻기 위해서 비는 거였다. 그녀가 그의 곁으로 가기 위해서 털어내야 하는 문제였다. 이찬유의 문제가 아니라 서준연 마음의 문제였고, 그 마음의 짐에 대한 문제였다. 죄를 말하고, 용서를 구한 후에야 가벼워진 마음으로 그에게 전력 질주할 수 있게 되는 것이다.
"매일, 매일 생각했어요. 말해야 한다고……. 말해 줘야 한다고……. 그런데 무서워서, 두려워서. 다신 못 보게 될까 봐. 정말로, 멀리서조차 보지 못하게 될까 봐. 나는 그게 너무 끔찍해서……. 그래서 차라리 도망치는 쪽을 택했어요. 이찬유가 날 보지 않는 것보다…… 내가 보지 않는 게 덜 아파서. 결국 또 나 편하자고 당신을 아프게 한 거야. 그래도 용서해요. 이런 나라도 용서해요. 사실…… 알아. 당신은 날 이미 용서한 거 알아요. 그래도 말해줄래요? 다 안다고, 다 아니까 이제 그만 자책하라고……. 엄마가 한 짓도, 아버지가 한 짓도 내가 한 짓이 아니니 미워하지 않는다고…… 그렇게 말해 줘요, 응?"

 심하게 횡설수설했지만, 그에게 닿았음을 준연은 믿어 의심치 않는다. 쓱쓱 눈가를 문질러 눈물을 지우고서 그를 응시했다.

 비닐우산을 때리는 후드득 빗소리조차 들리지 않을 정도로 찬유는 그녀에게 집중하고 있었다. 갑작스럽게 늘어놓는 그녀의 이야기를 들으면서 찬유도 알아챘다.

 그가 한 연극들, 그가 말하지 않았던 진실들, 준연이 알아 버렸구나. 언제, 어디서, 어떻게 알게 된 것인지는 몰라도 그가 숨겨 왔던 일들을 다 알아 버렸구나. 혹시나 그녀가 알게 되면 마음의 짐이 될까, 부러 숨겼던 아버지와 관련된 일들. 그것들을 알고 있었구나.

 "그래서, 결론이…… 뭐야?"

 찬유가 다정히 웃으며 물었다.

 그 때, 그의 눈에 흰 붕대가 감긴 준연의 손목이 보였다. 그다음 순간, 찬유의 머릿속에는 아무 생각도 들지 않았다. 손목, 붕대, 핏자국……. 그 짧막한 단어가 찬유의 사고를 정지시켰다.

 크게 흔들리는 그의 손을 맞잡으며, 준연이 제 손목에 고정된 찬유의 시선을 자신에게 되돌려 놓았다. 그를 똑바로 응시하며 준연이 또박또박 입술을 움직였다.

 "내가……."

 서준연이.

 "그 모든 것에도 불구하고……."

 모든 망설임을 떨치고서.

 "이찬유를 원한다구요……."

 당신을 사랑합니다.

준연이 온 힘을 다해 마음을 고백했다.

잠시간, 찬유는 말이 없었다. 그의 눈빛은 몹시 날이 서서 조금 무섭기까지 했다.

혹시나, 만에 하나 그가 싫다고 하면 어쩌지? 불현듯 치미는 두려움에 겨우 멎었던 눈물이 다시 차올랐다. 하지만 곧 다시 마음을 다잡았다. 지금 안 된다면 될 때까지 빌면 된다. 그가 받아줄 때까지 붙잡으면 된다.

지금까지 늘 도망가는 건 그녀였고 쫓아오는 건 그였으니까, 이제부턴 늘 도망가는 건 그가 되고 쫓아가는 건 그녀가 된다 해도 상관없다. 적어도 그가 그녀를 놓지 않아 준 시간만큼은 그를 포기하지 않을 것이다.

"싫다고 해도 소용없어요. 난…… 계속 쫓아갈 테니까. 막, 거머리처럼 달라붙어서 안 놓아줄……."

"손이 왜 이래?"

준연이 혼신의 힘을 다해 고백했는데, 그녀를 보는가 싶던 찬유의 시선이 도로 그녀의 손목에 고정되어 있다. 왠지 심통이 나서 입술을 비죽인 준연이 그를 쏘아보았다. 그녀가 그러거나 말거나 그녀의 손목을 홱 잡아당긴 찬유의 표정이 더 험악해졌다.

"아, 그건……."

준연이 그를 물끄러미 바라보았다. 그는 그녀의 손목에 감긴 붕대를 노려보고 있었고, 바이없이 떨리는 그의 눈동자가 참으로 많은 이야기를 하고 있었다. 결국 지금 내 고백을 듣긴 한 거냐고 투정을 부리는 대신 그를 안심시킬 말을 먼저 건넸다.

"아프지 않아요."

그러고는 슬며시 웃었다.

지금도 찬유는 그녀만 본다. 그녀보다 더 괴로운 표정으로 그녀의 상처를 살피고, 그녀보다 더 아픈 표정을 차마 감추지 못한다. 그런 이찬유의 마음을 지금까지 보지 못한 게 억울했다.

진작 알았으면 좋았을 텐데. 그랬다면 지금보다 몇 배는 행복했을 텐데. 누군가 그녀를 이토록 소중히 여기고 있다는 것을 알고 있었다면, 정말로…… 모든 것이 지금과 많이 달랐을 텐데.

애초에 그녀의 마음이 백이든 오십이든 영이든 상관없이 그는 늘 그녀를 보아 준 것이다. 그녀가 그를 싫어하든 좋아하든 그는 한결같이 한자리에 있어 준 것이다. 하지만 너무 오래 외면받는 사이 그녀에게 마음을 기대하는 방법조차 잊어버려, 어쩌면 조금 전 준연의 고백조차 환청으로 치부해 버렸는지도 모를 일이다.

그래서 준연은 들어야 했다. 그녀의 마음을 들은 그의 대답을. 망설임을 끝낸 그녀를 본 그의 마음을.

"중요한 건 그게 아니잖아요."

"이게 안 중요하면 뭐가 중요한데?"

"내 말…… 듣긴 했어요?"

"당연히 들었지."

그가 머뭇거리는 척도 하지 않고 대답했다. 제 고백을 듣고도 모른 척했다는 말인가? 괜히 새침해진 준연이 그를 노려보며 뒤늦게 투정을 부렸다.

"그럼 사람이 대답을 해야……."

"퉁 치자."

툭 내뱉는 찬유의 말을 잠시 이해 못 한 준연이 눈썹을 모았다. 그녀는 살면서 지금처럼 진지했던 적 없었고, 절실했던 적도 없었다. 당연히 상대방도 자신만큼 진지해 주길 바랄 수밖에 없는 상황인데, 찬유의 대답은 가벼워도 너무 가벼웠다.

"네?"

멍한 표정을 짓는 준연을 찬유가 그제야 가만히 응시했다. 준연의 걱정과는 달리 그의 머릿속은 쾌청했다. 복잡하던 것들이 전부 정리되어 가고 있었다.

준연이 다 알아 버렸고, 그에게 오기 위해 위험을 무릅썼다. 상처는 자기 몸을 이용한 방법이 아니라면 빠져나올 수 없는 상황이었다는 뜻일 것이다. 그리고 자기 몸 하나 다치는 건 개의치 않을 만큼 그에게 오고 싶었다는 의미일 것이다.

찬유에겐 그 정도면 충분했다.

"나도 널 속였고 너도 날 속였으니 지난 잘못은 없는 셈 치자."

젖은 눈을 깜빡거리는 그녀의 뺨을 찬유의 손이 감쌌다. 이내 마른 입술로 옮겨간 그의 손가락이 그녀의 입술을 조심스럽게 문질렀다. 그 손길은 다정했다, 지나치게 달콤할 정도로.

"다 없어지는 거야. 나쁜 기억, 안 좋았던 기억……. 우리가 서로를 속인 순간들. 전부."

그녀의 입술에서 손을 뗀 찬유가 장난스럽게 그녀의 눈앞에서 손을 활짝 폈다가 접었다. 마치 마법을 걸듯이.

나쁜 기억, 아픈 기억…… 다 없어지길.

"알겠지?"

준연은 여전히 어리둥절했다.

"집에 갈까?"

그의 손을 잡고 일어서면서도 뭔가 떨떠름한 표정이었다.

"이게 끝이에요?"

"응?"

"다, 된 거예요?"

더 묻거나 따지거나, 그래야 하는 거 아닐까?

찬유의 대답은 너무나 간단명료하다.

"뭐가 더 있어야 돼?"

준연의 입술이 살짝 열렸다. 그러다 슬며시 웃었다. 문득 깨달은 것이다. 그녀는 아직도 찬유를 모르고 있다는 것을. 그에게 이 이상의 것은 처음부터 필요하지 않았다는 것을.

"너무…… 쉬워서요."

긴장이 풀린 까닭일까, 다리에 힘이 풀린 준연이 비틀거렸다. 그녀의 어깨를 감싸 잡으며 찬유가 웃었다. 그 웃음이 말갛다.

"가서 씻자. 이러고 있다가 너 감기 걸리는 거 싫어."

잠깐 멈칫거리던 준연이 이내 고개를 끄덕였다. 그리고 그를 따라 말갛게 웃었다.

이렇게 쉬운 일이었나 보다. 찬유의 옆에 서는 건, 딱 한 번의 용기면 되는 일이었나 보다. 그가 미워할까 봐 전전긍긍하는 대신 진실을 말해 주고, 그가 떠나갈까 봐 두려워하는 대신 그를 쫓아갈 준비를 하는 것이 지금까지 그녀가 해야 했던 모든 일이었나 보다.

그에게 오는 길은 사실 이렇게나 쉬웠는데, 그 짧은 길을 달려갈 용기를 내지 못했던 비겁함. 그 시간들이…… 아쉽다.

하지만 지나간 시간은 돌이킬 수 없는 법이니, 그의 말처럼 과거는 이제 묻고 지금에 충실해야지. 그와 함께할 오늘과 내일만 바라봐야지.

어제를 보며 후회하고 미안해하고 아파하는 일들은, 정말 다 끝이다.

손가락을 꼼지락거리던 준연이 한 번 더 용기내서 찬유의 손을 잡았다. 그가 더 꽉 잡아 주는 것이 느껴졌다. 마음이 따뜻해지는 기분이 들었다. 빙긋 웃는 그녀를 바라보는 그의 눈매도 함께 휘었다.

비는 계속해서 내렸지만, 우산을 쓸 생각도 하지 않은 채 두 사람은 손을 잡고 걸었다. 맞잡은 손의 서늘함마저 따뜻하게 느껴졌다. 기묘한 일이었다.

"그때."

찬유가 불쑥 입을 열었다. 가만히 그의 손을 잡은 채 따라 걷던 준연이 그를 올려다보았다.

"비, 맞고 있었지."

그가 말하는 '그때'가 어느 때인지 준연은 금방 생각해 냈다.

약속한 이 주의 시간이 지나고, 찬유는 일방적으로 놀이터에서 기다리고 있겠다고 통보해 왔었다. 바로 그 약속의 날이리라. 그곳까지 가서도 준연은 그의 앞에 나서지 못한 채 그와 함께 비를 맞고 있었다. 그렇게라도 그와 연결된 기분을 느끼고 있었다.

"멀리서 같이 맞는 것보다 가까이서 같이 맞는 게 더 좋지?"

다 안다는 듯한 말투로 그가 물었다. 웃는 그의 눈이 꼭 초승달처럼 생겼다. 저 눈웃음을 그녀가 얼마나 좋아하는지 그는 아마 모를 것이다.

"……네."

들릴락 말락, 빗소리에 묻힐 듯 개미만 한 목소리로 준연이 대답했다. 하지만 그것으로 충분한 듯 찬유의 눈웃음이 진해졌다. 그를 흘끗 올려다본 준연이 방긋 웃었다. 꼼지락거리는 그녀의 손을 크게 덮어 주는 그의 손이, 준연을 어루만지고 있었다. 그것이 그녀를 행복하게 했다.

마주 보면 이렇게나 쉬운 일이었다.

이렇게, 멀리 돌아올 필요가 없는 일이었다.

어렵게 마주했으니, 지금부터라도 어긋나지 말아야지. 여태 많이 어긋나 있었으니, 이젠 늘 똑바로 봐야지.

"아. 근데 이거, 어떻게 하지?"

찬유가 불쑥 무언가를 들어 보이며 물었다. 삼류 찌라시 기자에게 넘길 생각이었던 자료의 사본이었다. 비에 젖었지만 내용을 읽는 데는 별문제 없을 것이다.

잘만 이용하면 서태훈에게 직격탄을 날리지는 못해도, 조각처럼 잘 다듬어 놓은 그의 이미지에 타격을 줄 수는 있을 것이다. 선거 직전 터트린다면 제법 큰 건수가 될 터였다. 이걸 빌미로 준연이 어디에 있는지 알아낼 생각이었다.

"그게 뭐예요?"

"서태훈 저격용 스캔들 뭉치."

두 눈을 동그랗게 뜨며 준연이 묻자 찬유가 장난스럽게 답했다.

"음……."

생각에 잠긴 준연의 속눈썹이 아래로 내려갔다.

"어떻게 하고 싶어요?"

"글쎄."

"당신에게 의미 있어요?"

준연이 신중하게 물었다. 찬유가 잠시 고개를 갸웃거렸다. 준연이 건넨 질문의 정확한 요지를 파악하기가 힘들었다.

"뭐가?"

"서태훈, 그 남자가 이찬유에게 의미 있어요?"

"글쎄?"

모호하게 대답하며 어깨를 들썩였다. 그런 그에게 준연이 더 자세하게, 찬찬히 물었다.

"그 사람이 망가지거나, 몰락하거나…… 그런 거 원해요?"

그녀를 찬유가 가만히 응시했다. 흔들림 없는 그녀의 시선이 그를 어루만지고 있었다.

"나는……."

그의 아버지 이강수는 믿었던 친구의 배신을 견디지 못하고 삶을 놓아 버렸다. 이강수를 그 지경으로 몰아넣은 것은 분명 서태훈이었다. 공정하고 윤리적인 경영인인 척하는 그의 실체가 이런 추악한 모습이란 것을 안다면 대중들은 실망할 것이다. 지금껏 그가 쌓아 온 모든 것을 의심스러운 눈초리로 바라볼 것이고, 작금의 선거판도에 영향을 줄 것이다.

그러나 그것뿐이다. 그 뒤, 찬유에게 남는 것은 아무것도 없다. 서태훈은 단단한 바위이고, 찬유와 준연은 부서지기 쉬운 달걀일 뿐이다. 서태훈을 상처 입히기 위해서는 그들부터 만신창이가 되어야 할 것이다.

그러나 끝내 쓰러지는 것은 그들일 것이고, 다시 일어나는 것은 서태훈일 것이다. 준연을 찾기 위해서라면 만신창이가 되어서라도 서태훈에게 덤빌 것이지만, 준연이 옆에 있는 지금은 그녀와의 평온한 내일을 꿈꾸고 싶다.

게다가 아버지의 죽음은 그의 선택이었지, 서태훈이 죽인 것은 아니었다. 아버지의 죽음은 찬유의 평범한 시절을 송두리째 앗아 갔지만, 그래서 서태훈을 죽이고 싶을 정도로 증오했지만……. 안타깝게도 그것뿐이다.

결국 선택은 그가 한 것이었다. 찬유가 원망해야 했던 사람도 나약한 아버지였다. 사실 이미 오래전 찬유는 그 사실을 깨닫고 있었다. 가슴으로는 잘 납득되지 않아도, 머리로는 할 수 있었다.

"널 찾았으면 됐어. 내게 중요한 건 너뿐이야."

그것이 찬유의 답이었다. 그러잖아도 헤어져 있던 시간이 긴데, 남은 시간마저 얻을 것 없는 복수를 위해 쓰고 싶지 않았다.

하지만 준연은 다를지도 모른다. 그녀는 조금이라도 서태훈을 괴롭히고 싶어 할지도 모른다.

"하지만 네가 원한다면……."

"그럼 됐어요."

찬유가 말을 채 끝내기도 전에 준연이 그의 손에서 서류 뭉치를 빼앗아 들었다. 그리고 그대로 종이를 좌아악 반으로 찢어 버렸. 홀가분한 기분이 들었다. 왠지 승리한 것 같은 기분도 들었다.

"준연아?"

"이찬유에게도 무의미하다니까 됐어요. 나한테도 무의미하거든요. 밉다는 거, 원망스럽다는 거……. 사실은 그 사람이 내게 중요했을 때 느끼는 감정이잖아요. 내가 그 사람에게 무언가를 기대했을 때나 실망하는 거잖아요. 근데 아니에요. 난 그 사람에게 그 무엇도 바란 적 없어요. 애초에 우린 상관있는 사람도 아니었던 거예요. 그러니까, 당신만 괜찮다면 난 그 사람이 뭘 해 먹고 살든 신경 안 써요. 상관없는 사람이니까. 내가 상관있는 건 이찬유예요. 나는…… 당신과 행복해지고 싶어요. 그것만 바라고 있어요."

준연이 모든 것을 털어 낸 듯 가볍게 웃음 지었다. 서태훈이 그녀의 인생에 완전히 무의미하기에, 그에게 어떤 복수를 해야 할 이유조차 느끼지 못한다는 그녀는 이제야 비로소 자유로워졌다.

사랑의 반대말은 미움이 아니라 무관심이라는 말처럼, 그녀는 무관심을 택함으로써 역설적이게도 그녀가 할 수 있는 최고의 복수를 서태훈에게 선사할 수 있게 된 것이다.

"그리고 괜히 그 사람과 더 얽혀서 당신이 상처 받는 것도 싫어."

"그래."

찬유가 부드럽게 웃으며 그녀의 머리를 쨰빗거렸다. 방긋 웃은 준연이 주변을 두리번거리더니 쓰레기통 속에 반으로 찢어 버린 사본을 버리고 돌아왔다. 집에 가면 원본이 있지만, 그것 또한 분쇄기에 넣어 버릴 것이다.

이젠 서태훈도 끝, 홍영미도 끝, 서준연만 남았다.

"집에 갈까요?"

"그래."

두 사람이 다시 손을 맞잡았다. 두근두근, 가만히 전해 오는 맥박에 세상을 다 가진 듯 행복해졌다.

아파트는 늘 같은 아파트였는데, 이상하게 오늘은 낯설었다. 공기도 더 훈훈한 것 같고, 조명도 더 밝은 것 같았다. 샤워코롱 냄새도 어쩐지 더 향긋하다.

젖은 머리를 탈탈 털며 욕실에서 들려오는 물소리에 준연이 귀를 기울였다. 찬유는 그 존재만으로도 그녀를 이토록 충만하게 만들어 주었다. 나도 널 속였고 너도 날 속였으니 지난 잘못은 잊자던 그의 말을 떠올리며 준연이 배시시 웃었다. 과거는 지나가게 내버려 두고 지금 이 순간에 집중하는 것, 그것이 그녀가 할 일의 전부였다.

더 이상 내일이 두렵지 않았다. 오늘이 서글프지도 않았다. 다가올 시간은 환히 빛나고 있어서 맥박이 자꾸만 빠르게 팔딱였다.

언제 이랬던 적이 있었던가.

내일을 생각하며 설렐 수 있던 때가 과연 있었던가.

그녀의 하루하루는 시간이 흐를수록 더 끔찍해져서, 때론 내일이 오지 않았으면 좋겠다는 생각까지 했었다. 그런데 어떻게 내일의 의미가 이렇게 한순간 달라질 수가 있을까? 신기하고 어색했다.

어제까지의 준연에게 내일이 곧 두려움이었다면, 지금의 준연에게 내일은 설렘의 순간이다. 오늘보다 더 많은 찬유와의 추억을 만들 수 있는 내일의 서준연은 행복할 것이고, 오늘보다 더 찬유와 가까워진 내일의 서준연도 행복할 것이다.

마른 입술이 괜히 신경 쓰여서 립밤을 챙겨 바르고 있는데, 테이블 위에 놓여 있던 찬유의 휴대폰이 울렸다. 그는 씻고 있다고 말해 줄 셈으로 휴대폰을 집어 드는데, 액정에 떠오른 이름이 익숙했다.

유민수.

찬유의 중·고등학교 동창이었던 것 같다. 학교에서 몇 번 마주친 기억이 난다. 그때마다 그녀를 꽤 친근하게 대해 주었던 것도 같다. 아마 같은 연구소에서 일하기도 했다지.

"여보세요?"

―어…….

친구의 익숙한 목소리가 아니라서 그는 살짝 당황한 듯했다.

―이찬유 번호 아닌가요?

그가 물었다.

"맞아요. 이찬유, 지금 씻고 있어서……."

―아.

"씻고 나오면 연락 왔었다고 전해……."

―서준연인가?

민수가 막 생각난 듯 내뱉었다.

"네."

혼잣말인 것 같았지만 준연은 성실히 대답했다.

―둘이 같이 있어요?

"네."

―사이는 좋아진 건가?

"……네."

이번에도 그녀에게 한 질문은 아닌 것 같았지만 준연은 그에게 대답해 주었다. 그 후에도 민수는 독백과 대화를 반복하며 이것저것 사소한 것을 물었다. 준연은 자신이 할 수 있는 한 최대한 상냥하게 그를 대했다. 찬유가 소중히 여기는 친구라면 그녀에게도 소중했으니까.

―전화하라고 할 필요는 없어요. 어차피 지금 다시 랩에 들어가봐야 해서. 그냥…… 아버지 일이 터질 것 같다고 전해 줘요. 알아들을 테니까.

그는 어쩐지 조금 정신없어 보였는데, 실험이 바쁜 모양이었다. 랩에 들어가야 하니 다른 건 필요 없고, 말 좀 전해 달라고 부탁한 민수는 이내 전화를 끊었다.

"아버지 일이…… 터질 것 같다고?"

액정이 꺼진 휴대폰을 물끄러미 바라보던 준연이 미간을 찡그렸다. 찬유의 아버지라면 이강수일 것이고, 이강수의 일이 터질 것 같다는 건 곧 서태훈과 관련된 일이 터진다는 뜻일 것이다. 그리고 그 말은, 언론이 무서운 기세로 그녀와 찬유를 괴롭힐 거란 말과 동의어였다.

이제 겨우 편안해졌다.

이제 겨우 함께 있을 수 있게 되었다.

그 시작을 플래시 세례와 함께하고 싶지 않았다. 그 플래시가 그들의 결합을 축하하기 위한 것이 아니라면 더더욱 달갑지 않았다.

그 혼란스러움을 피하고자 서태훈에 관련된 모든 것을 버리기로 한 것이다. 이 진창에 찬유를 끌어들이고 싶지 않아서, 그녀의 인생에 하등 도움된 것이 없는 생물학적 아버지의 존재를 아예 지워 버린 것이다.

준연의 두 눈이 차갑게 빛났다.

무뜩 결단이 섰다.

이제, 그녀가 온전히 그의 세상으로 갈 차례였다.

찬유는 욕실 문을 열자마자 바로 앞에 서 있는 준연을 발견하고는 의아한 표정을 지었다.

"왜 여기 그러고 서 있어?"

짧은 머리에서 떨어진 물방울이 목덜미를 타고 흘렀다. 그 물방울을 따라 움직이던 준연의 시선이 어느 순간 찬유의 두 눈에 고정되었다.

"준연아?"

"미국 가요."

그녀가 툭 내뱉었다.

"어?"

"이제 당신이 있어야 할 자리로 함께 가요."

느닷없는 소리인 것은 둘째 치고 막 씻고 나온 그에게 다짜고짜 말할 만큼 쉽게 결정할 일도 아니었다. 평생을 한국에서 살아온 준연은 해외로 나간다는 것의 의미를 잘 모르는 거 같았다.

"그게 무슨 뜻인지 알아? 네가 지금까지 익혀 온 모든 것들을 버린다는 거야. 익숙한 사람들, 익숙한 문화, 익숙한 언어……. 그 모든 걸 버리고 아무것도 없는 곳으로 가겠다는 뜻이야. 이렇게 갑자기 결정할 만한 일도 아니고, 이렇게 서서 이야기할 일도 아니야."

"알아요. 다 알아요. 그래서 말하는 거야. 가자고. 가 버리자고. 다 버리고 싶어서. 새로 시작하고 싶어서. 난 이찬유만 있으면 되니까. 다른 것들……. 구질구질하게 우릴 괴롭힐 일들로부터 달아나자는 거야. 그러니까 가요."

준연이 흔들림 없는 목소리로 말했다. 조곤조곤한 그녀의 말을 듣고 있던 찬유가 눈썹을 모았다.

"나 씻는 동안 무슨 일 있었어?"

씻는 데 걸린 시간은 고작해야 삼십 분 정도이다. 그 사이에 무슨 일이 있으면 얼마나 큰일이 있었겠느냐 싶지만, 그래도 지금 준연의 반응은 무언가 있었던 것이 분명한 반응이었다.

"유민수라는 사람이 전화했어요. 아버지 일…… 터질 거라고, 알고 있으라고 했어요."

'아버지'라는 말을 언급한 순간은 준연이 괴로운 듯 살짝 표정을 찡그렸다.

"민수가 그랬다고?"

"네."

찬유가 한숨과 함께 미간을 좁혔다. 사방으로 발이 넓은 민수가 한 말이라면 아마 사실일 것이다. 언론 쪽에도 알고 지내는 현직자가 여럿 있었고, 찬유도 그것을 믿고 스캔들을 빌미로 서태훈을 협박할 수 있었던 것이다.

찬유의 행보와는 무관하게 누군가 서태훈의 더러운 행적을 캐고 다녔을 수도 있고, 어쩌면 수상한 낌새를 눈치채고 뭔가 건질 게 있을까 싶어 누군가 서태훈의 옛 사위인 그의 뒤를 쫓아다녔을 수도 있었다. 그러다가 쓰레기통에 버렸던, 옛 사건에 관련된 사본을 찾았을지도.

가능성은 무궁무진하다. 어떤 경로로 정보가 언론 쪽에 흘러갔는지는 중요하지 않다. 분명한 것은 상황이 찬유의 통제를 벗어났다는 것뿐이다. 그건 상황이 지금보다 훨씬 더 복잡해질 수 있다는 뜻이기도 했다. 스캔들이 터지면 서태훈의 심기가 불편해질 것은 불 보듯 뻔했고, 하이에나 같은 기자들이 찬유와 준연을 못살게 굴 것이다.

이미 한 번의 결혼과 한 번의 이혼을 한 그들의 과거, 거기다가 이강수의 일까지 더해지면 그럴싸하고 흥미로운 가십거리가 될 것이 분명했다. 서태훈은 이로 인해 지금까지 귀찮은 파리 정도로 여기고 있었던 찬유와 준연을 태워 죽여야 할 바퀴벌레로 규정하고 더 단호하게 나올지도 몰랐다.

찬유는 준연을 찾기 위해서라면 날뛰는 서태훈과 기꺼이 싸울 준비가 되어 있었다. 하지만 준연이 그의 곁에 있는 지금, 아무것도 남기지 못할 싸움은 하고 싶지 않았다.

설령 그가 미국에서 성공을 거뒀다고 해도 아직 서태훈을 대적할 만큼 성장하지는 못했을 뿐더러, 이 진창의 끝에 가장 큰 상처를 받을 이는 준연이었다. 그런 것은 바라지 않는다.

생각이 끝났다.

찬유의 눈빛이 날카로워졌다.

"여권, 있지?"

준연이 고개를 끄덕였다.

"다신 못 돌아올 수도 있어."

"괜찮아요."

"그곳에 가면, 네겐 나밖에 남지 않아. 지금까지 네가 쌓아 온 것들…… 전부 잃는 거야."

"내겐 이찬유가 전부예요."

준연이 찬유의 가슴에 이마를 기대 왔다. 가늘게 떨리는 그녀의 작은 어깨를 찬유가 꽉 끌어안아 주었다.

"유진이가 좋아하겠다."

찬유가 웃으며 속살거렸다. 기댔던 머리를 번쩍 든 준연이 그를 쏘아보았다. 부러 드러내는 그녀의 질투에 찬유가 부드럽게 웃었다.

"병가 빨리 끝냈다고 좋아한다는 거야. 악덕사장이거든. 직원을 못 부려 먹어서 안달이야."

"진짜 그것뿐이에요?"

"이런 걸로 거짓말해서 뭐해? 남는 게 없는데. 의심하기 전에 알아 둬. 난 득 안 되는 일은 안 해."

"흐응, 그래요?"

여전히 의심을 떨치지 않은 듯 눈매를 가늘게 만든 준연이 이내 활짝 웃었다.

"믿어요."

그 순간, 찬유의 입은 벌어졌다.

"왜 그래요?"

왜 그러냐고?

찬유의 입매가 그대로 호를 그리며 올라갔다.

"웃잖아."

"네?"

"서준연이 웃잖아."

새삼스럽게 찬유가 그 점을 꼬집어 주었다. 사실 집으로 돌아오는 내내 준연은 열심히 웃고 있었는데, 그녀의 해사한 웃음을 찬유가 이제야 알아챈 것이다.

그녀가 이렇게 스스럼없이 웃는 걸 본 게 대체 얼마 만일까.

그녀를 웃게 해 줄 수 없다는 게 지금까지 찬유를 가장 고통스럽게 했던 부분이었다.

그런데 준연이 이젠 웃는다. 그를 믿는다며, 그와 함께 있고 싶다며.

그것만으로도 꿈을 꾸듯 행복해진다. 행복은 늘 여기 있었는데, 그 행복을 찾기까지 참 긴 시간이 걸렸다. 힘들게 찾았으니 이제 놓치지 말아야지. 잃어버리지 말아야지.

"이찬유도…… 웃어요."

준연이 작은 목소리로 대꾸했다.

"웃으니까 좋다."

낮은 웃음을 터트리며 찬유가 그녀의 머리를 뱌비작거렸다. 상기된 얼굴로 준연이 다시 한 번 웃었다.

그가 좋다니까, 웃는 모습이 좋다니까……. 그러니까 앞으로 매일매일 웃어 줘야지.

"이리 와. 안아 줄게."

찬유가 두 팔을 활짝 벌렸다. 준연이 재차 그의 가슴에 이마를 기대더니, 이내 그를 꽉 끌어안았다. 그녀보다 더 세게 찬유가 준연을 끌어안았다.

원할 때 서로를 안을 수 있다는 것이, 그래서 서로의 체온을 느낄 수 있다는 것이 세상 그 무엇보다 큰 은혜임을 이젠 알겠다. 마주 보며 웃을 수 있다는 게, 우리가 받을 수 있는 가장 큰 축복이란 것을 이젠 알겠다.

세상에 단둘만 남아도 두렵지 않다.

♪ ♫ ♭

그들이 한국을 뜨기 무섭게 기사가 터졌다. 하지만 당사자의 인터뷰를 포함하지 못한 소식은 카더라 통신에 그쳤고, 선거를 앞에 두고 조금 관심을 끄는 듯했으나 이내 재처럼 사라졌다.

불이 붙으면 부채질할 사람이 필요한데, 부채질에 필요한 찬유가 사라져 버렸으니 별로 놀라울 것도 없는 결과였다. 씁쓸하긴 했지만 바라던 바이기도 했다. 괜히 논란이 더 불거져서 태훈이 계획한 일이 엉망으로 끝났다면, 그 화를 피하기는 과연 어려웠을 것이다. 그런 면에서 그때의 소문이 금세 사그라진 것은 찬유와 준연에게 차라리 잘된 일이었다.

"결과, 봤어요?"

인터넷 서핑 중인 찬유를 뒤에서 끌어안으며 준연이 물었다.

"어떤 결과?"

"그 사람이 됐어요."

"아, 그거."

"……미안해요."

"그게 왜 네가 미안해?"

"그냥요. 그냥, 다."

준연의 목소리가 떨리고 있다는 생각이 들었다. 뒤돌아보니, 그녀의 뺨을 타고 눈물이 흐르고 있었다. 그게 또 속상해서 찬유가 미간을 찡그렸다.

"울지 마."

일어선 찬유가 그녀의 이마에 제 것을 맞대며 속살거렸다. 지금 준연이 얼마나 속상해하고 있을지, 그저 그렇게 이마를 맞대고 있는 것만으로 충분히 알 수 있었다. 괜찮다고 하는데, 너만 있으면 된다고 하는데…… 준연은 그래도 여전히 미안한 것이다.

서태훈은 서태훈이고, 서준연은 서준연이라고 몇 번을 분리해서 일러 주어도, 제 몸에 흐르는 피의 반이 그 사람의 것이라는 게 준연을 괴롭히고 있는 것이다.

"바보 같아."

찬유가 그녀의 입술을 장난스럽게 깨물었다. 그녀의 입술은 달다. 너무 달아서, 잔인하다. 한 번 깨물면 놓고 싶지 않아지잖아.

"대신 다른 거 있어. 기운 나게 해 줄게."

"다른 거요?"

"신제품 출시가 다음 달이었지?"

"아마도요?"

"그거, 망할 거야."

준연이 눈을 끔뻑거렸다. 얼른 이해가 되지 않는 말이었다. 나오지도 않는 신제품이 망할 수는 없지 않겠는가.

"소프트웨어가 엉망이래."

"그럴 리 없어요."

준연이 고개를 저었다. 그녀도 참여했던 프로젝트였다. 하드웨어부터 소프트웨어까지, 어느 것 하나 최고를 탑재하지 않은 게 없었다.

"유진이한테 들었어. 빈말하는 애 아니니까 믿어도 돼. 그쪽에 아는 사람이 하나 있는데, 보안에 치명적인 결함이 있대."

"아는 사람이요? 산업스파이라도 심어 뒀다는 말이에요?"

살짝 날이 서는 준연의 태도에 찬유가 잠시 멈칫거렸다.

"흔한 일이잖아."

"흔한 일이라고 해도 그건……."

"약점을 보인 쪽이 잘못이야. 사방에 적을 만들어 둔 쪽이 잘못한 거고."

사업상 도리를 내세우려고 하는 준연에게 찬유가 단호한 태도를 보였다. 그녀의 기분을 풀어 주려고 꺼낸 말인데, 되레 자신이 참여한 프로젝트가 엉망이었다는 걸 알고 그녀가 우울해하길 바라지 않는다.

"그건 그렇지만."

"그런 걸로 너랑 싸우기 싫어. 아무튼 그거 망할 거야. 신제품 출시하자마자 터트릴 거라고 들었어. 그리고 그것뿐만이 아니야."

찬유가 덧붙이며 준연의 입술을 꾹 눌렀다.

"신제품 테스터로 신청한 사람들 상대로 불법선거운동을 한 것 같아. 검찰 쪽에서 확인 중이래."

"그건 또 어떻게…… 알았대요?"

찬유가 의미심장하게 웃었다.

서태훈을 보며 그는 새삼 깨달았다. 적을 만들지 않는 게 참 중요하다는 것을.

서태훈은 여기저기 적이 참 많기도 했다. 겉을 선인으로 포장을 해도 그에게 배신당한 자들이 전 세계 도처에 널리고 깔렸다. 어떻게든 그의 허점을 찾아내기 위해 혈안이 되어 있는 그들이, 마침내 적당한 건수를 문 것이다.

"보안에 허점이 있다고 말했잖아."

그릇이 되지 않는 사람이 지나친 욕심을 부리면 내용물은 넘치고, 흔적을 남기게 되는 법이다. 분수 모르고 끝없이 탐욕하다 보면 자멸하게 되는 게 사람의 운명이었다.

굳이 제 손을 더럽히지 않아도 알아서 몰락할 서태훈의 내일을 상상하며, 찬유가 만족스러운 표정을 지었다. 어떻게 알아낸 것인지 잘 이해는 안 되지만 그래도 알겠다며 준연이 고개를 끄덕였다. 그녀는 이제 절대적으로 찬유를 믿기로 했다.

♪ ♬ ♭

유진이 찬유를 뱀눈으로 노려보았다. 그를 알게 된 지 햇수로는 10년이 넘었고, 그와 함께 일을 한 것도 이제 만 3년이 넘었는데, 요즘처럼 넋이 나간 이찬유는 처음이었다.

"이찬유 씨."

"……."

"이찬유 씨!"

결재할 서류를 보다가 정신을 딴 데 판 그의 어깨를 결국 유진이 퍽 쳤다.

"이찬유!"

"어, 어, 왜?"

"멍청하게 정신을 어디 팔고 있어? 확 잘라 버린다?"

"못 자르잖아. 내 지분이 얼만데."

찬유가 반사적으로 응대하며 코웃음 쳤다.

"이게 진짜! 사장이랑 맞먹을래?"

"네, 네, 사장님. 어련하실까요. 망해 가는 회사 목숨 걸고 살려 줬더니, 이제 팽할 시간인가……."

얄밉게 능청을 떠는 찬유를 노려보는 유진의 눈매가 점점 더 가늘어졌다. 그녀와 티격태격하고 있는 지금도 찬유의 정신은 다른 곳에 가 있었다. 준연과 함께 입국했다기에 일이 잘 풀렸나 싶었더니…….

'잘 풀린 게 문젠가?'

그래, 그럴 수도 있겠다.

예전에야 준연에게 돌아갈 자격을 갖추겠다는 의지가 충만했다면, 지금은 그 목표를 이루었으니 반쯤 얼이 빠질 수도 있는 것이다.

"네 와이프는 잘 지내?"

"아직 와이프 아니야."

찬유가 퉁명스레 잘못된 점을 정정해 주었다.

"그럼 엑스와이프는 잘 계셔?"

찬유가 눈썹을 치켜 올렸다. 그가 경고하듯 으르렁거렸다.

"엑스라고 하지 마."

"그럼 뭐라고 해? 피앙세?"

"……."

찬유가 입을 다물었다.

준연과의 하루하루는 행복하다. 늘 바라 왔던 일상이라서 가끔은 이게 꿈이면 어떡하지, 하고 두려워지곤 한다. 게다가 지금 그녀는 그의 아내가 아니고, 사실 전 아내라고 부르기에도 모호한 부분이 있고…… 그렇다고 약혼을 한 것도 아니다. 그래서 때때로 찬유는 여전히 불안해진다. 세상 모든 사람들이 인정할 수밖에 없는 확실한 유대의 증거가 간절했다.

"프러포즈할 거야."

찬유가 툭 내뱉었다. 그의 동공이 순간 열렸다.

"그래, 프러포즈를 해야겠다."

그것은 일종의 깨달음이었다.

결혼을 다시 하면 되겠구나!

"거절하면 어떡하지?"

찬유의 표정이 무거워졌다. 정말로 걱정스러운 듯 입술을 잘근 깨무는 그를 보는 유진의 입이 벌어졌다. 혼자 감격했다 혼자 침울해하는 이찬유라니…… 보는 재미가 제법 쏠쏠했다. 당분간 더 찬유의 맹한 모습을 구경하고 싶었지만 유진은 냉철한 사업가로서의 자질을 발휘하여 그에게 핵심적인 조언을 건넸다.

"거절을 못 할 프러포즈를 해."

그날, 돌아오는 길거리에서 찬유는 또다시 그 왈츠를 들었다. 그가 그녀를 위해 연주했던, 쇼팽이 헤어진 연인에게 선물했던…… 바로 그 왈츠.

'강아지 왈츠네.'

불현듯 피아노를 사야겠다는 생각이 들었다.

인연의 시작은 피아노였다. 무작정 싫기만 했던 준연에게 관심이 조금씩 흐르게 된 것도, 어쩌면 준연이 그에게 관심을 갖게 된 것도 이 피아노 때문이었을 것이다.

더 이상 무대 위에서 반짝일 수 없다는 절망감에, 그토록 소중히 여겼었는데 사고 이후 얼마간은 쳐다보지도 않았었다. 피아노 곡이 들려오면 귀를 막아 버리던 때도 있었다.

괜찮다, 괜찮다, 나는 괜찮다.

그렇게 수도 없이 되뇌었던 어린 날의 제 목소리가 찬유의 귓가에서 되살아났다. 사실은 괜찮지 않았는데, 그럼에도 괜찮아야만 했던 그 시간 속의 상처가 가슴속에서 버둥거렸다.

그런데 이제는 정말로 괜찮을 것 같았다.

"이게 뭐예요?"

느닷없이 거실에 설치된 피아노를 보고 준연이 사색이 되어 물었다.

"피아노잖아."

아무렇지도 않은 듯 대답한 찬유가 건반을 꾹꾹 눌러 보았다. 처음 피아노를 배우던 그때처럼 설렘이 북받쳐 올랐다. 손끝이 자꾸만 떨리고, 머릿속이 새하얗게 변했다.

"그러니까 피아노를 왜……."

"준연아. 생각해 보니 난 네가 왜 피아노를 그만뒀는지 듣지 못했어. 짐작은 하지만."

찬유가 중얼거리듯 말했다.

생각해 보면 그렇다. 그가 피아노를 그만둔 이유는 너무나 명백했다. 사고가 났고, 그는 성공할지 실패할지 알 수 없는 재활에 미래를 걸 수 없었다. 그에게는 아버지가 남기고 간 감당하기 어려운 빚이 있었고, 그 하나만 바라보는 사랑하는 어머니가 있었다. 그래서 포기했다. 포기한 뒤, 미련을 남기지 않기 위해 안간힘을 썼다.

"나 때문이었지?"

준연은 그 때문에 포기했다. 찬유가 손익을 철저히 따져 피아노를 포기했다면, 그녀는 그에 대한 죄책감을 떨치지 못해 피아노를 그만두었다.

분명 좋아했을 텐데…….

피아노를 포기하며 느꼈을 준연의 상실감에, 찬유는 깊이 공명했다.

"당신 때문이 아니라 재능이 없어서 그만둔 것뿐이에요."

준연이 변명했다.

"그래?"

찬유는 믿지 않았다. 준연은 거짓말이 서툴러서 금방 티가 난다. 그는 그녀가 말해 주지 않은 진실을 들었다. 그가 꿈을 포기한 순간, 그녀 또한 꿈을 잃어버렸음을 알았다. 그 어린 날의 서준연은 그의 사고 배후에 엄마가 있다는 것을 알아서, 더 이상 엄마의 꿈을 대신 실현해 줄 수 없게 되었던 것이다. 그와 동시에 그녀의 꿈조차 잃어버린 것이다.

찬유가 어색하게 건반을 눌렀다.

"좋아했어."

그가 새삼스럽게 고백했고, 준연은 입을 다물었다.

"너 말고."

그가 장난스럽게 덧붙였다. 평소라면 그를 새침하게 쏘아보았을 준연이 말없이 입술을 잘근거렸다. 더 이상 피아노를 칠 수 없는 이찬유가 피아노 앞에 앉아 있는 모습이 그녀의 숨통을 조르고 있었다. 울컥 울어 버리고 싶은 충동을 가까스로 참으며 준연이 후들거리는 다리에 애써 힘을 주었다.

"사실은 아직도 좋아하지."

찬유는 그런 그녀에게 시선을 주지 않았다. 오로지 까맣고 하얀 건반만 바라보았다.

그의 손가락이 조금 더 자유로워졌다. 오랜 시간 실제로 피아노를 치진 않았지만, 사실 찬유는 아주 오랫동안 피아노를 친 것과도 같았다. 머릿속으로는 늘 새로운 곡을 그리며 무대 위에서 연주하고 있었으니까. 그래서 십수 년의 공백을 뛰어넘어, 지금도 이토록 충만한 기분이 될 수 있는 것일 거다.

"앉을래?"

그가 의자의 한편으로 옮겨 앉으며 준연을 올려다보았다. 그리고 톡톡 옆자리를 두드렸다.

두려운 눈으로 그를 바라보고 있던 준연이 머뭇거리며 그의 옆에 앉았다. 도망가고 싶은데 도망갈 곳도 없고, 더 이상은 도망가선 안 되기도 했다.

"이거 기억나?"

그가 한 손으로만 연주했다. 가만 듣고 있던 준연이 힘없이 웃었다.

그가 들려줬던 그 곡을 그녀가 잊었을 리가 없다. 아프고 어둡기만 하던 그녀의 시간 속에서, 유일하게 따뜻하고 행복했던 그 순간을 어떻게 잊을까.

"반쪽짜리 강아지왈츠."

준연이 작게 대답했다.

"같이 칠래?"

그가 그녀의 손을 억지로 건반 위에 올려 주었다. 그가 피아노를 치지 못했던 시간만큼 그녀도 피아노를 치지 못했다. 어려서는 하루 종일 피아노만 보고 살던 때도 있었는데, 언제 그랬냐는 듯이 깨끗이 기억 속에 묻어 버리고 살았다. 그가 어색한 것 이상으로 그녀도 어색해서, 애써 끌어 올린 준연의 입가가 긴장감으로 파르르 떨렸다.

"뭐하는…… 거예요?"

"반반이면 하나잖아."

찬유가 말갛게 웃었다. 그 웃음이 싱그러웠다. 그의 의도를 알 리 없는 준연만 불안한 듯 입술을 깨물었다.

"같이, 같이……."

"설 거예요, 무대 위에."

그 순간 왜, 그 철없던 꿈이 떠올랐을까.

"시작."

그녀가 바랐던 건 이런 합주가 아니었다. 더 많은 관중들 앞에서, 더 우아한 연주를 하는 것이었다.

"뭐야, 시작부터 틀렸어."

찬유가 소년처럼 키득거렸다. 준연이 뾰로통하게 반박했다.

"너무 뜬금없이 시작을 해서 그런 거예요. 하나, 둘, 셋 정도는 세어 달란 말이에요."

"그럼 다시. 셋 세고 시작할게. 하나, 둘, 셋."

그의 눈빛이 다정했다. 봄볕 같았다.

준연이 고개를 끄덕이며 혼자 심호흡을 했다. 그녀가 바랐던 것은 이런 합주가 아니었지만 아무래도 좋았다. 그녀는 사실 누가 보든 보지 않든 그와 함께하고 싶었던 것뿐이다. 그와 시간을 공유하고, 공간을 공유하고, 마음을 공유하며 그렇게 살고 싶었던 것뿐이다.

울컥 눈시울이 붉어져 준연이 고개를 떨어뜨렸다.

"다시 하자."

"……네."

몇 번이고 어긋났다. 마음처럼 잘 되지 않았다. 쉬울 리가 없었다. 찬유보다는 준연이 문제였다. 손도 많이 굳었고, 심리적으로 극심하게 긴장한 상태였다.

하지만 틀릴 때마다 찬유는 가볍게 웃었다. 장난처럼 준연의 이마를 톡톡 치기도 하며, 그녀의 어깨를 끌어안기도 했다. 행복하고도 평온한 일상이었다.

"더 쉬울 걸로 할까?"

찬유가 결국 악보를 바꿨다. 상당히 오래되어 보이는 악보였다. 도대체 어디에서 이런 악보를 구해 온 것일까.

"이게 좋겠다."

악보에 적힌 곡은 피아노를 처음 배우는 어린애도 칠 수 있을 만큼 쉬운 것이었다. 그러나 준연은 잔뜩 긴장을 해서 뻣뻣하게 굳은 채로 셋을 세는 찬유의 목소리에 집중했다. 그리고 그와 박자를 맞추기 위해 온갖 노력을 했다. 몇 마디 되지도 않는 악보가 왜 이렇게 길게 느껴지는 것인지.

"됐다!"

마침내 마지막 건반을 누르며 준연이 소리쳤다. 꿈처럼 합주가 완성되었다. 찬유는 두 눈을 초승달처럼 만들며 아이처럼 웃었다. 준연은 이 일련의 행동이 지닌 의미를 아직도 파악하지 못했지만, 찬유가 즐거워하는 것을 보며 함께 미소 지었다.

"준연아, 알고 있지?"

불현듯 그의 목소리가 가라앉았다. 준연은 갑자기 무서워져서 불안한 눈으로 그를 응시했다.

"뭐를요?"

"나는 치고 싶은 곡이 많아."

준연이 입을 다물었다. 새삼스럽게 찬유가 이러는 이유를 알 수 없었다.

"혼자는 못 해."

의문 가득한 눈으로 준연이 그를 바라보았다. 무슨 말을 해야 할지 갈피를 잡을 수 없었다. 찬유는 여전히 다정하고, 싱그러운 표정이었다.

"그러니까 함께해 줘."

그가, 무릎을 꿇었다.

"난 연주해 보고 싶은 게 참 많은데, 너 없이는 못 해. 함께 합주하며 살자."

그의 손 위에 반짝이는 무언가가 있었다. 반지였다.

"못됐어……."

그제야 준연이 상황을 이해했다. 그건, 그녀가 절대로 거절하지 못할 프러포즈였다.

준연의 눈에서 눈물이 후드득 떨어졌다.

다른 그 무엇도 중요하지 않았다. 중요한 것은 늘 두 사람뿐이었다. 서준연과 이찬유의 관계는, 그 둘만의 관계로 완전해지는 것이었다.

준연이 찬유에게 매달리듯 안겼다.

"사랑해."

나른하게 속살거리는 그의 목소리가 그저 달콤했다.
"반만 사랑해 줘요……."
반, 반 더하면 하나.
나머진 내가 할게요.
긴 터널을 지나, 비로소 둘만 온전하게 남았다.

Epilogue

"엄마, 아빠 오늘도 늦어?"

준희가 투덜거렸다. 이제 일곱 살이 된 아들 준희는 찬유를 꼭 빼닮았다. 희고 토실토실한 뺨을 톡 건드린 준연이 부드럽게 웃었다.

"응. 아빤 할 게 좀 있대."

"치이, 맨날! 맨날 할 게 있대. 준희 보는 것보다 일이 더 좋은 거야, 아빤?"

아들보다 일이 더 좋을 리 없겠지만, 준희는 아빠가 매일 늦는 게 그저 서운한 모양이었다.

"아니야. 아빤 세상에서 준희를 제일 사랑할걸?"

준희를 달래려고 한 준연의 말에 옆에 있던 연희가 칭얼거렸다.

"연희는? 연희는 싫어?"

"아니야, 아빤 연희도 제일 사랑해."

"엄마 거짓말쟁이!"

이번엔 준희가…… 소리쳤다. 하나를 달래면 다른 하나가 울고, 다른 하나를 달래면 처음 하나가 울었다. 일곱 살배기와 다섯 살배기 아들, 딸은 너무나 사랑스러웠지만, 때론 이렇게 감당하기 벅찬 존재가 되곤 했다.

"그래, 엄마 거짓말쟁이야. 사실은 아빤 준희나 연희보다 엄말 더 사랑하거든."

"으아앙!"

"으앙!"

두 아이가 일제히 울음을 터트렸다. 한숨을 폭 내쉰 준연이 도움을 청하듯 소라를 바라보았다.

언제까지 한국에 혼자 있을 거냐는 아들 내외의 성화에 일단 반 년쯤 살아 보고 거취를 결정하기로 했던 소라는 벌써 이 년째 미국생활 중이었다. 그녀의 새로운 배필이 된 정무도 곧 한국생활을 완전히 정리하고 이달 말에 들어올 예정이었다.

처음에는 언어도 잘 통하지 않아서 괴로운 점이 한둘이 아니었지만, 손자 손녀 보는 재미에 언어의 장벽은 어느새 까맣게 잊은 그녀였다. 거기다가 유치하게 투덕거리는 세 사람을 보고 있으면 절로 젊어지는 기분이 들었다.

"할무니! 엄마가! 으아앙!"

연희보다 걸음이 빠른 준희가 소라에게 달려가 안겼다.

"어이구, 우리 강아지. 엄마가 울렸어? 이 할미가 때찌 해 줄까?"

"안 돼! 할무니, 엄마 때찌 하면 안 돼!"

준희가 화들짝 놀라 고개를 내저었다. 엄마가 미워도 할머니가 엄마를 아프게 하는 건 싫은 모양이었다. 누굴 닮아서 저리 애들이 모순적인가 싶다가, 저를 똑 닮았다는 생각에 준연이 슬며시 웃었다.

아장아장 걸어 연희마저 소라의 품에 안기는 것을 본 준연이 찬유에게 언제 들어오느냐고 연락해 볼 생각으로 밖으로 나왔다. 그는 연구를 계속하며 가끔 대학교나 다른 기업체로 출강도 나가며 바쁜 나날을 보내고 있었다.

"언제 와요?"

연결음이 몇 번 울리기도 전에 찬유의 목소리가 들렸다.

―지금 가는 중이야. 목소리가 왜 그래?

"애들이 울어요."

―또?

"우는 게 일이에요. 목청도 커요, 누구 닮아서."

준연의 어설픈 농담에도 찬유는 기꺼이 소리 내어 웃어 주었다. 그의 산뜻한 웃음소리에 준연도 슬며시 웃었다.

―내 생각엔 서준연이 제일 많이 울 것 같은데.

"알면 됐어요. 얼른 와요, 보고 싶어."

웃으며 대꾸하다 시선을 돌리니 차고로 들어서는 차가 보였다. 전화를 끊은 준연이 그대로 차고로 달려갔다.

"오늘따라 왜 이래?"

와락 안겨 드는 그녀를 꽉 안아 주며 찬유가 난감해하는 표정을 지었다. 아무렴 좋아서 준연이 그의 가슴에 뺨을 비볐다. 이럴 땐 꼭 애정을 갈구하는 어린애 같다는 생각에 찬유가 그녀의 머리를 쓱쓱 쓰다듬었다. 그가 머리를 쓰다듬어 줄 때, 둥글게 휘는 그녀의 눈웃음이 좋았다.

"아, 맞다. 나, 내일부터 출강 나가기로 했어요."

고개를 든 준연이 문득 생각났다는 듯 말했다.

"출강?"

"네."

"어디로?"

"데이먼이 일하는 고등학교 있잖아요. 한국어 교사가 필요하다길래 지원했는데, 제가 돼서 하기로 했어요. 미리 말했어야 했는데, 미안해요. 이찬유 씨가 그간 너무 바빠서 말할 기회가 없었어요. 일을 쉰 지 너무 오래되기도 했고, 하면 좋을 것 같아서 혼자 결정했는데, 괜찮아요?"

"잘됐네."

주절주절 늘어놓는 준연의 변명에 찬유가 픽 웃었다. 그 정도는 혼자 결정해도 될 텐데, 준연은 늘 그와 이야기하려고 했다. 혼자 다 결정해 둔 뒤에도 형식적으로는 그의 동의를 구했다. 그의 뜻에 조금이라도 어긋난다면 당장 그만두겠다는 의지의 표현이었다. 더 이상 그를 아프게 하는 일은 하고 싶지 않다는 마음의 표시이기도 했다.

하지만 가만 살펴보면 준연은 은근히 늘 자기 뜻대로 했다. 찬유가 반대하는 일을 하고 싶을 때엔 은근히 그를 설득해서 기어이 찬성하게 만들었다. 아주 교묘했다. 그게 또 앙큼해서 찬유의 눈에는 그저 귀엽게 보였다.

"고마워요."

"별말씀을."

"그런데요."

"응?"

"이건 진짜 솔직하게 말해 줘야 해요."
손을 맞잡고 현관으로 걸어가며 준연이 신신당부했다.
"뭔데?"
"누가 제일 좋아요, 이찬유는?"
"응?"
"이연희가 좋아요, 이준희가 좋아요, 서준연이 좋아요?"
준연이 또렷한 눈으로 올려다보며 물었다.
"무슨 소리야?"
황당하다는 듯 찬유가 미간을 찡그렸다.
"얼른 대답해 봐요."
준연이 대답을 재촉했다.
"굳이 꼽으라면…… 서준연?"
"역시."
주먹을 쥐며 준연이 의기양양한 표정이 되었다.
"뭔데 그래?"
"그것 때문에 준희랑 연희가 울거든요. 아빠가 누굴 제일 좋아하냐기에, 아빠가 제일 좋아하는 건 서준연이라고 말해 버렸어요. 그게 사실이니까."

그게 사실이긴 하지만, 그게…… 진실을 말해서 애들을 울려야 하는 문제였을까?
고개를 갸웃거리는 찬유를 무시한 채 준연이 말갛게 웃었다.
"못살아, 내가."
"못살아도 살아야 해요."
그럼, 그럼. 못살아도 살아야지.
어떻게 얻은 사람인데.

모든 것은 사필귀정일까.

준연이 한국어 교사로 일한 지 몇 달 지나지 않아서였다. 한국에서 비보가 날아왔다. 어쩌면 낭보일지도 모르겠다.

"준연아, 괜찮니?"

소라가 걱정스럽게 물었다. 준연이 애써 밝은 표정을 지었다.

"전 괜찮아요, 어머니."

엄마라고 불러도 된다는 소라의 말에도 준연은 그녀를 꼬박꼬박 어머니라고 불렀다. 바들바들 떨리는 준연의 작은 어깨를 소라가 꼭 안아 주었다.

아무리 미워도 아버지였고, 하나 남은 부모였으니…… 애통하지 않을 리가 없었다.

"이렇게 가시려고 그렇게 사셨나 봐요."

세상을 등지기에는 아직 젊은 나이.

서태훈의 전폭적인 지지를 받았던 이현웅은 보궐선거에서 당선된 후, 제대로 의원활동을 해 보기도 전에 부정선거 혐의로 의원직에서 물러나야만 했다.

그 후 서태훈은 몇 번 더 그를 의원직에 앉히기 위해 노력한 듯했지만, 선거는 그의 뜻대로 풀리지 않았다. 거기다 야심차게 발표했던 신제품은 보안에 치명적인 문제가 있어 시장에서 철저히 외면당했다.

하나하나 따지고 보면 서태훈에게 치명상을 입히지 못했을지라도, 그것들은 고스란히 중압감이 되어 그를 짓눌렀을 것이다. 스트레스에는 장사 없는 법이니, 그가 과도한 업무로 돌연사했다는 보도는 사실 별로 놀랄 것도 없었다.

뉴스는 미망인의 혼절 사진을 끝없이 보도했고, 그 옆에는 죽음의 무게를 알 리 없는 어린 현태가 천진하게 웃고 있었다. 그 모습이 더 서글퍼 보였다.

"가 보겠니?"

"……아뇨."

망설임 끝에 준연이 고개를 내저었다. 이제 와서 전부 상관없는 일들이었다. 미련 남겨 좋을 것 없는 관계였고, 서씨 집안의 모든 것을 준연은 버렸다. 그렇게 버려서 찬유를 얻을 수 있었다.

죽음이란 이유로 사람을 용서하는 것은 영미 하나면 됐다. 그나마 영미는 준연을 사랑하기라도 했다. 그래서 용서할 수 있었다.

하지만 태훈은 다르다. 아버지란 이름으로 그녀에게 상처 이외의 것은 준 것이 없었다. 용서를 구하지도 않았던 그를 용서하기 위해 한국으로 가고 싶지 않았다.

"저와 상관없는 일이에요."

천지그룹의 경영권 분쟁이 극렬해질 것으로 보인다는 전망과 함께 끝을 맺는 기사를 머릿속에서 털어 내며 준연이 눈을 감았다. 후계를 이어받을 아들은 지나치게 어리고, 이현주에게는 그런 아들을 지켜 줄 힘이 없다.

서태훈의 형제는 물론이고 사돈에 팔촌까지 죄다 이 기회에서 제 입지 한번 강화해 보겠다고 날뛸 테니, 앞으로 천지의 모습이 꽤 볼만할 것이다. 그룹 총수의 사후 조각조각 갈라졌던 모 그룹의 전철을 똑같이 밟게 되겠지.

다른 이들의 고혈을 짜내 이룩한 영광은 이렇게 하릴없이 무너질 예정이었던 것을.

"그냥…… 산책이나 좀 하고 올게요."
"그래, 그러렴."
엄마와 할머니의 심상치 않은 분위기에 잔뜩 눈치를 보고 있던 준희가 별안간 소리쳤다.
"저도! 저도 갈래요, 엄마!"
왠지 엄마를 혼자 보내기 싫어하는 눈치였다. 질세라 연희도 매달렸다.
"저도요. 저도, 엄마."
날이면 날마다 아빠가 제일 사랑하는 사람은 나네, 너네 하며 싸워 대지만, 이럴 땐 역시 사랑스런 준연의 아들, 딸이었다.
"그럴까? 우리 준희, 연희."
준연이 웃으며 남매를 품에 안았다.

아이들이 삶의 낙이 된다는 게 이런 것일까 싶다. 솜사탕 하나에 세상을 다 가진 듯한 표정을 짓는 준희와 연희가 그렇게 사랑스러울 수 없었다. 아이들을 갖게 되면서 준연이 다짐했던 것은, 절대로 아이들에게 그 무엇도 강요하지 말자는 것이었다.

이루지 못한 내 꿈을 투영하지 말고, 아이들을 있는 그대로 봐주자.

그것이 그녀의 다짐이었다.

제대로 된 사랑을 받아 본 적 없는 준연은 자신이 아이들을 올바르게 사랑할 수 있을지 늘 고민스러웠다.

그 부모에 그 자식이라고, 자신도 비정한 부모가 되면 어쩌나 싶었다. 늘 최선을 다해 아이들을 대해도…… 어느 순간, 어릴 적 받았던 상처가 튀어나와 버리지는 않을까. 그래서 제 부모와 똑같은 짓을 하지는 않을까.

하지만 그녀의 걱정이 기우였다는 것을 증명이라도 하듯 준희와 연희는 잘 자라주었다. 씩씩했고, 구김살이 없었다. 가끔 둘이서 티격태격하기도 했지만, 그런 날보다는 서로를 애지중지 여기는 날이 더 많았다.

"엄마, 엄마."

"응?"

"저거 예뻐."

연희가 지나가는 아이가 입고 있는 옷을 가리키며 말했다. 사 달라는 말은 안 했지만 갖고 싶어 하는 것 같았다.

"쇼핑 갈까?"

"쇼핑?"

그래, 우울할 땐 쇼핑이 최고지. 무계획적인 소비를 찬유가 싫어하긴 하지만, 오늘 같은 날은 아무 생각 없이 충동에 이끌리고 싶었다.

"돈 있어요?"

연희가 조심스럽게 물었다.

"아빠 카드가 있지."

준연이 씩 웃었다. 돈과 카드의 쓰임을 조금씩 배워 가는 연희가 그녀를 따라 씩 웃었다. 그 옆에서 준희도 웃고 있었다.

"우와!"

어린애들이 쇼핑은 아빠 카드로 해야 제맛이라는 것을 이미 알고 있는 모양이었다. 철두철미한 계획을 세운 두 아이와 한 여자가 득의양양하게 쇼핑몰로 걸어 들어갔다.

준희와 연희에게는 액수에 대한 개념이 별로 없다. 하지만 많이 쓰면 아빠가 놀란다는 것 정도는 알고 있었다. 부족함 없이 키웠지만, 그렇다고 해서 과다할 정도로 모든 것을 준 것은 아니었다.

가끔 엄마가 손에 쇼핑백을 엄청 많이 들고 오면, 아빠가 뒷목을 잡으며 뇌출혈 걸릴 것 같다고 투덜거리던 것을 연희는 기억하고 있었다. 그리고 얼마 전, 우연히 엄마와 보던 프로그램에서 뇌출혈로 쓰러진 사람의 모습을 방영해 주었다. 그전까지만 해도 뇌출혈이 뭔지 몰랐던 연희는 그제야 뇌출혈이 얼마나 무시무시한 병인지 깨닫고 덜덜 떨었었다. 아빠가 정말로 뇌출혈로 쓰러져 버리면 큰일이겠다는 생각을 한 것이다.

"엄마, 괜찮아요?"

이제는 제법 말을 잘하게 된 연희가 커다래진 눈으로 준연을 올려다보았다. 막 하나 더 결제를 끝낸 준연이 눈썹을 모았다.

"뭐가?"

"카드 많이 쓰면…… 아빠, 내, 내……."

들으면 아는 단어인데, 막상 말하려고 하니 잘 생각이 안 나는 모양이었다. 준희가 잔뜩 일그러진 연희의 이마를 톡 건드리며 핀잔을 줬다.

"내 뭐? 왜 말을 못 해?"

"아! 내추럴?"

연희가 두 눈을 반짝이며 말했다. 그러고는 곧 그게 아니란 걸 깨달은 듯 울상을 지었다. 비슷한 단어를 연신 발음해 보던 준희가 별안간 활짝 웃으며 알아냈다는 듯이 연희의 말을 정정해 주었다.

"뇌출혈!"

그래도 오빠라고 준희의 어휘력이 조금 더 나은 모양이었다. 그제야 떠올랐다는 듯 연희가 손뼉을 짝짝 치며 엄마에게 매달렸다.

"그거! 아빠 그거 걸려요."

엄마의 우울함도 연희에겐 큰 문제였지만, 엄마의 과도한 카드 긁기로 인해 아빠가 뇌출혈에 걸리면 그건 더 큰 문제였다. 연희의 말을 이해하기 위해 머리를 굴리던 준연이 작게 웃음을 터트렸다.

"우리 연희는…… 엄마는 걱정 안 되나 봐."

무릎을 굽혀 연희와 눈높이를 맞춘 준연이 언제 웃었느냐는 듯 시무룩한 표정을 지었다. 아빠가 뇌출혈로 쓰러지는 건 걱정되고, 엄마가 우울증으로 쓰러지는 건 걱정 안 되는 것이냐고 상처 받은 듯 중얼거리는 준연의 말에 죄 없는 어린 연희와 준희의 안색만 창백해졌다.

"아니에요, 엄마! 그런 거 아니에요."

두 아이가 동시에 매달려 그런 거 아니라고 부정해 댔지만, 준연은 우울한 척하는 것을 그만두지 않았다.

준희는 연신 준연의 눈치를 살피고 있었다. 연희는 자기가 엄마를 상처 입혔다며 우울해져서 방에 틀어박혀 나오질 않았다. 그런 남매를 보며 준연은 남모르게 비식비식 웃었다.

외출 전보다 한결 나아진 준연의 분위기에 소라는 가슴을 쓸어내렸다. 미팅을 끝내고 나오니 문자메시지함 가득 쌓여 있는 카드 결제 문자에 놀란 찬유는 소라에게 전화를 해 자초지종을 물었다.

그렇게 각자의 사정으로 집 안에는 기묘한 분위기가 감돌았다.

그 때, 갑자기 준희가 소리쳤다.

"엄마!"

"왜."

준연이 제법 무뚝뚝하게 대답했다. 쪼르르 달려온 준희가 엄마 앞에 더럭 무릎을 꿇었다.

"준희야?"

"엄마, 일 년만 기다려요."

이게 무슨 소리야.

"뭐를?"

"일 년만 있으면 준희가 돈 벌 수 있어요."

이건 아무래도 뚱딴지 같은 소리인 것 같다.

"응?"

"준희 내년에 학교 가요."

준희가 두 눈을 빛냈다. 앙증맞은 두 손을 꽉 쥐는 걸 보니, 아무래도 뭔가 대단한 발견을 했다고 생각하는 모양이었다. 내년에 준희가 학교에 가는 건 맞지만, 그게 준희가 돈을 벌 수 있다는 뜻은 되지 않았다. 초등학생이 무슨 돈을 번단 말인가. 벌어도 집 안의 잔심부름 정도 하고 용돈 조금 벌겠지.

"으음?"

"준희가 돈 벌면, 엄마 사고 싶은 거 다 사 줄게요. 아빠 뇌출혈 걱정도 안 하고!"

아무래도 아빠 쓰러지니까 그만 쇼핑하자고 그녀를 막아섰던 게 마음에 걸린 모양이었다. 아빠보다 엄마가 덜 소중하냐고 서운해하는 그녀의 연기에 깜빡 속아 넘어가서 여태 그 해결법을 모색하였나 보다. 그 해결책이 자기가 돈을 벌어 엄마가 원하는 것을 전부

사 주면 되겠다는 것이었을까.

"준희가 학교에서 돈을 벌어?"

"엄마도 학교에 가면 돈 벌고, 아빠도 학교에 가면 돈 벌잖아요! 준희도 할 수 있어요."

준희가 또박또박 말했다. 턱을 괴고 아들의 말을 가만 듣고 있던 준연의 볼이 실룩였다. 웃음을 참는 것이 역력해 보이는 얼굴이었다. 그러나 준희는 전에 없이 진지했다.

"엄마도 학교에 가서 돈을 벌고, 아빠도 학교에 가서 돈을 버니, 준희도 학교에 가서 돈을 벌겠다고?"

"네!"

그럴 듯한 논리이긴 한데……. 미묘하게 틀렸다.

"그래, 그러자."

하지만 준연은 대충 넘어가 주었다. 내년이 되면 학교에 간다고 다 돈을 버는 게 아니라는 사실에 충격 꽤나 받겠지만, 엄마를 생각해 주는 그 마음이 고마웠다. 늘 엄마보다 아빠가 좋다는 밉살맞은 말을 하긴 하지만.

"준희는 엄마가 좋아, 아빠가 좋아?"

기회는 이때다 싶어 준연이 준희를 안아 주며 은근히 물었다.

"응?"

거짓말을 못 하는 준희는 고민에 빠졌다. 평소라면 묻는 사람이 누구든 아빠가 좋다고 대답하겠지만, 오늘은 날이 날이었다. 우울한 엄마의 기분을 어떻게 풀어 줘야 하나 고민하던 어린 준희는, 세상에 태어나서 처음으로 거짓말이란 것을 했다.

"엄마가 제일 좋아요!"

"엄마랑 아빠랑 똑같이 좋은 것도 아니고, 엄마가 제일 좋아?"

"네!"

찬유에겐 미안하지만, 이렇게 세상에 물들어 가는 것이겠지.

준희의 머리를 뱌빗거린 준연이 부드럽게 웃었다.

그날 새벽, 그녀는 서쪽 창가에 국화꽃 한 송이를 놓았다. 그러곤 이토록 평범한 행복을 누리지 못한 그녀의 부모를 위해 기도했다. 풍파 속에 내던져진 미망인과 그녀의 어린 동생을 위해 기도했다. 어찌 되었든 지금 그녀는 행복하기에, 사랑으로 이어져야 마땅했던, 그러나 그러지 못했던 그 인연들의 앞날을 위해 두 손을 모았다.

이젠 정말로 괜찮아진 것 같다는 느낌이 들었다. 때때로 치밀던 원망도, 그리움도 전부 그녀의 안에서 사라졌다. 밤이 짙게 내려앉은 새벽 너머로 빛이 보였다.

"뭐해?"

이찬유, 그녀의 빛이 창밖에 서서 물었다.

"이제 와요?"

"기다렸어?"

창문을 열고서 준연이 그를 끌어안았다.

"카드 쓴 거 때문에 지금 애교 부리는 거야?"

"걱정 마요. 내년부터 준희가 날 위해 돈 벌어 온댔으니까."

"그건 또 무슨 소리야?"

"아빠를 제일 사랑한다던 우리 아들이, 엄마를 제일 사랑하는 우리 아들로 변절했다는 뜻이에요."

잘 모르겠다는 듯 고개를 기울이던 찬유가 아무럼 상관없다는 듯 그녀의 입술에 입 맞췄다. 한국에서 들려온 소식에 오늘 준연의 하루가 얼마나 길었을지 그는 상상할 수 없었다.

그가 해 줄 수 있는 것은 고작 이 정도였다. 안아 주고, 사랑한다고 속삭여 주고.

그것만으로 준연은 충분하다며 웃었다.

—*Fin*

'늘'을 마치며

  올봄 내내 저와 함께해 주었던 '늘'을 이제 보내려고 합니다. 먼 길을 돌아 만난 세상의 모든 인연이 행복하기를 바랍니다. 선량한 사람들에겐 보다 상냥한 세상이, 그래서 보통의 사람이 상처 받지 않는 세상이 되었으면 좋겠습니다.

  늘 롤모델이 되어 주는 언니들, 언제나 앞으로 나아가기 위해 노력하는 친구들, 글 쓰는 것은 업보와도 같다는 것을 몸소 증명해 주는 동생들. 항상 고맙습니다. 많은 시간이 흘러도 함께할 수 있기를 소망해 봅니다.

  그리고 거북이 같은 저를 늘 독려해 주시는 우리 이웃님들. 마음을 담아 감사드립니다. 느리나, 더 나아지려고 노력하는 모습으로 보답하겠습니다.

  늘, 사랑합니다.

초판 1쇄 찍음 2013년 6월 19일
초판 1쇄 펴냄 2013년 6월 25일

지은이 | 해수을
펴낸이 | 정 필
펴낸곳 | 도서출판 **뿔미디어**

편집장 | 이재권
기획·편집 | 정시연
편집디자인 | 이진선
관리·영업 | 김기환, 임순옥

출판등록 | 2002년 9월 11일 (제1081-1-132호)
주소 | 부천시 원미구 상3동 533-3 아트프라자 503호 (우)420-861
전화 | 032)651-6513 / 팩스 | 032)651-6094
E-mail | dahyangs@naver.com
카페 | http://cafe.daum.net/dahyangs

값 9,000원
ISBN 978-89-6775-363-4 03810

※파본은 구입하신 서점에서 교환하여 드립니다.
※이 책은 (도)뿔미디어를 통해 독점 계약되었습니다.
저작권법에 의해 보호를 받는 저작물이므로 무단 전재와 무단 복제를 엄금합니다.

향

사랑, 그 설렘에 취하고 향기에 물들다.

도향

사랑, 그 설렘에 취하고 향기에 물들다.